WILLIAM BOYD
RUHELOS

ROMAN

Aus dem Englischen
von Chris Hirte

K
A
M
P
A

Die englische Originalausgabe erschien 2006 unter dem Titel *Restless* im Verlag Bloomsbury Publishing, London.
Die deutsche Erstausgabe erschien 2007 im Berlin Verlag.

Für den Blick hinter die Verlagskulissen:
www.kampaverlag.ch/newsletter

KAMPA POCKET
DIE ERSTE KLIMANEUTRALE TASCHENBUCHREIHE
Gedruckt auf säurefreiem und chlorfrei gebleichtem Papier zur Unterstützung verantwortungsvoller Waldnutzung, zertifiziert durch das Forest Stewardship Council. Der Umschlag enthält kein Plastik. Kampa Pockets werden klimaneutral gedruckt, kampaverlag.ch/nachhaltig informiert über das unterstützte CO_2-Kompensationsprojekt.

Veröffentlicht im März 2025 als Kampa Pocket

Hegibachstrasse 2, CH-8032 Zürich
info@kampaverlag.ch
GPSR-Kontakt: Schöffling & Co. Verlagsbuchhandlung GmbH, Kaiserstraße 79, D-60329 Frankfurt am Main
info@schoeffling.de

Covergestaltung und -motiv: Lara Flues, Kampa Verlag
Satz: Tristan Walkhoefer, Leipzig
Gesetzt aus der Stempel Garamond LT / 2. Auflage 2025
Druck und Bindung: GGP Media GmbH, Pößneck
Auch als E-Book erhältlich
ISBN 978 3 311 15029 9

www.kampaverlag.ch

für Susan

Wir sagen wohl, die Stunde des Todes sei ungewiss, aber wenn wir es sagen, stellen wir uns diese Stunde in weiter, vager Ferne vor, wir denken nicht daran, dass sie irgendeine Beziehung zu dem bereits begonnenen Tage haben und dass der Tod – oder sein erster partieller Zugriff, nach dem er uns nicht mehr loslassen wird – am gleichen Nachmittag noch erfolgen könne, der uns so gar nicht ungewiss schien, für den der Gebrauch der Stunden bereits im Voraus festgelegt war. Man hält an seinem Spaziergang fest, um im Monat die erforderliche Menge an frischer Luft zusammenzubekommen, man hat sich bei der Wahl des Mantels verweilt, den man mitnehmen will, oder des Kutschers, der geholt werden soll, man sitzt im Wagen, der Tag liegt vor einem und erscheint kurz nur aus dem Grunde, weil man zurzeit wieder zu Hause sein möchte, um eine Freundin zu empfangen; man wünschte, es wäre morgen schön, und man ahnt nicht, dass der Tod, der auf einer anderen Ebene schon selbst durch undurchdringliches Dunkel wandelnd, zu einem gelangt ist und gerade diesen Tag für seinen Auftritt gewählt hat, die nächsten Minuten schon …

Marcel Proust, *Guermantes*

I
Ins Herz von England

Wenn ich als Kind frech war, widersprach oder mich irgendwie schlecht benahm, wies mich meine Mutter zurecht, indem sie sagte: »Eines Tages kommt jemand und bringt mich um. Dann wird es dir leidtun.« Oder: »Sie kommen aus heiterem Himmel und holen mich ab – was sagst du dann?« Oder: »Eines Morgens wachst du auf, und ich bin weg. Einfach verschwunden. Wart's nur ab!«

Es ist merkwürdig, aber man denkt nicht ernsthaft nach über diese Drohungen, wenn man jung ist. Doch wenn ich heute auf die Ereignisse des Sommers 1976 zurückblicke, als England unter einer nicht enden wollenden Hitzewelle ächzte und stöhnte, weiß ich genau, wovon meine Mutter sprach: Heute kenne ich die dunkle Unterströmung der Angst unter der glatten Oberfläche ihres Alltags, die auch nach vielen Jahren friedlichen Dahinlebens nicht versiegte. Heute weiß ich, dass sie ständig Angst hatte, umgebracht zu werden. Und das aus gutem Grund.

Es begann, wie ich mich erinnere, in den ersten Junitagen. Den genauen Tag weiß ich nicht mehr, aber es muss ein Samstag gewesen sein, weil Jochen nicht in der Vorschule war und wir beide wie gewöhnlich nach Middle Ashton fuhren. Auf der Fernstraße von Oxford nach Stratford bogen wir in Chipping Norton nach Evesham ab, dann noch einmal und noch einmal, als wollten wir die Rangordnung der Straßen in abfallender Folge durchfahren; Fernstraße, Provinzstraße, Landstraße, Verbindungsstraße, bis wir uns auf dem befestigten Feldweg befanden, der durch den dichten und hohen Buchenwald in das schmale Tal hinabführte, in dem das Dörfchen Middle Ashton lag. Diese Fahrt machte ich mindestens zweimal die Woche, und jedes Mal war es so, als würde ich in eine versunkene Welt eintauchen, ins Herz des alten England – ein grünes, vergessenes Shangri-La, wo alles älter, modriger und baufälliger war als anderswo.

Middle Ashton war vor Jahrhunderten um Ashton House herum entstanden, ein jakobinisches Landhaus, das noch immer von einem entfernten Verwandten der einstigen Eigentümer bewohnt wurde. Deren Vorfahr, Trefor Parry, ein zu Wohlstand gekommener walisischer Wollhändler des siebzehnten Jahrhunderts, hatte, um mit seinem Reichtum zu protzen, seine großartige Domäne ausgerechnet im tiefsten England errichtet. Jetzt, nach vielen Generationen verschwenderischer Parrys und beharrlicher Vernachlässigung, fiel das Gutshaus, nur noch von ein paar wurmstichigen Balken gestützt, in sich zusammen und überantwortete seine ausgedörrte Seele der Entropie. Durchhängende Planen bedeckten das Dach des Ostflügels, rostende Gerüste kündeten von vergeblichen, längst aufgegebenen Sanierungsvorhaben, und der weiche gelbe Cotswold-Sandstein der Außenmauern blieb, wenn man ihn berührte, an den Händen kleben wie nasser Toast. Nahebei befanden sich die kleine Kirche, ein feuchtes, düsteres Bauwerk, beinahe erdrückt von dichten schwarzgrünen Eiben, die das Tageslicht aufzusaugen schienen; dann der trübsinnige Pub, The Peace and Plenty, wo man mit dem Kopf die fettige, nikotingebeizte Decke streifte, wenn man an die Bar ging; sowie das Postamt mit Lebensmittel- und Spirituosenverkauf; schließlich die verstreuten Cottages, manche strohgedeckt und grün bemoost, aber es gab auch ansehnliche alte Häuser mit großen Gärten. Die Dorfstraßen waren von mannshohen wilden Hecken gesäumt, die zu beiden Seiten wucherten, als hätte sie der Verkehr vergangener Zeiten in kleine Täler verwandelt und sich wie ein reißender Bach mit jedem Jahrzehnt einen Fuß tiefer eingeschnitten. Die riesigen und uralten Eichen, Buchen und Kastanien versenkten das Dorf während des Tages in einen immerwährenden Dämmer und vollführten des Nachts ihre atonale Sinfonie aus Knarren, Flüstern und Seufzen, wenn der Wind durchs dichte Geäst strich und das alte Holz zum Stöhnen und Klagen brachte.

Ich freute mich auf das wunderbar schattige Middle Ashton, denn es war wieder ein brütend heißer Tag – jeder Tag kam einem heiß vor in jenem Sommer –, aber die Hitze ging uns noch nicht so auf die Nerven wie später. Jochen saß hinten und blickte aus dem Rückfenster – er sah gern zu, wie sich die Straße »abspulte« –, und ich hörte Musik im Radio, als er mir eine Frage stellte.

»Wenn du zum Fenster sprichst, kann ich dich nicht hören«, sagte ich.

»Entschuldige, Mummy.«

Er drehte sich nach vorn, stützte die Ellbogen auf meine Schulter und sprach mir leise ins Ohr.

»Ist Granny deine richtige Mummy?«

»Natürlich. Warum fragst du?«

»Ich weiß nicht … Sie ist so seltsam.«

»Jeder ist seltsam, bei Lichte besehen«, sagte ich. »Ich bin seltsam, du bist seltsam …«

»Das stimmt«, sagte er. »Ich weiß.« Er legte den Kopf auf meine Schulter, bearbeitete den Nackenmuskel über meinem rechten Schlüsselbein mit seinem spitzen kleinen Kinn, und mir kamen sofort die Tränen. Ab und zu machte er so etwas mit mir, Jochen, mein seltsamer Sohn – und brachte mich damit fast zum Heulen, aus Gründen, die ich mir selber nicht richtig erklären konnte.

Am Dorfeingang, gegenüber dem Peace and Plenty, hielt ein Brauereifahrzeug und lieferte Bier. Es blieb nur eine schmale Lücke, durch die ich mich quetschen musste.

»Hippo kriegt Schrammen«, warnte mich Jochen. Mein Auto war ein Renault 5 aus siebter Hand, himmelblau mit karminroter (weil ausgetauschter) Motorhaube. Jochen hatte ihn taufen wollen, und ich schlug Hippolyte vor, weil ein französisches Auto meiner Meinung nach einen französischen Namen brauchte (aus irgendeinem Grund hatte ich gerade Taine gelesen), und so wurde Hippo daraus – zumindest für Jochen. Ich persönlich kann Leute nicht ausstehen, die ihren Autos Namen geben.

»Nein«, sagte ich. »Ich passe schon auf.«

Ich hatte mich beinahe durchmanövriert, Zentimeter um Zentimeter, als der Bierfahrer aus dem Pub kam, sich in den Weg stellte und mich mit theatralischem Gefuchtel vorwärts dirigierte – ein ziemlich junger Kerl noch. Sein dicker Bauch zerdehnte das Morrell-Logo auf seinem Sweatshirt, und seine rot glänzende Biervisage wurde von breiten Koteletten eingerahmt, die einem viktorianischen Dragoner alle Ehre gemacht hätten.

»Weiter, weiter, ja, gut so, du kriegst es hin, Schätzchen.« Genervt winkte er mich durch und knurrte abschätzig: »Ist ja wohl kein Sherman-Panzer.«

Als ich neben ihm war, kurbelte ich lächelnd die Scheibe herunter und sagte: »Wenn Sie Ihre Wampe einziehen würden, wäre es ein ganzes Stück leichter, Sie dummes Arschloch.«

Ich gab Gas, bevor er wusste, wie ihm geschah, und beim Hochkurbeln des Fensters spürte ich, dass meine Wut verflog, so schnell, wie sie gekommen war – ein köstlich kribbelndes Gefühl. Ich war nicht gerade in Hochstimmung, wohl wahr, weil ich mir an dem Morgen bei dem Versuch, ein Poster im Arbeitszimmer aufzuhängen, mit slapstickartiger Zwangsläufigkeit und Ungeschicklichkeit mit dem Hammer auf den Daumen – der einen Wandhaken festhielt – geschlagen hatte. Charlie Chaplin wäre stolz auf mich gewesen, so wie ich jaulte und hüpfte und mit der Hand wedelte, als wollte ich sie abschütteln. Mein Daumennagel unter dem hautfarbenen Pflaster war nun pflaumenblau, und ein kleines Schmerzzentrum in meinem Daumen pulsierte wie eine organische Uhr, die die Sekunden bis zu meinem Ableben zählt. Aber während ich davonfuhr, spürte ich den adrenalinbefeuerten Herzschlag, den Freudentaumel über meine Dreistigkeit; in Momenten wie diesen war aller Ärger in mir begraben – in mir und unserer ganzen Spezies.

»Mummy, du hast ein schlimmes Wort benutzt«, sagte Jochen sanft, aber unnachsichtig.

»Tut mir leid, der Mann hat mich echt aufgeregt.«

»Er wollte doch nur helfen.«

»Nein, er wollte mich bevormunden.«

Jochen saß da und kaute eine Weile an dem neuen Wort, dann gab er auf.

»Endlich sind wir da«, sagte er aufatmend.

Das Cottage meiner Mutter stand inmitten dichter, üppiger Vegetation und wurde von einer unbeschnittenen, ausufernden Buchsbaumhecke umgeben, die von Kletterrosen und Klematis durchwuchert war. Der büschelige und handgeschnittene Rasen war von einem geradezu unanständigen Sattgrün, das der gnadenlosen Sonne hohnsprach. Aus der Luft, dachte ich, mussten Cottage und Garten aussehen wie eine grüne, wild wuchernde Oase – wie eine Aufforderung an die Behörden, sofort ein Rasensprengverbot zu erlassen. Meine Mutter war eine passionierte, aber eigensinnige Gärtnerin: Sie pflanzte eng und schnitt kurz. Wenn ein Busch gut gedieh, ließ sie ihn gewähren und scherte sich nicht darum, ob er andere Pflanzen erstickte oder zu viel Schatten erzeugte. Ihr Garten, verkündete sie, sollte eine kontrollierte Wildnis sein – da sie nicht einmal einen Rasenmäher hatte, schnitt sie das Gras mit der Gartenschere –, und sie wusste, dass sich andere im Dorf darüber ärgerten, weil hier schmucke und ordentliche Gärten als wichtigste Vorzeigetugend galten. Aber niemand konnte sich beschweren, dass ihr Garten vernachlässigt und ungepflegt war; keiner im Dorf verwendete so viel Zeit auf den Garten wie Mrs Sally Gilmartin, und die Tatsache, dass sie mit ihrem Fleiß auf üppigen Wildwuchs abzielte, konnte man vielleicht kritisieren, nicht aber verurteilen.

Wir nannten es Cottage, aber in Wirklichkeit war es ein kleines zweigeschossiges Haus aus Cotswold-Sandsteinquadern und Feuersteindachziegeln, das im achtzehnten Jahrhundert umgebaut worden war. Im Obergeschoss gab es noch die alten Flügelfenster, und die Zimmer waren dunkel und niedrig, während das Erdgeschoss Schiebefenster und einen hübsch geschnitzten Eingang mit ionischem Ziergiebel und gekehlten Halbsäulen besaß. Irgendwie hatte sie Huw Parry-Jones, dem dipsomanischen Eigentümer von Ashton House, das Cottage abgeluchst, als er noch betrunkener gewesen war als sonst, und die Rückseite grenzte an die bescheidenen Überreste von Ashton House Park – nun eine ungemähte und unbeweidete Wiese und alles, was den Parrys von den Hunderten Hektar Hügelland, die sie in diesem Teil von Oxfordshire besessen hatten, geblieben war. Seitlich stand ein Holzschuppen mit Garage, der fast vollkommen von Efeu und wildem Wein überwachsen war. Ich sah ihr Auto dort stehen, einen weißen Austin Allegro, also war sie zu Hause.

Jochen und ich öffneten die Pforte und hielten Ausschau nach ihr. Jochens Ruf »Granny, wir sind da« wurde sofort von einem lauten »Hip-hip, hurra!« erwidert, das hinter dem Haus hervorkam. Und dann kam sie selbst, im Rollstuhl über den Plattenweg. Sie hielt an und streckte die

Arme aus, als wollte sie uns beide miteinander umarmen, aber wir blieben wie angewurzelt stehen.

»Warum in aller Welt sitzt du im Rollstuhl?«, fragte ich.

»Schieb mich rein, Liebes«, sagte sie, »und alles klärt sich auf.«

Als ich sie mit Jochen ins Haus schob, sah ich, dass eine kleine Holzrampe zur Türschwelle hinaufführte.

»Wie lange sitzt du da schon drin, Sal?«, fragte ich. »Du hättest mich anrufen sollen.«

»Oh, zwei, drei Tage«, sagte sie. »Nicht der Rede wert.«

Weil meine Mutter so auffallend gesund aussah, spürte ich nicht die Betroffenheit, die ich vielleicht hätte empfinden müssen. Ihr Gesicht war leicht gebräunt, ihr dichtes graublondes Haar glänzte und war frisch geschnitten. Und wie um diese Schnelldiagnose zu bestätigen, entstieg sie, kaum hatten wir sie hineingeschoben, dem Rollstuhl, beugte sich mühelos vor und gab Jochen einen Kuss.

»Ich bin gestürzt«, sagte sie und zeigte auf die Treppe. »Die letzten zwei oder drei Stufen – gestolpert, gefallen, und hab mir am Rücken wehgetan. Der Rollstuhl ist eine Empfehlung von Doktor Thorne, damit ich nicht so viel herumlaufe. Vom Laufen wird es nämlich schlimmer.«

»Wer ist Doktor Thorne? Was ist mit Doktor Brotherton?«

»Der hat Ferien. Doktor Thorne ist die Vertretung – war die Vertretung ... Netter junger Mann«, fügte sie hinzu. »Jetzt bin ich ihn wieder los.«

Sie ging voraus zur Küche. Ich suchte in ihrer Haltung, ihrem Gang nach Anzeichen für einen schmerzenden Rücken, konnte aber nichts entdecken.

»Er ist wirklich nützlich«, sagte sie, als spürte sie meine wachsende Verunsicherung, meine Ungläubigkeit. »Der Rollstuhl, meine ich, beim Wirtschaften. Nicht zu glauben, wie viele Stunden am Tag man auf den Beinen ist.«

Jochen schaute in den Kühlschrank. »Was gibt's zu Mittag, Granny?«

»Salat«, sagte sie. »Zum Kochen ist es zu heiß. Gieß dir was zu trinken ein, mein Schatz.«

»Salat ess ich gern«, sagte Jochen und nahm sich eine Dose Coca-Cola. »Was Kaltes hab ich am liebsten.«

»Guter Junge.« Meine Mutter zog mich beiseite. »Ich fürchte, heute kann er nicht bleiben. Das wird mir zu viel, wegen des Rollstuhls und überhaupt.«

Ich unterdrückte meine Enttäuschung und meine egoistischen Regungen – die Samstagnachmittage für mich zu haben, während Jochen den halben Tag in Middle Ashton verbrachte, war mir zur lieben Gewohnheit geworden. Meine Mutter ging ans Fenster und spähte unter vorgehaltener Hand hinaus. Von der Essecke sah man in den Garten, und der Garten grenzte an die Wiese, die nur sporadisch gemäht wurde, manchmal in Abständen von zwei oder drei Jahren, daher war sie voller Wildblumen und bestand aus unzähligen Grassorten und Unkraut. Und jenseits der Wiese begann der Wald, der aus irgendeinem vergessenen Grund Witch Wood hieß – ein uralter Bestand aus Eichen, Buchen und Kastanien, nur die Ulmen fehlten natürlich oder gingen gerade ein. Ich fand es merkwürdig, dass sie so angestrengt hinausblickte. Das passt nicht zu ihren üblichen Marotten und Eigenheiten, sagte ich mir. Ich legte ihr beruhigend die Hand auf die Schulter.

»Ist alles in Ordnung, altes Haus?«

»Hmm. Es war nur ein Sturz. Ein Schock für den Organismus, wie es heißt. In ein, zwei Wochen bin ich wieder auf dem Posten.«

»Sonst ist nichts? Du würdest es mir doch sagen, oder?«

Sie wandte mir ihr hübsches Gesicht zu und bedachte mich mit dem offenherzigen Blick, den ich so gut kannte – große blassblaue Augen. Aber inzwischen, nach allem, was ich hinter mir hatte, konnte ich diesem Blick standhalten, ich ließ mich nicht mehr so leicht ins Bockshorn jagen.

»Was soll denn sein, meine Liebe? Glaubst du, ich werde senil?«

Ungeachtet dessen bat sie mich, sie im Rollstuhl durchs Dorf bis zur Post zu fahren, um unnötigerweise eine Flasche Milch und eine Zeitung zu kaufen. Mit Mrs Cumber, der Postfrau, redete sie ausführlich über ihren schlimmen Rücken, und auf der Rückfahrt ließ sie mich halten, um über den Steinwall hinweg mit dem jungen Bauunternehmer Percy Fleet und seiner langjährigen Freundin (Melinda? Melissa?) zu plaudern, während die ihren Gartengrill anheizten – eine Ziegelkonstruktion mit Schornstein, die sich stolz auf der Betonfläche vor dem neuen Wintergarten erhob. Sie bedauerten meine Mutter: Ein Sturz, das war wirklich das Schlimmste. Melinda führte das Beispiel ihres alten, von Schlaganfällen heimgesuchten Onkels an, der nach einem Sturz im Badezimmer wochenlang verwirrt gewesen war.

»So was will ich auch, Percy«, sagte meine Mutter und zeigte auf den Wintergarten. »Sehr schön.«

»Ein Voranschlag kostet nichts, Mrs Gilmartin.«

»Wie hat es Ihrer Tante hier gefallen? Hat sie sich amüsiert?«

»Meiner Schwiegermutter«, berichtigte Percy.

»Ach ja, natürlich. Ihrer Schwiegermutter.«

Wir verabschiedeten uns, und ich schob sie unwillig die holprige Straße entlang, während in mir Ärger darüber hochstieg, dass sie mich zur Mitwirkenden in dieser Theatervorstellung gemacht hatte. Überhaupt kommentierte sie ständig das Kommen und Gehen der Leute, als würde sie alle überwachen und jedes Mal die Stechuhr betätigen wie ein übereifriger Vorarbeiter, der seine Untergebenen schikaniert – das machte sie schon, solange ich denken konnte.

Reg dich nicht auf, sagte ich mir. Nach dem Essen fahre ich mit Jochen zurück, er kann im Garten spielen, wir können in den Parks der Uni spazieren gehen …

»Du darfst mir nicht böse sein, Ruth.« Sie blickte über die Schulter zu mir auf.

Ich hörte auf zu schieben und zündete mir eine Zigarette an. »Ich bin dir nicht böse.«

»O doch, das bist du. Lass mich einfach sehen, wie ich zurechtkomme. Nächsten Samstag ist vielleicht alles wieder in Ordnung.«

Als wir zurück waren, sagte Jochen mit Grabesstimme: »Vom Rauchen kann man Krebs kriegen.« Ich fuhr ihn an, und wir aßen unsere Mahlzeit in ziemlich angespannter Stimmung mit langen Schweigephasen, die meine Mutter ab und zu mit heiter-banalen Bemerkungen über das Dorf unterbrach. Sie überredete mich zu einem Glas Wein, und ich wurde etwas lockerer. Ich half ihr beim Abwasch und trocknete ab, während sie die Gläser im heißen Wasser spülte. Mutter-Tochter, Tochter-Mutter, sucht die Tochter in der Butter, reimte ich vor mich hin, plötzlich froh, dass Wochenende war, ohne Unterricht, ohne Studenten, und dachte mir, dass es vielleicht gar nicht so schlecht war, einmal ein wenig Zeit mit meinem Sohn zu verbringen. Da sagte meine Mutter etwas Merkwürdiges.

Sie hielt wieder die Hand über die Augen und blickte zum Wald hinüber.

»Was ist?«

»Siehst du jemanden? Ist da jemand im Wald?«

Ich schaute. »Niemand, den ich sehen würde. Warum?«

»Mir war, als hätte ich jemanden gesehen.«

»Wanderer, Spaziergänger – heute ist Samstag, die Sonne scheint.«

»Na klar: Die Sonne scheint, und die Welt ist in bester Ordnung.«

Sie ging zur Anrichte, holte das Fernglas, das dort immer lag, und richtete es auf den Wald.

Ich ignorierte ihren Sarkasmus, machte mich auf die Suche nach Jochen, damit wir losfahren konnten. Demonstrativ setzte sich meine Mutter in den Rollstuhl und fuhr zur Haustür. Jochen erzählte ihr vom Bierfahrer und meinem schamlosen Gebrauch von Schimpfwörtern. Meine Mutter nahm sein Gesicht in die Hände und lächelte ihn liebevoll an.

»Deine Mutter kann sehr wütend werden, wenn sie will, und dieser Mann war ganz bestimmt sehr dumm«, sagte sie. »Deine Mutter ist eine zornige junge Frau.«

»Na, vielen Dank auch, Sal«, sagte ich und beugte mich über sie, um sie auf die Stirn zu küssen. »Ich ruf dich heute Abend an.«

»Tust du mir einen kleinen Gefallen?«, sagte sie, und dann bat sie mich, es in Zukunft zweimal klingeln zu lassen, aufzulegen und neu zu wählen. »Dann weiß ich, dass du's bist«, erklärte sie. »Mit dem Rollstuhl komm ich nicht so schnell durchs Haus.«

Jetzt machte ich mir zum ersten Mal wirklich Sorgen. Waren das nicht schon Wahnvorstellungen oder Anzeichen geistiger Zerrüttung? Aber sie sah den Blick in meinen Augen.

»Ich weiß, was du denkst, Ruth«, sagte sie. »Du liegst falsch, völlig falsch.« Sie erhob sich aus dem Rollstuhl und stand plötzlich hoch aufgereckt und starr da. »Warte einen Augenblick«, sagte sie und stieg die Treppe hinauf.

»Hast du Granny wieder geärgert?«, fragte Jochen mit leisem Vorwurf.

»Nein.«

Meine Mutter kam die Treppe herunter – ohne Anstrengung, wie mir schien – und trug einen dicken gelbbraunen Schnellhefter unter dem Arm. Sie hielt ihn mir hin.

»Ich möchte, dass du das liest«, sagte sie.

Ich nahm ihr den Hefter ab. Er schien etliche Dutzend Seiten zu enthalten – verschiedene Papiersorten und Formate. Ich schlug ihn auf. Es gab eine Titelseite: DIE GESCHICHTE DER EVA DELEKTORSKAJA.

»Eva Delektorskaja«, sagte ich verdutzt. »Wer ist das?«

»Ich«, erwiderte sie. »Ich bin Eva Delektorskaja.«

Die Geschichte der Eva Delektorskaja

Paris 1939

Zum ersten Mal hatte Eva Delektorskaja den Mann bei der Beerdigung ihres Bruders Kolja gesehen. Auf dem Friedhof stand er ein wenig abseits der Trauergemeinde. Er trug einen Hut – einen alten braunen Schlapphut, was ihr seltsam vorkam. Sie hielt sich an diesem Detail fest: Welche Sorte Mann würde mit einem braunen Schlapphut zur Beerdigung gehen? Was war das für eine Art von Pietät? Und sie hing dem Gedanken weiter nach, um das übermächtige Gefühl der Trauer halbwegs im Zaum zu halten, um nicht vollends die Fassung zu verlieren.

Aber danach zu Hause, bevor die Trauergäste eintrafen, fing ihr Vater zu schluchzen an, und da konnte auch Eva die Tränen nicht mehr zurückhalten. Ihr Vater hielt ein gerahmtes Foto von Kolja in den Händen, umklammerte es krampfhaft – wie ein rechteckiges Lenkrad. Eva legte ihm die Hand auf die Schulter, und mit der anderen wischte sie sich schnell die Tränen ab. Sie wusste nicht, was sie sagen sollte. Irène, ihre Stiefmutter, kam mit einem klirrenden Tablett herein, darauf eine Karaffe Brandy und ein paar winzige Gläschen, nicht größer als Fingerhüte. Sie setzte es ab und ging in die Küche zurück, um einen Teller mit Zuckermandeln zu holen. Eva beugte sich über ihren Vater und bot ihm ein Glas an.

»Papa«, sagte sie mit versagender Stimme, »nimm einen kleinen Schluck – hier, siehst du, ich trinke auch etwas.« Sie nippte an ihrem Brandy und spürte das Brennen auf den Lippen.

Seine dicken Tränen fielen auf das Bild. Er blickte zu ihr auf, zog sie an sich und küsste sie auf die Stirn.

»Er war erst vierundzwanzig … vierundzwanzig …«, flüsterte er, als wäre Koljas Alter etwas Unglaubliches, als hätte jemand zu ihm gesagt: Ihr Sohn hat sich in Luft aufgelöst, oder: Ihr Sohn hat Flügel bekommen und ist davongeflogen.

Irène kam herüber, bog sanft seine Finger auseinander und nahm ihm behutsam das Bild weg.

»Mange, Serge«, sagte sie, »bois – il faut boire.«

Sie stellte das Bild auf dem Tischchen ab und begann die kleinen Gläser auf dem Tablett zu füllen. Eva hielt ihrem Vater den Teller mit den Zuckermandeln hin. Achtlos nahm er sich eine Handvoll und ließ ein paar zu Boden fallen. Sie schlürften ihren Brandy, knabberten Mandeln und tauschten Banalitäten aus: wie froh sie waren, dass der Tag trübe und windstill war, dass Sonnenschein unpassend gewesen wäre; wie schön es war, dass Monsieur Dieudonné die weite Reise von Neuilly gewagt hatte, und wie schäbig und geschmacklos, dass die Lussipows mit einem Trockenstrauß gekommen waren. Getrocknete Blumen! Allen Ernstes! Eva schaute immer wieder zum Bild von Kolja hinüber, der in seinem grauen Anzug lächelte, als würde er ihnen amüsiert zuhören, mit einem schelmischen Glitzern in den Augen, bis das Unfassbare des Verlusts, der Affront seiner Abwesenheit, über ihr zusammenschlug wie eine Flutwelle und sie wegschauen musste. Zum Glück klingelte es, und Irène stand auf, um die ersten Gäste zu empfangen. Eva blieb bei ihrem Vater sitzen, hörte, während Mäntel und Hüte abgelegt wurden, das gedämpfte Geräusch taktvoller Worte und sogar ein ersticktes Lachen als Anzeichen jener seltsamen Mischung aus Trauer und unbändiger Erleichterung, welche die Menschen nach einer Beerdigung zu befallen pflegt.

Als Evas Vater das Lachen hörte, schaute er sie an, schniefte und zog die Schultern hoch, verzagt und hilflos wie ein Mann, dem selbst die einfachsten Antworten entfallen sind, und sie sah, wie alt er plötzlich geworden war.

»Nur noch du und ich, Eva«, sagte er. Sie wusste, dass er an Marja dachte, seine erste Frau, seine Mascha, ihre Mutter – und an ihren Tod vor vielen Jahren am anderen Ende der Welt. Eva war vierzehn gewesen, Kolja zehn, und zu dritt hatten sie Hand in Hand auf dem Ausländerfriedhof von Tientsin gestanden, umweht von den Blütenblättern der riesigen weißen Glyzinie, die auf der Friedhofsmauer wuchs – wie von Schneeflocken, wie von dickem, weichem Konfetti. »Nur noch wir drei«, hatte er damals gesagt, als sie am Grab der Mutter standen und sich fest bei den Händen hielten.

»Wer war der Mann mit dem braunen Schlapphut?«, fragte Eva. Er war ihr gerade wieder eingefallen, und sie wollte das Thema wechseln.

»Ein Mann mit einem braunen Schlapphut?«, fragte ihr Vater.

Da schoben sich die Lussipows schüchtern und vage lächelnd ins Zimmer, gefolgt von Evas molliger Cousine Tanja und ihrem neuen, sehr kleinen Mann, und ihre seltsame Frage nach dem Mann mit dem braunen Schlapphut war vergessen.

Aber sie sah ihn wieder, drei Tage später, am Montag – ihrem ersten Arbeitstag nach der Beerdigung –, als sie mittags das Büro verließ, um essen zu gehen. Er stand unter der Markise der Épicerie auf der anderen Straßenseite, trug einen langen Tweedmantel – dunkelgrün – und seinen unpassenden Schlapphut. Er fing ihren Blick auf, nickte, lächelte, überquerte die Straße und nahm den Hut, um sie zu begrüßen.

Er sprach ein hervorragendes, akzentfreies Französisch:

»Mademoiselle Delektorskaja, mein aufrichtiges Beileid wegen Ihres Bruders. Bitte entschuldigen Sie, dass ich Sie während der Beerdigung nicht ansprach, aber es kam mir nicht angemessen vor, zumal uns Kolja nie vorgestellt hat.«

»Ich wusste nicht, dass Sie Kolja kannten.« Diese Tatsache warf sie schon aus der Bahn; in ihrem Kopf rumorte es, leichte Panik erfasste sie – etwas stimmte nicht.

»Aber ja. Nicht direkt befreundet, aber gute Bekannte, könnte man sagen.« Er machte eine leichte Verbeugung und fuhr fort, diesmal in fehlerlosem Englisch: »Verzeihen Sie, mein Name ist Lucas Romer.«

Der Akzent war Upperclass, aristokratisch, aber Eva dachte sofort, dass dieser Mr Lucas Romer überhaupt nicht aussah wie ein Engländer. Er hatte welliges schwarzes Haar, zurückgekämmt und vorn schon dünner werdend, und seine Gesichtsfarbe war geradezu – sie suchte nach dem treffenden Wort – schwärzlich, mit dichten Augenbrauen, die aussahen wie zwei horizontale Striche zwischen der hohen Stirn und den Augen, die von einem schlammigen Blaugrau waren (sie achtete immer auf die Augenfarbe der Leute). Sein Kinn wirkte metallisch hart und zeigte, obwohl frisch rasiert, einen Anflug von Bart.

Er spürte, dass sie ihn musterte, und strich unwillkürlich über sein dünnes Haar. »Hat Kolja nie mit Ihnen über mich gesprochen?«, fragte er.

»Nein«, antwortete Eva, nun ebenfalls auf Englisch. »Nein, einen Lucas Romer hat er mir gegenüber nie erwähnt.«

Aus irgendwelchen Gründen lächelte er über ihre Feststellung und zeigte seine sehr weißen, ebenmäßigen Zähne.

»Sehr gut«, sagte er nachdenklich und nickte, um seine Zufriedenheit zu signalisieren, dann fügte er hinzu: »Das ist übrigens mein wirklicher Name.«

»Etwas anderes hätte ich auch nicht vermutet«, sagte Eva und reichte ihm die Hand. »Es war mir ein Vergnügen,

Mr Romer. Wenn Sie mich entschuldigen wollen. Ich habe nur eine halbe Stunde Zeit für meinen Lunch.«

»Nein. Sie haben zwei Stunden Zeit. Ich habe Monsieur Frellon gesagt, dass ich Sie in ein Restaurant führe.«

Monsieur Frellon war ihr pünktlichkeitsbesessener Chef.

»Warum sollte Monsieur Frellon das erlauben?«

»Weil er glaubt, dass ich vier Dampfschiffe bei ihm chartern werde, und da ich kein Wort Französisch spreche, muss ich die Details mit seiner Dolmetscherin aushandeln.« Er deutete mit dem Hut in die andere Richtung. »In der Rue du Cherche-Midi kenne ich ein kleines Lokal. Vorzügliche Fischgerichte. Mögen Sie Austern?«

»Ich hasse Austern.«

Er lächelte nachsichtig wie über ein launisches Kind, aber diesmal waren seine weißen Zähne nicht zu sehen.

»Dann werde ich Ihnen mal zeigen, wie man Austern genießbar macht.«

Das Restaurant hieß Le Tire Bouchon, und Lucas Romer zeigte ihr tatsächlich, wie man Austern genießbar machte (mit Rotweinessig, gehackten Schalotten, schwarzem Pfeffer und Zitronensaft, gefolgt von einem Happen gebutterten Schwarzbrots). Eigentlich aß sie Austern ab und zu ganz gern, aber sie wollte der maßlosen Selbstsicherheit dieses seltsamen Mannes die Spitze abbrechen.

Beim Essen (Seezunge bonne femme nach den Austern, Käse, Tarte tatin, eine halbe Flasche Chablis und eine ganze Flasche Morgon) sprachen sie über Kolja. Eva wurde klar, dass Romer über alles, was Kolja betraf, Bescheid wusste – über sein Alter, seine Erziehung, die Flucht der Familie aus Russland nach der Revolution von 1917, den Tod der Mutter in China, über die Irrfahrt der Delektorskis von St. Petersburg über Wladiwostok, Tientsin, Schanghai nach Tokio, bis sie 1924 in Berlin landeten und von dort 1928 schließlich nach Paris weiterzogen. Er wusste auch von der Eheschließung Sergej Pawlowitsch Delektorskis mit der kinderlosen Witwe Irène Argenton im Jahr 1932 und dem bescheidenen finanziellen Aufschwung der Familie dank der von Madame Argenton eingebrachten Mitgift. Er wusste sogar noch mehr, wie sie herausfand, nämlich dass ihr Vater in letzter Zeit Herzprobleme hatte und seine Gesundheit zu wünschen übrig ließ. Wie viel weiß er über mich, fragte sich Eva, wenn er so viel über Kolja weiß?

Er hatte zweimal Kaffee bestellt und für sich einen Schnaps. Aus einem zerbeulten silbernen Etui bot er ihr eine Zigarette an – sie nahm eine, er gab ihr Feuer.

»Sie sprechen ein exzellentes Englisch«, sagte er.

»Ich bin ja auch halb englisch«, erklärte sie, als wüsste er das nicht. »Meine Mutter war Engländerin.«

»Also sprechen Sie Russisch, Englisch und Französisch. Noch etwas?«

»Ein wenig Deutsch. Mäßig, nicht fließend.«

»Gut … Wie geht es übrigens Ihrem Vater?«, fragte er, während er seine Zigarette anzündete und den Rauch mit dramatischer Geste zur Decke blies.

Eva zögerte. Was sollte sie diesem wildfremden Menschen erzählen, der sich wie ein Vertrauter benahm, wie ein Cousin, ein besorgter Onkel, der sich nach der Familie erkundigte? »Es geht ihm nicht gut. Er ist untröstlich – wie wir alle. Dieser Schock – Sie können sich nicht vorstellen … Ich fürchte, Koljas Tod bringt ihn noch um. Meine Stiefmutter macht sich große Sorgen.«

»Ah ja. Kolja hat Ihre Stiefmutter bewundert.«

Eva wusste nur zu gut, dass Koljas Verhältnis zu Irène bestenfalls ein angespanntes gewesen war. Madame Argenton hatte in ihm so etwas wie einen Taugenichts gesehen, einen Träumer der irritierenden Art.

»Der Sohn, den sie nie hatte«, fügte Romer hinzu.

»Hat Ihnen Kolja das erzählt?«, fragte Eva.

»Nein. Ich vermute es.«

Eva drückte ihre Zigarette aus. »Ich werde jetzt besser gehen«, sagte sie und stand auf. Romer lächelte unangenehm. Sie spürte, dass er sich über ihre plötzliche Kälte, ihre Abruptheit freute – als hätte sie irgendeine kleine Prüfung bestanden.

»Haben Sie nicht etwas vergessen?«, sagte er.

»Ich glaube nicht.«

»Ich wollte doch vier Dampfschiffe bei Frellon, Gonzales & Cie. chartern. Nehmen Sie noch einen Kaffee, und wir besprechen die Details.«

Wieder im Büro, konnte Eva plausibel darlegen, welche Tonnagen, Zeiträume und Zielhäfen Romer im Sinn hatte. Monsieur Frellon zeigte sich hocherfreut über den Ertrag ihrer verlängerten Mittagspause. Romer sei ein »dicker Fisch«, wiederholte er ständig, »den müssen wir an Land ziehen«. Eva fiel auf, dass Romer ihr, obwohl sie zwei- oder dreimal das Gespräch darauf gebracht hatte, nicht erzählt hatte, wann, wo und wie er mit Kolja zusammengetroffen war.

Zwei Tage später, als sie mit der Metro zur Arbeit fuhr, stieg Romer an der Place Clichy in ihren Wagen ein. Er stand ein paar Fahrgäste entfernt und winkte ihr freundlich zu. Eva wusste sofort, dass es kein Zufall war, und glaubte ohnehin nicht, dass der Zufall eine besondere Rolle im Leben Lucas Romers spielte. Am Bahnhof Sèvres-Babylone stiegen sie aus und machten sich zusammen auf den Weg zu ihrem Büro, nachdem Romer ihr erklärt hatte, er habe einen Termin bei Monsieur Frellon. Es war ein trüber Tag, der Himmel war von Wölkchen überzogen, nur ab und zu brach die Sonne durch; ein plötzlicher Windstoß zerrte an ihrem Rock und dem blauvioletten Halstuch. Als sie das kleine Café an der Ecke Rue de Varenne und Boulevard Raspail erreichten, schlug Romer eine Pause vor.

»Was wird aus Ihrem Termin?«

»Ich sagte, dass ich irgendwann am Vormittag vorbeikomme.«

»Aber ich komme zu spät«, wandte sie ein.

»Er wird nichts dagegen haben. Wir reden geschäftlich. Ich rufe ihn an.« Er ging zur Theke, um Telefonmünzen zu kaufen. Eva setzte sich ans Fenster und musterte ihn – nicht mit Abscheu, eher mit Neugier. Welches Spiel spielen Sie, Mr Lucas Romer?, dachte sie. Geht es um Sex mit mir oder um Geschäfte mit Frellon, Gonzales & Cie.? Wenn es um Sex ging, verschwendete er seine Zeit. Sie fand Lucas Romer nicht attraktiv. Zu viele Männer begehrten sie, während sie, im Gegenzug, nur sehr wenige begehrenswert fand. Das war der Preis, den die Schönheit manchmal forderte: Wir machen dich schön, entscheiden die Götter, aber zugleich sorgen wir dafür, dass du unglaublich schwer zufriedenzustellen bist. So früh am Morgen wollte sie nicht an ihre wenigen komplizierten und unglücklichen Liebesaffären denken, also nahm sie eine Zeitung vom Haken. Erotische Absichten schieden wohl doch aus, dachte sie sich – aber irgendetwas führte er im Schilde. Die Schlagzeilen handelten vom Spanischen Bürgerkrieg, dem Anschluss, Bucharins Hinrichtung in der Sowjetunion. Die Vokabeln starrten von Aggressivität: Aufrüstung, Territorium, Reparationen, Waffen, Drohungen, Warnungen, Krieg und zukünftige Kriege. Ja, dachte sie, er hat andere Absichten, aber sie musste abwarten, um herauszubekommen, welche es waren.

»Überhaupt kein Problem.« Er stand über ihr, auf seinem Gesicht spielte ein Lächeln. »Ich habe Ihnen Kaffee bestellt.«

Sie fragte nach Monsieur Frellons Reaktion, und Romer versicherte ihr, Monsieur Frellon sei hocherfreut gewesen über diese vielversprechende Begegnung. Der Kaffee kam, Romer lehnte sich entspannt zurück, tat reichlich Zucker in seinen *express* und rührte hingebungsvoll um. Eva musterte Romers dunkles Gesicht, als sie die Zeitung weghängte, seinen angeschmuddelten und knautschigen Kragen, seine schmale Krawatte. Was würde man in ihm vermuten? Einen Dozenten? Einen mäßig erfolgreichen Schriftsteller? Einen mittleren Beamten? Auf keinen Fall aber einen Schiffsmakler. Warum also saß sie mit diesem seltsamen Engländer in diesem Café, wenn sie nicht die geringste Lust dazu hatte? Sie beschloss, ihm auf den Zahn zu fühlen und über Kolja auszufragen.

»Seit wann kannten Sie Kolja?« Sie nahm eine Zigarette aus der Packung in ihrer Handtasche, ohne ihm eine anzubieten.

»Seit etwa einem Jahr. Wir trafen uns auf einer Party ... Jemand feierte das Erscheinen eines Buches. Wir kamen ins Gespräch ... Ich fand ihn sehr sympathisch ...«

»Welches Buch war das?«

»Das weiß ich nicht mehr.«

Sie setzte ihr Kreuzverhör fort – zu seinem wachsenden Vergnügen, wie sie nun bemerkte. Es machte ihm offensichtlich Spaß, und das ärgerte sie. Sie saß nicht zu ihrem Zeitvertreib hier oder zum Flirten – ihr Bruder war tot, und sie vermutete, dass Romer weit mehr über seinen Tod wusste, als er zuzugeben bereit war.

»Warum ist er zu der Kundgebung gegangen?«, fragte sie. »Action Française ausgerechnet! Kolja war doch kein Faschist!«

»Natürlich nicht.«

»Warum war er also dort?«

»Weil ich ihn darum gebeten hatte.«

Das war ein Schock für sie. Warum, fragte sie sich, hätte Lucas Romer Kolja Delektorski bitten sollen, zu einer Kundgebung der Action Française zu gehen, und warum, fragte sie sich weiter, hätte Kolja dieser Bitte entsprechen sollen? Aber sie fand keine schnelle oder einfache Antwort.

»Warum haben Sie ihn darum gebeten?«, fragte sie.

»Weil er für mich gearbeitet hat.«

Den ganzen Tag im Büro dachte Eva an Romer und seine verblüffenden Antworten. Nach der Behauptung, Kolja habe für ihn gearbeitet, hatte er abrupt das Gespräch beendet, in vorgebeugter Haltung, fest in ihre Augen blickend, womit er zu bekräftigen schien: Jawohl, Kolja hat für mich, Lucas Romer, gearbeitet. Er müsse jetzt gehen, sagte er unvermittelt, er habe Termine, meine Güte, es ist ja schon spät.

Nach Feierabend, während der Heimfahrt in der Metro, versuchte Eva methodisch vorzugehen, die losen Bruchstücke zu einem Puzzle zusammenzufügen, aber es wollte ihr nicht gelingen. Lucas Romer hatte Kolja auf einer Party getroffen, sie waren Freunde geworden – mehr als Freunde offenbar –, Kollegen gewissermaßen, und Kolja hatte in irgendeiner unbekannten Eigenschaft für Romer gearbeitet ... Welche Art von Arbeit war das, die ihn zum Besuch einer Kundgebung der Action Française in Nanterre veranlasst hatte? Während dieser Kundgebung war Kolja laut den Ermittlungen der Polizei ans Telefon gerufen worden. Zeugen erinnerten sich, dass er mitten im Hauptreferat von Charles Maurras, man bedenke, hinausgegangen war, dass ihm einer der Ordner einen Zettel gebracht hatte, dass mit seinem Aufbruch einige Unruhe verbunden gewesen war. Und dann das Zeitloch von fünfundvierzig Minuten – die letzten fünfundvierzig Minuten seines Lebens –, für die es keine Zeugen gab. Leute, die den Saal durch die Seitenausgänge (es war ein großes Kino) verließen, fanden seine Leiche in der Gasse hinterm Kino, er lag verdreht in einer glänzenden Blutlache auf dem Kopfsteinpflaster, getötet durch mehrere Schläge auf den Hinterkopf. Was war in den letzten fünfundvierzig Minuten seines Lebens geschehen? Als er gefunden wurde, fehlte seine Brieftasche, auch seine Uhr und sein Hut. Aber welcher Raubmörder stiehlt einen Hut?

Eva ging die Rue des Fleurs hinauf und fragte sich, was Kolja dazu bewogen haben mochte, für einen Mann wie Romer zu »arbeiten«, und warum er nie über diesen sogenannten Job gesprochen hatte. Und wer war Romer, dass er Kolja, einem Musiklehrer, einen Job antrug, der lebensgefährlich war? Einen Job, der ihn das Leben gekostet hatte? In welcher Eigenschaft und aus welchem Grund? Wegen Romers Schiffsfirma? Wegen seiner internationalen Geschäfte? Sie musste grinsen über die Absurdität dieser Vorstellung, während sie ihre üblichen zwei Baguettes kaufte, und ignorierte Benoîts leutseliges Lächeln, der ihr Grinsen als Entgegenkommen missverstand. Sofort wurde sie wieder ernst. Benoît – auch einer, der scharf auf sie war.

»Wie geht's, Mademoiselle Eva?«, fragte er und nahm das Geld in Empfang.

»Nicht so gut«, erwiderte sie. »Der Tod meines Bruders … Sie wissen schon.«

Sein Gesicht veränderte sich, zog sich vor lauter Mitgefühl in die Länge. »Eine schreckliche Geschichte«, sagte er. »Was sind das nur für Zeiten!«

Wenigstens lässt er mich jetzt eine Weile in Ruhe und stellt mir keine Fragen, dachte Eva im Gehen. Sie bog in den kleinen Vorhof des Mietshauses ein, öffnete im großen Hof die kleine Tür und nickte der Concierge, Madame Roisanssac, zu. Sie stieg die zwei Treppen hoch, schloss auf, ließ die Brote in der Küche, ging weiter zum Salon und dachte: Nein, heute bleibe ich nicht schon wieder zu Hause, nicht mit Papa und Irène; ich sehe mir einen Film an, den Film, der im Rex gezeigt wird, *Je suis partout*. Ich brauche ein bisschen Abwechslung, dachte sie, ein bisschen Raum, ein bisschen Zeit für mich selbst.

Als sie den Salon betrat, erhob Romer sich mit einem matten Begrüßungslächeln von seinem Platz. Ihr Vater stellte sich vor ihm auf und sagte in seinem schlechten Englisch und mit gespieltem Vorwurf in der Stimme: »Also wirklich, Eva! Warum sagst du mir nicht, dass du Mr Romer getroffen hast?«

»Ich habe nicht gedacht, dass es von Bedeutung ist«, erwiderte Eva, ohne den Blick von Romer abzuwenden, und versuchte, absolut neutral, absolut unbeeindruckt zu wirken. Romer lächelte und lächelte – er wirkte sehr entspannt und war eleganter gekleidet, wie sie jetzt sah, in dunkelblauem Anzug mit weißem Hemd und einer anderen englischen Streifenkrawatte.

Ihr Vater war ganz aufgeregt, er zog ihr einen Stuhl heran und sagte im Plauderton: »Mr Romer hat Kolja gekannt, hält man das für möglich?« Aber Eva hörte nur die empörten Fragen und Ausrufe, die ihr durch den Kopf fuhren. Wie können Sie es wagen, hier aufzutauchen! Was haben Sie Papa erzählt? Diese Unverschämtheit! Was ich davon halte, ist Ihnen wohl egal? Sie sah die Gläser und die Portflasche auf dem Silbertablett, sah den Teller mit Zuckermandeln und wusste, dass Romer sich diesen Empfang mühelos verschafft hatte, ganz im Vertrauen auf den Trost, den er mit seinem Besuch spenden würde. Wie lange ist er schon da?, fragte sie sich und schaute, wie viel noch in der Flasche war. Die Stimmung ihres Vaters ließ vermuten, dass sie schon mehr als ein Glas getrunken hatten.

Ihr Vater zwang sie förmlich auf den Stuhl; sie lehnte das Glas Portwein ab, nach dem es sie so dringend gelüstete. Sie sah, dass sich Romer diskret zurücklehnte, mit übergeschlagenen Beinen, sie sah dieses feine, berechnende Lächeln in seinem Gesicht. Das Lächeln eines Mannes, dachte sie, der genau zu wissen glaubt, was als Nächstes passiert.

Entschlossen, ihm einen Strich durch die Rechnung zu

machen, stand sie auf. »Ich muss los«, sagte sie. »Ich komme zu spät ins Kino.«

Irgendwie gelangte Romer vor ihr zur Tür, seine Finger ergriffen ihren rechten Ellbogen.

»Mr Delektorski«, sagte er zu ihrem Vater, »kann ich irgendwo unter vier Augen mit Eva sprechen?«

Sie wurden in sein Arbeitszimmer geleitet, eine kleine Kammer am Ende des Flurs, die mit steif wirkenden Porträtfotos der Familie Delektorski ausgestattet war, einem Schreibtisch, einem Diwan und einem Regal voller Bücher seiner russischen Lieblingsautoren: Lermontow, Puschkin, Turgenjew, Gogol, Tschechow. Es roch nach Zigarren und der Pomade, die sich ihr Vater ins Haar rieb. Sie trat ans Fenster und sah Madame Roisanssac beim Wäscheaufhängen. Plötzlich war ihr mulmig zumute. Sie hatte geglaubt, spielend mit Romer fertigzuwerden, aber nun, allein mit ihm im Zimmer ihres Vaters, sah alles ganz anders aus.

Und als hätte er das gespürt, veränderte sich auch Romer: Seine maßlose Selbstsicherheit wich einer direkteren, verbindlicheren Art. Er drängte sie, sich zu setzen, und zog einen Stuhl für sich hinter dem Schreibtisch hervor, setzte sich ihr gegenüber, als wollte er mit ihr so etwas wie ein Verhör beginnen. Er hielt ihr sein verbeultes Zigarettenetui hin, sie nahm eine Zigarette, sagte gleich darauf: Nein, lieber nicht, und gab sie zurück. Sie verfolgte, wie er sie wieder einsteckte, offensichtlich ein wenig irritiert. Wenigstens ein winziger Sieg, dachte sie – alles zählte, wenn es galt, diese Fassade aus lässiger Arroganz zu durchbrechen, und sei es nur für einen Augenblick.

»Kolja hat für mich gearbeitet, als er umkam«, begann Romer.

»Das sagten Sie schon.«

»Er wurde von den Faschisten ermordet, den Nazis.«

»Ich dachte, es sei Raubmord gewesen.«

»Er hat … er hat gefährliche Aufträge ausgeführt – und er wurde entdeckt. Ich glaube, es war Verrat.«

Eva wollte etwas sagen, entschied sich aber dagegen. In der jetzt entstehenden Stille holte Romer sein Etui erneut heraus und durchlief das ganze Ritual – er steckte die Zigarette in den Mund, klopfte die Taschen nach dem Feuerzeug ab, nahm die Zigarette aus dem Mund, stauchte sie an beiden Enden auf das Etui, zog den Aschenbecher auf dem Schreibtisch ihres Vaters näher heran, zündete die Zigarette an, inhalierte und stieß energisch den Rauch aus. Eva verfolgte den ganzen Vorgang und versuchte, völlig unbeteiligt zu wirken.

»Ich arbeite für die britische Regierung«, sagte er. »Sie verstehen, was ich meine …«

»Ja«, sagte Eva. »Ich glaube.«

»Auch Kolja hat für die britische Regierung gearbeitet. Auf meine Anweisung hat er versucht, die Action Française zu infiltrieren. Er hat sich der Bewegung angeschlossen und mir über alle Entwicklungen berichtet, die für uns von Bedeutung sein könnten.« Er wartete ab, ob sie nachfragen würde, beugte sich vor und erklärte mit ruhiger Stimme: »Es wird Krieg geben in Europa, in sechs Monaten oder einem Jahr – zwischen Nazideutschland und etlichen europäischen Ländern, so viel ist sicher. Ihr Bruder war Teil des Kampfes gegen diesen bevorstehenden Krieg.«

»Was wollen Sie damit sagen?«

»Dass er ein tapferer Mann war. Dass er nicht umsonst gestorben ist.«

Eva unterdrückte das sarkastische Lachen, das ihr in der Kehle saß, und fast im selben Augenblick spürte sie Tränen in sich aufsteigen.

»Ich wünschte, er wäre ein Feigling gewesen«, sagte sie und versuchte, das Zittern in ihrer Stimme zu unterdrücken, »dann wäre er noch am Leben. Dann könnte er im nächsten Moment durch diese Tür kommen.«

Romer stand auf und stellte sich ans Fenster, wo auch er nun verfolgte, wie Madame Roisanssac ihre Wäsche aufhängte, bis er sich wieder abwandte, sich auf die Schreibtischkante setzte und ihr in die Augen sah.

»Ich möchte Ihnen Koljas Job anbieten«, sagte er. »Ich möchte, dass Sie für uns arbeiten.«

»Ich habe einen Job.«

»Sie bekommen fünfhundert Pfund pro Jahr. Sie werden britische Bürgerin mit britischem Pass.«

»Nein, danke.«

»Sie werden in Großbritannien ausgebildet und arbeiten in verschiedenen Eigenschaften für die britische Regierung – genauso wie Kolja.«

»Danke, nein. Ich bin sehr zufrieden mit meiner jetzigen Arbeit.«

Plötzlich wollte sie nur noch, dass Kolja hereinkam, was ja ganz unmöglich war – Kolja mit seinem ironischen Lächeln und seinem müden Charme –, und ihr sagte, was sie tun sollte, was sie dem Mann mit dem beharrlichen Blick und den beharrlichen Forderungen sagen sollte. Was soll ich machen, Kolja? Sie hörte die Frage in ihrem Kopf. Sag mir, was ich tun soll, und ich tu's.

Romer stand auf. »Ich habe mit Ihrem Vater gesprochen und schlage vor, dass Sie es auch tun.« Er ging zur Tür, tippte mit zwei Fingern an seine Stirn, als hätte er etwas vergessen. »Ich sehe Sie morgen – oder übermorgen. Denken Sie ernsthaft über meinen Vorschlag nach, Eva, und was das für Sie und Ihre Familie bedeutet.« Dann schien seine Stimmung abrupt zu wechseln, als hätte ihn eine plötzliche Erregung gepackt, als würde er seine Maske für einen Moment fallen lassen. »Zum Teufel noch mal, Eva«, sagte er. »Ihr Bruder ist von diesen Gangstern ermordet worden, diesem widerwärtigen Pack – Sie kriegen die Chance, ihn zu rächen, sie büßen zu lassen.«

»Auf Wiedersehen, Mr Romer, es war reizend, Sie zu sehen.«

Eva schaute aus dem Zugfenster, draußen zog die schottische Landschaft vorüber. Es war Sommer, doch ihr schien, als wäre die Landschaft unter dem niedrigen weißen Himmel von den Spuren harter Winter gezeichnet – die kleinen, zähen, von einem beständigen Wind gekrümmten und deformierten Bäume, das büschelige Gras, die sanften grünen Hügel mit ihrem dunklen Schorf aus Heidekraut. Es mag ja Sommer sein, schien das Land zu sagen, aber ich bleibe lieber auf der Hut. Sie dachte an andere Landschaften, die sie aus dem Zug gesehen hatte, und tatsächlich war ihr manchmal so, als wäre ihr Leben aus vielen Zugfahrten zusammengesetzt, aus einer Abfolge fremder Gegenden, die an ihrem Fenster vorübergehuscht waren – von Moskau nach Wladiwostok, von Wladiwostok nach China … Luxuriöse *wagons lits*, Truppenzüge, Güterzüge, Bummelzüge auf Nebenstrecken, Tage des Wartens auf eine Ersatzlok. Mal in überfüllten Zügen, fast erstickend im Mief der zusammengepressten Leiber, dann wieder in der melancholischen Einsamkeit leerer Abteile, Nacht für Nacht das eintönige Rattern der Räder im Ohr; mal mit leichtem Gepäck, nur mit einem Köfferchen, dann wieder befrachtet mit der gesamten Habe, wie ein Flüchtling ohne Ziel. All diese Reisen: von Hamburg nach Berlin, von Berlin nach Paris und jetzt von Paris nach Schottland. Noch immer mit unbekanntem Ziel, dachte sie und sehnte sich ein wenig nach der alten Erregung, der alten Romantik.

Eva schaute auf die Uhr – noch zehn Minuten bis Edinburgh. Ein älterer Geschäftsmann saß im Abteil und nickte ständig über seinem Roman ein, der Kopf mit den hässlich erschlafften Zügen fiel von einer Seite zur anderen. Eva nahm ihren neuen Pass aus der Handtasche und betrachtete ihn vielleicht zum hundertsten Mal. Er war 1935 ausgestellt worden und trug die Einreisestempel mehrerer europäischer Länder: Belgiens, Portugals, der Schweiz und interessanterweise auch der USA. Alle diese Länder hatte sie offenbar bereist. Das Foto war unscharf und überbelichtet: Es ähnelte ihr – einer strengeren, trotzigeren Eva (wo hatten sie das aufgetrieben?) –, aber selbst sie konnte nicht entscheiden, ob es wirklich echt war. Ihr Name, ihr neuer Name, lautete Eve Dalton. Aus Eva Delektorskaja war Eve Dalton geworden. Warum nicht Eva? Sie vermutete, dass »Eve« englischer klang, aber Romer hatte ihr ohnehin keine Wahl gelassen.

An dem Abend, als sich Romer so abrupt verabschiedet hatte, war sie in den Salon gegangen, um mit ihrem Vater zu reden. Ein Job für die britische Regierung, sagte sie, fünfhundert Pfund jährlich, ein britischer Pass. Er tat überrascht, aber es war klar, dass Romer ihn bis zu einem gewissen Grad eingeweiht hatte.

»Du wärst englische Staatsbürgerin, mit Pass«, sagte ihr Vater mit einem ungläubigen Gesichtsausdruck, der schon fast tölpelhaft wirkte – als wäre es undenkbar, dass ein so unbedeutender Mensch wie er eine Tochter mit britischem Pass haben könnte. »Weißt du, was ich dafür geben würde, englischer Staatsbürger zu sein?«, sagte er und machte mit der rechten Hand eine Sägebewegung am linken Arm.

»Ich traue ihm nicht«, sagte Eva. »Und warum sollte er das für mich tun?«

»Nicht für dich, für Kolja. Kolja hat für ihn gearbeitet. Kolja ist dafür gestorben.«

Sie goss sich ein Gläschen Portwein ein, trank es aus und behielt den süßen Schluck ein paar Sekunden im Mund.

»Für die britische Regierung arbeiten«, sagte sie, »du weißt, was das bedeutet.«

Er ging auf sie zu und nahm ihre Hände. »Es gibt tausend Möglichkeiten, für die britische Regierung zu arbeiten.«

»Ich werde ablehnen. Ich fühle mich wohl in Paris – und in meinem Beruf.«

Wieder reagierte ihr Vater mit einem übertriebenen, fast parodistischen Gesichtsausdruck: Diesmal war es Verblüffung, ein so komplettes Unverständnis, dass ihm schwindlig wurde. Er setzte sich hin, wie um es unter Beweis zu stellen.

»Eva«, sagte er mit ernster, getragener Stimme. »Überleg doch mal: Du musst es tun. Aber nicht wegen des Geldes oder wegen des Passes oder damit du in England leben kannst. Es ist doch ganz einfach: Du musst es für Kolja tun – für deinen Bruder.« Er zeigte auf Koljas Foto. »Kolja ist tot«, sagte er, und es klang einfältig, fast idiotisch – als hätte er die Tatsache seines Todes eben erst zur Kenntnis genommen. »Ermordet. Was bleibt dir da anderes übrig?«

»Gut, ich werde darüber nachdenken«, erwiderte sie kühl, um sich nicht von seinen Gefühlen überrumpeln zu lassen, und ging hinaus. Aber ungeachtet dessen, was die rationale Seite ihres Verstandes sagte – alles abwägen, nichts übereilen, es ist dein Leben, um das es hier geht –, wusste sie, dass ihr Vater schon alles Wesentliche gesagt hatte. Es ging weder um Geld noch um den Pass, noch um ihre Sicherheit. Kolja war tot. Kolja war ermordet worden. Sie musste es für Kolja tun. So einfach war das.

Sie sah Romer zwei Tage später auf der anderen Straßenseite stehen, als sie zum Essen ging, unter der Markise der Épicerie wie an jenem ersten Tag. Diesmal wartete er, dass sie auf ihn zuging, und als sie die Straße überquerte, spürte sie einen starken Widerstand – als wäre sie abergläubisch und soeben mit einem bösen Omen konfrontiert worden. Ein absurder Gedanke kam in ihr hoch: Fühlen sich Menschen so, wenn sie in eine Ehe einwilligen?

Sie tauschten einen Händedruck, und Romer führte sie in das Café. Nachdem er bestellt hatte, überreichte ihr Romer einen gelbbraunen Umschlag. Er enthielt einen Pass, fünfzig Pfund in bar und eine Fahrkarte von Paris, Gare du Nord, nach Edinburgh, Waverley Station.

»Und wenn ich Nein sage?«

»Dann geben Sie mir alles zurück. Niemand wird Sie zwingen.«

»Aber Sie hatten den Pass schon fertig.«

Romer zeigte beim Lächeln die Zähne. Vielleicht ist das Lächeln diesmal echt, dachte sie.

»Sie ahnen ja nicht, wie leicht es ist, einen Pass zu fälschen. Nein, ich dachte mir …« Er zog die Stirn kraus. »Ich kenne Sie nicht so, wie ich Kolja kannte, aber ich dachte mir, seinetwegen und weil Sie mich an ihn erinnern, gäbe es eine Chance, dass Sie bei uns mitmachen.«

Eva musste fast lachen beim Gedanken an das Gespräch, diese Mischung aus Aufrichtigkeit und abgrundtiefer Verlogenheit, und beugte sich zum Fenster, als der Zug unter Dampf in Edinburgh einfuhr. Sie verrenkte den Hals, um die Burg auf dem Felsen zu sehen – fast schwarz, wie aus Kohle auf einen Kohlefelsen gebaut, ragte sie über ihr auf, während der Zug langsamer wurde und in den Bahnhof einfuhr. Jetzt erschienen Streifen von Blau zwischen den dahinjagenden Wolken, es wurde heiterer, der Himmel war nicht mehr weiß und neutral – vielleicht wirkten deshalb die Burg und der Felsen so schwarz.

Sie stieg mit ihrem Koffer aus dem Zug (»nur einen Koffer«, hatte Romer insistiert) und lief den Bahnsteig entlang. Er hatte ihr lediglich gesagt, dass sie abgeholt würde. Ihr Blick streifte Familien und Pärchen, die sich begrüßten und umarmten, höflich lehnte sie die Dienste eines Gepäckträgers ab und betrat die große Bahnhofshalle.

»Miss Dalton?«

Sie drehte sich um – und staunte, wie schnell sie sich an ihren neuen Namen gewöhnt hatte, denn Miss Eve Dalton war sie erst seit zwei Tagen. Vor ihr stand ein etwas feister Mann mit zu engem grauem Anzug und zu engem Kragen.

»Ich bin Staff Sergeant Law«, sagte der Mann. »Bitte folgen Sie mir.« Er bot ihr nicht an, den Koffer zu tragen.

2

Ludger Kleist

»Yes, Mrs Amberson thought, it was my doing nothing that made the difference.«

Hugues blickte noch verstörter drein als gewöhnlich, beinahe entsetzt. Die englische Grammatik machte ihm sowieso zu schaffen – er ächzte, stöhnte, murmelte Französisches –, aber heute trieb ich ihn zur Verzweiflung.

»My doing nothing – was?«, sagte er hilflos.

»My doing nothing – nichts. Das ist ein Gerundium.« Ich versuchte, munter und motiviert auszusehen, beschloss dann aber, zehn Minuten früher Schluss zu machen. Im Kopf spürte ich den Druck erzwungener Konzentration – ich hatte mich mit wahrem Feuereifer in die Arbeit gestürzt, nur um meinen Verstand zu beanspruchen –, aber nun war es vorbei mit meiner Geduld. »Das Gerundium und das Gerundiv nehmen wir uns morgen vor«, sagte ich, klappte das Buch zu (*Life with the Ambersons, Vol. III*), und da ich sah, wie sehr ich ihn verunsichert hatte, fügte ich begütigend hinzu: »C'est très compliqué.«

»Ah, bon.«

Nicht nur Hugues, auch ich hatte die Amberson-Familie und ihre anstrengenden Ausflüge durch die englische Grammatik gründlich satt. Und doch war ich an die Ambersons und ihren schrecklichen Lebenswandel gefesselt wie ein Lohndiener, denn der nächste Schüler war schon im Anmarsch – also noch zwei Stunden in ihrer Gesellschaft.

Hugues zog seine Jacke über – sie war olivgrün und

schwarz kariert und vermutlich aus Kaschmirwolle. Offenbar sollte es eine Jacke sein, wie sie von typischen Engländern getragen wurde, wenn sie nach ihren Hunden schauten, ihren Gutsinspektor aufsuchten, Tee mit ihrer alten Tante tranken, aber ich musste zugeben, dass mir ein Landsmann mit so edler und gut geschnittener Kleidung noch nicht über den Weg gelaufen war.

Hugues Corbillard stand in meinem kleinen, engen Arbeitszimmer, noch immer mit verstörtem Gesicht, und strich über seinen blonden Schnurrbart – sicher denkt er über das Gerundium und das Gerundiv nach, dachte ich. Er war eine junge, aufstrebende Führungskraft bei P'TIT PRIX, einer französischen Discounterkette, und seine Chefs hatten ihn dazu verdonnert, sein Englisch aufzubessern, damit P'TIT PRIX neue Märkte erschließen konnte. Ich mochte ihn – eigentlich mochte ich die meisten meiner Schüler –, aber Hugues war von einer seltenen Faulheit. Oft sprach er die ganze Stunde hindurch Französisch, während ich Englisch mit ihm redete, aber heute hatte ich ihn über die Eskaladierwand gejagt. Normalerweise redeten wir über alles, nur nicht über englische Grammatik, um uns die Ambersons und ihre Abenteuer zu ersparen – ihre Reisen, ihre kleinen Katastrophen (tropfende Wasserhähne, Windpocken, gebrochene Gliedmaßen), Verwandtenbesuche, Weihnachtsfeiertage, Schulprüfungen und so weiter –, und immer öfter landete unsere Unterhaltung bei der außergewöhnlichen Hitze dieses Sommers, bei den Qualen, die Hugues in seinem stickigen Bed & Breakfast auszuhalten hatte, bei seiner Empörung, dass ihm abends um sechs, während die Sonne auf den versengten und ausgedörrten Garten niederbrannte, eine reguläre Mahlzeit in drei Gängen zugemutet wurde. Wenn ich Gewissensbisse bekam und Hugues ermahnte, Englisch zu sprechen, erwiderte er mit schüchternem Lächeln und im Wissen, dass er gegen die strengen Vertragsbestimmungen verstieß, es sei schließlich alles Konversation, n'est-ce pas?, und diene daher der Verständigung, oder? Ich widersprach nicht, schließlich bekam ich sieben Pfund dafür, dass ich eine Stunde mit ihm plauderte – und wenn er zufrieden war, war ich's auch.

Ich führte ihn durch die Wohnung zur hinteren Treppe. Wir befanden uns im ersten Stock, und im Garten sah ich Mr Scott, meinen Vermieter und Zahnarzt, bei seinen skurrilen Lockerungsübungen – er wedelte mit den Armen und stampfte mit seinen großen Füßen, bevor er sich in der Praxis unter mir einen neuen Patienten vorknöpfte.

Hugues verabschiedete sich, ich setzte mich in die Küche, bei offener Tür, und wartete auf die nächste Schülerin von Oxford English Plus. Das war ihre erste Stunde, und außer ihrem Namen – Bérangère Wu –, ihrem Status – Anfänger/Fortgeschritten – und ihrem Stundenplan – vier Wochen lang zwei Stunden täglich – wusste ich wenig über sie. Gut verdientes Geld. Dann hörte ich Stimmen im Garten und trat hinaus auf die schmiedeeiserne Treppe und sah, wie Mr Scott auf eine kleine Frau im Pelzmantel einredete, wobei er wiederholt auf den Ausgang zeigte.

»Mr Scott«, rief ich, »ich glaube, die Dame will zu mir.«

Die Frau – eine junge Frau, eine junge orientalische Frau – erklomm die Treppe zu meiner Küche. Sie trug trotz der Sommerhitze ihren langen, teuer aussehenden gelbbraunen Pelzmantel lose über der Schulter, und soweit ich es auf die Schnelle beurteilen konnte, sahen auch ihre anderen Sachen – die Satinbluse, die Camel-Hose, der schwere Schmuck – sehr teuer aus.

»Hallo, ich bin Ruth«, sagte ich. Wir gaben uns die Hand.

»Bérangère«, erwiderte sie und blickte sich in der Küche um wie eine Herzoginwitwe zu Besuch bei ihren armen Pächtern. Sie folgte mir ins Arbeitszimmer, wo ich ihr den Mantel abnahm und sie Platz nehmen ließ. Den Mantel hängte ich an den Türhaken, er war beinahe schwerelos.

»Ein wunderschöner Mantel«, sagte ich. »Und so leicht. Woraus ist er denn?«

»Das ist ein Fuchs aus Asien. Er wird rasiert.«

»Ein rasierter asiatischer Fuchs.«

»Ja ... Ich spreche Englisch nicht so gut«, sagte sie.

Ich griff nach *Living with the Ambersons, Vol. I.* »Dann fangen wir doch einfach am Anfang an.«

Ich glaube, ich mag Bérangère, dachte ich, als ich die Straße hinablief, um Jochen von der Schule abzuholen. Während der zwei Stunden Unterricht (in denen wir die Familie Amberson kennenlernten – Keith und Brenda, ihre Kinder Dan und Sara sowie den Hund Rasputin) hatten wir beide vier Zigaretten geraucht (alles ihre) und zwei Tassen Tee getrunken. Ihr Vater sei Vietnamese, sagte sie, ihre Mutter Französin. Sie, Bérangère, arbeite in einem Pelzgeschäft in Monte Carlo – FOURRURES MONTE CARLO –, und wenn sie ihr Englisch verbessere, werde sie zur Geschäftsführerin befördert. Sie war unglaublich zierlich, von der Statur einer Neunjährigen, dachte ich, eine dieser Kindfrauen, in deren Gegenwart ich mir vorkam wie eine derbe Bauernmaid oder eine Ostblock-Athletin. Alles an ihr wirkte gehegt und gepflegt: ihr Haar, ihre Nägel, ihre Brauen, ihre Zähne – und ich war mir sicher, dass sie diese penible Sorgfalt auch den Regionen ihres Körpers zuteilwerden ließ, die für mich unsichtbar blieben: ihren Zehennägeln, ihrer Unterwäsche – ihrem Schamhaar, wie ich mir denken konnte. Neben ihr kam ich mir räudig und ausgesprochen schmuddelig vor, aber hinter dieser manikürten Perfektion verbarg sich, so viel spürte ich, eine andere Bérangère. Beim Abschied fragte sie mich, wo man in Oxford Männer treffen könne.

Ich war die erste Mutter vor dem Eingang zur Vorschule Grindle's in der Rawlinson Road. Nach dem zweistündigen Nikotinexzess mit Bérangère gierte ich nach einer weiteren

Zigarette, aber vor der Schule wollte ich es mir doch lieber verkneifen, und um mich abzulenken, dachte ich an meine Mutter.

Meine Mutter Sally Gilmartin, geborene Fairchild. Nein, meine Mutter Eva Delektorskaja, halb Russin, halb Engländerin, ein Flüchtling der Revolution von 1917. Das ungläubige Lachen schnürte mir die Kehle zu, und ich merkte, dass ich heftig den Kopf schüttelte. Bleib ernst, bleib vernünftig, ermahnte ich mich. Die plötzliche Eröffnung meiner Mutter war in mein Leben hereingeplatzt wie eine Bombe, sodass ich sie anfangs als Märchen abtat und die Wahrheit nur langsam, in kleinen Schüben an mich heranließ. Es war einfach zu viel, um mit einem Mal verkraftet zu werden, und der Vergleich mit der Bombe war ausnahmsweise einmal passend. Ich kam mir vor wie ein Haus, das durch einen Beinahe-Treffer erschüttert wurde: eine dicke Staubwolke, abgeplatzte Kacheln, zerborstene Scheiben. Das Haus stand noch, aber es war angeknackst, aus den Fugen geraten und hatte seine Stabilität verloren. Anfangs hätte ich am liebsten an eine Art Wahngebäude geglaubt, eine beginnende Altersdemenz bei meiner Mutter, aber mir war schnell klar, dass es sich dabei um ein ziemlich kaputtes Wunschdenken meinerseits handelte. Meine andere Gehirnhälfte sagte: Nein, stell dich den Tatsachen. Alles, was du über deine Mutter zu wissen glaubtest, war eine raffiniert gebastelte Legende. Ich fühlte mich plötzlich allein, hilflos, im Dunkeln zurückgelassen. Was macht man in einer solchen Lage?

Ich kramte alles zusammen, was ich über die Vergangenheit meiner Mutter wusste. Sie war in Bristol geboren, so die Legende, als Tochter eines Holzhändlers, der in den zwanziger Jahren nach Japan gegangen war. Dort wurde sie von einer Hauslehrerin unterrichtet und arbeitete, wieder in England, als Sekretärin bis zum Tod ihrer Eltern kurz vor dem Krieg. Ich erinnerte mich, dass sie von ihrem geliebten Bruder Alisdair erzählt hatte, der 1942 bei Tobruk umgekommen war ... Dann die Hochzeit mit meinem Vater, Sean Gilmartin, während des Krieges in Dublin. Ende der Vierziger gingen sie nach England zurück, nach Banbury, Oxfordshire, wo Sean bald eine gut gehende Anwaltspraxis besaß. Die Geburt der Tochter Ruth folgte 1949. So weit alles ziemlich normal und durchschnittlich – nur die Jahre in Japan geben der Sache einen fremdländisch-exotischen Touch. Ich konnte mich sogar an ein altes Foto von Alisdair erinnern, Onkel Alisdair, das eine Weile auf dem Tischchen im Wohnzimmer gestanden hatte. Und an ausgewanderte Cousins und andere Verwandte in Südafrika und Neuseeland, über die gelegentlich geredet wurde. Wir kriegten sie nie zu sehen, manchmal kam eine Weihnachtskarte. Die in alle Welt ausgeschwärmten Gilmartins dagegen versorgten uns mit mehr Verwandtschaft, als ich verkraften konnte (mein Vater hatte zwei Brüder und zwei Schwestern, es gab gut ein Dutzend Cousins und Cousinen). Nicht die geringsten Besonderheiten also, eine Familiengeschichte wie jede andere, nur der Krieg und seine Folgen hatten ihre Einschnitte in den ansonsten völlig unauffälligen Biografien hinterlassen. Sally Gilmartin war undurchsichtig wie dieser Torpfosten, dachte ich. Ich legte die Hand auf den warmen Sandstein, und mir wurde klar, wie wenig wir in Wahrheit über unsere Eltern wissen, wie vage und unbestimmt sie ihre Biografie beschreiben, fast wie Heiligengeschichten – alles nur Legende und Anekdote –, bis wir uns die Mühe machen, tiefer zu graben. Und nun diese neue Geschichte, die alles änderte. Beim Gedanken an all die Enthüllungen, die mir noch bevorstanden, spürte ich ein Würgen im Hals – als wäre das, was ich schon wusste, nicht erschreckend genug. Etwas im Tonfall meiner Mutter sagte mir, dass sie mir alles erzählen wollte, bis ins kleinste, intimste Detail. Vielleicht hatte die Eva Delektorskaja, die ich nie kennengelernt hatte, nun beschlossen, dass ich absolut alles über sie erfahren sollte.

Inzwischen waren noch andere Mütter gekommen. Ich lehnte mich an den Torpfosten und rieb die Schultern am rauen Sandstein. Eva Delektorskaja, meine Mutter ... Was sollte ich davon glauben?

»Sie haben beide eine Eins«, flüsterte mir Veronica Briggstock ins Ohr und riss mich aus meinen Grübeleien. Ich drehte mich um und gab ihr aus irgendeinem Grund einen Wangenkuss – normalerweise umarmten wir uns nicht mal, weil wir uns fast täglich sahen. Veronica – auf keinen Fall Vron, auf keinen Fall Nic – war Krankenschwester in der John-Radcliffe-Klinik und geschieden von Ian, einem Labortechniker am Chemischen Institut der Uni. Ihre Tochter Avril war Jochens beste Freundin.

Wir standen beieinander und tauschten die Neuigkeiten des Tages aus. Ich erzählte von Bérangère und ihrem eindrucksvollen Mantel, während wir darauf warteten, dass unsere Kinder aus der Schule kamen. Die Single-Mütter vor der Schule schienen sich unbewusst – oder auch bewusst – zueinander hingezogen zu fühlen: Obwohl sie die verheirateten Mütter und die gelegentlich auftauchenden täppischen Väter mit vollendeter Höflichkeit behandelten, blieben sie offenbar am liebsten unter sich. Sie konnten ihre speziellen Probleme austauschen, ohne lange Erklärungen, und es gab keinen Grund, unser Single-Dasein zu verleugnen – wir hatten alle unsere Geschichten zu erzählen.

Wie um das zu illustrieren, zog Veronica heftig über Ian her, der sich, seit er eine neue Freundin hatte, immer öfter vor den vereinbarten Wochenenden mit Avril drücken wollte. Als die ersten Kinder herauskamen, unterbrach sie sich, und mich befiel sofort die irrationale Angst, die ich immer bekam, wenn ich unter den vertrauten Gesichtern nach Jochen suchte. Irgendeine atavistische Mutterangst, vermutlich – das Höhlenweibchen hält Ausschau nach seiner Brut. Dann sah ich ihn – sein ernstes, spitzes Gesicht, seine Augen, die nach mir suchten –, und die Angst war so schnell weg, wie sie gekommen war. Ich überlegte, was ich zum Abendessen machen sollte und welche Sendung wir sehen könnten. Alles war wieder im Lot.

Zu viert trotteten wir die Banbury Street hinauf nach Hause. Es war später Nachmittag, und die Hitze drückte uns körperlich nieder, als hätte sie um diese Zeit eine besondere Schwerkraft. Veronica meinte, seit ihrem Tunesienurlaub sei ihr nicht mehr so heiß gewesen. Vor uns liefen Avril und Jochen, Hand in Hand, in ein Gespräch vertieft.

»Was reden die beiden so viel?«, fragte Veronica. »Die haben doch noch gar nichts erlebt.«

»Als hätten sie die Sprache eben erst entdeckt«, sagte ich. »Du weißt schon: Wenn ein Kind erst mal Seilspringen gelernt hat, hört es überhaupt nicht mehr auf zu springen.«

»Ja, also reden können sie wirklich …« Sie lächelte. »Hätte ich doch einen kleinen Jungen! Einen großen, starken Mann, der sich um mich kümmert.«

»Wollen wir tauschen?«, sagte ich unüberlegt, aus irgendeinem dummen Grund, und fühlte mich plötzlich schuldig, als hätte ich Jochen irgendwie verraten. Er hätte das nicht witzig gefunden und mich angeschaut mit seinem strengen, finsteren, gekränkten Blick.

Wir hatten unsere Straßenecke erreicht. Ich bog links in die Moreton Road, zu unserem Zahnarzt, Veronica und Avril mussten weiter bis nach Summertown, wo sie über dem italienischen Restaurant La dolce vita wohnten – ihr gefiel diese tägliche Ironie, meinte sie, das ewige leere Versprechen. Als wir noch dastanden und vage Pläne für einen Bootsausflug am Wochenende schmiedeten, brachte ich plötzlich das Gespräch auf meine Mutter Sally / Eva. Wenigstens mit einem Menschen musste ich darüber reden, bevor ich meine

Mutter wiedersah, dachte ich mir, vielleicht half mir das, die neuen Tatsachen leichter zu verkraften – und meiner Mutter gegenüberzutreten. Es würde kein Geheimnis zwischen Mutter und Tochter bleiben, wenn auch Veronica Bescheid wusste – ich brauchte eine außerfamiliäre Stütze, um nicht den Halt zu verlieren.

»Mein Gott«, sagte Veronica. »Eine Russin?«

»Ihr richtiger Name ist Eva Delektorskaja, sagt sie.«

»Und geht es ihr gut? Oder vergisst sie Namen, Daten, Sachen?«

»Nein, ihr Verstand ist messerscharf.«

»Geht sie oft weg und kommt zurück, weil sie nicht mehr weiß, wohin sie wollte?«

»Nein«, sagte ich, »ich glaube, man muss davon ausgehen, dass alles in Ordnung mit ihr ist«, und erzählte weiter. »Dann macht sie noch etwas, es ist fast eine Art Manie. Sie glaubt, dass sie beobachtet wird. Vielleicht auch eine Art Paranoia ... Sie ist misstrauisch gegen Sachen, gegen Menschen. Ach, und dann hat sie einen Rollstuhl – angeblich, weil sie sich den Rücken verletzt hat. Aber das stimmt nicht, sie ist fit wie ein Turnschuh. Sie denkt, dass irgendwas im Gange ist, irgendwelche dunklen Machenschaften, die sich gegen sie richten, und deshalb hat sie beschlossen, mir alles zu sagen, die ganze Wahrheit.«

»War sie beim Arzt?«

»O ja. Der Arzt hat das mit dem Rücken geglaubt und ihr den Rollstuhl besorgt.« Ich überlegte kurz und erzählte ihr auch noch den Rest. »Sie sagt, sie wurde 1939 vom britischen Geheimdienst rekrutiert.«

Veronica musste lächeln, doch dann zeigte sie Betroffenheit. »Aber abgesehen davon scheint sie völlig normal?«

»Definier mir doch ›normal‹«, erwiderte ich.

Wir trennten uns, und ich lief mit Jochen durch die Moreton Road. Mr Scott, der Zahnarzt, der gerade in seinen neuen

Triumph Dolomite stieg, stieg wieder aus und machte eine Show daraus, Jochen Pfefferminz anzubieten – das machte er immer, wenn er Jochen sah, und er war immer mit allen möglichen Sorten und Arten von Pfefferminz ausgerüstet. Als er rückwärts rausgefahren war, gingen wir am Haus vorbei nach hinten zu unserem »Stufengang«, wie Jochen die Eisentreppe nannte, die uns einen eigenen Zugang zu unserer Wohnung im ersten Stock ermöglichte. Der Nachteil war nur, dass alle durch die Küche mussten, aber das war besser, als durch die Praxis mit ihren penetranten Gerüchen zu gehen – Mundwasser, Zahnpasta und Teppichreiniger.

Wir aßen Käsetoast und Baked Beans zum Abendbrot und sahen einen Film über ein kleines, rundes orangerotes U-Boot, das den Meeresboden erforschte. Ich brachte Jochen ins Bett, ging ins Arbeitszimmer und suchte den Hefter mit meiner halbfertigen Doktorarbeit: »Revolution in Deutschland, 1918–1923«. Ich schlug das letzte Kapitel auf – »Der Fünffrontenkrieg Gustavs von Kahr« –, versuchte mich zu konzentrieren und überflog ein paar Absätze. Seit Monaten hatte ich nichts mehr dafür getan, und es war, als würde ich einen fremden Text lesen. Zum Glück hatte ich den faulsten Doktorvater von ganz Oxford – ein ganzes Semester konnte ohne einen einzigen Termin vergehen –, und ich unterrichtete Englisch als Fremdsprache, kümmerte mich um meinen Sohn, besuchte meine Mutter und tat sonst nichts, wie es schien. Ich war in der Lehrerfalle gefangen, ein allzu gängiges Schicksal für so manchen Oxford-Absolventen. Ich verdiente sieben Pfund steuerfrei pro Stunde, und wenn ich wollte, konnte ich acht Stunden am Tag unterrichten, zweiundfünfzig Wochen im Jahr, und selbst wenn ich die Zeit abzog, die ich mit Jochen verbrachte, würde ich in diesem Jahr über achttausend Pfund netto verdienen. Die letzte Stelle, um die ich mich vergeblich beworben hatte, eine Geschichtsdozentur an der University of East Anglia, bot (brutto) nur annähernd die Hälfte von dem, was ich mit dem Unterrichten für Oxford English Plus verdiente. Eigentlich konnte ich mich über meinen Reichtum freuen: keine Mietschulden, ein ziemlich neuer Wagen, Schulgebühren bezahlt, Kreditkarte im grünen Bereich, ein bisschen Geld auf der Bank – aber stattdessen überfielen mich plötzlich das Selbstmitleid und die Wut. Wut auf Karl-Heinz, Wut, weil ich nach Oxford zurückmusste, Wut, weil ich ausländischen Studenten für schnelles Geld Englisch beibringen musste, Wut (und entsprechende Schuldgefühle), weil mein kleiner Sohn mir meine Freiheiten beschnitt, Wut auf meine Mutter, die plötzlich mit dieser abenteuerlichen Geschichte über ihre Vergangenheit herausrückte ... So war das alles nicht geplant gewesen, das war nicht das Leben, das ich mir ausgesucht hatte. Ich war siebenundzwanzig Jahre alt. Was war passiert?

Ich rief meine Mutter an. Eine merkwürdig tiefe Stimme meldete sich.

»Ja.«

»Mummy? Sal? – Ich bin's.«

»Alles in Ordnung?«

»Ja.«

»Dann ruf mich gleich zurück.«

Ich tat es. Das Telefon klingelte viermal, bevor sie abnahm.

»Du kannst nächsten Samstag kommen«, sagte sie, »und mir ist es recht, wenn du Jochen hierlässt. Er kann hier übernachten, wenn du möchtest. Tut mir leid wegen letztem Wochenende.«

»Was ist das für ein Klicken?«

»Das bin ich. Ich klopfe mit dem Bleistift an den Hörer.«

»Und was soll das?«

»Ein Trick. Um Leute zu irritieren. Verzeih, ich höre schon auf.« Sie zögerte kurz. »Hast du gelesen, was ich dir gegeben habe?«

»Ja. Ich hätte schon früher angerufen, aber ich musste es erst mal verdauen. Ein kleiner Schock, wie du dir denken kannst.«

»Ja, natürlich.« Sie schwieg einen Moment. »Aber ich wollte, dass du's erfährst. Es war der richtige Zeitpunkt.«

»Ist das alles wahr?«

»Natürlich. Jedes Wort.«

»Das heißt also, dass ich Halbrussin bin.«

»Ich fürchte, ja, Liebling. Aber eigentlich nur Viertelrussin. Meine Mutter, deine Großmutter, war Engländerin, erinnerst du dich?«

»Wir müssen darüber reden.«

»Da kommt noch mehr auf dich zu. Viel mehr. Du wirst alles verstehen, wenn du den Rest erfährst.«

Dann wechselte sie das Thema und fragte nach Jochen, wie sein Tag gelaufen war, ob er etwas Ulkiges gesagt hatte, und während ich von ihm erzählte, braute sich etwas in meinem Bauch zusammen, als müsste ich dringend aufs Klo – es war die plötzliche Angst vor dem, was mir bevorstand, und die kleine, nagende Furcht, dass ich es nicht verkraften würde. Es komme noch mehr auf mich zu, hatte sie gesagt, viel mehr – was war dieses »Alles«, das ich am Ende verstehen würde? Wir redeten noch Belangloses, verabredeten uns für den nächsten Samstag, und ich legte auf. Ich drehte mir einen Joint, rauchte ihn sorgfältig auf, ging ins Bett und schlief acht Stunden lang, ohne zu träumen.

Als ich am nächsten Morgen von Grindle's zurückkam, saß Hamid auf der obersten Stufe unserer Treppe. Er trug eine kurze schwarze Lederjacke, die neu war und nicht zu ihm passte, wie ich fand, er wirkte in ihr kastenförmig und bullig. Hamid Kazemi, Anfang dreißig, Bartträger, war ein stämmiger iranischer Ingenieur mit den breiten Schultern eines Gewichthebers. Und er war mein dienstältester Schüler.

Er hielt mir die Küchentür auf, wies mich mit seiner gewohnt höflich-akkuraten Geste hinein, machte mir ein Kompliment wegen meines guten Aussehens (mit denselben Worten wie vierundzwanzig Stunden zuvor) und folgte mir durch die Wohnung ins Arbeitszimmer.

»Sie haben nichts zu meiner Jacke gesagt«, sagte er auf seine direkte Art. »Gefällt sie Ihnen nicht?«

»Sie gefällt mir ganz gut«, erwiderte ich, »aber mit dieser Sonnenbrille und den schwarzen Jeans sehen Sie aus wie ein SAVAK-Agent.«

Er versuchte zu verbergen, dass er den Vergleich alles andere als lustig fand – und ich sah ein, dass der Scherz für einen Iraner vielleicht ein bisschen geschmacklos war, also entschuldigte ich mich. Hamid hasste den Schah von Persien, und das mit ganz besonderer Leidenschaft, wie mir jetzt einfiel. Er zog die Jacke aus und hängte sie sorgfältig über die Stuhllehne. Ich roch das neue Leder und dachte an Geschirrkammern und Sattelpolitur – ein Geruch, der mich an meine fernen Mädchenjahre erinnerte.

»Ich habe den Bescheid über meine Versetzung erhalten«, sagte er. »Ich werde nach Indonesien gehen.«

»Ich *gehe* nach Indonesien. Ist das gut? Freuen Sie sich?«

»Ich gehe ... Ich wollte Lateinamerika, sogar Afrika ...« Er zuckte die Schultern.

»Für mich klingt Indonesien ganz aufregend«, sagte ich und griff nach den *Ambersons.*

Hamid arbeitete bei Dusendorf, einer internationalen Ölgesellschaft. Die Hälfte aller Schüler bei Oxford English Plus kamen von Dusendorf und lernten Englisch, die Sprache der Erdölindustrie, damit sie an allen Ölquellen der Welt eingesetzt werden konnten. Ich unterrichtete Hamid nun schon seit drei Monaten. Er war als voll ausgebildeter Ingenieur für Petrochemie aus dem Iran gekommen, aber praktisch ohne Fremdsprachenkenntnisse. Doch acht

Stunden täglicher Einzelunterricht, aufgeteilt auf vier Lehrer, hatten ihn, wie es die Broschüre von Oxford English Plus vollmundig versprach, in kürzester Zeit zum kompletten Zweisprachler gemacht.

»Wann reisen Sie ab?«, fragte ich.

»In einem Monat.«

»Mein Gott!« Der Ausruf war echt und unbeabsichtigt. Hamid war so sehr zum Teil meines Alltags geworden, von Montag bis Freitag, dass ich mir nicht vorstellen konnte, plötzlich ohne ihn dazustehen. Und weil ich seine erste Lehrerin gewesen war, weil ich ihm die erste Englischstunde gegeben hatte, war ich immer in dem Glauben geblieben, dass er sein flüssiges Englisch allein mir zu verdanken habe.

Ich stand auf und holte einen Kleiderbügel vom Türhaken, um seine Jacke aufzuhängen.

»Auf dem Stuhl verliert sie die Form«, sagte ich, um den kleinen Gefühlsaufruhr zu kaschieren, den die Nachricht von seiner baldigen Versetzung in mir ausgelöst hatte.

Als ich ihm die Jacke abnahm, schaute ich aus dem Fenster und sah unten auf dem kiesbestreuten Vorplatz neben Mr Scotts Dolomite einen Mann stehen. Einen schlanken jungen Mann mit Jeans und Jeansjacke, mit dunklem, schulterlangem Haar. Er sah mich hinabblicken und hob die Daumen – mit breitem Grinsen.

»Wer ist das?«, fragte Hamid, der meine Überraschung und meinen Schock bemerkte.

»Er heißt Ludger Kleist.«

»Warum schauen Sie ihn so an?«

»Weil ich dachte, er sei tot.«

Die Geschichte der Eva Delektorskaja

Schottland 1939

Eva Delektorskaja lief über federndes Gras auf den Talgrund und den dunklen Baumstreifen zu, der einen kleinen Fluss säumte. Jenseits des Glens begann die Sonne zu sinken, also wusste sie wenigstens, wo Westen war. Sie schaute nach Osten, ob der Lkw von Staff Sergeant Law noch zu sehen war, der zwischen den gewundenen Berghängen zurückfuhr, ins Tal des Tweed, wie sie vermutete, doch in der dunstigen Abendluft ließen sich Felswände und Nadelwälder nicht mehr auseinanderhalten, sodass es unmöglich wurde, den Zweitonner aus dieser Entfernung zu erkennen.

Sie marschierte drauflos, auf den Fluss zu, bei jedem Schritt stieß ihr der Rucksack ins Kreuz. Das ist eine »Übung«, sagte sie sich, sie muss mit dem richtigen Elan ausgeführt werden. Die Ausbilder hatten ihnen erklärt, das sei kein Wettkampf, eher ein Test, ob sie damit zurechtkamen, im Freien zu übernachten, ob sie Orientierungssinn zeigten und welche Initiativen sie in der Zeit entwickelten, die sie brauchten, um zurückzufinden, ohne zu wissen, wo sie sich befanden. Zu diesem Zweck hatte Law ihr die Augen verbunden und sie mindestens zwei Stunden lang umhergefahren, wie sie aus dem Stand der rötlichen Sonne schloss. Während der Fahrt war Law auffallend gesprächig gewesen – um sie am Zählen zu hindern, wie sie jetzt begriff –, und als er sie oberhalb des Glens absetzte, sagte er: »Es können zwei Meilen oder zwanzig Meilen Entfernung sein.« Er zeigte sein dünnes Lächeln. »Sie werden es nicht erraten. Also bis morgen, Miss Dalton.«

Das Flüsschen im Talgrund war seicht, das braune Wasser floss schnell dahin. Beide Ufer waren dicht bewachsen, hauptsächlich von kleinen, belaubten Bäumen mit blassgrauen, knorrigen Stämmen. Eva lief mit festem Schritt flussabwärts, die safranfarbene Sonne betupfte das Gras und Gesträuch mit goldenen Flecken. Über den Pfützen standen Mückenwolken, und während der schottische Tag zur Neige ging, wurde der Gesang der Vögel immer munterer.

Als die Sonne hinter dem Westrand des Glens verschwunden war und das Licht im Tal grau und gestaltlos wurde, beschloss Eva, ihr Nachtlager aufzuschlagen. Sie hatte bestimmt mehrere Meilen zurückgelegt, aber noch immer kein Haus oder irgendeine menschliche Bleibe entdeckt, keine Scheune oder Hütte, in der sie Unterschlupf gefunden hätte. Ihr Rucksack enthielt einen Regenmantel, ein Umhängetuch, eine Wasserflasche, eine Kerze, eine Schachtel Streichhölzer, ein kleines Päckchen Toilettenpapier und ein paar Käsesandwiches, eingewickelt in Butterbrotpapier.

Sie suchte sich eine bemooste Mulde zwischen den Wurzeln eines Baumes, zog den Regenmantel über und kroch in ihr provisorisches Bett. Ein Sandwich aß sie, die anderen hob sie auf. Bis jetzt machte ihr dieses Abenteuer ziemlichen Spaß, sie freute sich beinahe auf ihre Nacht unter freiem Himmel. Das Rauschen des Flusses, der flink über die runden Kiesel und Steine strömte, war beruhigend; sie fühlte sich nicht ganz so allein. Und sie spürte auch nicht das Bedürfnis, mit der Kerze gegen die Dunkelheit anzugehen – eigentlich war sie recht froh, dass sie einmal von ihren Kollegen und Ausbildern in Lyne Manor wegkam.

Nach der Ankunft in Edinburgh war Staff Sergeant Law mit ihr südwärts gefahren und dann am Tweed entlang, durch mehrere kleine und in ihren Augen fast identische Fabrikstädte. Nach der Überquerung des Flusses stießen sie in eine einsamere Landschaft vor. Hier und da sah man flache, massive Farmhäuser mit ihren Stallungen und blökenden Schafherden. Die Hügel ringsum, von Schafen bevölkert, wurden höher, die Wälder dichter und urwüchsiger. Dann, zu ihrer Überraschung, fuhren sie durch das schmiedeeiserne Tor eines Landguts mit hübschen Portalhäuschen zu beiden Seiten und weiter auf einem gewundenen Fahrweg, der von alten Buchen flankiert war und zu zwei großen weißen Gutshäusern führte, die von gepflegtem Rasen umgeben und so ausgerichtet waren, dass sie eine westwärts gelegene Schlucht überblickten.

»Wo sind wir?«, fragte sie Law, stieg aus dem Auto und betrachtete die kahlen, runden Bergrücken zu beiden Seiten.

»Lyne Manor«, sagte er, ohne weitere Erklärungen abzugeben.

Die zwei Häuser waren, wie sie jetzt sah, Teile eines einzigen. Was wie ein zweites ausgesehen hatte, war tatsächlich der Seitenflügel, ebenfalls stuckverziert und weiß getüncht, aber offensichtlich jüngeren Datums als das ein Stockwerk höhere Haupthaus mit seinen dicken Festungsmauern und kleinen, unregelmäßigen Fenstern unter einem dunklen Schieferdach. Sie hörte das Rauschen eines Flusses und sah hinter Bäumen, die etwas weiter entfernt standen, die Lichter eines weiteren Gebäudes. Nicht ganz aus der Welt, dachte sie, aber fast.

Nun, da sie im Wurzelbett ihres Baumes lag, schläfrig vom beständig wechselnden Rauschen des Flusses, dachte sie an die zwei seltsamen Monate in Lyne Manor, an die Dinge, die sie dort gelernt hatte. Sie betrachtete das Ausbildungslager als eine Art exzentrische Internatsschule, und es war eine sonderbare Ausbildung, die sie dort erhielt: zuerst morsen, morsen ohne Ende, bis zur fortgeschrittensten Stufe, auch Stenografie und das Schießen mit diversen Handfeuerwaffen. Sie hatte Autofahren gelernt, sie konnte Karten lesen und den Kompass gebrauchen. Sie wusste, wie man Kaninchen und andere Nager fing, häutete und zubereitete, wie man Spuren verwischte und falsche Fährten legte. In weiteren Kursen hatte man ihr beigebracht, einfache Codes zu entwickeln und zu knacken. Sie hatte gelernt, wie man Dokumente fälschte, konnte Namen und Daten mit verschiedenen Spezialtinten und winzigen Schabwerkzeugen verändern und wusste, wie man mit einem zugeschnittenen Radiergummi amtliche Stempel nachmachte. Sie wurde mit der menschlichen Anatomie vertraut gemacht, lernte, wie der Körper funktionierte, worin sein Nahrungsbedarf und seine vielen Schwachstellen bestanden. In den ahnungslosen Fabrikstädtchen war sie zu belebter Stunde darauf trainiert worden, Verdächtige zu beschatten, allein, zu zweit oder zu mehreren. Sie wurde auch selbst verfolgt und allmählich vertraut gemacht mit den Anzeichen einer Beschattung sowie allen möglichen Methoden, ihr zu entgehen. Sie lernte, wie man unsichtbare Tinte herstellte und wie man sie sichtbar machte. All das war interessant, gelegentlich faszinierend, aber das »Scouting«, wie man diese Fähigkeiten in Lyne nannte, war nichts, was man auf die leichte Schulter nehmen konnte: Sobald der Eindruck entstand, dass ihnen das Training gefiel oder gar Spaß machte, wurden Law und seine Ausbilderkollegen mürrisch und abweisend. Aber gewisse Besonderheiten ihrer Ausbildung gaben ihr Rätsel auf. Wenn die anderen, die mit ihr »studierten«, zum Flugplatz Turnhouse bei Edinburgh fuhren, um Fallschirmspringen zu lernen, durfte sie nicht mit.

»Warum nicht?«, fragte sie.

»Mr Romer sagt, das ist nicht nötig.«

Aber offenbar legte Mr Romer Wert auf andere Fähigkeiten. Zweimal in der Woche fuhr Eva allein mit dem Zug nach Edinburgh, wo sie bei einer schüchternen Frau in Barnton

Sprechunterricht erhielt, bis langsam, aber sicher alle Spuren ihres russischen Akzents getilgt waren. Jetzt sprach sie wie die Schauspielerinnen in englischen Filmen, ein steifes, abgehacktes Englisch mit seltsamen Vokalen: Statt »man« sagte sie »men«, statt »hat« sagte sie »het«, ihre Konsonanten waren scharf und präzise, ihre R ein wenig rollend. Sie lernte sprechen wie eine junge Mittelstandsengländerin mit Privatschulbildung. Niemand fragte nach ihrem Französisch oder ihrem Russisch.

Dieselbe Spezialbehandlung wurde ihr zuteil, als die anderen zu einem dreitägigen Selbstverteidigungskurs nach Perth geschickt wurden. »Mr Romer sagt, das ist nicht nötig«, hieß es, als sie sich wunderte, weil sie keinen Marschbefehl erhielt. Dann kam ein seltsamer Mensch nach Lyne, der ihr Einzelunterricht erteilte. Er hieß Mr Dimarco, war ein kleiner, sehr gepflegter Herr mit scharf getrimmtem und pomadisiertem Schnurrbart, und er zeigte ihr seinen Vorrat an Gedächtnistricks – früher hatte er auf Jahrmärkten gearbeitet, wie er sagte. Eva lernte, Zahlen mit Farben zu verbinden, und bald zeigte sich, dass sie sich mühelos bis zu zwanzig Sequenzen fünfstelliger Zahlen merken konnte. Sie spielten komplizierte Varianten von Gedächtnisübungen mit über hundert Gegenständen, die auf einem langen Tisch versammelt waren – und nach zwei Tagen war sie zu ihrer eigenen Überraschung in der Lage, sich mehr als achtzig dieser Gegenstände zu merken. Man zeigte ihr einen Film und unterzog sie danach einer ausführlichen Befragung: Hatte der dritte Mann von links in der Kneipe einen Hut auf oder nicht? Wie lautete das Kennzeichen des Fluchtautos? Trug die Frau an der Hotelrezeption Ohrringe? Wie viele Stufen führten zur Haustür des Schurken? … Sie begriff, dass man ihr beibrachte, Augen und Verstand in völlig neuer Weise zu gebrauchen, sodass sie sich mit ihren Methoden des Beobachtens und Erinnerns gänzlich von der Masse der

Menschen unterschied. Und anhand dieser neuen Fähigkeiten sollte sie die Welt mit einer Präzision und Systematik beobachten und analysieren, die nichts mehr mit gewöhnlicher Neugier zu tun hatten. Alles, aber auch wirklich alles sollte zum potenziellen Gegenstand ihrer Aufmerksamkeit werden. Niemand sonst bekam diese Ausbildung bei Mr Dimarco, nur Eva. Auch das sei eine von Mr Romers Spezialanforderungen, gab man ihr zu verstehen.

Als es schließlich dunkel war am Fluss, so dunkel, wie eine schottische Sommernacht nur sein konnte, knöpfte sie ihren Regenmantel zu und faltete das Umhängetuch zum Kissen. Das Licht des Halbmonds hatte die Farben des Tages in die Monochromie der Nacht überführt und verwandelte den Fluss mit den knorrigen Bäumen in eine Szenerie von geisterhafter Schönheit.

Nur zwei andere »Gäste« waren schon so lange in Lyne wie sie: ein junger, hagerer Pole, genannt Jerzy, und eine Frau Mitte vierzig, Mrs Diana Terme. Es gab nie mehr als acht oder zehn Gäste zur selben Zeit, auch das Personal wechselte regelmäßig. Sergeant Law schien zum festen Inventar zu gehören, aber selbst er wurde für zwei Wochen von einem wortkargen Waliser namens Evans abgelöst. Die Gäste bekamen täglich drei Mahlzeiten in der Kantine des Haupthauses, von der man einen weiten Blick über das Tal und den Fluss hatte, und bedient wurden sie von jungen Rekruten, die kaum ein Wort sagten. Untergebracht waren die Gäste im neueren Flügel; Frauen in der einen Etage, Männer in der anderen, jeder hatte sein eigenes Zimmer. Es gab sogar einen Clubraum mit Radio, Teebereiter, Zeitungen und ein paar Illustrierten – aber Eva hielt sich selten dort auf. Ihre Tage waren ausgefüllt: Das Kommen und Gehen und der niemals artikulierte, aber allen bekannte Grund ihres Hierseins sorgten dafür, dass gesellige Kontakte riskant erschienen und irgendwie nicht gediehen. Aber es gab noch andere Gründe, private Beziehungen zu vermeiden oder mit Vorsicht zu genießen.

Am Tag nach ihrer Ankunft führte ein freundlicher Mann mit Tweedanzug und sandfarbenem Schnurrbart im Dachgeschoss des Haupthauses ein Gespräch mit ihr. Er nannte weder seinen Namen noch gab es irgendwelche Hinweise auf seinen Dienstrang. Sie konnte nur vermuten, dass es sich um jenen »Laird« handelte, den Law und andere Ausbilder gelegentlich erwähnten. Wir mögen keine Freundschaften hier in Lyne, erklärte der Laird, sehen Sie die anderen als Reisebekanntschaften – es gibt keinen Grund, sich näher kennenzulernen, weil Sie sich nicht wiedersehen werden. Seien Sie freundlich, plaudern Sie miteinander, aber je weniger andere über Sie wissen, desto besser. Bleiben Sie lieber für sich und machen Sie das Beste aus Ihrer Ausbildung, denn dafür sind Sie schließlich hier.

Nachdem er sie schon entlassen hatte, rief er sie zurück: »Ich möchte Sie noch warnen, Miss Dalton. Nicht alle unsere Gäste sind das, was sie scheinen. Es könnte sein, dass der eine oder andere für uns arbeitet – nur um sicherzustellen, dass die Regeln eingehalten werden.«

Also misstrauten alle Gäste von Lyne Manor einander und waren so diskret, höflich und verschlossen, wie es sich der Laird nicht besser hätte wünschen können. Mrs Terme fragte Eva einmal, ob sie Paris kenne, und Eva, die sofort Verdacht schöpfte, antwortete: »Nur sehr flüchtig.« Dann sprach Jerzy sie einmal auf Russisch an und entschuldigte sich sofort. Im Verlauf der Wochen kam sie zu der Überzeugung, dass diese beiden die »Gespenster« von Lyne waren, wie man die Doppelagenten nannte. Die Lyne-Schüler wurden dazu angehalten, das in Lyne übliche Vokabular zu verwenden. Man redete nicht von der »Firma«, sondern sagte »Zentrale«. Agenten waren »Krähen«, »Schatten« waren die, die einen verfolgten – solche Bezeichnungen galten, wie sie später erfuhr, als linguistische Erkennungszeichen oder als eine Art Freimaurer-Gruß, mit dem sich Lyne-Absolventen einander zu erkennen gaben.

Das eine oder andere Mal meinte sie bemerkt zu haben, dass Law mit einem Neuankömmling einen wissenden Blick wechselte, und ihre Vermutungen setzten von Neuem ein: Waren das die wirklichen Informanten, und hatten Mrs Terme und Jerzy einfach nur aus Neugier gefragt? Nach kurzer Zeit begriff sie, dass all das genau so beabsichtigt war – die Warnung allein reichte schon aus, um die Gäste zu Vorsicht und Wachsamkeit zu veranlassen: Ständiges Misstrauen war ein wirksames Instrument der inneren Sicherheit. Eva war überzeugt, dass sie den anderen genauso verdächtig vorkam wie ihr diejenigen, die sie glaubte, entlarvt zu haben.

Zehn Tage hatte sich ein junger Mann namens Dennis Trelawny in Lyne aufgehalten. Eine blonde Locke fiel ihm in die Stirn, und am Hals hatte er eine frische Brandnarbe. Bei ihren wenigen Begegnungen – in der Kantine, beim Morsetraining – merkte sie, dass er sie beobachtete, auf die gewisse Art. Er machte nur die unverfänglichsten Bemerkungen – »sieht ganz nach Regen aus«, »ich bin ein bisschen taub vom Schießstand« –, aber sie spürte, dass er sich von ihr angezogen fühlte. Dann eines Tages, als sie sich am Buffet Nachtisch holten, kamen sie ins Gespräch und setzten sich nebeneinander an den Mannschaftstisch. Sie fragte ihn – ohne zu wissen, warum –, ob er bei der Air Force sei, er sehe aus wie der typische RAF-Mann. Nein, sagte er spontan, bei der Navy, und in seine Augen trat ein merkwürdiger Ausdruck der Angst. Er verdächtigte sie, wurde ihr klar. Und er sprach sie nicht mehr an.

Nach einem Monat Aufenthalt wurde sie eines Abends aus ihrem Zimmer ins Hauptgebäude gerufen. Man brachte sie zu einer Tür, wieder unter dem Dach, sie klopfte an und trat ein. Romer saß am Schreibtisch, eine Zigarette in der Hand, vor sich eine Flasche Whisky und zwei Gläser.

»Hallo, Eva«, sagte er, ohne sich von seinem Platz zu erheben. »Ich wollte mich erkundigen, wie Sie vorankommen. Einen Drink?« Er zeigte auf einen Stuhl, und sie setzte sich. Romer redete sie immer mit Eva an, auch im Beisein von Leuten, die sie Eve nannten. Anscheinend sahen die anderen darin eine Art Kosenamen; sie vermutete jedoch, dass es für Romer eine kleine Machtdemonstration war, eine sanfte Erinnerung daran, dass er im Unterschied zu allen anderen ihren wahren Hintergrund kannte.

»Nein, danke«, sagte sie zu der Flasche, die er ihr hinhielt.

Romer schenkte ihr trotzdem ein und schob ihr das Glas hin.

»Unsinn … Ich bin beeindruckt, aber ich kann nicht allein trinken.« Er prostete ihr zu. »Ich höre, Sie kommen gut zurecht.«

»Wie geht es meinem Vater?«

»Ein bisschen besser. Die neuen Tabletten scheinen zu helfen.«

Ist das wahr, oder ist das eine Lüge?, fragte sich Eva. Ihre Ausbildung zeigte allmählich Wirkung. Dann wieder dachte sie: Nein, eine solche Lüge würde mir Romer nicht auftischen, weil ich das herausbekommen könnte. Also beruhigte sie sich ein wenig.

»Warum durfte ich nicht zum Fallschirmspringen?«

»Solange Sie für mich arbeiten, brauchen Sie das nicht, das schwöre ich Ihnen … Ihr Akzent ist wirklich gut. Hat sich sehr verbessert.«

»Und Selbstverteidigung?«

»Zeitverschwendung.« Er trank und schenkte sich nach. »Stellen Sie sich vor, Sie kämpfen um Ihr Leben: Sie haben Klauen und Zähne – Ihre Instinkte nützen Ihnen mehr als jedes Training.«

»Muss ich um mein Leben kämpfen, wenn ich für Sie arbeite?«

»Sehr, sehr unwahrscheinlich.«

»Was muss ich also für Sie tun, Mr Romer?«

»Bitte nennen Sie mich Lucas.«

»Was muss ich also für Sie tun, Lucas?«

»Was müssen wir tun, Eva. Am Ende Ihrer Ausbildung wird sich das alles zeigen.«

»Und wann wird das sein?«

»Wenn ich den Eindruck habe, dass Sie hinreichend ausgebildet sind.«

Er stellte noch ein paar allgemeine Fragen, manche hatten mit den Verhältnissen in Lyne zu tun – war jemand zu freundlich oder neugierig gewesen, hatte jemand Fragen nach ihrer Anwerbung gestellt, hatte das Personal sie auffällig behandelt und so weiter. Sie lieferte ihm wahrheitsgemäße Antworten, und er hörte zu, nachdenklich, an seinem Whisky nippend, an seiner Zigarette ziehend, fast wie ein Vater, der sich überzeugen will, ob Lyne die passende Schule für sein begabtes Kind ist. Dann drückte er die Zigarette aus, stand auf, ließ die Whiskyflasche in die Jackentasche gleiten und ging zur Tür.

»War sehr schön, Sie wiederzusehen, Eva«, sagte er. »Machen Sie weiter so.« Und damit verließ er den Raum.

Eva schlief sehr unruhig in ihrem Schlupfloch am Fluss, alle zwanzig Minuten etwa wurde sie wach. Der kleine Wald um sie war voller Geräusche – Rascheln, Knacken, melancholische Eulenschreie –, aber sie hatte keine Angst; sie war nur eines von vielen Nachtwesen, das seine Ruhe wollte. Noch vor Morgengrauen wachte sie auf, weil sie sich erleichtern musste. Sie ging zum Fluss, ließ die Hosen herunter und kackte in das schnell dahinströmende Wasser. Jetzt konnte sie das Toilettenpapier benutzen und anschließend sorgfältig verscharren. Auf dem Rückweg zu ihrem Schlafbaum blieb sie stehen und schaute sich um, durchforschte den mondbeschienenen Wald mit den krummen grauen Baumstämmen, die einen losen Kreis um sie bildeten wie ein halb verfallener, löchriger Palisadenzaun; die Blätter über ihr raschelten trocken im Nachtwind. Sie kam sich vor wie in einer anderen Welt, wie in einem Traumzustand, einsam und verloren in der schottischen Landschaft. Niemand wusste, wo sie war, nicht einmal sie selbst. Aus irgendeinem Grund dachte sie an Kolja, ihren lustigen, launischen, ernsten kleinen Bruder, und für einen Augenblick befiel sie tiefe Traurigkeit. Sie tröstete sich mit dem Gedanken, dass sie all das für ihn tat, und machte eine kleine Trotzgeste, wie um zu zeigen, dass sein Tod nicht umsonst gewesen war. Auch empfand sie eine gewisse widerstrebende Dankbarkeit für Romer, dass er sie dazu gedrängt hatte. Vielleicht, dachte sie, als sie sich wieder in die Mulde legte, hatte Kolja mit Romer über sie gesprochen – vielleicht hatte Kolja ihn auf die Idee gebracht, sie eines Tages anzuwerben.

Sie würde wohl kaum wieder einschlafen, dazu war sie viel zu munter, aber während sie so dalag, wurde ihr bewusst, dass sie noch nie so allein gewesen war, und sie fragte sich, ob auch das Teil der Übung war – so völlig allein gelassen zu werden, nachts in einem fremden Wald an einem fremden Fluss, und zu sehen, wie sie damit zurechtkam –, denn das hatte ja nichts mit Pfadfinderei und Orientierungskunst zu tun, es war nur eine Methode, jemanden für ein paar Stunden ganz auf sich selbst zurückzuwerfen. Sie lag da, bildete sich ein, dass es schon heller wurde, dass die Morgendämmerung bevorstand, und ihr wurde bewusst, dass sie die ganze Nacht ohne Angst überstanden hatte. Vielleicht, dachte sie, ist das der eigentliche Ertrag dieses Spiels, das Sergeant Law mit mir veranstaltet.

Die Morgendämmerung kam überraschend schnell – Eva

hatte keine Ahnung, wie spät es war; die Uhr hatte man ihr abgenommen, aber es kam ihr absurd vor, nicht auf den Beinen zu sein, während die Welt um sie erwachte, also ging sie zum Fluss, wo sie pinkelte, Gesicht und Hände wusch, Wasser trank, ihre Feldflasche füllte und das restliche Käsesandwich aß. Sie saß am Ufer, kauend, trinkend, und kam sich wie ein tierisches Wesen vor, ein menschliches Tier voller Instinkte und Reflexe, so wie sie es nie zuvor empfunden hatte. Es war lächerlich, wenn sie es bedachte: Sie hatte nur eine Nacht im Freien verbracht, eine balsamisch milde Nacht zudem, ausreichend gekleidet und mit Proviant versorgt, aber zum ersten Mal in den zwei Monaten ihres Aufenthalts in Lyne empfand sie so etwas wie Dankbarkeit für die seltsame Prozedur, der man sie aussetzte. Sie machte sich auf den Weg, flussabwärts, mit stetigem gemessenem Schritt und im Herzen ein Gefühl der Erhebung und Befreiung, das sie niemals für möglich gehalten hätte.

Nach einer Stunde etwa kam sie zu einem befestigten Weg, der sie aus dem Tal herausführte. Zehn Minuten später nahm sie ein Farmer in seiner Ponykutsche mit und brachte sie bis zur Straße nach Selkirk. Von dort waren es noch zwei Meilen bis zur Stadt, und wenn sie erst in Selkirk war, konnte sie herausfinden, wie weit sie von Lyne entfernt war.

Ein Touristenpaar aus Durham nahm sie bis nach Innerleithen mit, und dort nahm sie ein Taxi, um die letzten paar Meilen bis Lyne zurückzulegen. Sie ließ das Taxi eine halbe Meile vor der Einfahrt halten, bezahlte den Fahrer und umrundete den Berg, der dem Haus gegenüberlag, um sich von den Wiesen her zu nähern, als hätte sie nur einen kurzen Vormittagsbummel gemacht.

Beim Näherkommen sah sie Sergeant Law und den Laird auf dem Rasen vor dem Gutshaus stehen und nach ihr Ausschau halten. Sie öffnete die Pforte zur Brücke über den Fluss und schritt ihnen entgegen.

»Sie sind die Letzte, Miss Dalton«, sagte Law. »Trotzdem ein Lob. Sie waren am weitesten entfernt.«

»Allerdings hatten wir nicht gedacht, dass Sie um den Cammlesmuir herumgehen«, sagte der Laird augenzwinkernd. »Oder, Sergeant?«

»Wohl wahr, Sir. Miss Dalton ist immer für Überraschungen gut.«

Sie ging in die Kantine, wo man ihr eine kalte Mahlzeit aufgehoben hatte – Büchsenschinken und Kartoffelsalat. Aus einer Karaffe schenkte sie sich Wasser ein und stürzte es hinunter, dann noch ein Glas. Sie saß allein da und zwang sich, langsam zu essen und nicht zu schlingen, obwohl sie einen Bärenhunger hatte. Sie war hochzufrieden mit sich. Kolja hätte sich gefreut, dachte sie und lachte innerlich. Sie wusste nicht genau, warum, aber sie hatte das Gefühl, dass sie sich in einem kleinen, aber ganz entscheidenden Punkt geändert hatte.

Princes Street, Edinburgh, ein normaler Wochentag Anfang Juli, der kalte böige Wind trieb regenschwere Wolkenberge vor sich her. Die Edinburgher, Feriengäste, Einkaufende gingen an diesem Morgen ihren Geschäften nach, bevölkerten die Gehsteige und stauten sich an Kreuzungen und Haltestellen. Eva Delektorskaja kam vom St. Andrews Square herunter und bog rechts in die Princes Street ein. Sie lief schnell, zielstrebig, ohne sich umzusehen, aber sie war erfüllt von der Gewissheit, dass mindestens sechs Leute sie beschatteten: zwei vor ihr, die ihr entgegenkamen, und vier hinter ihr, vielleicht auch ein siebenter, ein Irrläufer, der Instruktionen von den anderen empfing, nur um sie zu verwirren.

Sie blieb vor gewissen Schaufenstern stehen und prüfte im Spiegelbild, ob sie jemanden wiedererkannte, ob Leute ihr Gesicht verdeckten, mit dem Hut, einer Zeitung oder einem

Reiseführer – aber sie sah nichts Auffälliges. Und wieder die Richtung wechseln: Sie lief über die breite Straße zum Waverley Garden hinüber, huschte zwischen einer Straßenbahn und einem Bierwagen hindurch, rannte zwischen zwei Autos zum Sir-Walter-Scott-Denkmal, hinter dem sie auf dem Absatz kehrtmachte, um dann mit beschleunigtem Schritt in Richtung Carlton Hill zu laufen. Einer plötzlichen Eingebung folgend, schlüpfte sie ins North British Hotel, und das so flink, dass der Portier keine Zeit hatte, den Hut zu lüften. An der Rezeption verlangte sie ein Zimmer und wurde in den vierten Stock gebracht. Ohne Zögern fragte sie nach den Preisen und nach dem Weg zur Toilette. Draußen, so viel wusste sie, herrschte momentane Verblüffung, aber zumindest einer hatte sicher gesehen, wie sie im Hotel verschwand. Man würde sich absprechen, und binnen fünf Minuten wäre jeder Ausgang bewacht. »Gehen Sie hinaus, wie Sie hineingekommen sind«, sagte Law immer, »das ist der Ausgang, der am wenigsten bewacht wird.« Ein guter Rat – nur dass ihn alle ihre Verfolger ebenfalls kannten.

Wieder in der Lobby, nahm sie ein rotes Kopftuch aus der Tasche und band es um. Sie zog den Mantel aus und hängte ihn über den Arm. Als sich eine Reisegruppe, die den draußen wartenden Omnibus besteigen wollte, an der Drehtür staute, mischte sie sich unter die Leute und fragte einen Mann mit viel Emphase nach dem Weg zur Royal Mile, um dann hinter dem Bus erneut über die Princes Street zu laufen. Langsam schlenderte sie westwärts und blieb immer wieder vor Schaufenstern stehen, um sie als Spiegel zu benutzen. Da war ein Mann mit grüner Jacke – hatte sie den nicht schon auf der anderen Straßenseite gesehen? Er hielt Abstand zu ihr und drehte ihr ab und zu den Rücken zu, um zur Burg hinaufzusehen.

Sie rannte ins Jenners, hinauf in die dritte Etage, durch den Herrenausstatter in Richtung Damenhüte. Die grüne

Jacke hatte es bestimmt gesehen und den anderen mitgeteilt, dass sie im Kaufhaus war. Sie betrat die Damentoilette und lief an den Abteilen vorbei bis zum hinteren Ende. Dort befand sich ein Personaleingang, der ihrer Erfahrung nach nie verschlossen war. Sie drehte den Knauf, die Tür gab nach, und sie schlüpfte hindurch.

»Verzeihung, Miss, hier ist kein Durchgang.« Zwei Verkäuferinnen saßen auf einer Bank und rauchten.

»Ich suche Jenny, Jenny Kinloch. Ich bin ihre Schwester. Es hat einen schrecklichen Unfall gegeben.«

»Hier gibt es keine Jenny Kinloch, Miss.«

»Aber man hat mir gesagt, ich soll in die Personalabteilung gehen.«

Also wurde sie durch Korridore und über Hintertreppen, die nach Linoleum und Bohnerwachs rochen, zur Personalabteilung geführt. Auch dort kannte man keine Jenny Kinloch. Eva sagte, sie müsse telefonieren, vielleicht habe sie irgendetwas falsch verstanden, vielleicht sei es nicht das Jenners, sondern ein anderes Kaufhaus, das Binns. Ungeduldig zeigte man ihr eine Telefonkabine. Sie ging hinein, nahm das Kopftuch ab, löste ihr langes Haar, wendete den Mantel von innen nach außen und verließ das Kaufhaus durch den Personaleingang in der Rose Street. Sie wusste, jetzt hatte sie alle Verfolger abgeschüttelt. Das hatte sie immer geschafft, aber diesmal waren sechs Mann auf sie angesetzt gewesen …

»Eva!« Hinter ihr kam jemand gerannt.

Sie drehte sich um: Es war Romer, ein wenig außer Atem, sein drahtiges Haar zerzaust. Er bremste ab, fuhr sich übers Haar.

»Sehr gut«, sagte er. »Das mit dem roten Kopftuch war ein Meisterstück. Sich mit Absicht auffallend verhalten – großartig!«

Ihre Enttäuschung war wie ein bitterer Geschmack in der Kehle. »Aber wie haben Sie …«

»Ich habe gemogelt. Ich war dicht dran. Immer. Niemand hat es gemerkt.« Jetzt stand er vor ihr. »Ich zeige Ihnen, wie man eine Nah-Beschattung durchführt. Man braucht mehr Requisiten – Brillen, einen falschen Bart.« Er holte einen aus der Tasche, aus der anderen eine flache Tweedmütze. »Aber Sie sind sehr gut, Eva. Hätten mich beinahe abgeschüttelt.« Wieder sein strahlendes Lächeln. »Hat Ihnen das Zimmer im North British nicht gefallen? Aber Ihr Trick im Jenners war raffiniert. Die Damentoilette, nicht schlecht. Nur haben Sie Ärger mit ein paar Verkäuferinnen gekriegt, fürchte ich. Aber ich wusste, dass es dort einen Hinterausgang gibt, sonst wären Sie nicht hineingegangen.«

»Verstehe.«

Er schaute auf die Uhr. »Gehen wir hier rein. Ich habe Lunch bestellt. Sie mögen doch Austern, oder?«

Sie aßen Lunch in einer dekorativ gekachelten Austernbar, die zu einem Restaurant gehörte. Austern, dachte sie, das Symbol unserer Beziehung. Vielleicht hält er Austern für ein Aphrodisiakum und glaubt, mich damit ködern zu können? Beim Gespräch ertappte Eva sich dabei, dass sie ihn so objektiv wie möglich betrachtete und sich vorzustellen versuchte, wie sie ihn gefunden hätte, wären sie einander nicht unter diesen seltsamen und schrecklichen Umständen begegnet – wäre Kolja nicht ermordet worden. Er hatte durchaus etwas Attraktives an sich, stellte sie fest, diese entschiedene, knappe Art und zugleich die Aura des Geheimnisvollen – schließlich war er so etwas wie ein Spion –, dann das Lächeln, das ihn manchmal geradezu verwandelte, und diese unerschütterliche Selbstsicherheit. Sie zwang sich zum Zuhören: Er lobte sie schon wieder. Alle in Lyne seien beeindruckt von ihrem Einsatz, ihren Fähigkeiten.

»Aber wozu soll das alles gut sein?«, platzte sie heraus.

»Ich erkläre Ihnen alles, wenn Sie fertig sind«, sagte er. »Sie kommen nach London zu meiner Einheit, meinem Team.«

»Sie haben eine eigene Einheit?«

»Sagen wir, eine kleine Untergruppe einer beigeordneten Nebenstelle, die lose mit der Zentrale verbunden ist.«

»Und womit befasst sich Ihre Einheit?«

»Das wollte ich Ihnen geben«, überging er ihre Frage und zog einen Umschlag aus seiner Brusttasche, der zwei Pässe enthielt. Sie schlug die Pässe auf: in beiden ihr Foto mit den umschatteten Augen, steif und förmlich, ein wenig unscharf, aber die Namen waren andere. Jetzt hieß sie Marjory Allerdice und Lily Fitzroy.

»Wozu das? Ich dachte, ich heiße Eve Dalton.«

Er klärte sie auf. Alle, die für ihn arbeiteten, die zu seiner Einheit gehörten, erhielten drei Identitäten. Das sei ein Vorzug, eine Vergünstigung, die jeder nach Gutdünken einsetzen könne. Etwa so wie ein extra Fallschirm, sagte er, oder zwei Fluchtautos, die immer in der Nähe parken, für den Fall, dass man sie eines Tages braucht. Manchmal ist das sehr nützlich, sagte er, und wir sparen eine Menge Zeit, wenn Sie die jetzt schon bekommen.

Eva steckte die neuen Pässe in ihre Handtasche, und zum ersten Mal verspürte sie eine schleichende Angst, die ihr den Rücken hinaufkroch. Verfolgungsjagden in Edinburgh mochten ja noch angehen, aber das, womit sich Romers Einheit befasste, war eindeutig mit Gefahren verbunden. Sie ließ ihre Handtasche zuschnappen.

»Sind Sie befugt, mir mehr über Ihre Einheit zu erzählen?«

»O ja. Ein wenig. Sie heißt AAS«, sagte er. »Fast schon ein bisschen peinlich, diese Abkürzung, ich weiß. Aber sie steht für Assekuranz- und Abrechnungsservice.«

»Wie langweilig.«

»Genau.«

Und plötzlich wusste sie, dass sie Romer mochte – seine Art von Cleverness, seine Art, alles zu durchschauen. Er bestellte sich einen Brandy. Eva wollte nichts.

»Ich gebe Ihnen noch einen Rat«, sagte er. »Und das werde ich auch in Zukunft tun – Ihnen von Zeit zu Zeit Tipps geben. Die sollten Sie beherzigen.«

Schon fand sie ihn wieder unsympathisch: Diese Selbstgefälligkeit, diese *amour propre,* das ging ihr manchmal einfach zu weit. Ich bin allen haushoch überlegen und hab es nur mit armseligen Trotteln zu tun.

»Suchen Sie sich einen sicheren Unterschlupf. Wo auch immer. Überall, wo Sie sich für eine gewisse Zeit aufhalten, brauchen Sie Ihren persönlichen Zufluchtsort. Den dürfen Sie nicht mir, den dürfen Sie keinem verraten. Einfach ein Ort, zu dem Sie immer Zugang haben, wo Sie anonym bleiben, wo Sie sich, wenn nötig, verstecken können.«

»Romers Regeln«, sagte sie. »Haben Sie noch mehr davon?«

»Oh, jede Menge«, erwiderte er, ohne auf ihre Ironie einzugehen, »aber da wir schon beim Thema sind, nenne ich Ihnen die wichtigste Regel, Regel Nummer eins, die man nie vergessen darf.«

»Welche wäre?«

»Traue niemandem«, sagte er ohne jedes Pathos, eher mit einer beiläufigen Gewissheit, als würde er sagen: Heute ist Freitag. »Trauen Sie niemandem. Niemals«, wiederholte er, nahm eine Zigarette heraus und zündete sie an, nachdenklich, mit einem Gesicht, als wäre er von seinem eigenen Scharfsinn überrascht. »Vielleicht ist das die einzige Regel, die Sie brauchen. Vielleicht sind die anderen, die ich Ihnen noch nennen werde, nur Varianten dieser einen. Die Regel der Regeln. Trauen Sie keinem, nicht mal dem Menschen, dem Sie am allermeisten trauen würden. Der Verdacht, das Misstrauen muss immer bleiben.« Er lächelte, aber es war nicht sein warmes Lächeln. »Dann sind Sie immer auf der sicheren Seite.«

»Ich werd's mir merken.«

Seinen restlichen Brandy kippte er mit einem Schluck. Er trank viel – das war ihr bei den wenigen Treffen schon aufgefallen.

»Dann sehen wir mal zu, wie wir Sie zurück nach Lyne bekommen«, sagte er und verlangte die Rechnung.

An der Tür gaben sie sich die Hand. Sie könne ganz bequem mit dem Bus fahren, sagte Eva. Sie hatte den Eindruck, dass er sie intensiver musterte als sonst, und ihr fiel ein, dass sie ihr Haar gelöst hatte – wahrscheinlich hat er mich nie mit offenem Haar gesehen, dachte sie.

»Ja … Eva Delektorskaja«, sagte er versonnen, als wäre er mit den Gedanken woanders. »Wer hätte das gedacht.« Er machte eine Handbewegung, wie um ihr auf die Schulter zu klopfen, dann entschied er sich anders. »Alle sind sehr beeindruckt von Ihnen. Wirklich.« Er blickte in den Nachmittagshimmel, wo sich bedrohliche graue Wolkentürme zusammenschoben. »Nächsten Monat gibt's Krieg«, sagte er im gleichen beiläufigen Ton, »oder übernächsten. Der große europäische Krieg.« Er lächelte ihr zu. »Wir werden das Unsere tun. Keine Sorge.«

»Im Assekuranz- und Abrechnungsservice.«

»Ja … Waren Sie schon mal in Belgien?«, fragte er unvermittelt.

»Ja. Einmal in Brüssel. Warum?«

»Es könnte Ihnen dort gefallen. Bye, Eva.« Er hob die Hand, halb salutierend, halb winkend, und schlenderte davon. Eva hörte ihn pfeifen. Sie drehte sich um und ging gedankenverloren zum Busbahnhof.

Wenig später, als sie auf den Bus nach Galashiels wartete, ertappte sie sich dabei, dass sie alle, die in dem kleinen Warteraum saßen, Männer, Frauen, ein paar Kinder, einer Einschätzung unterzog. Sie musterte, verglich, ordnete ein. Und sie dachte: Wenn ihr nur wüsstet, wer ich bin und was ich hier mache. Mit einem Schreck kam es ihr zu Bewusstsein, und beinahe hätte sie aufgeschrien, denn plötzlich war ihr klar, dass sie sich tatsächlich geändert hatte, dass sie die Welt mit anderen Augen sah. Als hätten sich die Nervenbahnen in ihrem Gehirn neu verschaltet, und sie wusste nun, dass ihr Lunch mit Romer das Ende ihrer alten Existenz und den Beginn einer neuen markierte. Jetzt begriff sie mit fast enttäuschender Klarheit, dass die Welt und die Menschen für einen Spion nicht dasselbe waren wie für andere Menschen. Mit einem kleinen Schock – und auch, das musste sie zugeben, mit einer gewissen Erregung – stellte sie in diesem Edinburgher Warteraum fest, dass sie ihre Umgebung mit den Augen eines Spions betrachtete. Sie dachte an Romers Worte, an die Regel aller Regeln. War dies das besondere, das einzigartige Schicksal des Spions? In einer Welt ohne Vertrauen zu leben? Würde sie jemals wieder fähig sein, einem Menschen zu vertrauen?

3
Bitte nicht nackt

Ich wachte zu früh auf, verstört und wütend über meinen üblichen Traum – den Traum, in dem ich tot bin und zuschaue, wie Jochen ohne mich zurechtkommt, meist ohne Probleme und quietschvergnügt. Diese Träume stellten sich ein, als er zu sprechen begann, und ich hasse mein Unterbewusstsein dafür, dass es mir diese Angst, diese abartige Neurose immer mal wieder vor Augen führt. Warum träume ich meinen eigenen Tod? Von Jochens Tod träume ich nie, ich denke nur manchmal daran, selten, eine Sekunde oder zwei, bis ich den Gedanken erschrocken verscheuche. Ich bin fast sicher, dass jedem solche Gedanken kommen, bei Menschen, die man liebt. Das ist die düstere Kehrseite dessen, dass man jemanden wirklich liebt: Man ist gezwungen, sich ein Leben ohne ihn vorzustellen, man muss sich diesen Schrecken, diesen Horror für einen kurzen Moment ausmalen, muss kurz durchs Schlüsselloch schauen, in die große Leere, das große Nichts dahinter. Wir können nicht anders – zumindest ich nicht, und voller Schuldbewusstsein sage ich mir, dass es allen so geht, dass es eine sehr menschliche Reaktion ist. Und ich hoffe, dass ich recht habe.

Ich kroch aus dem Bett und tapste in sein Zimmer hinüber, um zu sehen, was er trieb. Er saß im Bett und malte in seinem Malbuch, Buntstifte und Wachsstifte um sich verstreut.

Ich gab ihm einen Kuss und fragte, was er da male.

»Einen Sonnenuntergang«, sagte er und zeigte mir das

Bild voller flammender Gelb- und Orangetöne, die durch blutig düsteres Purpur und Grau begrenzt waren.

»Ein bisschen traurig«, sagte ich, weil ich noch unter dem Eindruck meines Traums stand.

»Nein, ist es nicht, es soll schön aussehen.«

»Was möchtest du zum Frühstück?«, fragte ich.

»Knusprig gebratenen Speck, bitte.«

Ich öffnete für Hamid – heute trug er nicht die neue Lederjacke, nur seine schwarzen Jeans und ein weißes kurzärmliges Hemd und wirkte wie aus dem Ei gepellt, wie ein Pilot. Normalerweise hätte ich ihn damit aufgezogen, aber nach meinem Fauxpas vom Vortag und weil Ludger hinter mir in der Küche war, war es wohl besser, einfach nur nett und freundlich zu sein.

»Hallo, Hamid! Was für ein schöner Morgen!«, rief ich mit allem Frohsinn, den ich aufzubieten hatte.

»Die Sonne scheint wieder«, sagte er mit Grabesstimme.

»So ist es. So ist es.«

Ich drehte mich um und winkte ihn herein. Ludger saß am Küchentisch, in T-Shirt und Shorts, und löffelte seine Cornflakes. Ich ahnte, was in Hamid vorging – sein künstliches Lächeln, sein steifes Benehmen –, aber in Ludgers Gegenwart konnte ich ihm den Unterschied zwischen Schein und Sein nicht erklären, also beschränkte ich mich darauf, die beiden einander vorzustellen.

»Hamid, das ist Ludger, ein Freund von mir aus Deutschland. Ludger – Hamid.«

Am Vortag hatte ich es nicht getan. Ich war zur Haustür hinuntergegangen, hatte Ludger heraufgeholt, im Wohnzimmer abgesetzt und – unter einigen Schwierigkeiten – mit Hamid weitergearbeitet. Als die Stunde zu Ende und Hamid weg war, ging ich zu Ludger – er lag auf dem Sofa und schlief.

Jetzt streckte Ludger die Faust in die Höhe und sagte »Allahu akbar«.

»Sie erinnern sich doch an Ludger?«, sagte ich munter. »Er kam gestern, während unserer Stunde.«

Hamids Gesicht zeigte keine Regung. »Nett, Sie kennenzulernen«, sagte er.

»Wollen wir nach hinten gehen?«, fragte ich.

»Ja. Bitte nach Ihnen, Ruth.«

Ich führte ihn ins Arbeitszimmer. Er war ganz anders als sonst. Er wirkte ernst, fast gequält in gewisser Weise. Ich stellte fest, dass er seinen Bart gestutzt hatte – das machte ihn jünger.

»So«, sagte ich, noch immer im Ton falscher Jovialität, und setzte mich an meinen Schreibtisch. »Wollen wir doch mal sehen, was die Ambersons heute treiben.«

Er ignorierte es. »Dieser Ludger«, sagte er, »ist er der Vater von Jochen?«

»Nein, guter Gott, nein! Wie kommen Sie darauf? Nein – er ist der Bruder von Jochens Vater, der jüngere Bruder von Karl-Heinz. Nein, nein, absolut nicht.« Ich lachte nervös und stellte fest, dass ich sechsmal verneint hatte. Stärker hätte man ein Nein nicht unterstreichen können.

Hamid versuchte vergeblich, seine Erleichterung zu verbergen. Sein Grinsen wirkte fast idiotisch.

»Oh. Schon gut. Nein, ich dachte ...« Er hob die Hände. »Verzeihen Sie, ich sollte nicht solche Verschlüsse ziehen.«

»Rückschlüsse.«

»Rückschlüsse. Also: Er ist Jochens Onkel.«

Das stimmte, aber ich musste zugeben, dass ich Ludger Kleist noch nie so gesehen hatte (er war nicht im Geringsten onkelhaft – allein die Verbindung »Onkel« und »Ludger« löste bei mir Grusel aus), und tatsächlich hatte ich ihn auch Jochen als »Freund aus Deutschland« vorgestellt, und bisher hatten sie sich nicht näher kennenlernen können, weil

Jochen zu einem Kindergeburtstag gegangen war. Ludger sagte, er wolle »ein Pub« besuchen, und als er am Abend zurückkam, war Jochen schon im Bett. Die Onkelbeziehung musste also warten.

Ludger schlief auf einer Luftmatratze in dem Zimmer, das wir als Esszimmer bezeichneten – zu Ehren der einzigen Dinnerparty, die ich seit meinem Einzug gegeben hatte. Es war, zumindest theoretisch, das Zimmer, in dem ich meine Dissertation schrieb. Auf dem ovalen Tisch stapelten sich Bücher, Notizen und die Entwürfe meiner verschiedenen Kapitel. Entgegen den staubigen Tatsachen hielt ich an dem Glauben fest, dass dies das Zimmer war, in dem ich an meiner Dissertation arbeitete – schon sein Vorhandensein, seine Bestimmung und seine Aufteilung schienen meinem Wunschdenken Realität zu verleihen, oder wenigstens ein bisschen: Dies war der Schauplatz meiner geruhsam-wissenschaftlichen Existenz – mein verworren-chaotisches Alltagsleben nahm die übrige Wohnung ein. Das Esszimmer war meine diskrete kleine Zelle des geistigen Beharrens. Doch mit wenigen Handgriffen zerstreute ich diese Illusion: Wir schoben den Tisch an die Wand; wir legten Ludgers Luftmatratze auf den Teppich, und aus dem Esszimmer war wieder ein Gästezimmer geworden – eins, in dem sich Ludger sehr wohlfühlte, wie er behauptete.

»Wenn du wüsstest, wo ich schon überall geschlafen habe«, sagte er und zog das rechte Augenlid nach unten. »Mein Gott, Ruth, für mich ist das hier das Ritz.« Und dann stieß er einen dieser schrillen Lacher aus, die ich besser kannte, als mir lieb war.

Wir, Hamid und ich, wandten uns den Ambersons zu. Die Familie will in die Ferien fahren, nach Dorset, doch Keith Amberson kann das Auto nicht starten. Jede Menge Verben im Conditional Perfect. Ich hörte Ludger durch die Wohnung laufen.

»Bleibt Ludger lange?«, fragte Hamid. Offenbar hatten wir beide nur Ludger im Sinn.

»Ich glaube nicht«, erwiderte ich, wobei mir einfiel, dass ich ihn noch gar nicht gefragt hatte.

»Sie sagten, Sie hätten ihn für tot gehalten. War es ein Unfall?«

Ich beschloss, ihm die Wahrheit zu sagen. »Man hatte mir gesagt, er sei von der westdeutschen Polizei erschossen worden. Aber das war offensichtlich nicht der Fall.«

»Von der Polizei erschossen? Ist er ein Verbrecher?«

»Sagen wir, ein Radikaler. Eine Art Anarchist.«

»Und warum ist er dann hier?«

»In ein paar Tagen wird er weg sein«, log ich.

»Ist es wegen Jochens Vater?«

»Sie haben aber viele Fragen, Hamid.«

»Entschuldigung.«

»Ja – ich glaube, ich lasse ihn für ein paar Tage bei mir wohnen, weil er der Bruder von Jochens Vater ist ... Aber wollen wir nicht lieber weitermachen? Also: Will Keith get his car fixed? What should Keith have done?«

»Sind Sie immer noch in Jochens Vater verliebt?«

Ich starrte ihn verdattert an. Hamids braune Augen waren auf mich gerichtet, bohrend, intensiv.

»Nein«, sagte ich. »Natürlich nicht. Ich habe ihn vor fast zwei Jahren verlassen. Deshalb bin ich mit Jochen nach Oxford zurückgezogen.«

»Gut«, sagte er, sichtlich erleichtert. »Ich musste es nur wissen.«

»Warum?«

»Weil ich Sie gern zum Essen einladen würde. In ein Restaurant.«

Veronica war bereit, Jochen zum Abendbrot mit nach Hause zu nehmen, und ich fuhr nach Middle Ashton hinaus, um mit meiner Mutter zu reden. Als ich dort ankam, kniete sie im Garten und schnitt den Rasen mit der Gartenschere. Rasenmäher lehnte sie ab; Rasenmäher verabscheute sie; Rasenmäher seien der Tod des englischen Gartens, wie er sich über Jahrhunderte gehalten habe, behauptete sie; Capability Brown und Gilbert White hätten keine Rasenmäher gebraucht; in einem echten englischen Garten dürfe das Gras nur von Schafen abgeweidet oder mit der Sense gemäht werden – und da sie keine Sense besaß oder nicht benutzen konnte, machte es ihr nichts aus, alle zwei Wochen mit der Gartenschere auf den Knien herumzukriechen. Der moderne englische Rasen sei ein abscheulicher Anachronismus, gestreiftes, geschorenes Gras eine grässliche moderne Erfindung – und so weiter und so fort. Ich kannte diese Reden schon und hütete mich, zu widersprechen (doch sie fand nichts dabei, mit dem Auto zum Einkaufen zu fahren, obwohl Capability Brown oder Gilbert White anno dazumal ganz sicher eine Kutsche benutzt hatten). Folglich war ihr Rasen struppig und zerzaust, voller Gänseblümchen und anderem Unkraut – und genau so muss ein Cottage-Rasen aussehen, hätte sie verkündet, hätte ich ihr Gelegenheit dazu gegeben.

»Wie geht's deinem Rücken?«, fragte ich.

»Heute schon ein bisschen besser«, antwortete sie. »Trotzdem wollte ich dich bitten, mich nachher zum Pub zu schieben.«

Wir setzten uns in die Küche, wo sie mir ein Glas Wein und sich selbst Apfelsaft eingoss. Sie trank nicht, meine Mutter. Ich hatte sie nie auch nur an einem Sherry nippen sehen.

»Rauchen wir eine«, sagte sie, also zündeten wir eine Zigarette an, pafften vor uns hin, redeten über Nebensächliches und schoben die große Aussprache vor uns her, die, wie wir beide wussten, in der Luft lag.

»Hast du dich ein bisschen entspannt?«, fragte sie. »Ich konnte sehen, wie nervös du warst. Warum sagst du mir nicht, was los ist? Liegt es an Jochen?«

»Nein, an *dir*, zum Teufel noch mal. An dir und an ›Eva Delektorskaja‹. Mir ist das alles schleierhaft. Überleg doch mal, wie das bei mir ankommt, so völlig aus dem Nichts, ohne dass ich je davon geahnt hätte. Ich bin total fertig.«

Sie zuckte die Schultern. »Das war zu erwarten. Es ist ein Schock, ich weiß. An deiner Stelle wäre ich auch ein bisschen schockiert, ein bisschen verstört.« Ihr Blick kam mir seltsam vor; kalt, analytisch, als wäre ich jemand, den sie gerade kennenlernt. »Du glaubst mir nicht so richtig, oder?«, sagte sie. »Du denkst, ich hab nicht alle Tassen im Schrank.«

»Natürlich glaube ich dir. Was denn sonst? Es ist nur so schwer, das zu verkraften – alles auf einmal. Dass nun alles ganz anders ist, alles, was ich mein Leben lang geglaubt habe, soll plötzlich nicht mehr wahr sein.« Ich zögerte kurz und gab mir einen Ruck. »Na los, sag etwas auf Russisch!«

Sie sprach zwei Minuten lang Russisch, wurde dabei immer wütender und stieß den Finger in meine Richtung.

Ich war wie vor den Kopf geschlagen – es war wie eine Besessenheit, ein Reden in Zungen. Mir blieb die Luft weg.

»Mein Gott«, rief ich. »Wovon hast du denn geredet?«

»Von der Enttäuschung, die mir meine Tochter bereitet. Meine Tochter, die eine intelligente und eigensinnige junge Frau ist und die, hätte sie nur ein bisschen mehr ihrer beträchtlichen Geisteskraft darauf verwendet, logisch über das nachzudenken, was ich ihr erzählt habe, in etwa dreißig Sekunden begriffen hätte, dass ich ihr niemals solche üblen Streiche spielen würde. So, nun weißt du's.«

Ich trank meinen Wein aus.

»Wie also ging es weiter?«, fragte ich. »Bist du nach Belgien gegangen? Warum heißt du ›Sally‹ Gilmartin? Was ist aus meinem Großvater Sergej geworden und meiner Stiefgroßmutter Irène?«

Sie stand auf, ein wenig triumphierend, hatte ich den Eindruck, und ging zur Tür.

»Immer der Reihe nach. Du wirst es schon erfahren. Du bekommst Antwort auf alle Fragen, die dir nur einfallen. Ich will nur, dass du meine Geschichte sorgfältig liest – gebrauch deinen Verstand. Deinen scharfen Verstand. Auch ich habe Fragen an dich. Jede Menge Fragen. Es gibt Sachen, von denen ich selber nicht weiß, ob ich sie verstehe …« Dieser Gedanke schien sie zu beunruhigen. Sie ging mit finsterer Miene hinaus. Ich goss mir Wein nach, dann dachte ich ans Blasröhrchen – Vorsicht. Meine Mutter kam mit einem neuen Hefter herein, den sie mir gab. Mich packte eine innere Wut, weil ich wusste, dass sie es absichtlich tat – mir ihre Geschichte in Raten zu liefern wie eine TV-Serie. Sie wollte mich bei der Stange halten, ihre Enthüllungen hinauszögern, damit die ganze Wirkung nicht mit einem Mal verpuffte. Statt des großen Erdbebens eine Serie kleiner Erschütterungen – das wollte sie. Um mich auf Trab zu halten.

»Warum gibst du mir nicht den ganzen Kram auf einmal?«, sagte ich gereizter, als ich wollte.

»Ich arbeite noch dran«, erwiderte sie ungerührt, »mache ständig kleine Änderungen. Es soll so gut werden wie nur möglich.«

»Wann hast du das alles geschrieben?«

»In den letzten zwei Jahren. Du siehst ja, dass ich laufend ergänze und streiche und umschreibe, damit alles klar und deutlich wird. Ich möchte, dass es stimmig wirkt. Bring es in Ordnung, wenn du willst – du kannst viel besser schreiben als ich.«

Sie presste meinen Arm, aber mit Gefühl – um mich zu trösten, vermutlich: Meine Mutter mochte körperliche

Kontakte nicht sonderlich, daher fiel es schwer, ihre seltenen Affektbezeugungen zu deuten.

»Schau nicht so verdattert«, sagte sie. »Jeder hat seine Geheimnisse. Keiner weiß auch nur annähernd über den anderen Bescheid, egal wie nahe oder vertraut sie sich sind. Ich bin sicher, du hast Geheimnisse vor mir. Hunderte, Tausende. Fass dich an die eigene Nase – das mit Jochen hast du mir monatelang verschwiegen.« Sie streckte die Hand aus und strich mir übers Haar – was sehr ungewöhnlich war. »Mehr hab ich nicht im Sinn, Ruth, glaub mir. Ich will dir nur meine Geheimnisse anvertrauen. Du wirst verstehen, warum ich so lange damit warten musste.«

»Wusste Dad Bescheid?«

Sie zögerte. »Nein. Er wusste nichts.«

Ich dachte eine Weile darüber nach, über meine Eltern und wie ich sie immer gesehen hatte. Kannst du alles vergessen, sagte ich mir.

»Hat er nichts geahnt?«, fragte ich. »Nicht das Geringste?«

»Ich glaube nicht. Wir waren sehr glücklich, das ist alles, was zählt.«

»Warum hast du dann beschlossen, mir das alles zu erzählen? Mir deine Geheimnisse anzuvertrauen, so ganz aus heiterem Himmel?«

Sie seufzte, schaute umher, wedelte fahrig mit den Händen, fuhr sich durchs Haar, trommelte mit den Fingern auf den Tisch.

»Weil«, sagte sie schließlich, »weil ich glaube, dass jemand versucht, mich umzubringen.«

Ich fuhr nach Hause, nachdenklich, langsam, vorsichtig. Jetzt war ich wohl ein wenig klüger, aber langsam machte mir die Paranoia meiner Mutter mehr zu schaffen als die Tatsache ihres seltsamen Doppellebens. Sally Gilmartin war – und daran musste ich mich erst noch gewöhnen – Eva

Delektorskaja. Aber warum sollte jemand versuchen, eine sechsundsechzigjährige Frau und Großmutter, die in einem abgelegenen Dorf in Oxfordshire wohnte, umzubringen? Die Sache mit Eva Delektorskaja ging ja noch an, dachte ich, aber die Mordgeschichte ließ sich schon viel schwerer verdauen.

Ich holte Jochen bei Veronica ab, und wir liefen durch Summertown zur Moreton Road. Der Sommerabend war schwül, die Blätter an den Bäumen wirkten müde und schlaff. Seit drei Wochen hochsommerliche Hitze, dabei hatte der Sommer gerade erst angefangen. Jochen war es zu heiß, also zog ich ihm das T-Shirt aus, und wir liefen Hand in Hand, ohne zu reden, jeder in seine Gedanken vertieft.

Am Tor fragte er: »Ist Ludger noch da?«

»Ja. Er bleibt ein paar Tage.«

»Ist Ludger mein Daddy?«

»Um Gottes willen, nein. Ganz bestimmt nicht. Ich sagte dir doch – dein Vater heißt Karl-Heinz. Ludger ist sein Bruder.«

»Oh.«

»Warum hast du geglaubt, er könnte dein Vater sein?«

»Er ist aus Deutschland. Und du hast gesagt, ich bin in Deutschland geboren.«

»Das stimmt auch.«

Ich hockte mich hin und schaute ihm in die Augen, nahm ihn bei den Händen.

»Er ist nicht dein Vater. Ich würde dich niemals belügen, mein Schatz. Dir sage ich immer die Wahrheit.«

Er wirkte zufrieden.

»Komm, drück mich«, sagte ich, und er legte die Arme um meinen Hals und küsste mich auf die Wange. Ich nahm ihn auf den Arm und trug ihn bis zu unserer Treppe und dann die Treppe hinauf. Als ich ihn absetzte, sah ich Ludger durch die Glastür der Küche. Er kam aus dem Badezimmer und lief durch den Korridor auf uns zu, Richtung Esszimmer. Er war nackt.

»Bleib hier«, sagte ich zu Jochen und lief schnell durch die Küche, um Ludger abzufangen. Ludger rubbelte sich das Haar mit einem Handtuch und summte vor sich hin, während er auf mich zulief, sein Schwanz pendelte dabei hin und her.

»Ludger.«

»Oh«, sagte er. »Hi, Ruth.« Und ließ sich Zeit mit dem Bedecken seiner Blöße.

»Würdest du das unterlassen, Ludger? Bitte nicht in meinem Haus.«

»Sorry. Ich dachte, du wärst weg.«

»Es kommen Schüler an die Tür, zu allen Zeiten. Sie können hineinsehen. Das ist eine Glastür.«

Er reagierte mit seinem dreckigen Grinsen. »Wär doch eine nette Überraschung. Aber dich stört's nicht.«

»Doch, es stört mich. Bitte lauf nicht nackt herum.« Ich machte kehrt und holte Jochen herein.

»Entschuldige, Ruth«, rief er mir weinerlich nach. Er konnte sich denken, dass ich stocksauer war. »Ich hab mir nichts dabei gedacht, ich war doch Pornodarsteller. Aber ich laufe nicht mehr nackt herum. Versprochen.«

Die Geschichte der Eva Delektorskaja

Belgien 1939

Eva Delektorskaja wachte früh auf. Ihr fiel ein, dass sie allein in der Wohnung war, daher ließ sie sich Zeit mit der Morgentoilette. Sie kochte Kaffee und nahm ihn mit hinaus auf den kleinen Balkon – es schien eine blasse Sonne. Vom Balkon schaute sie über den Bahndamm in den Parc Marie Henriette, dessen Bäume nun überwiegend kahl waren, und zu ihrer gelinden Überraschung sah sie ein Pärchen über den See rudern, der Mann legte sich gewaltig in die Riemen, um seine Kräfte zu zeigen, die Frau klammerte sich an die Bordwände, vor lauter Angst, ins Wasser zu fallen.

Sie beschloss, zu Fuß zur Arbeit zu gehen. Es schien sonnig zu bleiben, und obwohl es November war, lag etwas Ermunterndes in der kalten Luft und den harten, schrägen Schatten. Sie setzte den Hut auf, zog den Mantel über und band sich den Schal um. Nachdem sie zweimal abgeschlossen hatte, schob sie sorgfältig das kleine gelbe Stück Papier unter den Türpfosten, sodass es kaum zu sehen war. Wenn Sylvia zurückkam, würde sie es durch ein blaues Papier ersetzen. Eva wusste, dass Krieg war, aber im verschlafenen Ostende wirkten solche Vorkehrungen beinahe absurd: Wer zum Beispiel sollte das Bedürfnis verspüren, in diese Wohnung einzubrechen? Dennoch verlangte Romer von seiner Einheit, dass sich alle »operativ« verhielten und die entsprechenden Vorsichtsmaßnahmen zu ihrer zweiten Natur werden ließen.

Sie lief durch die Rue Leffinghe, bog links in die Chaussée de Thourot ein, streckte das Gesicht der milden Sonne entgegen und dachte absichtlich nicht an den Tag, der vor ihr lag, um genauso zu wirken wie die jungen Belgierinnen, die ihr auf der Straße entgegenkamen – wie eine junge Frau, die in einer kleinen Stadt eines kleinen Landes ihrer Arbeit nachging, in einer Welt, die noch irgendwie in Ordnung war.

Am Glockenturm bog sie rechts ab und lief quer über den kleinen Platz auf das Café de Paris zu. Sie erwog, eine Tasse Kaffee zu trinken, aber da Sylvia darauf wartete, von ihrer Nachtschicht erlöst zu werden, ging sie zügig weiter. Am Straßenbahndepot sah sie die Anschlagtafel mit den verblichenen Plakaten der vorjährigen Rennen – Le Grand Prix International d'Ostende 1939 –, seltsame Andenken an eine Welt, die damals noch im Frieden lebte. Als sie am Postamt links in die Rue d'Yser einbog, sah sie sofort das neue Schild, das Romer hatte anbringen lassen. Königsblau auf Zitronengelb: Agence d'Information Nadal – oder, wie Romer gern sagte: »die Gerüchtefabrik«.

Das Gebäude war ein dreistöckiger Büroblock aus den zwanziger Jahren, mit einem geschwungenen Säulenvorbau vor dem Portal, dessen streng modernistische Stromlinienform sich mit einem pseudoägyptischen Schmuckfries unter dem Sims des dritten Stocks vertragen musste. Auf dem Dach stand ein Sendemast, der aussah wie ein kleiner, rot und weiß gestrichener Eiffelturm. Und mehr noch als die architektonischen Auffälligkeiten war er es, der die Blicke der Passanten auf sich zog.

Eva trat ein, nickte dem Pförtner zu und stieg die Treppe zum obersten Stock hinauf. Agence d'Information Nadal war eine kleine Nachrichtenagentur, ein Zwerg verglichen mit solchen Giganten wie Reuters, Agence Havas oder Associated Press, aber im Wesentlichen tat sie genau dasselbe: nämlich Nachrichten und Informationen an verschiedene Kunden zu liefern, die nicht willens oder in der Lage waren, diese Nachrichten und Informationen selber zu beschaffen. A. I. Nadal belieferte um die 137 Lokalzeitungen und Radiosender in Belgien, Holland und Nordfrankreich und erzielte einen bescheidenen, aber stabilen Gewinn. Romer hatte die Agentur 1938 von ihrem Gründer Pierre-Henri Nadal erworben, einem gepflegten alten Herrn mit weißem Haar, der im Sommer einen flachen Strohhut und weiß abgesetzte Schuhe trug. Ab und zu stattete er der Agentur einen Besuch ab, um zu sehen, wie sein Kind unter den neuen Pflegeeltern gedieh. Romer hatte alles beim Alten belassen und die nötigen Änderungen in aller Diskretion vorgenommen. Der Sendemast wurde verlängert und seine Kapazität verstärkt. Die ursprüngliche Belegschaft, etwa ein Dutzend belgische Journalisten, wurde weiterbeschäftigt, aber in der zweiten Etage untergebracht, wo sie damit fortfuhr, die Lokalnachrichten in diesem Eckchen Europas zu durchsieben – Viehmärkte, Dorffeste, Radrennen, die Gezeitentabellen, die Schlussmarkierungen der Brüssler Börse und so weiter – und die Ergebnisse ihrer Arbeit an die Telegrafenabteilung im Erdgeschoss weiterzuleiten, die die Meldungen in Morsezeichen verwandelte und an die 137 Abonnenten der Agentur telegrafierte.

Romers Einheit belegte die dritte Etage. Es handelte sich um ein kleines Team von fünf Mitarbeitern, die ihren Arbeitstag damit verbrachten, alle europäischen und wichtigen überseeischen Zeitungen, die sie auftreiben konnten, zu lesen und nach entsprechender Beratung und Diskussion von Zeit zu Zeit eine Romer-Story in den Strom belangloser Nachrichten einzuschleusen, der von dem unverdächtigen Haus in der Rue d'Yser versendet wurde.

Die anderen vier Mitarbeiter in Romers Team waren Morris Devereux – Romers Nummer zwei –, ein eleganter und kultivierter Exdozent aus Cambridge; Angus Woolf, ein ehemaliger Fleet-Street-Journalist, der durch eine angeborene Missbildung der Wirbelsäule arg verkrüppelt war; Sylvia Rhys-Meyer – Evas Mitbewohnerin –, eine lebhafte Frau Ende dreißig, ehemalige Fremdsprachenexpertin und Übersetzerin des Außenministeriums, dreimal verheiratet und geschieden; schließlich Alfie Blytheswood, der nichts mit den Nachrichten der Agentur zu tun hatte, sondern für die Wartung und das reibungslose Funktionieren der starken Sendeanlage und gelegentliche Funkverschlüsselungen verantwortlich war. Das war der AAS in seiner Gesamtheit, wie Eva sehr schnell erkannte: Romers Team war klein und fest gefügt – außer ihr selbst schienen alle schon mehrere Jahre für ihn zu arbeiten, Morris Devereux sogar noch länger.

Eva hängte Mantel und Hut an den gewohnten Haken und ging zu ihrem Schreibtisch. Sylvia war noch da, blätterte in schwedischen Zeitungen vom Vortag. Der Aschenbecher vor ihr war bis an den Rand mit Zigarettenstummeln gefüllt.

»Eine anstrengende Nacht?«

Sylvia ließ die Schultern sacken, um Erschöpfung zu signalisieren. Sie sah aus wie eine stämmige Frau vom Lande, mit der nicht zu spaßen war, eines Landarztes etwa oder eines Gutsbesitzers, mit vollem Busen und breiten Hüften, gut geschnittenen Kostümen und teuren Accessoires – nur dass alles andere an Sylvia Rhys-Meyer diesen ersten Eindruck durchkreuzte.

»Langweilige Scheiße, öde, langweilige Scheiße, scheißlangweilige Scheiße«, sagte sie und stand auf, um Eva Platz zu machen.

»Ach ja«, fügte Sylvia hinzu. »Deine Meldung mit den toten Matrosen wird überall aufgegriffen.« Sie schlug das *Svenska Dagbladet* auf und zeigte ihr den Artikel. »In der *Times* und in *Le Monde* steht sie auch. Gratuliere. Hochwürden wird zufrieden sein.«

Einige Wörter im schwedischen Text erkannte Eva wieder. Die Story von den zwanzig toten isländischen Matrosen, die in einem entlegenen norwegischen Fjord angespült worden waren, hatte sie auf einer der letzten Sitzungen vorgeschlagen – und die Behauptung daran geknüpft, sie seien mit ihrem Trawler in die schwer verminten Gewässer vor dem Hafen von Narvik geraten. Eva wusste auf Anhieb, dass es die Art von Meldung war, die Romer liebte. Sie hatte schon ein offizielles Dementi des britischen Kriegsministeriums provoziert (norwegische Gewässer waren nicht von britischen Schiffen vermint worden). Doch das Wichtige war, wie Romer gern betonte, dass es sich um unbestätigte Nachrichten handelte – ein Trawler von einer Mine versenkt, wo? – und dass sie dem Feind von Nutzen waren. Alle weiteren Dementis wurden entweder angezweifelt oder kamen zu spät – die Meldung war in Umlauf und verrichtete ihr schmutziges Werk. Deutsche Geheimdienstler, die die internationale Presse auswerteten, würden auf die angebliche Verminung der norwegischen Küstengewässer aufmerksam und Meldung an die Flotte machen. Seekarten würden ausgebreitet, ergänzt, geändert. Alles in allem war es ein prächtiges Beispiel dafür, welchen Zweck Romers Einheit und A. I. Nadal erfüllen sollten. Nachrichten sind nicht neutral, pflegte Romer ständig zu wiederholen. Wenn sie auch nur zur Hälfte geglaubt wurden, führten sie zu allerlei kleinen Veränderungen – zu einer Kettenreaktion mit unabsehbaren Folgen. Eva hatte in den vier Monaten, seit sie in Ostende war, schon einige kleine Erfolge erzielt – Meldungen über angeblich geplante Brückenbauten, über niederländische Flutbarrieren, die angeblich verstärkt werden sollten, über Züge in Nordfrankreich, die wegen angeblicher Manöver umgeleitet wurden –, aber dies war das erste Mal, dass die internationale Presse eine ihrer Erfindungen aufgegriffen hatte. Romers Idee war so einfach wie alle guten Ideen:

Falschmeldungen können genauso nützlich, wirkungsvoll, aufschlussreich oder schädlich sein wie wahrheitsgemäße Meldungen. Wenn A.I. Nadal 137 Nachrichtenmedien versorgte, 24 Stunden am Tag, 365 Tage im Jahr – wie sollte man da noch unterscheiden, welche Meldung echt war und welche das Werk eines gerissenen Fälschers?

Eva nahm den Platz ein, den Sylvia mit ihrem fülligen Hinterteil vorgewärmt hatte, und zog einen Stapel russischer und französischer Zeitungen heran. Sie vermutete, dass es irgendeinen hohen Beamten im britischen Geheimdienst gab, der Romers Idee zu schätzen wusste, und dass dies die Erklärung für die auffallende Autonomie war, die Romer offenbar genoss. Bezahlt für die Agence d'Information Nadal hatte vermutlich der britische Steuerzahler (und Pierre-Henri Nadal damit einen recht komfortablen Lebensabend gesichert), und nun finanzierte er deren Ausbau zu einem Instrument der politischen Kriegführung. Romer und seine Einheit waren damit befasst, sorgsam ausgeklügelte Falschmeldungen in die Welt zu setzen – unter dem Deckmantel einer ehrbaren belgischen Presseagentur –, und niemand konnte mit Gewissheit sagen, welche Wirkungen sie erzielten. Niemand konnte wissen, ob das deutsche Oberkommando überhaupt Notiz von ihnen nahm, aber die Einheit rechnete es sich stets als Erfolg an, wenn ihre Storys von Zeitungen und Rundfunksendern übernommen (und bezahlt) wurden. Romer schien jedoch darauf zu achten, dass die Storys, die sie hinausschickten, einem gewissen Plan folgten, den nur er kannte. In der Sitzung verlangte er manchmal, dass Gerüchte über den bevorstehenden Rücktritt des einen oder anderen Ministers verbreitet wurden – oder Skandale, die geeignet waren, diese oder jene Regierung in Verlegenheit zu bringen. Mal sagte er unvermittelt: Wir brauchen etwas über die spanische Neutralität; mal benötigte er sofort eine Statistik über die Steigerung der französischen Walzstahlproduktion. Die Falschmeldungen mussten mit der gleichen Gewissenhaftigkeit erzeugt werden wie Wahrheiten, es kam darauf an, dass sie auf Anhieb plausibel klangen – und das Team gab sein Bestes, um diese Aufgabe zu erfüllen. Aber das war alles ein wenig vage und hatte – wenn Eva ehrlich war – etwas von einem Gesellschaftsspiel. Nie erfuhren sie etwas über die Folgen ihrer raffiniert erdachten Lügenmärchen, es war, als wären die Mitarbeiter Musiker eines Orchesters, die jeder für sich in einem schalldichten Raum spielten – und nur Romer war in der Lage, ihr Zusammenspiel zu hören.

Sylvia kam an den Schreibtisch zurück, im Mantel und mit einem schicken Federhut auf dem Kopf.

»Essen wir heute zu Hause?«, fragte sie. »Wie wär's mit Steak und Rotwein?«

»Ich fürchte, daraus wird nichts«, ließ sich eine Männerstimme vernehmen.

Sie drehten sich um und erblickten Morris Devereux. Er war ein schlanker, sarkastischer Typ mit markanten Zügen und vorzeitig ergrautem Haar, das er ohne Scheitel glatt nach hinten kämmte. Er achtete sehr auf seine Kleidung: Heute trug er einen dunkelblauen Anzug mit azurblauer Fliege. An manchen Tagen sah man ihn in erstklassigen scharlachroten Hemden.

»Wir fahren nach Brüssel«, sagte er zu Eva. »Pressekonferenz, Außenministerium.«

»Und was wird damit?« Sie zeigte auf ihren Zeitungsstapel.

»Du kannst mal ausspannen«, sagte Morris. »Associated Press hat deine toten Matrosen gekauft. Wir kriegen einen dicken Scheck, und morgen bist du über ganz Amerika verbreitet.«

Sylvia knurrte ihren Abschiedsgruß und ging. Morris holte Evas Hut und Mantel.

»Wir kriegen das Auto vom Chef«, sagte er. »Er musste nach London. Ich glaube, ein netter Lunch ist auch noch drin.«

Sie fuhren Richtung Brüssel, kamen flott und ohne Verzögerung durch Brügge, aber in Gent mussten sie einer Umleitung nach Oudenaarde folgen, weil die Hauptstraße von einem Militärkonvoi blockiert war – Lkw voller Soldaten, leichte Panzer auf Tiefladern und seltsamerweise auch eine ganze Reiterdivision, wie es aussah, denn es wimmelte dort von Reitern und Pferden, als ginge es auf ein Schlachtfeld des neunzehnten Jahrhunderts.

In Brüssel parkten sie in der Nähe des Gare du Nord, und da sie Verspätung hatten, fuhren sie mit dem Taxi direkt zu dem Restaurant, wo Morris bereits einen Tisch reserviert hatte – zum Filet de Bœuf in der Rue Grétry. Die Pressekonferenz fand um fünfzehn Uhr dreißig im Rathaus statt. Sie hatten also reichlich Zeit, meinte Morris, obwohl sie vielleicht auf das Dessert verzichten sollten.

Sie wurden zu ihrem Tisch geleitet und bestellten einen Aperitif, während sie die Karte studierten. Eva nahm die anderen Gäste in Augenschein: die Geschäftsleute, Anwälte, Politiker, die da aßen, rauchten, tranken, redeten, und die bejahrten Kellner, die mit gewichtiger Miene hin und her eilten, und ihr fiel auf, dass sie die einzige Frau im Saal war. Es war ein Mittwoch: Vielleicht gingen belgische Frauen nur an Wochenenden ins Restaurant, mutmaßte sie Morris gegenüber, der gerade den Sommelier herbeiwinkte.

»Wer weiß? Aber mit deiner strahlenden Weiblichkeit bist du der männlichen Überzahl mit Leichtigkeit gewachsen, meine Liebe.«

Sie bestellte *museau de porc* und Steinbutt.

»Ist das nicht ein seltsamer Krieg?«, sagte sie. »Ich muss mich ständig daran erinnern, dass er überhaupt stattfindet.«

»Aber wir sind in einem neutralen Land, vergiss das nicht«, sagte Morris.

»Was macht Romer in London?«

»Es ist nicht an uns zu fragen. Wahrscheinlich redet er mit Mister X.«

»Wer ist Mister X?«

»Mister X ist Romers … was? Romers Kardinal Richelieu. Ein Mann mit sehr viel Macht, der Lucas Romer so ziemlich freie Hand lässt.«

Eva schaute Morris zu, der seine Gänseleberpastete in hübsche kleine Würfel zerschnitt.

»Warum ist die Agentur nicht in Brüssel?«, fragte sie. »Warum sitzen wir in Ostende?«

»Damit wir schneller weg sind, wenn die Deutschen kommen.«

»Ach ja? Und wann wird das sein?«

»Frühling nächsten Jahres, nach Auskunft unseres Chefs. Er will nicht, dass Brüssel zur Falle wird.«

Die Hauptgerichte kamen zusammen mit einer Flasche Bordeaux. Eva schaute Morris zu, der das ganze Ritual – schnüffeln, Glas ins Licht halten, den Wein im Mund umhersprudeln – formvollendet durchspielte.

»In Brüssel würden wir besser essen und trinken«, sagte sie. »Überhaupt: Warum hast du mich mitgenommen? Du bist der Belgien-Spezialist.«

»Befehl von Romer. Du hast doch deine Papiere eingesteckt, hoffe ich?«

Eva konnte ihn beruhigen, und sie aßen weiter, plauderten über ihre Kollegen, die Nachteile und Widrigkeiten des Lebens in Ostende, aber Eva fragte sich während der Unterhaltung, und das nicht zum ersten Mal, welche winzige Rolle sie in dem großen Plan spielte, den nur Romer wirklich überschaute. Ihre Anwerbung, ihre Ausbildung, ihr Einsatz – alles wies auf einen logischen Ablauf hin, aber sie konnte nicht erkennen, wohin er führte. Sie konnte nicht sehen, wo sich das Zahnrädchen Eva Delektorskaja im großen Mechanismus befand, ja, sie sah nicht einmal den Mechanismus. Es ist nicht an uns zu fragen, hatte Morris gesagt, und recht hatte er, gestand sie sich resignierend ein, während sie ein Stück Steinbutt ablöste und in den Mund schob – köstlich. Es war eine Lust, in Brüssel zu sein, weit weg von ihren französischen und russischen Zeitungen, mit einem kultivierten und unterhaltsamen jungen Mann zu essen – nur nicht dran rütteln, nur nicht zu viele Fragen stellen.

Die Pressekonferenz wurde von einem Staatssekretär abgehalten und sollte die belgische Haltung zur russischen Besetzung Finnlands skizzieren. Ihre Personalien wurden am Eingang registriert, und zusammen mit etwa vierzig Journalisten lauschten sie den Ausführungen des Staatssekretärs. Nach ein paar Minuten schweiften Evas Gedanken ab, sie dachte an ihren Vater, den sie im August zuletzt gesehen hatte, für ein paar Tage Urlaub in Paris, bevor sie nach Ostende gezogen war. Er hatte viel gebrechlicher ausgesehen, magerer, die Falten an seinem Hals waren tiefer geworden, und ihr war aufgefallen, dass seine Hände zitterten, auch wenn er sie stillhielt. Am beunruhigendsten aber war, dass er sich ständig die Lippen leckte. Sie fragte, ob er durstig sei, und er antwortete: Nein, wieso? Vielleicht war es eine Nebenwirkung der Arzneimittel, die er zur Stärkung seines Herzens bekam? Aber es hatte keinen Zweck, sich länger etwas vorzumachen. Es ging langsam bergab mit ihrem Vater – das sonnige Alter war vorüber, jetzt erwartete ihn die Mühsal des letzten Lebensabschnitts. In den paar Monaten seit ihrem Weggang war er um zehn Jahre gealtert, wie ihr schien.

Irène blieb kühl und zeigte wenig Neugier, was Evas neue Existenz in England betraf. Als sich Eva nach dem Gesundheitszustand ihres Vaters erkundigte, sagte sie, es gehe ihm gut, danke der Nachfrage, alle Ärzte seien sehr zufrieden mit ihm. Auf die Frage ihres Vaters, wo sie arbeite, antwortete sie, sie sei bei der »Nachrichtentruppe« und schon eine Expertin im Morsen. »Wer hätte das gedacht?«, rief er, und für einen Augenblick oder zwei flammte die alte Begeisterung in ihm auf. Er legte ihr die zitternde Hand auf den Arm und fügte leise hinzu, damit Irène es nicht hörte: »Du hast das Richtige getan, mein Mädchen.«

Morris tippte an ihren Ellbogen und riss sie aus ihren Träumen. Er schob ihr einen Zettel hin. Es war eine Frage auf Französisch. Verständnislos starrte sie auf den Zettel.

»Romer will, dass du die Frage stellst«, sagte Morris.

»Warum?«

»Ich glaube, das soll uns Seriosität verleihen.«

Als der Staatssekretär seine Ausführungen beendet hatte und der Leiter der Pressekonferenz um Fragen bat, wartete sie vier oder fünf Fragesteller ab, bevor sie die Hand hob. Sie wurde geortet, man zeigte auf sie – »La mademoiselle, là« –, sie stand auf.

»Eve Dalton«, sagte sie, »Agence d'Information Nadal.« Sie sah, wie der Pressechef ihren Namen in ein Buch schrieb, und auf sein Nicken trug sie die Frage vor, ohne ihre Bedeutung wirklich zu erfassen – sie bezog sich auf eine Minderheitenpartei im Parlament, den Vlaamsch Nationaal Verbond und seine Politik der »neutralité rigoureuse«, und löste einige Bestürzung aus. Die Antwort des Staatssekretärs war schroff und abweisend, aber sofort hob sich ein halbes Dutzend Hände zu weiteren Nachfragen. Sie setzte sich, und Morris gönnte ihr ein diskret beifälliges Lächeln. Nach fünf Minuten signalisierte er ihr den Aufbruch, und sie schlichen auf Zehenspitzen hinaus, verließen das Rathaus durch einen Seitenausgang und liefen, da ein widerwärtig peitschender Regen eingesetzt hatte, im halben Galopp quer über die Grand Place zu einem Café. Sie rauchten eine Zigarette, tranken Tee und blickten hinaus auf die Fassaden, die den Platz umgaben wie ziselierte Felswände und auch nach Jahrhunderten noch von Reichtum und ungebrochenem Selbstbewusstsein kündeten. Der Regen wurde heftiger, und die Blumenhändler machten ihre Stände dicht, als sie ein Taxi zum Bahnhof nahmen und ohne Umwege nach Ostende zurückfuhren.

Diesmal gab es keine Militärtransporte auf der Straße nach Gent, schon um sieben Uhr abends waren sie am Ziel. Auf der Rückfahrt unterhielten sie sich miteinander, aber ohne die Vorsicht außer Acht zu lassen – so hielten es alle Untergebenen von Romer, wie Eva nun feststellte. Was sie verband, war ein Gefühl der Zusammengehörigkeit, das Bewusstsein, zu einer kleinen Elite zu gehören – das ließ sich nicht leugnen –, aber das war nur Fassade. Niemand zeigte sich wirklich offen und unverstellt; sie versuchten, ihre Gespräche auf belanglose Bemerkungen, auf nichtssagende Allgemeinheiten zu beschränken – genaue Auskünfte über ihre Vergangenheit, über ihr Leben vor Romer waren nicht zu bekommen.

Morris sagte zu ihr: »Dein Französisch ist hervorragend. Erstklassig.«

Und Eva erwiderte: »Ja, ich habe eine Weile in Paris gelebt.«

Im Gegenzug fragte sie Morris, wie lange er Romer schon kannte. »Oh, schon etliche Jahre«, bekam sie zu hören, und seinem Tonfall entnahm sie, dass es nicht angebracht war nachzufragen, ja dass sie sich damit sogar verdächtig machen konnte. Morris nannte sie »Eve«, und erst jetzt kam ihr der Gedanke, dass er sicher ganz anders hieß, dass der Name »Morris Devereux« genauso falsch war wie »Eve Dalton«. Sie musterte ihn von der Seite, als sie Richtung Küste fuhren, sein markantes Profil wurde vom Armaturenbrett angestrahlt, und zum ersten Mal befiel sie ein dumpfes Gefühl des Bedauerns, dass dieser seltsame Job, auch wenn sie alle am selben Strang zogen, unweigerlich dazu führte, dass am Ende jeder isoliert und für sich blieb.

Morris setzte sie vor ihrem Haus ab, sie sagte gute Nacht und stieg die Treppe zu ihrer Etage hinauf. Dort sah sie Sylvias blaues Kärtchen unter dem Türpfosten hervorschauen. Sie steckte den Schlüssel ins Schloss und wollte gerade aufschließen, als sich die Tür von innen öffnete. Vor ihr stand Romer, mit einem etwas frostigen Lächeln, wie ihr schien, und die hinter ihm auftauchende Sylvia vollführte irgendwelche erschrockenen Gesten, die Eva nicht recht deuten konnte.

»Sie waren aber lange weg«, sagte er. »Haben Sie nicht den Wagen genommen?«

»Doch«, erwiderte Eva und ging in das kleine Wohnzimmer. »Auf dem Rückweg hat es geregnet. Ich dachte, Sie mussten nach London.«

»Da war ich auch. Und was ich dort erfahren habe, hat mich zur sofortigen Rückkehr bewogen. Die Luftfahrt ist eine wunderbare Erfindung.« Er ging zum Fenster, wo er seine Tasche abgestellt hatte.

»Er ist seit zwei Stunden hier«, flüsterte Sylvia und verzog das Gesicht, während sich Romer bückte, in seiner Tasche wühlte und sie dann verschloss. Er richtete sich wieder auf.

»Packen Sie Ihre Reisetasche«, sagte er zu Eva. »Sie fahren mit mir nach Holland.«

Prenslo war ein gesichtsloses Kaff an der deutsch-holländischen Grenze. Aber die Fahrt dorthin erwies sich als unerwartet schwierig und nervenraubend. Sie fuhren mit dem Zug von Ostende nach Brüssel, wo sie in den Zug nach Den Haag umstiegen. Am dortigen Hauptbahnhof übergab ihnen ein Mann von der britischen Botschaft einen Wagen.

Romer fuhr mit Eva weiter ostwärts Richtung Grenze, nur dass er sich auf den kleinen Landstraßen zweimal verfuhr und über eine halbe Stunde brauchte, um zum richtigen Weg zurückzufinden. Um vier Uhr morgens kamen sie in Prenslo an und mussten feststellen, dass das Hotel Willems, in dem Romer Zimmer gebucht hatte, dunkel und fest verschlossen war und niemand auf ihr Klingeln, Klopfen und Rufen reagierte. Also waren sie gezwungen, bis sieben Uhr im Auto auf dem Parkplatz zu warten, als ein verschlafener Bursche im Bademantel die Hoteltür aufschloss und sie endlich, aber keineswegs freundlich hineingelassen wurden.

Auf der Fahrt hatte Eva wenig gesprochen, absichtlich, und Romer war ihr noch verschlossener und in sich versunkener vorgekommen als sonst. Irgendetwas an seinem Verhalten ging ihr gegen den Strich, sie hatte das Gefühl, dass er sie bevorzugte und verwöhnte, damit sie ein besonderes Privileg darin erblickte, vom »Chef« auf diese mysteriöse Nachtfahrt mitgenommen zu werden, also verhielt sie sich pflichtgemäß und klagte nicht. Aber das dreistündige Warten auf dem Hotelparkplatz und die erzwungene Zweisamkeit hatten Romer gesprächiger gemacht, und er hatte ihr ein wenig ausführlicher erzählt, was sie in Prenslo vorhatten.

Bei seiner kurzen London-Reise hatte Romer erfahren, dass für den nächsten Tag ein SIS-Einsatz in Prenslo geplant war. Ein General vom Oberkommando der Wehrmacht wollte die britische Haltung sondieren – für den Fall, dass es zu einem Armeeputsch gegen Hitler kam. Offenbar ging es nicht darum, Hitler zu stürzen, er würde weiter als Reichskanzler agieren, aber unter dem strikten Regime der meuternden Generale. Nach mehreren vorbereitenden Kontakten, die der Absicherung und Klärung von Details dienten, hatte eine in Den Haag stationierte Einheit des SIS ein erstes persönliches Treffen mit dem General arrangiert. Als Verhandlungsort wurde ein Gasthaus in Prenslo gewählt, weil der General und seine Kollaborateure dort unbemerkt über die Grenze wechseln konnten. Das Gasthaus selbst war keine hundert Meter von der Demarkationslinie entfernt.

Eva hörte aufmerksam zu, während sich etwa drei Dutzend Fragen in ihrem Kopf aufstauten. Sie wusste, dass es nicht gut war, die Fragen herauszulassen, aber es war ihr schon egal. Sie war übermüdet und völlig konsterniert.

»Warum brauchen Sie mich dafür?«, fragte sie.

»Weil mein Gesicht bei den SIS-Leuten bekannt ist. Der eine von ihnen ist Standortchef in Holland, den habe ich schon öfter getroffen.« Romer reckte sich, sein Ellbogen stieß an Evas Schulter. »Entschuldigung – Sie müssen für mich Augen und Ohren aufsperren, Eva. Ich muss genau wissen, was passiert.« Er lächelte müde über die Zumutung, ihr das erklären zu müssen. »Dieser Knabe wäre sehr verwundert, wenn er mich beim Schnüffeln erwischen würde.«

Eine weitere Frage musste heraus: »Aber warum schnüffeln wir denn? Gehören wir nicht letzten Endes alle zum ›Secret Intelligence Service‹?« Sie fand die ganze Sache ein wenig lächerlich, offenbar steckten irgendwelche Reibereien zwischen den Abteilungen dahinter, und das hieß nichts anderes, als dass sie hier in der tiefsten Provinz in einem Auto herumsaß und ihre Zeit verschwendete.

Romer schlug vor, eine Runde um den Parkplatz zu machen, sich die Beine zu vertreten, also stiegen sie aus. Er zündete sich eine Zigarette an, ohne ihr eine anzubieten. Schweigend drehten sie eine Runde, bis sie wieder vorm Auto standen.

»Wir gehören nicht zum SIS, genau genommen«, sagte er. »Mein Team, der AAS, ist offiziell Teil des GC&CS – The Government Code and Cipher School. Wir haben eine … eine etwas andere Aufgabenstellung.«

»Trotzdem ziehen wir alle an einem Strang.«

»Soll das ein Witz sein?«

Eine Weile saßen sie schweigend da, bis er wieder etwas sagte.

»Sie haben doch die Meldungen gesehen, die wir über die Unzufriedenheit in den oberen Rängen der deutschen Wehrmacht in Umlauf gebracht haben.«

Eva nickte. Sie konnte sich erinnern: Gerüchte über den bevorstehenden Rücktritt des einen oder anderen hohen Offiziers, Dementis, dass dieser oder jener hochrangige Offizier auf einen Provinzposten versetzt wurde, und so fort.

Romer sprach weiter. »Ich glaube, dass dieses Treffen in Prenslo ganz allein ein Resultat unserer Agenturmeldungen ist. Es ist nur gerecht, dass ich erfahre, was hier passiert. Man hätte mich von vornherein informieren müssen.« Mit einer unwilligen Geste schnipste er seine Zigarette in die Büsche – ein bisschen fahrlässig, dachte Eva, dann überlegte sie, dass die Büsche um diese Jahreszeit feucht waren und kaum brennen würden. Er war wütend, stellte sie fest, jemand wollte sich auf seine Kosten profilieren.

»Weiß der SIS, dass wir in Prenslo sind?«

»Ich nehme stark an und hoffe nicht.«

»Ich verstehe nicht.«

»Gut so.«

Als sie der verschlafene Bursche in die Zimmer gewiesen hatte, rief Romer sie zu sich. Er wohnte im Dachgeschoss und hatte einen guten Blick auf die einzige wichtige Straße von Prenslo. Romer reichte ihr einen Feldstecher und erläuterte das Panorama: Dort der deutsche Grenzübergang mit seiner schwarz-weiß gestreiften Schranke, dort die Bahnstrecke, dort, hundert Meter zurück, das holländische Zollhaus, das nur in den Sommermonaten besetzt war. Gegenüber lag das Gasthaus, Café Backus, ein großes zweistöckiges Gebäude mit zwei Benzinpumpen und einer Glasveranda und auffallend gestreiften Markisen – schokoladenbraun und orange –, die Schatten spenden sollten. Um den kiesbestreuten Vorplatz hatte man eine Hecke und ein paar angebundene Bäumchen gepflanzt, hinter dem Gasthaus befand sich ein unbefestigter Parkplatz mit Schaukeln und einer Wippe an der Seite, und dahinter begann ein Kiefernwald, in dem die Bahnstrecke verschwand. Café Backus war praktisch das letzte Haus von Prenslo vor der deutschen Grenze. Der eigentliche Ort erstreckte sich dahinter – Häuser, Läden, ein Postamt, ein kleines Rathaus mit großer Uhr und natürlich das Hotel Willems.

»Ich möchte, dass Sie ins Gasthaus gehen und Frühstück bestellen«, sagte Romer. »Sprechen Sie Französisch und, wenn es Englisch sein muss, gebrochen und mit Akzent. Fragen Sie, ob Sie ein Zimmer für die Nacht bekommen, oder was immer. Verschaffen Sie sich einen Eindruck von dem Lokal, verweilen Sie ein bisschen, schauen Sie sich um, sagen Sie, sie kommen zum Mittagessen wieder. In einer Stunde etwa erwarte ich Sie hier zum Rapport.«

Während der Ortsbesichtigung mit dem Feldstecher hatte Eva ihre Müdigkeit gespürt, schließlich war sie seit vierundzwanzig Stunden auf den Beinen, aber jetzt, als sie durch die Hauptstraße von Prenslo zum Café Backus lief, fühlte sie sich wieder frisch und voller Adrenalin. Sie schaute sich gelassen um, registrierte die Passanten, einen vorbeifahrenden Lastwagen mit Milchkannen, Schulkinder in förstergrünen Uniformen.

Im Café Backus bestellte sie ihr Frühstück – Kaffee, zwei gekochte Eier, Brot und Schinken – und aß allein im großen Speiseraum, der an die Glasveranda grenzte. Die junge Serviererin sprach kein Französisch. Aus der Küche hörte Eva Tellerklappern und Gesprächsfetzen. Zwei junge Männer kamen aus einer Flügeltür und gingen hinaus auf den Vorplatz. Sie trugen Anzug und Krawatte, der eine hatte trotz seiner Jugend eine Glatze, der andere einen militärisch wirkenden Bürstenschnitt. Eine Weile standen sie an den

Zapfsäulen herum, sie gingen hinüber zur Zollschranke und blickten die Straße hinauf, dann kamen sie wieder herein, warfen einen flüchtigen Blick auf Eva, die sich gerade Kaffee nachschenken ließ. Die Flügeltür pendelte hinter ihnen aus.

Eva fragte nach einem Zimmer, erhielt aber die Auskunft, dass die Zimmer nur im Sommer vermietet würden. Darauf erkundigte sie sich nach der Toilette, verfehlte absichtlich den Weg und stieß die Flügeltür auf. Vor ihr lag ein großer Konferenzraum, dessen Tische im Quadrat aufgestellt waren. Der Glatzköpfige saß, mit spitz ausladenden Ellbogen und Knien, auf einem Stuhl und schaute unter seine Schuhsohle. Der andere fuchtelte mit einem imaginären Tennisschläger und übte einen Aufschlag. Sie blickten sich träge um, und Eva zog sich zurück. Die Kellnerin zeigte ihr den richtigen Weg durch den Korridor, den sie mit schnellem Schritt einschlug.

Dort entriegelte sie das kleine Milchglasfenster und rüttelte so lange am Griff, bis es sich öffnen ließ und den Blick auf den Parkplatz mit den Schaukeln, der Wippe und dem dahinter liegenden Kiefernwald freigab. Sie schloss das Fenster, ohne den Riegel vorzulegen.

Wieder im Hotel Willems, erzählte sie Romer von den zwei Männern und dem Konferenzzimmer. Die Nationalität konnte ich nicht erkennen, sagte sie, ich habe sie nicht sprechen hören – vielleicht Deutsche oder Holländer, aber Engländer bestimmt nicht. In ihrer Abwesenheit hatte Romer ein paar Anrufe getätigt: Das Treffen mit dem General war für vierzehn Uhr dreißig geplant. In Begleitung der zwei britischen Agenten würde ein holländischer Geheimdienstoffizier erscheinen, ein Leutnant Joos, und Eva, so Romer, sollte Kontakt zu ihm aufnehmen. Er gab ihr einen Zettel mit dem doppelten Losungswort, dann nahm er ihn ihr wieder weg und zerriss ihn in kleine Schnipsel.

»Warum soll ich Kontakt zu Leutnant Joos aufnehmen?«

»Damit er weiß, dass Sie auf seiner Seite sind.«

»Wird es gefährlich?«

»Sie sind ein paar Stunden vor ihm im Gasthaus gewesen und daher in der Lage, ihm alles Verdächtige mitzuteilen. Er kommt unvorbereitet zu dem Treffen und wird sehr froh sein, dass Sie vor ihm da waren.«

»Verstanden.«

»Könnte sein, dass er nicht mal Fragen stellt. Die scheinen die ganze Sache sehr locker zu nehmen. Aber halten Sie die Augen offen, beobachten Sie alles sehr genau und berichten Sie mir dann bis ins letzte Detail.« Romer gähnte. »Jetzt will ich ein bisschen schlafen, wenn's Ihnen nichts ausmacht.«

Auch Eva versuchte zu schlafen, aber in ihrem Kopf arbeitete es unablässig. Sie spürte eine seltsame Erregung: Das war etwas Neues, mehr noch, es wurde ernst – deutsche und britische Agenten, Geheimverhandlungen mit einem deutschen General –, wie lächerlich dagegen das Abschütteln von Verfolgern in der Princes Street.

Um dreizehn Uhr lenkte sie ihre Schritte erneut ins Café Backus, wo sie Mittagessen bestellte. Drei ältere Paare saßen schon auf der Veranda bei ihrer Mahlzeit. Eva setzte sich in den Gastraum, gegenüber der Schwingtür, und bestellte ein ganzes Menü, obwohl sie nicht den geringsten Hunger verspürte. Um das Gasthaus herum ging es schon viel lebhafter zu. Autos hielten zum Tanken, und im Fenster spiegelte sich die schwarz-weiße Grenzschranke, die sich hob und senkte, während Autos und Lastwagen in beiden Richtungen passierten. Die beiden jungen Männer ließen sich nicht blicken, aber als sie zur Toilette ging, sah sie einen schwarzen Mercedes-Benz, der neben den Schaukeln und der Wippe parkte.

Dann, sie hatte gerade ihr Dessert bestellt, kam ein hochgewachsener Mann mit Halbglatze und eng tailliertem dunklem Anzug herein und betrat, nachdem er ein paar

Worte mit dem Wirt gewechselt hatte, den Konferenzraum durch die Schwingtür. Sie fragte sich, ob das Leutnant Joos war; er hatte sie nicht eines Blickes gewürdigt.

Kurz darauf traten zwei weitere Männer ein, die britischen Agenten, wie Eva sofort erriet. Der eine war dicklich und trug einen Blazer, der andere war schlank, mit Bärtchen, und trug einen Tweedanzug. Jetzt kam Joos heraus und sprach mit den beiden: Offenbar herrschten Ratlosigkeit und Verwirrung; alle konsultierten ihre Armbanduhren. Joos ging wieder hinein und kehrte mit dem Glatzköpfigen zurück, es folgte ein kurzer Wortwechsel, und die beiden Briten folgten dem Glatzköpfigen in den Konferenzraum. Joos nahm draußen Aufstellung wie ein Hausmeister oder der Türhüter eines Nachtclubs.

Mittlerweile saß nur noch ein Pärchen auf der Veranda, die Frau löffelte Kaffeesatz und Zucker aus ihrer Tasse, der Mann rauchte ein Zigarillo, als hätte er es mit einer großen Havanna zu tun. Eva ging mit einer Zigarette auf Joos zu und sagte den verabredeten Satz: »Do you smoke, may I trouble you for a light?« Joos erwiderte wie erwartet: »Indeed I do smoke«, und zündete ihre Zigarette mit dem Feuerzeug an. Er war eine schlanke Erscheinung mit einer schönen geraden Nase, sein Aussehen wurde nur durch einen Augenfehler beeinträchtigt: Sein linkes Auge schien über Evas Kopf hinwegzuschauen. Eva fragte weiter: »Do you know where I can buy any French cigarettes?« Joos dachte kurz nach und sagte: »Amsterdam?« Eva lächelte, zuckte die Schultern und kehrte zu ihrem Platz zurück. Sie zahlte, so schnell es ging, und lief zur Damentoilette. Dort öffnete sie das Fenster, kletterte aufs Klosett und zwängte sich hinaus. Mit dem Absatz blieb sie am Riegel hängen, daher fiel sie ungeschickt zu Boden. Als sie sich aufrappelte und abklopfte, sah sie zwei Autos, die mit hohem Tempo über die deutsche Grenze kamen. Sie hörte die Autos bremsen und so abrupt vor dem Gasthaus halten, dass der Kies spritzte. Eilends lief sie nach vorn und kam gerade noch rechtzeitig, um ein halbes Dutzend Männer ins Haus rennen zu sehen.

Eva überquerte mit schnellem Schritt den Parkplatz und eilte, vorbei an Schaukeln und Wippe, auf den Wald zu. Nach einer Minute oder weniger öffnete sich die Hoftür des Gasthauses, und sie sah, wie die britischen Agenten, jeder flankiert von zwei Männern, zum geparkten Mercedes geführt wurden. Da plötzlich kam Joos um die Hausecke gerannt. Eine Serie von Geräuschen, es klang wie das Knacken von Ästen, folgte, und sie bemerkte, dass Joos beim Rennen Schüsse abgab – er hatte einen Revolver in der Hand. Die Briten und ihre Bewacher duckten sich hinter den Mercedes. Eine von Joos' Kugeln traf die Frontscheibe, Glassplitter flirrten durch die Luft.

Joos rannte auf den Wald zu, nicht direkt in Evas Richtung, sondern rechts von ihr. Währenddessen richteten sich die Wachmänner auf, zogen ihre Pistolen und schossen auf Joos. Zwei weitere Männer kamen aus dem Gasthaus und rannten hinter ihm her, ebenfalls schießend. Eva sah, dass Joos ein guter Läufer war, sehr flink, trotz seines engen Anzugs, wie ein Schuljunge, und er hatte den Waldrand schon fast erreicht, als er zu stolpern schien und strauchelte, dann schossen die beiden Verfolger aus kürzerem Abstand – »Peng! Peng! Peng!«, klang es –, er schlug lang hin und rührte sich nicht mehr. Die zwei Männer zogen ihn hoch, hakten ihn unter und schleppten ihn zum Auto. Die beiden Briten wurden hineingestoßen und Joos nach ihnen. Das Auto startete und fuhr mit hohem Tempo am Gasthaus vorbei auf die Straße. Die anderen Männer liefen langsam hinterher und steckten die Revolver wieder ein.

Eva sah, wie sich die schwarz-weiße Schranke an der Grenze hob und erst das eine, dann das andere Auto unbehelligt nach Deutschland zurückfuhr.

Eine Weile blieb sie reglos hinter ihrem Baum stehen und bewahrte die Ruhe, wie sie es gelernt hatte: Es gab keinen Handlungsbedarf, lieber tat sie gar nichts als etwas Übereiltes und prägte sich in allen Einzelheiten ein, was sie gesehen hatte, Schritt für Schritt in ihrer Abfolge, damit sie nichts durcheinanderbrachte, und merkte sich jedes Wort, das sie mit Joos gewechselt hatte.

Sie fand einen Pfad, den sie langsam entlanglief, bis sie zu einem Forstweg kam, der nach einiger Zeit in eine befestigte Straße mündete. Sie war zwei Kilometer von Prenslo entfernt, wie sie dem ersten Schild entnahm, das ihr begegnete. Sie lief langsam weiter, doch in ihrem Kopf überschlugen sich die Deutungen dessen, was sie gesehen hatte. Als sie im Hotel Willems ankam, wurde ihr mitgeteilt, dass der andere Gast schon abgereist war.

4
Das Gewehr

Am Morgen rief Bérangère an, sie habe sich böse erkältet, und fragte, ob die Stunde ausfallen könne. Ich sagte sofort Ja, mit Anteilnahme und heimlicher Erleichterung (denn bezahlt wurde ich so oder so), und beschloss, die zwei Freistunden zu nutzen. Ich fuhr mit dem Bus in die Stadt und betrat mein College durch die Pforte in der Turl Street. Zwei Minuten lang las ich die Anschläge am Schwarzen Brett, dann schaute ich, ob etwas Interessantes in meinem Fach lag. Es waren die üblichen Flyer, Einladungen zu Sherry-Partys, eine Rechnung für den Wein, den ich vier Monate zuvor gekauft hatte, und ein edler Büttenumschlag mit meinem Namen – Ms Ruth Gilmartin M. A. –, geschrieben mit Sepiatinte und sehr dicker Feder. Ich wusste auf Anhieb, wer der Absender war: mein Doktorvater, Robert York, den ich regelmäßig schlechtmachte, indem ich ihn als faulsten aller Oxford-Professoren bezeichnete.

Und wie um mich für meine Respektlosigkeit zu bestrafen, enthielt dieser Brief, wie ich sah, eine subtile Schelte – als würde Bobbie York zu mir sagen: Meinetwegen können Sie mir auf der Nase herumtanzen, aber es stört mich doch ein wenig, dass Sie es jedem erzählen. Er lautete:

Meine liebe Ruth,
es ist eine ganze Weile her, dass wir uns zu sehen gekriegt haben. Darf ich's wagen anzufragen, ob es ein neues Kapitel für mich zu lesen gibt? Ich hielte es in der Tat für eine

gute Idee, uns bald mal wieder zu treffen – wenn's irgend geht, noch vor Semesterende.
Tut mir leid, Sie zu langweilen.
Tanti saluti, Bobbie

Ich rief ihn sofort an, vom Fernsprecher in der Pförtnerloge. Es dauerte, bis er abnahm, aber dann hörte ich den vertrauten Basso profundo.

»Robert York.«

»Hallo, ich bin's, Ruth.«

Schweigen. »Ruth de Villiers?«

»Nein, Ruth Gilmartin.«

»Ah, meine Lieblingsruth. Die verlorene Tochter. Gott sei Dank. Da haben Sie mir aber einen Schreck eingejagt. Wie geht es Ihnen?«

Wir verabredeten uns für den Abend des nächsten Tages in seinem Büro. Ich legte auf, ging wieder hinaus auf die Turl Street und musste kurz stehen bleiben, weil ich mich plötzlich ganz verwirrt und schuldig fühlte. Schuldig, weil ich seit Wochen nichts für meine Dissertation getan hatte, verwirrt, weil ich mich fragte: Was machst du eigentlich hier in diesem Provinznest? Wozu überhaupt promovieren? Warum eine akademische Laufbahn?

Einfache oder schnelle Antworten wollten mir nicht einfallen, und während ich langsam zur High Street weiterlief, überlegte ich, ob ich auf einen Drink in einen Pub gehen oder lieber nach Hause fahren sollte, zu einem frugalen Mittagsmahl in aller Einsamkeit. Beim Betreten der Einkaufspassage sah ich eine attraktive ältere Dame, die meiner Mutter überraschend ähnlich sah. Es war meine Mutter. Sie trug einen perlgrauen Hosenanzug, und ihr Haar wirkte blonder – wie frisch gefärbt.

»Was starrst du so?«, sagte sie ein wenig unwirsch.

»Ich staune. Du siehst wunderbar aus.«

»Mir geht es wieder besser. Aber du siehst schrecklich aus. Richtig elend.«

»Ich glaube, ich stehe vor einer lebenswichtigen Entscheidung. Gerade wollte ich auf einen Drink. Hättest du Lust?«

Sie war nicht abgeneigt, also kehrten wir um und steuerten die Turf Tavern an. Drinnen war es dunkel und kühl – sehr wohltuend nach der knallheißen Junisonne. Der alte Steinfußboden war frisch gewischt und noch feucht, und es war fast leer. Wir suchten uns einen Ecktisch, ich ging an die Bar und bestellte ein Glas Bier für mich und Tonic mit Eis und Zitrone für meine Mutter. Während ich die Gläser hinübertrug, dachte ich an die letzte Episode aus dem Leben der Eva Delektorskaja und versuchte mir vorzustellen, dass meine Mutter – damals vielleicht so alt wie ich – mit eigenen Augen sah, wie Leutnant Joos erschossen wurde. Ich setzte mich ihr gegenüber. Sie hatte gemeint, je mehr ich läse, umso mehr würde ich verstehen, aber davon war ich offenbar noch weit entfernt. Ich hob mein Glas und prostete ihr zu. »Chin-chin«, erwiderte sie. Und während ich mein Bier trank, schaute sie mich an, als wäre ich nicht recht bei Trost.

»Wie kannst du so ein Zeug trinken?«

»Ich bin in Deutschland auf den Geschmack gekommen.«

Dann erzählte ich ihr, dass Ludger, der Bruder von Karl-Heinz, für ein paar Tage bei uns wohnte. Sie erwiderte, dass ich der Familie Kleist gewiss keinen Gefallen schuldig sei, aber sie wirkte unbeteiligt, wenn nicht gar desinteressiert. Ich fragte sie, was sie in Oxford zu tun hatte – normalerweise machte sie ihre Einkäufe lieber in Banbury oder Chipping Norton.

»Ich habe mir eine Genehmigung geholt.«

»Eine Genehmigung wofür? Einen Behindertenparkplatz?«

»Für ein Gewehr.« Sie registrierte mein ungläubiges Starren. »Wegen der Kaninchen – sie verwüsten den Garten.

Außerdem, Liebling – ich will ehrlich sein –, fühle ich mich im Haus nicht mehr sicher. Mein Schlaf hat gelitten – bei jedem Geräusch schrecke ich hoch und bin dann so wach, dass ich nicht weiterschlafen kann. Mit einem Gewehr fühle ich mich sicherer.«

»Du wohnst seit Vaters Tod in dem Haus«, erinnerte ich sie. »Sechs Jahre. Du hattest nie Probleme damit.«

»Das Dorf hat sich verändert«, sagte sie düster. »Ständig fahren Autos durch. Fremde. Niemand weiß, wer sie sind. Und irgendwas stimmt nicht mit meinem Telefon. Es klingelt einmal, dann wird aufgelegt. Ich höre Stimmen in der Leitung.«

Ich beschloss, genauso gelassen zu reagieren wie sie. »Na, du musst es ja wissen. Aber bring dich nicht versehentlich um.«

»Ich weiß, wie man mit einem Gewehr umgeht«, erwiderte sie mit einem kurzen, selbstgefälligen Kichern. Ich sagte lieber nichts dazu.

Sie kramte in ihrer Tasche und holte einen großen braunen Umschlag hervor. »Die nächste Lieferung. Ich wollte sie auf dem Heimweg bei dir einwerfen.«

»Ich kann's gar nicht erwarten«, sagte ich, diesmal ohne jede Ironie.

Als ich den Umschlag entgegennahm, hielt sie meine Hand fest. »Ruth, Liebling. Ich brauche deine Hilfe.«

»Ich weiß«, sagte ich. »Ich besorge dir einen guten Arzt.«

Einen Moment lang dachte ich, sie wollte mich schlagen.

»Nimm dich in Acht. Du bist nicht mein Vormund.«

»Natürlich helfe ich dir«, sagte ich. »Beruhige dich. Du weißt, ich tue alles für dich. Also, worum geht's?«

Sie drehte ihr Glas eine Weile hin und her, bevor sie antwortete. »Ich möchte, dass du versuchst, Romer ausfindig zu machen.«

Die Geschichte der Eva Delektorskaja

Ostende 1939

Eva saß im Konferenzzimmer der Agentur. Draußen ging ein heftiger Regenschauer nieder. Das Prasseln klang, als würde jemand Sand an die Scheiben werfen. Es wurde immer dunkler, und sie sah, dass in den Häusern gegenüber schon überall Licht brannte. Doch im Konferenzzimmer brannte kein Licht. Es herrschte eine merkwürdige Düsternis, wie an einem vorzeitig hereingebrochenen Winterabend. Sie nahm einen Bleistift vom Tisch und ließ das Ende mit dem Radiergummi auf ihren linken Daumen fallen. Vergeblich versuchte sie, das Bild aus ihrem Kopf zu vertreiben – den jungenhaften Spurt des Leutnant Joos quer über den Parkplatz in Prenslo – ganz leichtfüßig, dann das Stolpern und der Sturz.

»Er hat ›Amsterdam‹ gesagt«, wiederholte Eva leise. »Er hätte ›Paris‹ sagen müssen.«

Romer zuckte die Schultern. »Ein simpler Fehler. Ein alberner Patzer.«

Eva hielt ihre Stimme im Zaum. »Ich habe mich lediglich an meine Instruktionen gehalten. So wie Sie es ständig fordern. Eine Romer-Regel. Deshalb benutzen wir doppelte Losungswörter.«

Romer stand auf, ging ans Fenster und blickte zu den Lichtern hinüber.

»Das ist nicht der einzige Grund«, sagte er. »Sie dienen auch der Wachsamkeit.«

»Nun, bei Leutnant Joos hat das nicht funktioniert.«

Eva dachte an den Nachmittag zurück – den gestrigen Nachmittag. Als sie im Hotel Willems erfuhr, dass Romer abgereist war, rief sie sofort die Agentur an. Morris Devereux erklärte ihr, Romer sei schon auf der Rückfahrt nach Ostende, und er habe angerufen, um mitzuteilen, dass Eva entweder tot oder verwundet oder in deutscher Gefangenschaft sei. »Er wird sich freuen, wenn er hört, dass er sich geirrt hat«, sagte Morris trocken. »Was hattet ihr da eigentlich zu suchen?«

Früh am nächsten Morgen traf Eva in Ostende ein (eine Busfahrt mit Umsteigen von Prenslo nach Den Haag, wo sie lange auf den Nachtzug nach Brüssel warten musste) und ging sofort in die Agentur. Weder Angus Woolf noch Blytheswood äußerten sich zu dem Vorfall, nur Sylvia nahm sie beim Arm, als niemand schaute. »Alles in Ordnung, meine Süße?«, flüsterte sie und legte den Finger auf den Mund. Eva lächelte und nickte.

Am Nachmittag sagte Morris, sie werde im Konferenzzimmer erwartet. Dort fand sie Romer vor, im smarten dunklen Anzug mit leuchtend weißem Hemd und Streifenkrawatte – wie auf dem Sprung zu irgendeinem Vortrag. Er winkte sie zu einem Stuhl. »Erzählen Sie mir alles, bis ins letzte Detail.«

Und das tat sie, mit beachtlichem Erinnerungsvermögen, wie sie fand. Er saß da und hörte aufmerksam zu, nickte von Zeit zu Zeit, bat sie, eine Einzelheit zu wiederholen. Notizen machte er nicht. Jetzt sah sie ihn am Fenster stehen, wo er einen herablaufenden Tropfen mit dem Zeigefinger verfolgte.

»Also«, sagte er, ohne sich umzudrehen, »ein Toter und zwei britische Geheimagenten in deutscher Gefangenschaft.«

»Das ist nicht meine Schuld. Ich sollte nur die Augen und Ohren aufsperren, haben Sie gesagt.«

»Das sind doch Amateure!« Die Verachtung machte seine Stimme hart. »Trottel und Amateure, die sich noch immer an Sapper halten und Buchan und Erskine Childers. ›The Great Game‹ – ich könnte kotzen.« Er drehte sich zu ihr um. »Ein Riesencoup für den deutschen Sicherheitsdienst. Die können noch gar nicht fassen, wie leicht es war, zwei britische Profi-Agenten zu übertölpeln und einzukassieren. Wir stehen da wie komplette Idioten. Wir *sind* komplette Idioten – das heißt, nicht alle ...« Er versank wieder in Nachdenken. »Joos ist eindeutig getötet worden, sagen Sie.«

»Das kann ich behaupten – eindeutig. Die müssen vier- oder fünfmal getroffen haben. Aber ich habe nie zuvor gesehen, wie ein Mann erschossen wird.«

»Jedenfalls haben sie die Leiche mitgenommen. Interessant.« Jetzt drehte er sich um und zeigte mit dem Finger auf sie. »Warum haben Sie die britischen Agenten nicht gewarnt, als Joos das zweite Losungswort verpatzte? Nach Ihrem Kenntnisstand hätte Joos auch für die Deutschen arbeiten können.«

Eva hielt ihre Wut im Zaum. »Sie wissen genau, wie wir uns zu verhalten haben. Die Regel lautet Rückzug – auf der Stelle. Wenn man merkt, dass etwas nicht stimmt, wartet man nicht ab, ob der Eindruck berechtigt war – oder versucht gar, die Sache zu kitten. Man verschwindet – und zwar sofort. Genau das hab ich getan. Hätte ich den Raum betreten, um die beiden zu warnen ...« Sie rang sich ein Lachen ab. »Die zwei anderen Deutschen waren sowieso dabei. Ich glaube, dann würde ich nicht hier sitzen und mit Ihnen reden.«

Romer schritt umher, blieb stehen, blickte sie an.

»Nein, Sie haben recht. Sie haben absolut recht. Wie Sie gehandelt haben – operativ gesehen –, war absolut korrekt. Alle anderen um Sie herum haben gestümpert, haben sich benommen wie Trottel.« Er schenkte ihr sein strahlendes

Lächeln. »Gut gemacht, Eva. Gute Arbeit. Sollen die ihren Schlamassel selber in Ordnung bringen.«

Sie stand auf. »Kann ich jetzt gehen?«

»Hätten Sie Lust auf einen Spaziergang? Trinken wir auf Ihre Feuertaufe.«

Sie fuhren mit der Straßenbahn zum Deich, der langen und imposanten Promenade von Ostende mit ihren großen Hotels und Pensionen, die an einem Ende vom wuchtigen orientalischen Bau des Kursaals mit seinen Spiel-, Tanz- und Konzerthallen überragt wurde, am anderen Ende vom massigen Klotz des Royal Palace Hotels. Die Caféterrassen des Kursaals waren alle geschlossen, also gingen sie in die Bar des Continental, wo Romer einen Whisky bestellte und Eva sich für einen trockenen Martini entschied. Der Regen hatte nachgelassen, und die Abendluft klarte so weit auf, dass sie draußen auf See die blinkenden Lichter einer Fähre vorbeiziehen sahen. Eva spürte die beruhigende Wirkung des Alkohols, während sie Romer zuhörte, der zum wiederholten Male die Abläufe des »Prenslo-Zwischenfalls« durchging, wie er ihn nun nannte, und ihr ankündigte, es könne sein, dass sie seinen geplanten Bericht für London ergänzen oder überarbeiten müsse.

»Schulkinder hätten das besser hingekriegt als diese Idioten«, sagte er. Offenbar erregte er sich immer noch über dieses Beispiel britischer Inkompetenz – als wäre es irgendwie gegen ihn persönlich gerichtet gewesen. »Warum haben die sich auf ein Treffen so nahe der Grenze eingelassen?« Mit tiefem Abscheu schüttelte er den Kopf. »Wir sind im Krieg mit Deutschland, verflucht noch mal!« Er ließ sich einen neuen Drink bringen. »Die sehen das immer noch als eine Art Spiel, bei dem sich eine bestimmte englische Haltung am Ende durchsetzt – immer nur Fairplay, Tapferkeit und Ritterlichkeit.« Er starrte schweigend auf den Tisch. »Sie haben ja keine Ahnung, wie schwierig das alles für mich ist«, sagte er und sah plötzlich müde aus, um Jahre gealtert. Es war das erste Mal, stellte Eva fest, dass er so etwas wie Verletzlichkeit zeigte oder für sich in Anspruch nahm. »Die Leute da oben – in unserer Branche –, die muss man gesehen haben, um das für möglich zu halten ...«, sagte er, doch dann, als hätte er seinen Ausrutscher bemerkt, nahm er wieder Haltung an und lächelte.

Eva zog die Schultern hoch. »Was können wir tun?«

»Nichts. Oder sagen wir, das Bestmögliche unter den gegebenen Umständen. Wenigstens ist Ihnen nichts passiert«, sagte er. »Sie können sich vorstellen, was ich mir dachte, als ich diese Autos über die Grenze rasen und vor dem Café halten sah. Dann all das Umhergerenne und die Schüsse.«

»Da war ich schon im Wald«, sagte Eva und dachte an diesen Moment zurück, sah Joos noch einmal in seinem engen Anzug aus dem Gasthaus laufen und seinen Revolver abfeuern. »Das Mittagessen war gerade vorbei – irgendwie kommt mir das Ganze immer noch unwirklich vor.«

Sie verließen das Continental, gingen auf den Deich hinaus und blickten über den Kanal in Richtung England. Es war Ebbe, der Strand glitzerte im Licht der Promenade.

»Verdunkelung in England«, sagte Romer. »Ich glaube, wir haben keinen Grund, uns zu beschweren.«

Sie bummelten weiter zum Chalet Royal und bogen in die Avenue de la Reine ein – sie führte direkt zu Evas Wohnung. Wie auf Ferienreise sehen wir aus, dachte sie, oder auf Hochzeitsreise – und verkniff sich den Gedanken.

»Wissen Sie, ich fühle mich immer unwohl in Belgien«, setzte Romer seine ungewohnt persönlichen Bekenntnisse fort. »Ich bin immer auf dem Sprung.«

»Warum das?«

»Weil ich hier beinahe umgekommen wäre. Im Krieg, 1918. Hier habe ich mein Glück schon zu sehr strapaziert, glaube ich.«

Romer im Krieg, dachte sie. Da muss er sehr jung gewesen sein, wenn nicht gar unter zwanzig. Wie wenig wusste sie doch über diesen Mann, der neben ihr ging, und was hatte sie nicht alles riskiert, einzig auf sein Geheiß. Vielleicht ist das so in Kriegszeiten, dachte sie. Vielleicht ist das ganz normal. Sie waren zu ihrem Haus gelangt.

»Dann will ich mal«, sagte sie.

»Ich bringe Sie zur Tür«, erwiderte er. »Ich muss sowieso zurück zur Agentur.« Nach kurzem Zögern fügte er hinzu: »Danke. Es war sehr nett mit Ihnen. Wer immer an die Arbeit denkt, statt ans Vergnügen – und so weiter.«

Eva blieb vor der Haustür stehen und holte ihre Schlüssel heraus. »Ja, es war sehr nett«, sagte sie, sorgfältig darauf bedacht, sich an seine Floskeln zu halten. Ihre Blicke trafen sich, beide lächelten.

Einen kurzen Moment lang dachte Eva, dass Romer sie umarmen und küssen wollte, und ein heftiger Taumel erfasste sie.

Doch er sagte nur: »'n Abend. Bis morgen dann«, und schlenderte davon. Er hob noch halb winkend, halb grüßend die Hand und zog seinen Regenmantel über, weil es eben wieder zu nieseln begann.

Eva stand vor der Haustür – so verstört, wie sie es nie für möglich gehalten hätte. Aber es war nicht so sehr der Gedanke an einen Kuss von Lucas Romer als vielmehr die plötzliche Erkenntnis, dass sie ihn herbeigesehnt hatte.

5
Rote Armee Fraktion

Bobbie York goss mir Whisky ein, »einen winzigen«, sagte er, fügte etwas Wasser hinzu, dann bediente er sich äußerst großzügig und füllte sein Glas bis zum Rand mit Wasser auf. Er »verabscheute« Sherry, wie er häufig betonte – der reinste Dreck, das Schlimmste, was man überhaupt trinken konnte. In der theatralischen Drastik seiner Übertreibungen erinnerte er mich an meine Mutter – aber nur darin.

Robert York, M. A. (Oxon), war nach meiner Schätzung Ende fünfzig, Anfang sechzig, groß, massig, mit lichtem grauem Haar, das er zurückkämmte und mit einer Pomade oder Creme bändigte, die gewaltig nach Veilchen roch. Sein ganzes Büro war sommers wie winters von Veilchenduft durchströmt. Er trug maßgeschneiderte Tweedanzüge und derbe orangebraune Schuhe; sein weitläufiges Arbeitszimmer im College war eingerichtet wie ein Landhaus: tiefe Sofas, Perserteppiche, mehrere interessante Bilder (ein kleiner Peploe, eine Zeichnung von Ben Nicholson, ein großer, düsterer Apfelbaum von Alan Reynolds) und, versteckt in Glasvitrinen, etliche hübsche Staffordshire-Figuren und auch ein paar Bücher. Man hätte nicht geglaubt, sich im Studierzimmer eines Oxford-Dons zu befinden.

Er kam von der Hausbar herüber, in jeder Hand ein Glas, stellte das meine auf einem Tischchen ab und ließ sich behutsam in den Sessel gegenüber sinken. Jedes Mal, wenn ich ihn sah, fiel mir von Neuem auf, dass er eigentlich ziemlich fett war, aber seine Größe, eine gewisse Gewandtheit, eine fast tänzerische Körperbeherrschung sowie seine exzellent geschnittenen Anzüge bewirkten, dass man es eine ganze Weile übersah.

»Ein sehr hübsches Kleid haben Sie da an«, sagte er galant, »steht Ihnen bis aufs i-Tüpfelchen. Schade, das mit dem Verband, aber er fällt kaum auf, das versichere ich Ihnen.«

Am Abend zuvor hatte ich mich in der Badewanne böse am Nacken verbrüht, und ich war gezwungen, eins meiner leichten Sommerkleider mit Spaghettiträgern anzuziehen, damit der Stoff nicht auf der Brandwunde rieb, die jetzt durch eine Mullkompresse von der Größe einer zusammengefalteten Serviette (Veronicas Werk) bedeckt war, und zwar im Bereich des Nackens und der linken Schulter. Ich hatte meine Zweifel, ob es gut war, nach all den starken Schmerzmitteln, die mir Veronica eingeflößt hatte, Whisky zu trinken, aber sie schienen zu wirken. Ich spürte keine Schmerzen, trotzdem bewegte ich mich sehr vorsichtig.

»Äußerst hübsch«, wiederholte Bobbie und vermied es, auf meine Brüste zu schauen. »Und, wenn ich das bemerken darf, bei dieser infernalischen Hitze höchst komfortabel. Wie auch immer: Slangevar!« Er prostete mir zu und nahm drei große Schlucke Whisky – wie ein Mann, der vor Durst fast umkam. Ich trank auch, ein wenig zurückhaltender, und doch brannte mir der Whisky in der Kehle und im Magen.

»Könnte ich ein bisschen mehr Wasser bekommen?«, fragte ich. »Nein, lassen Sie, ich gehe selbst.« Bobbie ruckte in seinem Sessel umher, als ich die Bitte äußerte, kam aber nicht hoch, also überquerte ich mehrere intensiv gemusterte Läufer und steuerte die Hausbar an, auf der sich die Flaschen zu einem kleinen Manhattan zusammendrängten. Pastis, Ouzo, Grappa, Sliwowitz – alle europäischen Schnapssorten sind vertreten, dachte ich, als ich mein Glas mit kaltem Wasser aus der Karaffe auffüllte.

»Ich fürchte, ich habe Ihnen nichts anzubieten«, sagte ich über meine verbrühte Schulter und den Verband hinweg. »Ich bin ziemlich stecken geblieben im Jahr 1923, beim Hitlerputsch. Ich krieg das einfach nicht zusammen: die Freikorps, die BVP, all die Intrigen der Knilling-Regierung, die Kontroverse Schweyer-Wutzlhofer, Krausnecks Rücktritt und so weiter.« Es war alles geschwindelt, aber ich glaubte, ihn damit beeindrucken zu können.

»Jaaa ... knifflig«, sagte er und wirkte plötzlich ein wenig in die Enge getrieben. »Es ist aber auch kompliziert. Hmm. Das verstehe ich schon ... Trotzdem. Am wichtigsten ist, dass wir endlich mal wieder zusammenkommen. Ich muss Kurzbeurteilungen über meine Doktoranden schreiben – langweilig, aber Vorschrift. Der Hitlerputsch, sagen Sie. Ich suche ein paar Bücher heraus und schicke Ihnen eine Leseliste. Eine Kurze, keine Sorge.«

Er gluckste, als ich mich wieder hinsetzte.

»Ich bin entzückt, Sie zu sehen, Ruth«, sagte er. »Sie sehen sehr fraulich und sommerlich aus, muss ich schon sagen. Wie geht's dem kleinen Johannes?«

Wir sprachen eine Weile über Jochen. Bobbie war mit einer Frau verheiratet, die er »Lady Ursula« nannte, hatte zwei verheiratete Töchter – »Enkel sind im Anmarsch, wie ich höre; spätestens dann begehe ich Selbstmord« – und bewohnte mit Lady Ursula eine riesige viktorianische Backsteinvilla in der Woodstock Road, nicht weit von Mr Scott, unserem Zahnarzt. Bobbie hatte ein Buch veröffentlicht, im Jahr 1948, mit dem Titel *Germany: Yesterday, Today and Tomorrow,* das ich einmal aus Interesse in der Bodleian Library bestellt hatte. Es war 140 Seiten lang, auf schlechtem Papier gedruckt und hatte kein Register, und soviel ich sehen konnte, war das sein einziger Beitrag zur Geschichtswissenschaft. Als Kind war er einmal in den Ferien in Deutschland gewesen, und er hatte ein Jahr an der Wiener

Universität studiert, bis der Anschluss dazwischenkam und er nach England zurückmusste. Während des Krieges hatte er als Stabsoffizier beim Kriegsministerium gedient, danach, 1945, war er als junger Dozent nach Oxford gegangen, hatte Lady Ursula geheiratet, sein schmales Buch veröffentlicht und war seither Mitglied der historischen Fakultät und Fellow seines College – immer, wie er unverblümt zugab, den »Weg des geringsten Widerstands« gehend. Er hatte einen verzweigten und hochgelehrten Freundeskreis in London und (dank Lady Ursula) ein großes, baufälliges Haus in der Grafschaft Cork, wo er die Sommer verbrachte.

»Sind Sie fündig geworden, was diesen Lucas Romer betrifft?«, fragte ich beiläufig. Ich hatte ihn am Morgen angerufen, denn wenn mir jemand helfen konnte, so dachte ich, war es Bobbie York.

»Romer, Romer …«, hatte er überlegt. »Ist das einer von den Darlington-Romers?«

»Nein, eher nicht. Ich weiß nur, dass er im Krieg eine Art Spion war und irgendeinen Titel hat – vermutlich.«

Er wollte sehen, was sich machen ließ.

Jetzt hievte er sich aus dem Sessel, zog die Weste über den Bauch und ging an seinen Schreibtisch, wo er zwischen den Papieren wühlte.

»Er steht weder im *Who's Who* noch im *Debrett*«, sagte er.

»Ich weiß. Da hab ich schon gesucht.«

»Das bedeutet natürlich gar nichts. Ich nehme an, er ist noch quicklebendig.«

»Denke ich auch.«

Er zog eine Halbbrille aus der Tasche und setzte sie auf. »Hier hab ich was«, sagte er. Er musterte mich über den Brillenrand. »Ich habe einen meiner intelligenteren Studenten angerufen, der beim Unterhaus als Parlamentsschreiber arbeitet. Er hat sich ein bisschen umgetan und einen Baron Mansfield of Hampton zutage gefördert. Bürgerlicher

Name Romer.« Er zog die Schultern hoch. »Ob das Ihr Mann ist?«

Von einem Zettel las er ab: »Mansfield, Baron von Hampton Cleeve, geadelt 1953 (Peer auf Lebenszeit). L.M. Romer, Geschäftsführer von Romer, Radclyffe Ltd. – ah, der Verlag, deshalb hat es bei mir geklingelt – seit 1946 bis heute. Mehr habe ich nicht, fürchte ich. Er scheint sehr zurückgezogen zu leben.«

»Könnte sein«, sagte ich. »Jedenfalls werde ich der Sache nachgehen. Vielen Dank.«

Er warf mir einen forschenden Blick zu. »Und warum interessieren Sie sich so für den Baron Mansfield of Hampton Cleeve?«

»Meine Mutter hat ihn erwähnt. Mehr nicht.«

In der Turf Tavern hatte meine Mutter zweierlei gesagt: erstens, Romer sei bestimmt noch am Leben, zweitens, er sei irgendwie geadelt worden – »Ritter oder Lord oder dergleichen. Ich glaube, ich habe so etwas gelesen, aber das ist Ewigkeiten her.« Wir verließen den Pub und liefen Richtung Keble College, wo sie ihren Wagen geparkt hatte.

»Warum willst du Romer aufstöbern?«, fragte ich.

»Ich glaube, die Zeit ist gekommen«, sagte sie nur, und an ihrem Ton merkte ich, dass es keinen Zweck hatte, weitere Fragen zu stellen.

Sie brachte mich bis zur Ecke Moreton Road. Hamids Stunde begann in fünf Minuten, und natürlich saß er schon oben auf dem Treppenabsatz und wartete auf mich.

Wir verbrachten zwei Stunden mit den Ambersons, genossen ihren hindernisreichen Urlaub bei Corfe Castle, Dorset. Es wimmelte von Erklärungen, was Keith Amberson »should have done«, Beschwerden seiner wütenden Frau und seiner Kinder, weil er alles falsch machte. Keith war beschämt und kleinlaut, was auf Hamid abzufärben schien, denn er wirkte die ganze Zeit ungewohnt beflissen und eifrig, unterbrach mich oft, um sich ausführliche Notizen zu machen. Ich machte früher Schluss als sonst und fragte ihn, ob er etwas auf dem Herzen habe.

»Sie haben meine Einladung zum Essen noch immer nicht befolgt«, sagte er.

»Aber ja, jederzeit«, sagte ich, ich hatte sie natürlich längst vergessen. »Sagen Sie mir ein paar Tage vorher Bescheid, damit ich einen Babysitter besorgen kann.«

»Wie wär's am Samstagabend?«

»Das ginge. Jochen kann bei seiner Großmutter schlafen. Samstag wäre schön.«

»Es gibt ein neues Restaurant in der Woodstock Road – Browns.«

»Ja, stimmt – Browns, so heißt es. Ich war noch nicht dort, das wäre schön.«

Hamids Miene hellte sich auf. »Gut – also Samstag bei Browns. Ich hole Sie ab.«

Wir besprachen die Termine, ich brachte ihn zur Tür. In der Küche saß Ludger und aß ein Sandwich. Er leckte sich die Finger ab und schüttelte Hamid die Hand.

»Hey, Bruder. *Inschallah.* Wohin des Wegs?«

»Summertown.«

»Ich komme mit. Bis dann, Ruth.« Er nahm sein Sandwich und folgte Hamid. Ich hörte den dumpfen metallischen Klang ihrer Schritte, als sie die Treppe hinabpolterten.

Ein Blick auf die Uhr sagte mir, dass es zehn vor vier war, zehn vor fünf in Deutschland. Ich ging zum Telefon im Flur, zündete mir eine Zigarette an und wählte die private Büronummer von Karl-Heinz. Ich hörte es klingeln und konnte mir sein Zimmer genau vorstellen, den Korridor, an dem es lag, das Gebäude, in dem es sich befand, den gesichtslosen Vorort von Hamburg, wo das Gebäude stand.

»Karl-Heinz Kleist.« Ich hatte seine Stimme über ein Jahr

nicht gehört, und für einen Moment raubte sie mir alle Kraft. Aber nur für einen Moment.

»Ich bin's«, sagte ich.

»Ruth ...« Sein Zögern war nur minimal, seine Überraschung komplett kaschiert. »Schön, deine angenehme englische Stimme zu hören. Dein Foto steht hier vor mir auf dem Schreibtisch.«

Seine Lügen waren glatt und unwiderlegbar wie eh und je.

»Ludger ist hier«, sagte ich.

»Wo?«

»Hier in Oxford. In meiner Wohnung.«

»Benimmt er sich?«

»Bis jetzt ja.« Ich erzählte ihm, wie Ludger aufgetaucht war – unangemeldet.

»Ich habe ihn lange nicht gesprochen ... seit zehn Monaten nicht«, sagte Karl-Heinz. »Wir hatten Krach. Ich will ihn nicht wiedersehen.«

»Wie meinst du das?« Ich hörte, wie er nach einer Zigarette fingerte und sie anzündete.

»Ich habe ihm gesagt, du bist nicht mehr mein Bruder.«

»Warum? Was hat er dir getan?«

»Er ist ein bisschen verrückt, der liebe Ludger. Wenn nicht gar gefährlich. Hat sich mit verrückten Typen eingelassen. RAF, glaube ich.«

»RAF?«

»Die Rote Armee Fraktion. Baader-Meinhof, du weißt schon.«

Das war mir klar. In Deutschland fanden endlose Prozesse gegen Baader-Meinhof-Leute statt. Ulrike Meinhof hatte im Mai Selbstmord begangen. Aber Genaues wusste ich nicht – zum Zeitunglesen kam ich in letzter Zeit wenig. »Hat Ludger mit denen zu tun?«

»Weiß man's? Er tat so, als würde er sie kennen. Ich sagte doch, ich spreche nicht mehr mit ihm. Er hat mir eine

Menge Geld gestohlen. Und ich hab ihn aus meinem Leben gestrichen.« Karl-Heinz' Stimme klang ganz unbeteiligt, als würde er vom Wetter reden.

»Ist er deshalb nach England gekommen?«

»Ich weiß nicht – ist mir egal. Frag ihn selbst. Ich glaube, er hat dich immer gemocht, Ruth. Du warst nett zu ihm.«

»Nein, nicht besonders.«

»Na, jedenfalls nicht unnett.« Er schwieg. »Ganz sicher bin ich nicht, aber möglicherweise wird er von der Polizei gesucht. Ich glaube, er hat Dummheiten gemacht. Üble Sachen. Pass lieber auf. Könnte sein, dass er sich verdrückt hat.«

»Dass er auf der Flucht ist?«

»Genau.«

Diesmal schwieg ich. »Und du kannst da nichts tun?«

»Nein. Tut mir leid. Ich sage dir doch, wir hatten Krach. Ich will ihn nie wiedersehen.«

»Okay, großartig, vielen Dank. Bye.«

»Wie geht es Jochen?«

»Es geht ihm sehr gut.«

»Gib ihm einen Kuss von seinem Vater.«

»Nein.«

»Sei nicht bitter, Ruth. Du hast alles gewusst, bevor das mit uns anfing. Alles war bekannt. Wir hatten keine Geheimnisse voreinander. Ich habe dir keine Versprechungen gemacht.«

»Ich bin nicht bitter. Ich weiß nur, was das Beste für uns ist. Bye.«

Ich legte auf. Es war Zeit, Jochen von der Schule abzuholen. Mir war klar, dass ich Karl-Heinz nicht hätte anrufen dürfen. Schon bereute ich es. Es rührte alles wieder in mir auf. Alles, was ich mittlerweile sortiert, etikettiert und in den Schrank geschlossen hatte, lag wieder über den Fußboden meines Lebens verstreut. Ich lief durch die Banbury

Street und beschwor mich selbst: Beruhige dich, es ist vorbei, beruhige dich, es ist zu Ende. Beruhige dich, er ist Geschichte.

Am selben Abend, Jochen war schon im Bett, blieb ich länger als sonst mit Ludger im Wohnzimmer sitzen und sah die Nachrichten im Fernsehen – nach langer Zeit mal wieder. Und wie es der böse Zufall wollte, kam ein Bericht über den Baader-Meinhof-Prozess, der sich nun schon über mehr als hundert Tage hinzog. Ludger in seinem Sessel wurde munter, als ein Gesicht auf dem Bildschirm erschien, ein Männergesicht, das hübsch war – auf die widerwärtige Art, mit jenem abschätzigen Lächeln, das manche Männer an sich haben.

»Hey, Andreas«, sagte Ludger. »Ich habe ihn mal gekannt, musst du wissen.« Er zeigte auf den Bildschirm.

»Wirklich? Woher denn?«

»Von den Pornos.«

Ich stand auf und schaltete den Fernseher aus.

»Willst du eine Tasse Tee?«, fragte ich. Wir gingen in die Küche, ich setzte Wasser auf.

»Wie meinst du das mit den Pornos?«, fragte ich nebenher.

»Ich war eine Zeit lang Porno-Darsteller. Andreas auch. Wir hingen viel zusammen rum.«

»Du hast in Pornofilmen gespielt?«

»Na ja, es war nur einer. Den kriegst du noch zu kaufen, in Amsterdam, in Schweden.« Er schien ziemlich stolz darauf zu sein.

»Wie heißt er?«

»*Volcano of Cum.*«

»Toller Titel. Hat Andreas Baader auch mitgespielt?«

»Nein. Dann ist er durchgedreht – Ulrike Meinhof, RAF, das Ende des Kapitalismus.«

»Ich habe heute mit Karl-Heinz gesprochen.«

Er wurde sehr still. »Hab ich dir erzählt, dass ich ihn aus meinem Leben gestrichen habe?«

»Nein, hast du nicht.«

»Ein totales Arschloch.«

Er sagte das mit ungewohnter Erregung, nicht in dem sonst üblichen lässigen Ton. Ich schaute ihn mir an, wie er so dasaß und an Karl-Heinz dachte, und schloss mich den stummen Hasstiraden gegen seinen großen Bruder an. Er wickelte eine seiner langen Strähnen um den Finger und sah einen Moment lang so aus, als würde er gleich in Tränen ausbrechen – worauf ich beschloss, ihn ein paar Tage länger bei mir wohnen zu lassen. Ich wärmte die Kanne an, tat Tee hinein und goss auf.

»Hast du das lange gemacht – das mit den Pornos?« Ich musste an sein nacktes Umherlaufen in der Wohnung denken.

»Nein, ich hab dann aufgehört. Ich kriegte gewaltige Probleme.«

»Womit? Mit der Pornografie? Ideologisch, meinst du?«

»Nein, nein. Porno war toll. Find ich noch immer. Ich liebe Porno. Nein, ich kriegte gewaltige Probleme mit meinem Schwanz.« Er zeigte nach unten.

»Ah … verstehe.«

Wieder sein verschlagenes Grinsen. »Er wollte nicht so, wie ich wollte, du verstehst?« Er wurde nachdenklich. »Sagt man auch ›tail‹ auf Englisch?«

»Nein, normalerweise nicht. Wir sagen ›prick‹ oder ›cock‹. Oder ›dick‹.«

»Schon klar. Aber sagt wirklich niemand ›tail‹? So als Slang?«

»Nein. Das sagt keiner.«

»Schwanz – tail: Ich finde, ›my tail‹ klingt irgendwie besser als ›my dick‹.«

Ich war nicht scharf auf diese Art von Unterhaltung – mit

Ludger zu schweinigeln. Der Tee war fertig, und ich goss ihm ein. »Nur zu, Ludger«, sagte ich fröhlich, »sag einfach ›tail‹. Vielleicht setzt es sich durch. Ich gehe jetzt ins Bad, wir sehen uns morgen früh.«

Ich nahm die Teekanne, die Milchflasche und meine Tasse mit ins Badezimmer, stellte alles sorgfältig auf dem Wannenrand ab und drehte die Wasserhähne auf. Im heißen Wasser zu liegen und heißen Tee zu trinken ist die einzige sichere Methode, mich zu entspannen, wenn es in meinem Kopf drunter und drüber geht.

Ich schloss die Tür ab, zog mich aus, stieg ins warme Wasser und schlürfte meinen Tee, verbannte alle Gedanken und Erinnerungen an Karl-Heinz und unsere gemeinsamen Jahre aus meinem Kopf. Stattdessen dachte ich an meine Mutter und die Ereignisse von Prenslo, an die Dinge, die sie an jenem Nachmittag an der deutsch-holländischen Grenze gesehen und erlebt hatte. Mir kam das Ganze nach wie vor unwirklich vor. Noch immer konnte ich meine Mutter nicht mit Eva Delektorskaja zusammenbringen – und umgekehrt … Das Leben ist eben seltsam, dachte ich. Es gibt nichts, dessen man wirklich sicher sein kann. Du denkst, alles ist normal und geht seinen gewöhnlichen Gang – und dann plötzlich wird es auf den Kopf gestellt. Ich drehte mich zur Seite, um Tee nachzuschenken, und kippte die Kanne um, wobei ich mir den Nacken und die linke Schulter verbrühte. Jochen wurde von meinem Schrei geweckt, und Ludger klopfte an die Tür.

Die Geschichte der Eva Delektorskaja

London 1940

Es war schon August, als Eva Delektorskaja endlich zum Rapport über den Prenslo-Zwischenfall einbestellt wurde. Sie fuhr zur Arbeit wie gewohnt, verließ ihre Wohnung in Bayswater und bestieg den Bus, der sie zur Fleet Street brachte. Sie saß auf dem Oberdeck, rauchte die erste Zigarette des Tages und blickte hinaus auf die sonnigen Wiesen des Hyde Park, bewunderte die hübschen silbrigen Sperrballons, die am blassblauen Himmel schwebten, und fragte sich, ob man sie nicht dort lassen sollte, wenn der Krieg zu Ende ging – falls das jemals geschah. Besser als irgendein Obelisk oder Kriegerdenkmal, dachte sie und stellte sich ein Kind im Jahr 1948 oder 1956 vor, das seine Mutter fragte: »Mummy, wozu sind diese großen Luftballons da?« Romer meinte, ohne den Kriegseintritt der Amerikaner werde der Krieg noch mindestens zehn Jahre dauern. Allerdings, das musste sie zugeben, hatte er diese Voraussage im Mai in Ostende getroffen, im Zustand des Schocks und der Verbitterung, während sie mit ansahen, wie der deutsche Blitzkrieg durch Holland, Belgien und Frankreich raste. Zehn Jahre ... 1950. Dann ist Kolja elf Jahre tot, dachte sie, und diese grausame Tatsache bedrückte sie – sie dachte ständig an ihn, nicht mehr jeden Tag, aber noch immer viele Male in der Woche. Werde ich auch 1950 noch so oft an ihn denken? Ja, sagte sie sich mit einem gewissen Trotz, ja, das werde ich.

Sie schlug die Zeitung auf, als der Bus zum Marble Arch

kam. Wieder zweiundzwanzig feindliche Flugzeuge abgeschossen; Winston Churchill besucht Munitionsarbeiter; neue Bomber mit einer Reichweite bis nach Berlin und darüber hinaus. Sie fragte sich, ob das eine Falschmeldung der AAS war – es sah ganz danach aus. Langsam wurde sie so etwas wie eine Expertin für diese Dinge. Die Story klang realistisch und glaubhaft, aber auch auffallend vage und unbelegbar. »Der Sprecher des Luftfahrtministeriums wollte nicht in Abrede stellen, dass die RAF bald über solche Kapazitäten verfügen würde …« Alle Anzeichen trafen zu.

Sie stieg in der Fleet Street aus dem Bus, als er an einer Ampel hielt, und lief durch die Fetter Lane bis zu dem unscheinbaren Gebäude, in dem der Assekuranz- und Abrechnungsservice Ltd. untergebracht war. In der vierten Etage drückte sie die Klingel und wurde in ein schäbiges Vorzimmer eingelassen.

»Morgen, meine Liebe«, sagte Deirdre und hielt ihr einen Packen Zeitungsausschnitte hin, während sie mit der anderen Hand in einer Schreibtischlade wühlte.

»Morgen«, erwiderte Eva und nahm die Ausschnitte entgegen. Deirdre, eine hagere Kettenraucherin um die sechzig, war Herz und Seele des AAS – sie lieferte Ausrüstung und Material, Fahrkarten und Pässe, Medikamente und Auskünfte darüber, wer da war und wer nicht, wer krank war und wer »auf Reisen«, aber vor allem entschied sich an ihrer Person, ob man Zugang zu Romer erhielt oder nicht. Morris Devereux behauptete im Scherz, sie sei in Wirklichkeit Romers Mutter. Ihre raue, monotone Stimme untergrub weitgehend die Wirkung der liebevollen Anredeformen, mit denen sie alle und jeden bedachte. Sie drückte auf den Türsummer, und Eva konnte den dunklen Korridor betreten, in dem die Büros des Teams lagen.

Sylvia war schon da, wie sie sehen konnte; Blytheswood und Morris Devereux auch. Angus Woolf arbeitete bei Reuters, und Romer selbst bekleidete einen neuen Leitungsposten beim *Daily Telegraph,* hatte aber ein wenig benutztes Büro im Stockwerk darüber behalten, das man über eine enge, unbequeme Wendeltreppe erreichte und von dessen Fenster man in der Ferne den Holborn Viaduct sehen konnte. In ihren Büros versuchten die Mitarbeiter, die Agentur in Ostende mithilfe von verschlüsselten Telegrammen fortzuführen, die an einen belgischen Agenten mit dem Decknamen »Guy« gesendet wurden. Auch gewisse Kennwörter, die der AAS in ausländischen Meldungen platzierte, waren für »Guy« bestimmt, der die betreffenden Artikel dann an die Agenturkunden im besetzten Belgien weiterleitete – sofern es sie noch gab. Ob das System überhaupt funktionierte, war nicht klar; Evas Meinung nach betrieben sie einen wahrhaft beeindruckenden Scheinaufwand an Nachrichtenbeschaffung und -versendung, von dem jeder für sich wusste, dass er bestenfalls unbedeutende, schlimmstenfalls gar keine Wirkungen erzielte. Die Arbeitsmoral sank täglich, und nirgends wurde das augenfälliger als in der Laune ihres Chefs: Romer war sichtlich angespannt, oft reizbar, verschlossen und grüblerisch. Es war nur eine Frage der Zeit, so flüsterten sie sich zu, dass AAS Ltd. geschlossen und sie alle versetzt wurden.

Eva hängte ihren Hut und die Gasmaske an den Türhaken, setzte sich an den Schreibtisch und schaute durch das schmutzige Fenster auf die triste Dachlandschaft hinaus. Ein Schmetterlingsstrauch spross aus der Dachrinne des Hofgebäudes gegenüber; drei kränkliche Tauben hockten auf einem Schornstein und putzten sich. Eva breitete die Ausschnitte auf dem Schreibtisch aus. Etwas aus einer italienischen Zeitung (ihre Story über die gesundheitlichen Probleme des Marschall Pétain), ein Hinweis auf die mangelnde Kampfmoral der Luftwaffenpiloten in einem kanadischen Magazin (Romer hatte »mehr« darüber gekritzelt) und Fernschreiben von zwei amerikanischen Nachrichtenagenturen über die Enttarnung eines deutschen Spionagerings in Südafrika.

Blytheswood klopfte an und fragte, ob sie eine Tasse Tee wolle. Er war ein großer, kräftiger Blonder Mitte dreißig, mit zwei roten Flecken auf jeder Wange, als wäre er immer kurz davor, über und über zu erröten. Tatsächlich war er sehr schüchtern, und Eva mochte ihn, denn er verhielt sich ihr gegenüber stets nett. Sein Metier waren die Sendeanlagen des AAS, und Romer bezeichnete ihn als Funkgenie: Er brauche nichts als eine Autobatterie und eine Stricknadel, um Nachrichten in alle Kontinente zu versenden.

Während sie auf ihren Tee wartete, begann Eva eine Story über »Geisterschiffe« im Mittelmeer in die Maschine zu tippen, aber sie wurde von Deirdre unterbrochen.

»Hallo, meine Süße, Ihre Lordschaft wünscht dich zu sprechen. Keine Sorge, deinen Tee trinke ich.«

Eva erklomm die Wendeltreppe zu Romers Büro und versuchte, den Geruch im Treppenhaus zu ergründen – eine Mischung aus Pilzen und Ruß, altem Staub und Moder, befand sie. Romers Tür stand offen, sie trat ein, ohne zu klopfen oder sich höflich zu räuspern. Er wandte ihr den Rücken zu und starrte hinüber zum Holborn Viaduct, als wäre in den stählernen Bögen eine verschlüsselte Nachricht für ihn verborgen.

»Morgen«, sagte Eva. Sie waren nun seit vier Monaten wieder in England, und in dieser Zeit hatte sie Romer ihrer Schätzung nach nicht länger als insgesamt anderthalb Stunden zu Gesicht bekommen. Von dem vertrauten Ton, der sich in Belgien zwischen ihnen entwickelt hatte, war mit dem Zusammenbruch der Agentur und den unverändert schlechten Nachrichten nach Kriegsbeginn nichts mehr zu spüren. In England wirkte Romer steif und verschlossen (und das nicht nur ihr gegenüber, wie die anderen versicherten, als sie sich über seine *froideur* beklagte). Es mehrten sich die Gerüchte, dass der neue Chef des SIS plane, alle »irregulären« Einrichtungen zu schließen. Romers Tage seien gezählt, behauptete Morris Devereux.

Romer wandte sich vom Fenster ab.

»C will Sie sprechen«, sagte er. »Es geht um Prenslo.«

Sie wusste, wer C war, und bekam einen gelinden Schreck.

»Warum mich?«, fragte sie. »Sie wissen genauso viel.«

Romer erklärte ihr, dass die Querelen wegen des Prenslo-Zwischenfalls noch immer andauerten. Einer der zwei entführten britischen Agenten war der Stationschef des SIS in Holland, und der andere leitete das niederländische Netzwerk »Z«, einen nebengeordneten konspirativen Nachrichtendienst. Die zwei wussten so ziemlich alles über die britischen Spionagenetzwerke in Westeuropa, und nun waren sie in den Händen der Deutschen, die sie gnadenlosen Verhören aussetzten, da konnte es keinen Zweifel geben.

»Alles ist zerstört«, sagte Romer, »entweder enttarnt oder unsicher oder unbrauchbar. Davon müssen wir ausgehen. Und was ist uns geblieben? Lissabon, Bern ... Madrid ist auch futsch.« Er blickte sie an. »Ich weiß nicht, warum Sie zum Rapport müssen, um ehrlich zu sein. Vielleicht denken die, Sie haben etwas gesehen, etwas, woraus sie schließen können, wie es zu diesem unglaublichen Schlamassel kam.« Sein Tonfall ließ erkennen, dass er das Ganze für Zeitverschwendung hielt. Er schaute auf die Uhr. »Wir können zu Fuß gehen«, sagte er. »Wir müssen zum Savoy Hotel.«

Eva und Romer liefen The Strand entlang zum Savoy. Ein Spätsommermorgen in London wie jeder andere, dachte Eva, abgesehen von den Sandsäcken vor gewissen Hauseingängen und den vielen Uniformierten unter den Passanten. Aber während sie diese Beobachtung registrierte, fiel ihr auf, dass sie noch nie einen Spätsommermorgen in London erlebt hatte und ihr Vergleich daher jeder Grundlage entbehrte. Vielleicht hatte London vor dem Krieg völlig anders ausgesehen. Sie fragte sich, wie es wäre, jetzt in Paris zu sein. Das wäre *wirklich* ein Unterschied gewesen. Romer war nicht zu Gesprächen aufgelegt, er wirkte missmutig.

»Erzählen Sie ihnen einfach alles – so wie mir. Seien Sie vollkommen ehrlich.«

»Zu Befehl. Die ganze Wahrheit und so weiter.«

Er warf ihr einen scharfen Blick zu. Dann folgte ein dünnes Lächeln, und er ließ für einen Moment die Schultern hängen.

»Es steht eine Menge auf dem Spiel«, sagte er. »Eine neue Operation für den AAS. Ich habe das Gefühl, dass einiges davon abhängt, welche Figur Sie heute machen.«

»Spreche ich nur mit C?«

»O nein. Ich glaube, es sind alle da. Sie sind die einzige Zeugin.«

Eva sagte nichts und versuchte, ganz unbeschwert dreinzublicken, als sie in den Savoy Court einbogen und aufs Hotelportal zusteuerten. Der uniformierte Portier setzte die Drehtür in Bewegung, aber Eva blieb stehen und bat Romer um eine Zigarette. Er gab ihr Feuer, sie nahm einen tiefen Zug und musterte die Leute, die hier ein und aus gingen. Frauen mit Hut und Sommerkleid, ein Blumenbote brachte ein riesiges Bukett, Chauffeure mit glitzernden Kraftwagen. Für manche Leute brachte der Krieg kaum Änderungen mit sich, stellte sie fest.

»Warum treffen wir uns in einem Hotel?«, fragte sie.

»Die lieben so etwas. Neunzig Prozent aller geheimdienstlichen Treffs finden in Hotels statt. Gehen wir.«

Sie trat ihre halb gerauchte Zigarette aus und folgte ihm hinein. An der Rezeption wurden sie von einem jungen Mann empfangen, der sie zwei Treppen hinauf und durch einen langen, verwinkelten Korridor zu einer Suite führte.

Sie wurden gebeten, in einer Art Flur mit Sofa Platz zu nehmen, und bekamen Tee angeboten. Dann tauchte ein Mann auf, der Romer kannte. Sie stellten sich in eine Ecke und tuschelten miteinander. Der Mann trug einen grauen Nadelstreifenanzug, hatte ein Menjoubärtchen und glattes rotblondes Haar. Als er ging, setzte sich Romer zurück zu ihr aufs Sofa.

»Wer war das?«, fragte sie.

»Ein kompletter Arsch«, flüsterte er, sein Mund dicht an ihrem Ohr. Sie spürte seinen warmen Atem an der Wange und bekam sofort Gänsehaut am Arm und an der ganzen Seite.

»Miss Dalton?« Der junge Mann von vorher winkte sie durch eine Tür.

Der Raum, den sie nun betrat, war groß und düster, sie spürte die Weiche und Dicke des Teppichs unter ihren Füßen. Romer trat hinter ihr ein, wie sie bemerkte. Sessel und Sofas waren an die Wände geschoben worden, und die Vorhänge waren wegen der Augustsonne halb zugezogen. Drei Tische waren aneinandergereiht worden, dahinter saßen vier Männer und schauten auf einen einfachen Stuhl, der in der Mitte des Raums stand. Eva wurde zu dem Stuhl geleitet und aufgefordert, sich zu setzen. Zwei weitere Männer sah sie im Hintergrund stehen, an eine Wand gelehnt.

Ein älterer, vital wirkender Mann mit silbrigem Schnurrbart begann. Niemand wurde vorgestellt.

»Es mag Ihnen zwar wie ein Tribunal vorkommen, Miss Dalton, aber bitte betrachten Sie es als zwangloses Gespräch.«

Die Absurdität dieser Feststellung sorgte dafür, dass die anderen drei Männer kurz auflachten und lockerer wurden. Einer trug eine Marineuniform mit vielen Goldstreifen an den Ärmeln. Die anderen zwei kamen ihr eher wie Bankiers oder Anwälte vor. Einer hatte einen steifen Kragen. Sie bemerkte auch, dass einer der Männer, die hinten standen, eine getupfte Fliege trug. Ein kurzer Blick nach hinten sagte ihr, dass Romer mit dem »kompletten Arsch« neben der Tür stand.

Papiere wurden hin und her geschoben, Blicke wurden gewechselt.

»Nun, Miss Dalton«, begann der Silberbart. »Erzählen Sie uns doch in Ihren Worten, was genau in Prenslo geschehen ist.«

Genau das tat sie, sie schilderte den ganzen Tag, Stunde um Stunde. Als sie fertig war, begannen die Männer, Fragen zu stellen, und konzentrierten sich dabei immer stärker, wie sie feststellte, auf Leutnant Joos und das doppelte Losungswort.

»Wer hat Ihnen den genauen Wortlaut des doppelten Losungsworts mitgeteilt?«, fragte ein hochgewachsener Mann mit feisten Wangen. Seine Stimme war tief und klang rau und schwerfällig, er sprach sehr langsam und gewählt. Er war der Mann, der neben der gepunkteten Fliege im Hintergrund stand.

»Mr Romer.«

»Sie sind sicher, dass Sie es korrekt wiedergegeben haben? Sie haben keinen Fehler gemacht?«

»Nein. Wir benutzen routinemäßig doppelte Losungswörter.«

»Wir?«, unterbrach sie der Silberbart.

»Im Team – alle, die mit Mr Romer arbeiten. Für uns ist das völlig normal.«

Blicke richteten sich auf Romer. Der Marineoffizier flüsterte dem Mann mit dem steifen Kragen etwas zu. Der setzte eine runde Schildpattbrille auf und nahm Eva näher in Augenschein.

Der Silberbart beugte sich vor. »Wie würden Sie die Reaktion von Leutnant Joos auf Ihre zweite Frage, ›Where can I buy French cigarettes?‹, beschreiben?«

»Ich verstehe nicht«, sagte Eva.

Der Feistwangige meldete sich wieder zu Wort. »Kam Ihnen Leutnant Joos' Antwort wie eine Erwiderung des Losungsworts vor, oder war es eine spontane Auskunft?«

Eva zögerte und dachte an diesen Augenblick im Café Backus zurück. Sie sah Joos' Gesicht vor sich, sein verhaltenes Lächeln, er wusste genau, wer sie war. Er hatte sofort »Amsterdam« erwidert, ganz sicher, dass dies die erwartete Antwort war.

»Ich würde mit Gewissheit sagen, dass er überzeugt war, mir die richtige Erwiderung auf das zweite Losungswort gegeben zu haben.«

Ihr war, als würden alle Männer im Raum unmerklich aufatmen. Sie konnte nicht sagen, woran sie es merkte und was es zu besagen hatte, aber etwas in ihrer Antwort hatte zur Lösung eines komplexen Problems, zur Klärung einer strittigen Frage beigetragen.

Der Feistwangige trat vor, schob die Hände in die Hosentaschen. Das könnte C sein, mutmaßte sie.

»Wie hätten Sie sich verhalten, wenn Leutnant Joos das korrekte Losungswort genannt hätte?«

»Ich hätte ihn über meinen Verdacht betreffend die zwei Deutschen im Hinterzimmer informiert.«

»Sie hatten *wirklich* einen Verdacht gegen diese Deutschen?«

»Ja. Bedenken Sie, dass ich den ganzen Tag dort gewesen war, mit Frühstück und Mittagessen, drinnen und draußen. Die Deutschen hatten keinen Grund zur Vermutung, dass ich wegen des Treffens da war. Ich hatte den Eindruck, dass sie gereizt waren, verstimmt. Jetzt im Rückblick verstehe ich, warum.«

Der Mann mit der runden Brille hob den Finger. »Mir ist

das noch nicht ganz klar, Miss Dalton. Wie kam es denn, dass Sie an dem Tag im Café Backus waren?«

»Das war Mr Romers Idee. Er wies mich an, am Morgen dorthin zu gehen und alles zu beobachten, so unauffällig wie möglich.«

»Es war also Mr Romers Idee.«

»Ja.«

»Vielen Dank.«

Sie stellten noch ein paar Fragen, der Form halber, über das Verhalten der zwei britischen Agenten, aber es war offenkundig, dass sie die Informationen hatten, die sie brauchten. Dann wurde sie gebeten, draußen zu warten.

Sie nahm im Vorzimmer Platz und nickte, als ihr Tee angeboten wurde. Der Tee wurde gebracht, und als sie die Tasse entgegennahm, stellte sie mit Freude fest, dass ihre Hände kaum zitterten. Nach etwa zwanzig Minuten kam Romer heraus. Er war glücklich, das sah sie sofort – alles an seiner Erscheinung, sein wissender Blick, sein unbewegtes Gesicht ohne die Spur eines Lächelns, verriet ihr, dass er höchst zufrieden war.

Sie verließen das Savoy und blieben auf der Straße stehen, umbrandet vom Verkehr.

»Nehmen Sie den restlichen Tag frei«, sagte er. »Sie haben es sich verdient.«

»Wieso? Was hab ich denn getan?«

»Also – wie wär's mit einem Essen heute Abend? Ich kenne ein Lokal in Soho – Don Luigi, Frith Street. Wir sehen uns um acht.«

»Heute Abend geht es nicht, fürchte ich.«

»Unsinn. Wir müssen feiern. Ich sehe Sie um acht. Taxi!«

Er rannte davon, um ins herbeigewinkte Taxi zu steigen. Eva stand da und überlegte. Don Luigi, Frith Street, acht Uhr. Was ging hier vor?

»Hallo, Miss Fitzroy. Man sieht Sie aber selten!«

Mrs Dangerfield trat einen Schritt zurück, um Eva einzulassen. Die füllige Blondine trug ein dickes, pudriges Make-up, fast so, als wäre sie im Begriff, auf die Bühne zu treten.

»Bin nur auf der Durchreise, Mrs Dangerfield. Ich hole ein paar Sachen ab.«

»Ich habe hier Post für Sie.« Sie nahm einen kleinen Stapel Briefe vom Korridortisch. »Alles ist bereit und in bester Ordnung. Soll ich das Bett aufschütteln?«

»Nein, nein, ich bleibe nur ein paar Stunden, dann geht's wieder nach Norden.«

»Nichts wie weg von London, das kann ich Ihnen sagen!« Mrs Dangerfield zählte die Nachteile Londons zu Kriegszeiten auf, während sie Eva zu ihrer Bodenkammer in der Winchester Street 312, Battersea, hinaufgeleitete.

Eva schloss die Tür hinter sich zu. Sie schaute sich im Zimmer um und machte sich wieder mit ihm vertraut – fast fünf Wochen war sie nicht hier gewesen. Als Nächstes überprüfte sie die Spurenfallen: Natürlich hatte sich Mrs Dangerfield gründlich im Schreibtisch, dem Kleiderschrank und der Kommode umgesehen. Sie setzte sich auf das Dienstmädchenbett, breitete das halbe Dutzend Briefe auf der Überdecke aus und öffnete einen nach dem anderen. Drei warf sie in den Papierkorb, die restlichen legte sie in der Schreibtischschublade ab. Alle waren von ihr selbst abgeschickt worden. Die Ansichtskarte aus King's Lynn stellte sie auf den Sims des Gaskamins; am vergangenen Wochenende war sie extra dorthin gefahren, um diese Karte abzuschicken. Sie drehte die Karte um und las:

Liebste Lily,
hoffe, es steht alles zum Besten im regenreichen Perthshire. Wir sind für ein paar Tage ans Meer gefahren. Der junge

Tom Dawlish hat übrigens letzte Woche geheiratet. Montagabend sind wir wieder zurück in Norwich.
Alles Liebe
Mum und Dad

Sie stellte die Karte zurück auf den Sims und musste plötzlich an ihren Vater und seine Flucht aus Paris denken. Die letzte Nachricht besagte, dass er in Bordeaux war – irgendwie war es Irène gelungen, einen Brief an sie nach London zu schmuggeln. »Von erträglicher Gesundheit in dieser unerträglichen Zeit«, hatte sie geschrieben.

Während Eva so dasaß, merkte sie, dass sie vor sich hin lächelte – ein Lächeln der Verblüffung angesichts der merkwürdigen Lage, in der sie sich befand. Sie saß in ihrem Zufluchtsquartier in Battersea und gab sich als Lily Fitzroy aus. Was würde ihr Vater sagen, wenn er von ihrer Tätigkeit für die »britische Regierung« hörte? Was hätte Kolja gedacht?

Mrs Dangerfield wusste nur, dass Lily Fitzroy bei den »Funkern« war, fürs Kriegsministerium arbeitete, viel reisen musste und immer mehr Zeit in Schottland und Nordengland verbrachte. Die Miete erhielt sie drei Monate im Voraus, und diese Regelung fand sie ideal. In den vier Monaten seit ihrem Einzug hatte Eva nur sechsmal in der Winchester Street übernachtet.

Sie klappte eine Ecke des Teppichs hoch, entnahm ihrer Tasche einen kleinen Schraubenzieher und hebelte ein paar lockere Nägel in den Dielen heraus. Unter dem losen Dielenbrett lag ein kleines, in Wachstuch gewickeltes Bündel, das den auf Lily Fitzroy ausgestellten Pass enthielt, eine Taschenflasche Whisky und drei Fünfpfundnoten. Sie fügte eine weitere Fünfpfundnote hinzu und stellte das Versteck wieder her. Dann legte sie sich aufs Bett, um ein Stündchen zu schlafen. Sie träumte, dass Kolja hereinkam und ihr die Hand auf die Schulter legte. Als sie mit einem Ruck hochfuhr, sah sie, dass sich ein schmaler Streifen Nachmittagssonne durch die Gardine stahl und ihren Nacken wärmte. Sie schaute in den Schrank, suchte ein paar Kleider aus und schob sie zusammengelegt in eine Tragetasche aus Papier, die sie mitgebracht hatte.

Beim Verlassen des Zimmers dachte sie über den Sinn oder gar die Notwendigkeit eines »sicheren« Quartiers nach. Es entsprach ihrer Ausbildung; so hatte sie es gelernt: eine sichere Bleibe zu unterhalten, ohne Verdacht zu erwecken. Der heimliche Unterschlupf – eine von Romers Regeln. Ihr Leben wurde mehr und mehr von diesen besonderen Verhaltensmaßregeln beherrscht. Sie schaltete das Licht aus und trat hinaus auf die Treppe – vielleicht lernte sie heute Abend noch ein paar neue.

»Bye, Mrs Dangerfield«, rief sie fröhlich. »Ich muss schon wieder los, für eine oder zwei Wochen.«

Am Abend kleidete sich Eva mit mehr Sorgfalt und Bedacht als sonst. Sie wusch ihr Haar, rollte die Spitzen ein und beschloss, Romer mit einer losen Frisur zu überraschen. Nach Art von Veronica Lake schob sie eine Locke über ihr Auge, entschied aber dann, dass dies zu weit ging. Schließlich wollte sie den Mann nicht verführen. Nein, sie wollte nur, dass er sie stärker zur Kenntnis nahm, sie auf eine andere Art wahrnahm. Mochte er denken, dass er nur eine seiner Untergebenen zum Essen ausführte, aber sie wollte ihm deutlich machen, dass nicht viele seiner Untergebenen so aussahen wie sie. Das war ausschließlich eine Frage des Selbstwertgefühls und hatte nicht das Geringste mit Romer zu tun.

Sie legte Lippenstift auf – einen neuen, der Tahiti Nights hieß –, puderte ihr Gesicht und tupfte Rosenwasser auf ihre Handgelenke und hinter die Ohren. Sie trug ein leichtes dunkelblaues Baumwollkleid mit gerafften maisgelben Einsätzen und einem Schärpengürtel, der ihre schlanke Taille betonte. Ihre Brauen waren zu makellosen Bögen gezupft und von perfektem Schwarz. Sie steckte Zigaretten, Feuerzeug und Börse in ihre Handtasche aus Binsengeflecht mit Muschelbesatz, warf einen letzten prüfenden Blick in den Spiegel und entschied sich endgültig gegen Ohrclips.

Als sie die Treppe des Wohnheims hinabstieg, warteten ein paar der Mädchen vor der Telefonzelle im Foyer. Sie verbeugte sich, als sie ihr mit spöttischer Bewunderung nachpfiffen.

»Wer ist der Glückliche, Eve?«

Sie lachte. Romer war der Glückliche: Er hatte ja keine Ahnung, was für ein Glück er hatte.

Der Glückliche kam zu spät, um zwanzig Uhr fünfunddreißig. Eva war zum besten Tisch geleitet worden, an einem Erkerfenster, das auf die Frith Street blickte. Sie trank zwei Gin Tonic und vertrieb sich die Zeit damit, ein französisches Pärchen zwei Tische weiter zu belauschen, das sich mit nicht allzu gedämpfter Stimme stritt – vor allem ging es um die grässliche Mutter des Mannes. Als Romer erschien, brachte er weder eine Entschuldigung vor noch machte er eine Bemerkung über ihr Aussehen, sondern bestellte sofort eine Flasche Chianti. »Der beste Chianti von London. Ich komme nur wegen des Chianti her.« Sein Hochgefühl war nach dem Verlassen des Savoy eher noch intensiver geworden, und während sie die Vorspeisen bestellten und verzehrten, sprach er wortreich und voller Verachtung über die »Zentrale«. Sie hörte nur halb zu und zog es stattdessen vor, ihm beim Trinken, Rauchen und Essen zuzusehen. Was sie mitbekam, war, dass die Zentrale mit der Idioten-Elite von London besetzt war, dass die Leute, mit denen er zu tun hatte, entweder abgehalfterte Beamte der indischen Kolonialbehörde waren oder sich aus den Herrenclubs der

Pall Mall rekrutierten. Letztere verachteten die Ersteren als kleinbürgerliche Karrieristen, während Erstere die Letzteren als Wechselempfänger bezeichneten, die ihren Job nur dem Umstand verdankten, dass sie mit dem Chef in Eton gewesen waren.

Er zeigte mit der Gabel auf sie – er aß, was die Speisekarte als Kalb Milanese auswies, sie hatte gepökelten Kabeljau mit Tomaten bestellt.

»Wie sollen wir eine erfolgreiche Firma betreiben, wenn der Aufsichtsrat so drittklassig ist?«

»Ist Mr X drittklassig?«

Er schwieg, und sie sah, wie es in ihm arbeitete, wie er überlegte, woher sie von Mr X wusste, bis es ihm klar war und er entschieden hatte, dass es in Ordnung war.

Bedächtig antwortete er: »Nein. Mr X ist anders. Mr X weiß, was der AAS wert ist.«

»War Mr X heute dabei?«

»Ja.«

»Welcher war es?«

Anstelle einer Antwort griff er zum Chianti und füllte beide Gläser nach. Es war schon die zweite Flasche.

»Trinken wir auf Ihr Wohl, Eva«, sagte er, und es klang beinahe aufrichtig. »Sie haben sich heute sehr gut geschlagen. Ich sage ungern, dass Sie unsere Haut gerettet haben, aber es ist so.«

Sie stießen an, und er zeigte ihr das strahlende Lächeln, das sie so selten an ihm sah. An diesem Abend merkte sie zum ersten Mal, dass er sie anschaute, wie ein Mann eine Frau anschaut: ihr blondes gewelltes Haar, ihre roten Lippen, ihre geschwungenen Augenbrauen, ihren schlanken Hals, die Wölbung ihrer Brüste unter dem blauen Kleid.

»Hm, ja«, sagte er unbeholfen. »Sie sehen sehr … schick aus.«

»Wieso habe ich Ihre Haut gerettet?«

Er schaute sich um; es war niemand in der Nähe.

»Die sind jetzt überzeugt, dass das Problem auf der holländischen Seite liegt, nicht auf der britischen. Die Holländer haben uns reingeritten – ein fauler Apfel in Den Haag.«

»Was sagen die Holländer?«

»Die sind natürlich mordswütend. Geben uns die Schuld. Schließlich wurde ihr Chef zwangspensioniert.«

Eva wusste, dass Romer gern im Nullcode sprach, wie das genannt wurde. Auch das gehörte zu seinen Regeln: Nullcode, wann immer möglich, keine Chiffren oder Verschlüsselungen, die waren entweder zu kompliziert oder zu leicht zu knacken. Nullcode konnte verstanden werden oder auch nicht. Und wenn nicht, weckte er keinen Verdacht.

Eva sagte: »Nun, es freut mich, wenn ich von Nutzen war.«

Diesmal erwiderte er nichts. Er lehnte sich zurück und schaute sie an, als sähe er sie zum ersten Mal.

»Sie sehen sehr schön aus heute Abend, Eva. Hat Ihnen das schon mal jemand gesagt?«

Aber sein trockener und ironischer Ton sagte ihr, dass er es nicht ernst meinte.

»Ja«, erwiderte sie genauso trocken. »Hin und wieder.«

In der verdunkelten Finsternis der Frith Street mussten sie eine Weile auf ein Taxi warten.

»Wo wohnen Sie?«, fragte er. »In Hampstead, oder?«

»In Bayswater.« Sie fühlte sich ein wenig betrunken nach all dem Gin und Chianti. In einem Ladeneingang stehend, schaute sie Romer nach, der vergebens hinter einem Taxi herjagte. Als er zurückkam, schulterzuckend, ein wenig zerzaust, mit verzagtem Lächeln, spürte sie den plötzlichen, fast körperlichen Drang, mit ihm im Bett zu liegen, nackt. Sie erschrak ein wenig vor ihrer Sinnlichkeit, doch dann bedachte sie, dass es mehr als zwei Jahre her war, seit sie mit einem Mann geschlafen hatte, und ihr fiel Jean-Didier ein, ihr letzter Liebhaber, Koljas Freund, der traurige Musikant, wie sie ihn für sich nannte, zwei Jahre seit Jean-Didier, und jetzt plötzlich überkam sie dieses gewaltige Verlangen, wieder einen Mann in den Armen zu halten – seine nackte Haut an ihrem nackten Körper zu spüren. Es ging ihr nicht so sehr um Sex, eher um die Nähe, darum, jemanden zu umarmen, der größer und stabiler war als sie, um diese andersartige männliche Muskulatur, den andersartigen Geruch, die andersartige Kraft. Das war es, was ihr fehlte. Um Romer geht es gar nicht mal, sagte sie sich, als er auf sie zugelaufen kam – nur um einen Mann, um Männer. Romer war nur der einzige, der ihr momentan zur Verfügung stand.

»Vielleicht sollten wir mit der U-Bahn fahren«, sagte er.

»Es wird schon ein Taxi kommen«, erwiderte sie. »Ich hab's nicht eilig.«

Ihr fiel ein, was ihr eine Frau in Paris erzählt hatte. Eine Frau Mitte vierzig, mehrfach geschieden, elegant, ein wenig weltmüde. »Nichts ist leichter, als einen Mann zu einem Kuss zu verführen«, hatte diese Frau behauptet. »Ach, wirklich? Und wie macht man das?«, hatte Eva gefragt. »Man muss nur dicht bei ihm stehen, sehr dicht, so dicht es geht, ohne ihn zu berühren – und er wird Sie küssen, umgehend. Es funktioniert immer. Für Männer ist das wie ein Instinkt. Sie können nichts dagegen tun.«

Also stellte sich Eva im Ladeneingang auf der verdunkelten Frith Street dicht neben Romer, während er den vorbeifahrenden Autos zubrüllte und -winkte, in der Hoffnung, es könnte ein Taxi darunter sein.

»Wir haben einfach kein Glück«, sagte er, drehte sich zu ihr um und stellte fest, dass Eva sehr dicht neben ihm stand und zu ihm aufblickte.

»Ich hab es nicht eilig«, sagte sie.

Er griff nach ihr und küsste sie.

Eva stand nackt im engen Badezimmer der Wohnung, die Romer in South Kensington gemietet hatte. Auch ohne Licht erkannte sie sich im Spiegel, den bleichen, länglichen Umriss ihres Körpers mit den dunklen Rundungen ihrer Brustwarzen. Beinahe sofort nach dem Kuss hatten sie ein Taxi bekommen, waren hierhergefahren und hatten sich ohne viele Umstände und Worte geliebt. Beinahe sofort danach war sie ins Badezimmer gegangen, um zur Besinnung zu kommen, um zu verarbeiten, was passiert war. Sie betätigte die Spülung und schloss die Augen. Jetzt darüber nachdenken bringt gar nichts, sagte sie sich. Dafür ist später Zeit genug.

Sie schlüpfte zurück zu ihm ins Bett.

»Ich habe alle meine Regeln gebrochen, wie du merkst«, sagte Romer.

»Doch nur die eine, oder?« Sie schmiegte sich an ihn. »Die Welt wird schon nicht untergehen davon.«

»Tut mir leid, dass ich so schnell war«, sagte er. »Ich bin ein bisschen aus der Übung. Du bist verdammt schön und einfach zu aufregend.«

»Ich hab mich nicht beklagt. Komm, umarme mich.«

Er gehorchte, und sie drückte sich an ihn, fühlte seine muskulösen Schultern, die tiefe Furche, die sein Rückgrat war. Er schien so groß neben ihr, fast als wäre er von einer anderen Machart. Genau das habe ich gebraucht, sagte sie sich, das hat mir gefehlt. Sie drückte ihr Gesicht in den Winkel zwischen Hals und Schulter und atmete tief ein.

»Du bist nicht mehr Jungfrau«, sagte er.

»Nein. Du etwa?«

»Ich bin schließlich viel älter als du.«

»Es gibt auch alte Jungfrauen.«

Er lachte, und sie strich ihm über die Seite, um ihn zu berühren. Er hatte drahtiges Brusthaar und einen flachen Bauch. In der losen Umklammerung ihrer Finger begann sein Penis zu schwellen. Er hatte sich seit dem Morgen nicht rasiert, sein Bart kratzte. Sie küsste seinen Hals, seine Brustwarzen und spürte das Gewicht seines Schenkels, als er sich ihr zuwandte und das Bein über sie legte. Das war es, was sie wollte: Gewicht, Muskelmasse, Kraft. Etwas, was mächtiger war als sie. Er drehte sie mit Leichtigkeit auf den Rücken, und sie ergab sich der Schwere seines Körpers.

»Eva Delektorskaja«, sagte er. »Wer hätte das gedacht.«

Er küsste sie zärtlich, sie öffnete ihre Schenkel, um ihn aufzunehmen.

»Lucas Romer«, sagte sie. »So, so …«

Er stützte die Arme auf und betrachtete sie von oben.

»Versprich mir, dass du es niemandem erzählst, aber …« Er ließ den Satz unbeendet, wie um sie auf die Folter zu spannen.

»Schon versprochen«, erwiderte sie und dachte: Wem soll ich es auch erzählen? Deirdre? Sylvia? Blytheswood? So ein Narr!

»Aber …«, fuhr er fort, »dir, Eva Delektorskaja, haben wir zu verdanken, dass wir alle in die USA gehen.«

6

Ein Mädchen aus Deutschland

Am Samstagmorgen fuhr ich mit Jochen in die Stadt, ins Westgate Shopping Centre – eins der typischen Einkaufszentren, ein Betonkoloss, hässlich, aber praktisch, wie solche Einrichtungen eben sind –, um ihm einen neuen Pyjama zu kaufen (da er bei seiner Großmutter übernachten sollte) und die vorletzte Leasingrate für den Herd zu bezahlen, den ich mir im Dezember angeschafft hatte. Wir parkten in der Broad Street und liefen die Cornmarket Street hinauf, wo die Geschäfte gerade öffneten, und obwohl es wieder ein schöner, aber heißer Tag zu werden versprach, lag ein wenig Frische in der Morgenluft, wie mir schien – oder war es nur Wunschdenken, ein frommer Selbstbetrug, mit dem ich mich vor der Einsicht schützte, dass ich diese Hitze längst satthatte? Die Straßen waren gefegt, die Papierkörbe geleert, und das von Bussen und Touristen verstopfte Chaos, in das sich die Straße jeden Samstag verwandelte, würde noch eine Stunde auf sich warten lassen.

Jochen zog mich zurück zum Schaufenster eines Spielzeugladens.

»Guck mal, Mummy. Die finde ich toll.«

Er zeigte auf irgendeine Space-Gun aus Plastik und voller Glitzer und Schnickschnack.

»Krieg ich die zum Geburtstag?«, begann er zu bohren. »Zum Geburtstag und zu Weihnachten?«

»Nein. Ich hab schon ein wunderschönes neues Lexikon für dich.«

»Du machst wieder Spaß«, sagte er streng. »Mach nicht solche Späße mit mir.«

»Ein bisschen Spaß muss sein im Leben«, sagte ich, nahm ihn bei der Hand und bog in die Queen Street ein. »Wozu ist es sonst gut?«

»Das hängt vom Spaß ab«, sagte er. »Manche Späße sind nicht lustig.«

»Na gut. Du kriegst die Kanone. Und das Lexikon schicke ich einem kleinen Jungen in Afrika.«

»Welchem kleinen Jungen?«

»Der wird sich schon finden. Dort gibt es Massen von kleinen Jungen, die sich über ein Lexikon freuen würden.«

»Sieh mal, da ist Hamid.«

Die Queen Street endete an einem kleinen Platz mit Obelisk. Um die Jahrhundertwende als bescheidene Anlage im neueren Teil von Oxford entstanden, diente er seit der Modernisierung nur noch als eine Art Vorhof oder Zugang zum gähnenden Schlund des Westgate Centre. Auf den Stufen des Denkmals (für einen vergessenen Soldaten irgendeines Kolonialgemetzels) hingen jetzt die Schnüffel-Punks herum, doch der Platz war ein beliebter Ausgangs- oder Endpunkt für Demos. Die Punks, die Straßenmusikanten, die Bettler liebten ihn, Hare-Krishna-Jünger klimperten mit ihren Glöckchen und sangen, Heilsarmee-Kapellen spielten zur Weihnachtszeit ihre Weihnachtslieder. Ich musste anerkennen, dass dieser unscheinbare Platz vermutlich der lebendigste und bunteste Ort von Oxford war.

Heute fand dort eine kleine Demo von Iranern statt – Studenten und Emigranten, wie ich vermutete –, eine Gruppe von etwa dreißig, die sich unter Transparenten wie »Nieder mit dem Schah« und »Es lebe die Iranische Revolution« zusammenscharte. Zwei bärtige Teilnehmer versuchten, Passanten zu einer Unterschriftenliste zu locken, ein Mädchen mit Kopftuch und Megafon zählte in einem schrillen Singsang die Schandtaten der Pahlevi-Familie auf. Ich folgte Jochens Zeigefinger und sah Hamid ein Stück entfernt hinter einem geparkten Auto stehen. Er machte Fotos von der Demo.

Wir gingen zu ihm hinüber.

»Hamid!«, schrie Jochen, und Hamid drehte sich um, sichtlich überrascht, dann erfreut, als er sah, wer ihn da begrüßte. Er hockte sich vor Jochen und reichte ihm die Hand, die Jochen mit ziemlichem Eifer schüttelte.

»Mr Jochen«, sagte er. »Salaam alaikum.«

»Alaikum salaam«, erwiderte Jochen geübt.

Hamid strahlte ihn an, dann erhob er sich und wandte sich an mich. »Ruth. Wie geht es Ihnen?«

»Was machen Sie hier?«, fragte ich abrupt, plötzlich misstrauisch geworden.

»Ich fotografiere.« Er hielt den Apparat hoch. »Das da sind alles Freunde von mir.«

»Oh. Ich würde eher annehmen, dass sie nicht fotografiert werden wollen.«

»Warum nicht? Das ist eine friedliche Demonstration gegen den Schah. Seine Schwester kommt nach Oxford, um eine Bibliothek zu eröffnen, für die sie bezahlt haben. Warten Sie ab – das wird eine große Demonstration. Sie müssen unbedingt kommen.«

»Darf ich auch?«, fragte Jochen.

»Natürlich.« Dann drehte Hamid sich um, weil jemand nach ihm rief.

»Ich muss los«, sagte er. »Wir sehen uns heute Abend, Ruth. Soll ich ein Taxi besorgen?«

»Nein, nein«, erwiderte ich. »Wir können zu Fuß gehen.«

Er rannte los, um sich der Demo anzuschließen, und eine Weile machte ich mir Vorwürfe. Wie dumm von mir, ihn in dieser Weise zu verdächtigen! Wir gingen ins Westgate, den Pyjama kaufen, aber die Frage, ob Teilnehmer einer Anti-

Schah-Demo wirklich so scharf darauf waren, fotografiert zu werden, ließ mich nicht los.

Ich stand über Jochen gebeugt, der seine Spielsachen einpackte, und redete ihm zu, nicht allzu wählerisch zu sein, da hörte ich Ludger die Treppe heraufkommen.

»Ah, Ruth«, sagte er, als er mich in Jochens Zimmer sah. »Ich habe eine Bitte. Hey, Jochen, wie geht's dir, Alter?«

Jochen blickte hoch. »Danke, gut.«

»Ich habe eine Freundin«, fuhr er zu mir gewandt fort. »Ein Mädchen aus Deutschland. Kein Girlfriend«, fügte er hastig hinzu. »Sie will sich Oxford ansehen. Und ich wollte fragen, ob sie hier übernachten kann. Zwei oder drei Tage.«

»Wir haben kein Zimmer für sie.«

»Sie kann mit mir schlafen – ich meine, in meinem Zimmer. Schlafsack auf dem Fußboden – kein Stress.«

»Da muss ich Mr Scott fragen«, improvisierte ich. »Es gibt so eine Mietklausel. Ich darf wirklich nicht mehr als eine Person hier übernachten lassen.«

»Wie bitte? Das ist doch deine Wohnung!«

»Meine *Miet*wohnung. Ich gehe kurz runter und frage ihn.«

Mr Scott arbeitete manchmal auch samstags, und ich hatte seinen Wagen draußen stehen sehen. Als ich die Praxis betrat, saß er auf dem Rezeptionstisch, schaukelte mit den Beinen und plauderte mit Krissi, seiner neuseeländischen Arzthelferin.

»Hallo, hallo, hallo«, dröhnte Mr Scott, als er mich sah. Hinter den dicken Gläsern seiner goldenen Brille wirkten seine Augen riesig. »Wie geht's Klein Jochen?«

»Sehr gut, danke. Ich wollte nur fragen, Mr Scott, ob Sie was dagegen hätten, wenn ich ein paar Gartenmöbel in den hinteren Teil des Gartens stelle. Tische, Stühle, einen Sonnenschirm.«

»Warum sollte ich?«

»Ich weiß nicht. Es könnte die Aussicht beeinträchtigen oder was immer.«

»Warum sollte es die Aussicht beeinträchtigen?«

»Na dann, das ist sehr nett. Vielen Dank.«

Mr Scott war als junger Armeezahnarzt im Februar 1942 im Hafen von Singapur stationiert worden. Vier Tage nach seiner Ankunft kapitulierten die Briten, und er blieb dreieinhalb Jahre in der Gefangenschaft der Japaner. Nach dieser Erfahrung, so hatte er mir völlig unbefangen und ohne jede Bitterkeit erzählt, war er zu dem Entschluss gelangt, dass ihn nichts im Leben mehr aus der Ruhe bringen würde.

Ludger wartete oben auf der Treppe. »Na?«

»Tut mir leid«, sagte ich. »Mr Scott sagt Nein. Nur ein Gast ist erlaubt.«

Ludger schaute mich ungläubig an. Ich hielt seinem Blick stand.

»Ach, wirklich?«, sagte er.

»Ja. Du hast sogar Glück, dass er dich so lange hier duldet«, log ich, und jetzt machte mir die Sache richtig Spaß. »Mein Mietvertrag steht auf dem Spiel, musst du wissen.«

»Was ist denn das für ein Scheißland«, ereiferte er sich. »Wo der Vermieter bestimmt, wer sich in deiner Wohnung aufhalten darf.«

»Wenn's dir nicht passt, kannst du jederzeit abziehen«, sagte ich fröhlich. »Komm, Jochen, auf zu Granny.«

Ich saß mit meiner Mutter auf der hinteren Terrasse des Cottage, blickte über die gelb vertrocknete Wiese hinweg ins dunkle Grün des Witch Wood, trank selbst gemachte Limonade und warf immer mal ein Auge auf Jochen, der mit einem Schmetterlingsnetz im Garten umhergaloppierte, ohne einen einzigen Schmetterling zu erbeuten.

»Du hattest recht«, sagte ich. »Romer ist tatsächlich Lord.

Und vermögend, wie es aussieht.« Zwei Besuche in der Bodleian Library hatten weit mehr ergeben als die paar Fakten, die Bobbie York mir mitgeteilt hatte. Ich beobachtete meine Mutter genau, während ich ihr, von meinen Zetteln ablesend, Romers Lebensdaten vortrug. Geboren war er am 7. März 1899 als Sohn eines Gerald Arthur Romer (verstorben 1918). Ein älterer Bruder, Sholto, war 1916 in der Somme-Schlacht gefallen. Romer hatte eine kleine Public School namens Framingham Hall besucht, an der sein Vater alte Sprachen unterrichtete. Während des Ersten Weltkriegs war er Captain der leichten Infanterie beim königlichen Yorkshire-Regiment geworden und hatte 1918 das Military Cross erhalten. Nach dem Krieg absolvierte er das St. John's College in Oxford, wo er 1923 einen Einserabschluss in Geschichte machte. Es folgten zwei Jahre an der Sorbonne, 1924–25. 1926 bis 1935 arbeitete er beim Außenministerium. Ich hielt inne. »Dann keine Angaben mehr, außer dass er das Croix de Guerre verliehen bekam – das belgische Croix de Guerre im Jahr 1945.«

»Das gute alte Belgien«, sagte sie tonlos.

Ich berichtete ihr weiter, dass er seine Verlegerkarriere 1946 angetreten hatte – anfänglich mit akademischen Fachzeitschriften, die sich vor allem aus deutschen Quellen speisten. Die deutschen Universitätsverlage waren am Boden, gerade erst in Gründung oder in ihrer Handlungsfähigkeit behindert, und deutsche Akademiker und Wissenschaftler fanden Romers Zeitschriften sehr brauchbar. Von der Welle dieses Erfolgs getragen, spezialisierte er sich zunehmend auf trocken-akademische Nachschlagewerke, die teuer waren und vor allem von wissenschaftlichen Bibliotheken in aller Welt gekauft wurden. Romers Verlag – Romer, Radclyffe Ltd. – eroberte sich schnell ein eindrucksvolles, aber eng begrenztes Marktsegment, was 1963 zur Übernahme durch eine niederländische Verlagsgruppe führte, aus der Romer mit einem persönlichen Gewinn von etwa drei Millionen Pfund hervorging. Ich erwähnte die 1949 erfolgte Verehelichung mit einer Miriam Hilton (verstorben 1972) und die zwei Kinder – Sohn und Tochter –, doch meine Mutter zeigte keine Regung. Dann waren da ein Haus in London – »in Knightsbridge«, mehr hatte ich nicht herausgefunden – und eine Villa in Antibes. Der Verlagsname Romer, Radclyffe bestand nach der Übernahme weiter (Romer gehörte zum Vorstand der niederländischen Verlagsgruppe und war weiterhin Berater und Direktor verschiedener Buch- und Zeitungsverlage). 1953 wurde er von der Churchill-Regierung zum Peer auf Lebenszeit ernannt, »wegen seiner Verdienste um die Verlagsbranche«.

Meine Mutter ließ ein sarkastisches Lachen hören. »Um die Spionagebranche, meinst du wohl. Die lassen sich immer ein bisschen Zeit.«

»Mehr habe ich nicht herausgefunden«, sagte ich. »Es gibt so gut wie gar nichts über ihn. Er nennt sich jetzt Lord Mansfield. Deshalb musste ich ganz schön suchen.«

»Sein zweiter Vorname ist Mansfield«, sagte meine Mutter. »Lucas Mansfield Romer – das hatte ich vergessen. Irgendwelche Fotos? Ich wette, es gibt kein einziges.«

Aber ich hatte eins gefunden, im *Tatler*, ein ziemlich aktuelles, das Romer mit seinem Sohn Sebastian zeigte, auf der Party zu dessen einundzwanzigstem Geburtstag. Romer, als hätte er den Fotografen erspäht, verdeckte Mund und Kinn mit der Hand. Ein Mann ohne besondere Merkmale: schmales Gesicht, Smoking und Fliege, deutlich ausgedünntes Haar. Ich hatte einen Abzug machen lassen und überreichte ihn meiner Mutter.

Sie betrachtete ihn, ohne eine Regung zu zeigen.

»Er ist ja kaum wiederzuerkennen. Gott, hat er Haare gelassen.«

»O ja. Und offenbar gibt es ein Porträt von ihm in der National Portrait Gallery, von David Bomberg.«

»Welches Jahr?«

»1936.«

»Nun, das wäre sehenswert«, sagte sie. »Du bekämst einen Eindruck, wie er war, als ich ihn kennenlernte.« Sie schnipste mit dem Finger gegen das Foto. »Nicht dieser alte Knacker.«

»Warum willst du ihn ausfindig machen, Sal? Nach all den Jahren?«, fragte ich so unschuldig, wie ich nur konnte.

»Ich spüre, dass die Zeit reif ist.«

Dabei beließ ich es, denn jetzt kam Jochen mit einem Grashüpfer im Schmetterlingsnetz.

»Sehr schön«, sagte ich. »Wenigstens ein Insekt.«

»Ich glaube sowieso, dass Grashüpfer interessanter sind als Schmetterlinge«, erwiderte er.

»Lauf los, fang noch einen«, sagte meine Mutter. »Dann gibt es Abendbrot.«

»Mein Gott, es ist ja schon spät«, rief ich. »Ich habe ein Rendezvous.« Ich erzählte ihr von Hamid und seiner Einladung, aber sie hörte nicht zu. Sie war mit ihren Gedanken bei Romer.

»Glaubst du, du kannst seine Londoner Adresse herausfinden?«

»Romers? ... Na, ich kann's versuchen. Sollte nicht allzu schwer sein. Aber was dann?«

»Dann möchte ich, dass du dich mit ihm triffst.«

Ich griff nach ihrem Arm. »Sal, bist du sicher, dass das klug ist?«

»Nicht so sehr klug als vielmehr lebenswichtig. Absolut.«

»Wie soll ich denn so etwas arrangieren? Warum in aller Welt sollte sich Lord Mansfield of Hampton Cleeve auf mich einlassen?«

Sie beugte sich herüber und gab mir einen Kuss auf die

Stirn. »Du bist eine intelligente junge Frau – denk dir was aus.«

»Und was soll ich bei diesem Treffen tun?«

»Das sage ich dir genau, wenn die Zeit gekommen ist.« Sie lehnte sich zurück und schaute im Garten umher. »Jochen! Mummy fährt jetzt. Komm und sag auf Wiedersehen.«

Ich machte mich hübsch für Hamid, obwohl ich nicht recht bei der Sache war. Meine kostbaren Abende verbrachte ich lieber allein, aber ich wusch mir das Haar und legte ein wenig dunkelgrauen Lidschatten auf. Eigentlich war ich entschlossen, meine Plateaustiefel zu tragen, doch da ich ihn nicht überragen wollte, begnügte ich mich mit den Clogs und zog dazu Jeans und ein besticktes Kittelkleid an. Damit wirkte auch mein Hinterteil nicht mehr so auffällig – unter dem Kleid bildete es eine kaum sichtbare Wölbung. Während ich auf ihn wartete, stellte ich einen Stuhl auf den Treppenabsatz und trank ein Bier. Das Licht war mild und dunstig, Dutzende Mauersegler schossen über den Baumwipfeln dahin und füllten die Luft mit ihren Rufen, die zu einem kaum noch wahrnehmbaren Quietschen verschmolzen. Wenigstens einen Vorzug hatte diese Romer-Suche, dachte ich, während ich mein Bier trank, nämlich dass meine Mutter ein wenig von ihrer Paranoia und ihrem Invalidentick herunterkam – ihre Rückenschmerzen waren kein Thema mehr, der Rollstuhl stand unbenutzt im Flur –, aber dann fiel mir ein, dass ich vergessen hatte, nach dem Gewehr zu fragen.

Hamid kam im dunklen Anzug mit Krawatte. Angeblich fand er, ich sähe »sehr nett« aus, doch sein Blick verriet mir, dass er ein wenig enttäuscht von meinem lockeren Outfit war. Wir liefen im dunstig goldenen Abendlicht durch die Woodstock Road. Die Rasenflächen der großen Backsteinvillen waren gelblich verfärbt, die Blätter an den Bäumen, sonst von üppigem Grün, sahen staubig und müde aus.

»Ist Ihnen nicht heiß?«, fragte ich Hamid. »Sie können das Jackett ausziehen.«

»Nein. Ich fühle mich wohl. Hat das Lokal eine Klimaanlage?«

»Das bezweifle ich. Wir sind schließlich in England.«

Wie sich herausstellte, hatte ich recht, aber zum Ausgleich surrten mehrere Deckenventilatoren über uns. Ich war nie im Browns gewesen, und mir gefiel es hier: eine lange dunkle Bar mit großen Spiegeln, Palmen und viel Grün überall. Die Kugellampen an den Wänden leuchteten wie kleine bleiche Monde. Das Ganze untermalt von irgendeiner jazzigen Rockmusik.

Hamid trank nicht, aber bestand auf einem Aperitif für mich – Wodka Tonic, vielen Dank – und bestellte dann eine Flasche Rotwein.

»Das kann ich nicht alles trinken«, sagte ich. »Dann falle ich um.«

»Ich fange Sie auf«, erwiderte er galant, doch es klang plump und zudringlich. Er bemerkte es und reagierte mit einem schüchtern-schuldbewussten Lächeln.

»Sie können ihn ja stehen lassen.«

»Ich nehme ihn mit nach Hause«, sagte ich, um dieses Gespräch über meine Trinkgewohnheiten zu beenden. »Spare in der Zeit, dann hast du in der Not.«

Beim Essen redeten wir über Oxford English Plus, Hamid erzählte von den anderen Tutoren und berichtete, es würden dreißig weitere Erdöltechniker von Dusendorf eintreffen; außerdem: Hugues und Bérangère hätten ein Verhältnis miteinander.

»Woher wissen Sie das?«, fragte ich. Ich hatte nichts dergleichen bemerkt.

»Hugues erzählt mir alles.«

»Ach so ... Ich hoffe, sie werden glücklich miteinander.«

Er goss mir Wein nach. Etwas an der Art, wie er es tat,

an der Stellung seines Mundes und seines Kinns, verriet mir, dass jetzt der ernste Teil des Gesprächs kam. Ich war ein wenig genervt – das Leben war schon ohne Hamid kompliziert genug. In Erwartung des Kreuzverhörs trank ich das halbe Glas leer und spürte fast augenblicklich den Kick. Ich trank zu viel – aber wer wollte mir das verübeln?

»Ruth, darf ich Ihnen eine Frage stellen?«

»Natürlich.«

»Es geht um Jochens Vater.«

»O Gott. Na, schießen Sie los.«

»Waren Sie mit ihm verheiratet?«

»Nein. Er war schon verheiratet und hatte drei Kinder, als ich ihn kennenlernte.«

»Also: Wie kommt es da, dass Sie von diesem Mann ein Kind haben?«

Ich nahm noch einen kräftigen Schluck. Die Kellnerin räumte die Teller ab.

»Wollen Sie das wirklich wissen?«

»Ja. Weil ich es nicht verstehe. Ich kann es nicht mit Ihrem Leben zusammenbringen. Und doch kenne ich Sie, Ruth.«

»Nein, das tun Sie nicht.«

»Seit drei Monaten sehe ich Sie fast täglich. Ich habe das Gefühl, dass wir befreundet sind.«

»Stimmt, okay.«

»Also: Wie kam es dazu?«

Ich beschloss, es ihm zu erzählen, zumindest so viel wie nötig. Vielleicht würde es auch mir helfen, die Geschichte in einen Lebenszusammenhang einzuordnen; nicht in ihrer Bedeutsamkeit zu mindern (schließlich hatte ich ihr Jochen zu verdanken), sondern ihrer Bedeutsamkeit eine Art Perspektive zu verleihen und damit eine klaffende, blutende seelische Wunde in ein Stück normaler Biografie zu verwandeln. Ich steckte mir eine Zigarette an und nahm einen weiteren großen Schluck. Hamid beugte sich vor und richtete seine braunen Augen auf mich. Ich bin ein guter Zuhörer, sagte er mir mit dieser Pose – volle, ungeteilte Aufmerksamkeit.

»Alles fing 1970 an«, begann ich. »Ich war gerade mit dem Studium fertig, hatte einen Oxford-Abschluss mit Bestnote in Französisch und Deutsch, das Leben lag vor mir, voller Verheißungen, interessanter Möglichkeiten und so weiter und so weiter … Da passierte das mit meinem Vater. Er fiel tot um, in seinem Garten. Herzinfarkt.«

»Das tut mir leid«, sagte Hamid.

»Wohl kaum so wie mir«, erwiderte ich und merkte, wie sich bei dieser Erinnerung meine Kehle zuschnürte. »Ich habe meinen Dad geliebt – mehr als meine Mutter, glaube ich. Vergessen Sie nicht, dass ich ein Einzelkind bin … Ich war also einundzwanzig Jahre alt und drehte ein bisschen durch. Vielleicht war das eine Art Nervenzusammenbruch, wer weiß? Aber meine Mutter hat mir in dieser schwierigen Lage nicht beigestanden, denn eine Woche nach der Beerdigung – fast wie auf Befehl – bot sie unser Haus zum Verkauf an (eine wunderschöne alte Villa außerhalb von Banbury). Nach einem Monat war sie es los, und sie kaufte von dem Geld ein Cottage im abgelegensten Dorf, das sie in Oxfordshire finden konnte.«

»Vielleicht war es für sie eine sinnvolle Lösung«, wagte sich Hamid vor.

»Möglich. Aber nicht für mich. Plötzlich hatte ich kein Zuhause mehr. Das Cottage gehörte ihr. Es hatte zwar ein Gästezimmer, das ich benutzen konnte, wann immer ich wollte, aber die Botschaft war klar: Unser Leben als Familie ist vorüber, dein Vater ist tot, du hast deinen Abschluss, bist einundzwanzig Jahre alt, also gehen wir getrennte Wege. Und so beschloss ich, nach Deutschland zu ziehen. Ich nahm mir vor, eine Dissertation über die deutsche Revolution nach dem Ersten Weltkrieg zu schreiben. ›Revolution in Deutschland 1918–1923‹ hieß sie – *heißt* sie.«

»Warum?«

»Ich weiß nicht. Ich war vielleicht ein bisschen durchgedreht, das sagte ich ja. Die Revolution jedenfalls lag in der Luft. Ich musste mein Leben revolutionieren, hatte ich das Gefühl. Die Gelegenheit bot sich, und ich griff mit beiden Händen zu. Ich wollte weg – von Banbury, von Oxford, von meiner Mutter, von den Gedanken an meinen Vater. Also ging ich an die Uni Hamburg, um zu promovieren.«

»Hamburg.« Hamid wiederholte den Namen, als wollte er ihn in seinem Gedächtnis verankern. »Und dort haben Sie Jochens Vater getroffen.«

»Ja. Jochens Vater war mein Professor in Hamburg. Für Geschichte. Professor Karl-Heinz Kleist. Er betreute meine Arbeit – unter anderem. Außerdem moderierte er Kultursendungen im Fernsehen, organisierte Demos, veröffentlichte radikale Pamphlete, schrieb für DIE ZEIT, über die Krise der Weimarer Republik … Ein Mann mit vielen Facetten. Und sehr beschäftigt.«

Ich drückte Zigarette Nummer eins aus und zündete Zigarette Nummer zwei an.

»Sie müssen verstehen«, fuhr ich fort. »Deutschland war in einem merkwürdigen Zustand damals, 1970, und ist es 1976 immer noch. Die Gesellschaft wurde von einer Art Aufruhr erfasst – einem Selbstfindungsprozess gewissermaßen. Zum Beispiel, als ich Karl-Heinz zum ersten Mal besuchte, im Unigebäude, wo er sein Büro hatte, hing ein riesiges handgemaltes Transparent quer über die Fassade, aufgehängt von Studenten, auf dem stand: ›Institut für soziales Gewissen‹ … nicht ›Historische Fakultät‹ oder was immer. Für diese Studenten von 1970 war Geschichte das Studium ihres sozialen Gewissens …«

»Und was heißt das?«

»Sie wollten damit zum Ausdruck bringen, wie die Vorgänge der Vergangenheit, besonders der jüngsten Vergangenheit, ihr Selbstbild geprägt hatten. Es hatte wenig mit den dokumentierten Fakten zu tun, mit der Bildung eines Konsenses darüber, wie man das Vergangene darstellbar macht …«

Ich sah, dass mir Hamid nicht folgen konnte, doch jetzt nahm mich die Erinnerung an diese erste Begegnung mit Karl-Heinz gefangen. Sein düsteres Zimmer war angefüllt mit Bücherstapeln, die an der Wand lehnten, Regale gab es nicht. Auf dem Fußboden lagen Kissen verstreut, Stühle gab es ebenfalls nicht, und auf seinem sehr niedrigen Schreibtisch – in Wirklichkeit ein Thai-Bett – brannten drei Räucherstäbchen, ansonsten war er leer. Karl-Heinz war groß, mit wunderbarem blondem Haar, das ihm bis auf die Schultern reichte. Um den Hals trug er verschiedene Perlenschnüre, dazu eine bestickte blassblaue Seidenbluse und eine Schlaghose aus schwarzblauem Knautschsamt. Er hatte markante, einnehmende Gesichtszüge: eine lange Nase, volle Lippen, kräftige Brauen – eher charismatisch als hübsch. Nach drei Jahren Oxford war er so etwas wie ein Schock für mich – das sollte ein Professor sein? Auf seine Aufforderung ließ ich mich auf einem Kissen nieder, und er zog ein anderes heran und setzte sich im Schneidersitz mir gegenüber. Das Thema meiner Dissertation wiederholte er etliche Male, als würde er einem humoristischen Gehalt nachspüren, als wäre darin ein Scherz versteckt, den ich mir mit ihm erlaubte.

»Wie war er?«, fragte Hamid. »Dieser Karl-Heinz.«

»Am Anfang war er wie kein anderer, dem ich je begegnet war. Dann, im Verlauf eines Jahres etwa, wurde er langsam, aber sicher ganz normal. Wie jeder andere.«

»Ich verstehe nicht.«

»Egoistisch, eitel, faul, rücksichtslos, gemein …« Ich suchte nach weiteren Adjektiven. »Selbstgefällig, intrigant, verlogen, schwach …«

»Aber er ist doch Jochens Vater.«

»Klar. Vielleicht sind alle Väter so – tief drinnen.«

»Sie sind sehr zynisch, Ruth.«

»Nein, das bin ich nicht. Nicht im Geringsten.«

Hamid beschloss offenbar, diesen Gesprächsfaden nicht weiter zu verfolgen.

»Was ist dann passiert?«

»Was glauben Sie denn?«, fragte ich zurück, während ich mir nachfüllte. »Ich habe mich wahnsinnig in ihn verliebt. Ich war ihm verfallen, total, fanatisch, ohne Einschränkung.«

»Aber dieser Mann hatte eine Frau und drei Kinder.«

»Das war 1970, Hamid. In Deutschland. An einer deutschen Universität. Seiner Frau war es egal. Eine Weile sah ich sie ziemlich oft. Ich mochte sie. Sie hieß Irmgard.«

Ich dachte an Irmgard Kleist – so groß wie Karl-Heinz, mit langem hennagefärbtem Haar und einer sorgfältig kultivierten Pose extremer Lethargie. Schaut mich an, schien sie zu sagen, ich bin so was von relaxt, mich bringt nichts aus der Ruhe – ich habe drei Kinder, einen berühmten Mann, der permanent fremdgeht, mache politische Bücher in einem schicken linken Verlag, und doch tue ich so, als brächte ich keine drei Worte heraus. Irmgards Masche war ansteckend – eine Weile nahm sogar ich ein paar ihrer Marotten an. Eine Zeit lang konnte mich niemand aus meiner selbstgefälligen Trägheit aufschrecken. Niemand außer Karl-Heinz.

»Was Karl-Heinz trieb, war ihr egal«, sagte ich. »Sie wusste mit absoluter Sicherheit, dass er sie nie verlassen würde, also tolerierte sie seine kleinen Abenteuer. Ich war nicht die Erste und auch nicht die Letzte.«

»Und dann kam Jochen.«

»Ich wurde schwanger. Ich weiß nicht – vielleicht war ich zu bekifft und vergaß die Pille. Karl-Heinz sagte sofort, er könne eine Abtreibung arrangieren, über einen befreundeten Arzt. Aber ich dachte mir: Mein Vater ist tot, meine

Mutter lebt als Einsiedlerin in ihrem Garten, und ich sehe sie nie – ich will das Baby.«

»Sie waren noch sehr jung.«

»Alle sagten das. Aber ich fühlte mich nicht so. Ich kam mir sehr erwachsen vor, sehr souverän. Als täte ich genau das Richtige und zudem etwas sehr Interessantes. Mehr Gründe brauchte ich nicht. Jochen kam zur Welt. Heute weiß ich, dass es das Beste war, was mir überhaupt passieren konnte.« Ich sagte das in einem Atemzug, wie um seiner Frage zuvorzukommen, ob ich es bereute – weil ich das Gefühl hatte, dass er diese Frage stellen würde, aber ich wollte sie nicht hören. Ich wollte nicht darüber nachdenken, ob ich es bereute.

»Also wurde Jochen geboren.«

»Jochen wurde geboren. Karl-Heinz freute sich sehr und erzählte allen davon. Erzählte seinen Kindern, sie hätten ein Brüderchen bekommen. Ich hatte eine kleine Wohnung, Karl-Heinz half mir mit der Miete. Ein paar Tage in der Woche blieb er über Nacht bei mir. Wir fuhren zusammen in die Ferien – Wien, Kopenhagen, Berlin. Dann wurde ihm die Sache langweilig, und er fing etwas an mit der Produzentin seiner Fernsehsendung. Als ich dahinterkam, wusste ich, dass es vorbei war, also ging ich mit Jochen zurück nach Oxford, um meine Dissertation zu beenden.« Ich breitete die Hände aus. »Und da bin ich nun.«

»Wie lange waren Sie in Deutschland?«

»Fast vier Jahre. Im Januar '75 kam ich zurück.«

»Haben Sie versucht, diesen Karl-Heinz wiederzusehen?«

»Nein. Ich werde ihn wohl nie wiedersehen. Ich will es nicht, ich brauche es nicht, es ist aus und vorbei.«

»Vielleicht will Jochen ihn sehen.«

»Ich hab nichts dagegen.«

Hamid zog die Stirn kraus, in ihm arbeitete es, er versuchte, die Ruth, die er kannte, mit dieser anderen Ruth in

Einklang zu bringen. Ich jedenfalls war froh, dass ich ihm meine Geschichte auf diese Weise erzählt hatte. Jetzt erkannte auch ich ihre Umrisse, ich sah, dass sie zu Ende war.

Er zahlte die Rechnung, wir verließen das Restaurant und schlenderten durch die schwülwarme Nacht. Endlich befreite sich Hamid von Jackett und Krawatte.

»Und Ludger?«

»Ludger tauchte immer wieder mal auf. Er war häufig in Berlin – und ziemlich durchgedreht. Er nahm Drogen, stahl Motorräder. Ständig hatten sie ihn beim Wickel. Karl-Heinz boxte ihn dann heraus, und er ging zurück nach Berlin.«

»Was für eine traurige Geschichte«, sagte Hamid. »Das war ein schlechter Mensch, in den Sie sich verliebt haben.«

»Na, so schlimm war es auch wieder nicht. Er hat mir eine Menge beigebracht. Ich veränderte mich. Sie würden nicht glauben, wie ich war, als ich nach Hamburg ging. Schüchtern, nervös, ohne Selbstvertrauen.«

Er lachte. »Nein – das glaube ich nicht.«

»Es stimmt aber. Danach war ich ein anderer Mensch. Karl-Heinz hat mir etwas Wichtiges beigebracht: Er brachte mir bei, meine Angst zu beherrschen, furchtlos zu sein. Dank ihm kann mir keiner mehr Angst einjagen. Polizisten, Richter, Skinheads, Oxford-Dons, Dichter, Parkwächter, Intellektuelle, Hooligans, Langweiler, Zicken, Schuldirektoren, Anwälte, Journalisten, Betrunkene, Politiker, Prediger ...« Mir fielen keine Leute mehr ein, die mir keine Angst einjagen konnten. »Das war eine wertvolle Lektion.«

»Das denke ich auch.«

»Er sagte immer, dass alles, was man tut, dazu beitragen soll, den großen Mythos zu zerstören – den Mythos des allmächtigen Systems.«

»Ich verstehe nicht.«

»Dass unser ganzes Leben in jedem Punkt eine Art Propaganda-Aktion darstellen soll, um diesen Mythos als Lüge und Illusion zu entlarven.«

»So wird man zum Verbrecher.«

»Nein, nicht unbedingt. Bei manchen war es so – sehr wenigen. Aber es ist etwas dran, denken Sie drüber nach. Niemand muss vor etwas oder jemandem Angst haben. Der Mythos vom allmächtigen System ist ein Schwindel, er ist hohl.«

»Gehen Sie doch in den Iran. Erzählen Sie das dem Schah.«

Ich lachte. Wir hatten unsere Einfahrt in der Moreton Road erreicht. »Da könnten Sie recht haben«, sagte ich. »Wahrscheinlich ist es hier im guten alten Oxford leicht, keine Angst zu haben.« Ich blickte ihn an und dachte: Ich bin besoffen, ich hab zu viel getrunken, ich rede zu viel. »Danke, Hamid. Es war sehr schön mit Ihnen«, sagte ich. »Ich hab mich bestens amüsiert. Ich hoffe, es war nicht langweilig für Sie.«

»Nein, es war wundervoll, faszinierend.«

Er beugte sich schnell vor und küsste mich auf den Mund. Ich spürte seinen weichen Bart in meinem Gesicht, bevor ich ihn wegschieben konnte.

»Hey. Hamid, nein ...«

»Ich stelle Ihnen all diese Fragen, weil ich Ihnen etwas sagen muss.«

»Nein, Hamid, bitte nicht. Wir sind Freunde. Das haben Sie selbst gesagt.«

»Ich liebe Sie, Ruth.«

»Nein, das tun Sie nicht. Gehen Sie schlafen. Wir sehen uns am Montag.«

»Es ist aber so, Ruth. Es tut mir leid.«

Ich sagte nichts mehr, ließ ihn auf dem Kiesweg stehen und lief am Haus entlang zur Hintertreppe. Der Wein war mir so zu Kopf gestiegen, dass ich wankte, ich musste stehen bleiben und mich an der Mauer festhalten, um nicht die

Balance zu verlieren. Gleichzeitig versuchte ich die zunehmende Verwirrung zu ignorieren, die Hamids Erklärung in meinem Kopf anrichtete. Ein wenig aus dem Gleichgewicht geraten, verfehlte ich die unterste Treppenstufe und stieß so heftig mit dem Schienbein gegen das Geländer, dass mir die Tränen in die Augen schossen. Vor mich hin fluchend, humpelte ich die Eisentreppe hinauf. In der Küche angekommen, zog ich das Hosenbein hoch und sah kleine Blutströpfchen aus der aufgeschürften Haut quellen, und schon bildete sich eine dunkel anlaufende Schwellung. Mein Schienbein pochte und summte wie eine wild gewordene Stimmgabel – hatte ich mir den Knochen verletzt? Ich fluchte wüst – komisch, wie ein Schwall von »fucks«, »bastards« und »cunts« zur sofortigen Schmerzlinderung beitragen kann. Aber wenigstens hatte ich Hamid auf diese Weise aus meinem Kopf verscheucht.

»Oh, hallo, Ruth, du bist es.«

Ich schaute mich benommen um und sah Ludger dastehen, in Jeans, aber ohne Hemd. Hinter ihm ein schmuddlig wirkendes Mädchen in T-Shirt und Slip. Sie hatte fettiges Haar und einen breiten, schlaffen Mund, der auf seine schmollende Art schön war.

»Das ist Ilse. Sie hat keine Unterkunft. Was sollte ich machen?«

Die Geschichte der Eva Delektorskaja

New York 1941

Romer war ein robuster, unkomplizierter Liebhaber – außer in einem Punkt: Wenn er und Eva sich liebten, zog er sich mitten im Akt aus ihr zurück, hockte sich neben sie, streifte Decken und Betttücher, und was da sonst noch im Weg war, beiseite und betrachtete Eva so nackt, wie sie ausgebreitet vor ihm lag, dann seine eigene feucht glänzende Erektion, um schließlich, nach ein paar Sekunden, langsam und behutsam wieder in sie einzudringen. Eva begann sich schon zu fragen, ob ihn der Akt der Penetration mehr erregte als der nachfolgende Orgasmus. Einmal, nachdem er es zweimal hintereinander getan hatte, hatte sie gesagt: »Aber pass auf – ich warte nicht ewig.« Seitdem beschränkte er sich im Wesentlichen auf einen dieser kontemplativen Rückzüge pro Akt. Eva musste allerdings zugeben, dass diese kleine Eigenheit auch für sie etwas Erregendes hatte.

An diesem Morgen hatten sie sich geliebt, recht zügig, ohne Unterbrechung und zu beider Befriedigung. Sie waren in Meadowville, einer Kleinstadt bei Albany, und wohnten im Windermere Hotel in der Market Street. Eva zog sich an, Romer lag majestätisch auf dem Bett, nackt, ein Bein angewinkelt, die Laken über seinen Schoß gebreitet, die Finger hinter dem Kopf verschränkt. Eva befestigte die Strumpfhalter, stieg in den Rock und zog ihn hoch.

»Wie lange bist du weg?«, fragte Romer.

»Eine halbe Stunde.«

»Und du sprichst nicht mit ihm?«

»Nicht seit dem ersten Treffen. Er glaubt, ich komme aus Boston und arbeite für die NBC.«

Sie knöpfte die Jacke zu und prüfte ihre Frisur.

»Ich kann hier nicht den ganzen Tag rumliegen«, sagte Romer. Er stieg aus dem Bett und tapste in Richtung Badezimmer.

»Wir sehen uns am Bahnhof«, sagte sie, griff nach der Handtasche und der *Herald Tribune* und warf ihm einen Kuss zu. Aber als er im Bad verschwunden war, legte sie beides wieder hin und durchsuchte schnell die Taschen seiner Jacke, die hinter der Tür hing. Sein Portemonnaie war prall von Dollars, aber sonst gab es nichts von Bedeutung. Sie schaute in seine Aktentasche: fünf verschiedene Zeitungen (drei amerikanische, eine spanische, eine kanadische), ein Apfel, das Buch *Tess von den Urbervilles* und eine zusammengerollte Krawatte. Sie war nicht sicher, warum sie das tat – und ohnehin überzeugt, dass Romer niemals irgendetwas Interessantes oder Verfängliches bei sich tragen würde, auch Notizen schien er sich nie zu machen –, aber sie hatte das Gefühl, dass er es fast von ihr erwartete und es für eine Nachlässigkeit halten würde, wenn sie diese Gelegenheit ungenutzt ließ (und sie war sicher, dass er es bei ihr genauso machte). Daher schnüffelte und stocherte sie immer ein bisschen herum, wenn sich die Chance ergab.

Sie ging hinunter zum Coffeeshop. Er war dunkelbraun getäfelt. Kleine Nischen mit roten Lederbänken zogen sich an beiden Wänden entlang. Sie studierte das Angebot der Muffins, Kuchensorten, Bagels und Kekse und staunte einmal mehr über die amerikanische Genussfreude und Großzügigkeit, wenn es um Essen und Trinken ging. Sie verglich das Frühstück, das sie hier im Coffeeshop des Hotel Windermere erwartete, mit ihrem letzten Frühstück in England, in Liverpool, bevor sie sich nach Kanada eingeschifft hatte:

eine Tasse Tee, zwei dünne Scheiben Toast mit Margarine und wässriger Himbeermarmelade.

Sie hatte Hunger – zu viel Sex, dachte sie – und bestellte Spiegeleier, leicht überbraten, Bratkartoffeln und Schinken, während ihr die Frau des Wirts dampfenden Kaffee eingoss.

»Kaffee, so viel Sie möchten«, erinnerte sie überflüssigerweise – überall kündeten Schilder von dieser Großzügigkeit.

»Ich danke Ihnen«, sagte Eva demütiger als beabsichtigt.

Sie verzehrte ihr Frühstück mit Heißhunger, blieb danach noch sitzen und trank zwei weitere Tassen Gratiskaffee, bevor Wilbur Johnson am Eingang erschien. Er war der Eigentümer und Betreiber der Radiostation von Meadowville, WNLR, einer von zwei Sendern, die sie »betreute«. Sie sah ihn eintreten, den Hut in der Hand, sah den schweifenden Blick, der kurz innehielt, als er sie in ihrer Nische entdeckte, dann trat er ein, voller Unschuld, wie ein beliebiger Kunde, und hielt Ausschau nach einem Platz. Eva stand auf, ließ die *Herald Tribune* auf der Polsterbank liegen und ging zur Kasse, um zu bezahlen. Johnson setzte sich einen Moment später auf ihren Platz. Eva ging hinaus in den Oktobersonnenschein und schlenderte durch die Market Street Richtung Bahnhof.

In der *Tribune* lag das Zyklostyl-Bulletin einer Nachrichtenagentur namens Transoceanic Press, der Agentur, bei der Eva arbeitete. Das Bulletin enthielt Berichte aus deutschen, französischen und spanischen Zeitungen, die sich mit der triumphalen Rückkehr von U-549 nach La Rochelle befassten. Dieses U-Boot hatte in der Woche zuvor den US-Zerstörer Kearny torpediert, wobei elf amerikanische Matrosen ums Leben gekommen waren. Die Kearny, schwer angeschlagen, hatte sich bis nach Reykjavík geschleppt. Auf den Kommandoturm von U-549 waren beim Einlaufen in La Rochelle, so berichtete Evas Bulletin, mit frischer Farbe elf Stars and Stripes gemalt. Und die Hörer von WNLR würden die Ersten sein, die es erfuhren. Wilbur Johnson, ein strammer Anhänger Roosevelts und Bewunderer Churchills, war zufällig mit einer Engländerin verheiratet.

Im Zug zurück nach New York saßen sich Eva und Romer gegenüber. Romer, den Kopf auf die Faust gestützt, starrte sie versonnen an.

»Verrat mir deine schmutzigen Gedanken«, sagte Eva.

»Wann ist deine nächste Reise?«

Sie überlegte: Ihr anderer Sender lag hoch im Norden des Staates New York, in Franklin Forks bei Burlington, nicht weit von der kanadischen Grenze. Betrieben wurde er von einem wortkargen Polen, der Paul Witoldski hieß und 1939 in Warschau viele Angehörige verloren hatte, daher sein strikter Antifaschismus. Sie musste ihm mal wieder einen Besuch abstatten. Seit einem Monat hatte sie ihn nicht gesehen.

»In einer Woche etwa, nehme ich an.«

»Dann buche ein Doppelzimmer für zwei Nächte.«

»Yes, Sir.«

In New York verbrachten sie selten eine Nacht miteinander. Zu viele Leute konnten Wind davon bekommen, deshalb zog es Romer vor, Eva auf ihren Reisen zu begleiten und die Anonymität der Provinz zu nutzen.

»Was treibst du heute?«, fragte sie.

»Eine große Konferenz im Hauptbüro. Interessante Entwicklungen in Südamerika, wie es scheint … Und du?«

»Ich gehe essen mit Angus Woolf.«

»Der gute alte Angus. Grüß ihn von mir.«

In Manhattan ließ sich Romer vom Taxi am Rockefeller Center absetzen – wo das Büro mit dem unscheinbaren Namen British Security Coordination mittlerweile zwei ganze Etagen belegte. Eva war einmal dort gewesen und hatte über die Menge an Personal gestaunt: lange Flure mit Büros zu beiden Seiten, emsige Sekretärinnen und

Sachbearbeiter, Schreibmaschinen, Telefone, Fernschreiber – Hunderte und Aberhunderte von Leuten wie bei einer richtigen Firma mit Sitz in New York. Oft fragte sie sich, was wohl die britische Regierung sagen würde, wenn sich Hunderte von amerikanischen Geheimdienstlern in einem Gebäude der Oxford Street tummelten – vielleicht, dachte sie, ist man hier in diesen Dingen irgendwie toleranter; jedenfalls schien es die Amerikaner nicht zu stören, keiner beschwerte sich, und folglich wuchs die British Security Coordination (kurz BSC) ungehindert weiter. Romer hingegen, der ewige Außenseiter, versuchte, seine Leute zu verteilen oder wenigstens auf Armeslänge von der Zentrale fernzuhalten. Sylvia arbeitete dort, aber Blytheswood war beim Sender WRUL, Angus Woolf (ehemals Reuters) bei der Overseas News Agency und Eva und Morris Devereux leiteten das Übersetzerteam bei der Transoceanic Press, einer kleinen amerikanischen Nachrichtenagentur nach dem Vorbild der Agence Nadal, die sich auf spanische und lateinamerikanische Nachrichten spezialisierte und die die BSC (über amerikanische Mittelsmänner) Ende 1940 in aller Stille für Romer aufgekauft hatte. Romer war im August jenes Jahres nach New York gefahren und hatte alles vorbereitet, Eva und die anderen reisten einen Monat später – über Toronto in Kanada –, um sich dann in New York zu etablieren.

Evas Taxi konnte nicht losfahren, weil gerade ein Bus vorbeikam. Der Fahrer würgte den Motor ab, und während er ihn neu startete, schaute sie durch das Heckfenster und sah Romer auf das Portal zugehen. Bei seinem Anblick wurde sie von einem warmen Gefühl durchströmt. Sie verfolgte, wie er sich, Passanten und Touristen ausweichend, mit flinken Schritten voranbewegte. Das ist Romer, wie er sich für alle anderen darstellt, dachte sie ein wenig versponnen – viel beschäftigt, immer in Eile, mit Anzug und Aktentasche, auf das Portal eines Wolkenkratzers zusteuernd. Sie aber genoss das Privileg, ihn, ihren fremdartigen Liebhaber, ganz intim, ganz aus der Nähe zu kennen, und für einen kurzen Moment sonnte sie sich in diesem Gefühl. Lucas Romer. Wer hätte das gedacht?

Angus Woolf hatte ein Treffen in einem Restaurant an der Ecke Lexington Avenue und 63rd Street arrangiert. Sie kam zu früh und bestellte einen trockenen Martini. Es gab den üblichen kleinen Auflauf an der Tür, als Angus eintraf: Stühle wurden gerückt, Kellner verharrten, als Angus seinen verkrümmten Körper mit den sperrigen Krücken durch den Eingang zwängte und zielstrebig auf den Tisch zusteuerte, an dem Eva saß. Alle helfenden Gesten der Kellner zurückweisend, schwang er sich mit viel Ächzen und Keuchen auf den Stuhl und hängte die Krücken behutsam über die Lehne des Nachbarstuhls.

»Eve, meine Teure, Sie sehen wieder blendend aus.«

Albernerweise wurde Eva rot und murmelte etwas von einer sich anbahnenden Erkältung.

»Unsinn«, sagte Angus. »Sie sehen einfach prachtvoll aus.«

Sein winziger verkrüppelter Körper war von einem schönen, offenen Gesicht geziert, und seine Spezialität waren anmutig gedrechselte Komplimente, die er stets mit einem kurzatmigen Lispeln vorbrachte, als wäre die Anstrengung, seine Lunge aufzupumpen und zu entleeren, ebenfalls eine Folge seiner Behinderung. Er zündete eine Zigarette an und bestellte einen Drink.

»Zur Feier des Tages«, sagte er.

»Ach ja? Machen wir plötzlich Fortschritte?«

»So weit würde ich nicht gehen«, erwiderte er. »Aber wir haben einen Kongress von America First in Philadelphia platzen lassen. Zweitausend Fotos von Herrn Hitler wurden im Organisationsbüro gefunden. Wütende Dementis, die Bilder seien ihnen untergeschoben worden – aber trotzdem, ein kleiner Sieg. Alles geht heute noch über den Ticker von ONA, falls ihr die Sache aufgreifen wollt.«

Eva nickte, wahrscheinlich würden sie das tun. Angus fragte, wie es ihr bei Transatlantic erging, und sie plauderten über die Arbeit. Eva gestand ihm, dass das Echo des Angriffs auf die Kearny eine Enttäuschung gewesen sei: Alle bei Transatlantic hatten geglaubt, diese Sache sei wie gerufen gekommen und würde einen viel größeren Schock auslösen. Sie erzählte Angus von ihren Folgeberichten, die noch ein wenig mehr Empörung schüren sollten. »Aber niemand scheint sich aufzuregen«, sagte sie. »Deutsches U-Boot tötet elf neutrale amerikanische Matrosen. Na und?«

»Die wollen sich einfach nicht in unseren ekelhaften europäischen Krieg hineinziehen lassen, meine Teure. Damit müssen Sie rechnen.«

Sie bestellten – noch immer ausgehungerte Briten – T-Bone-Steaks und Pommes frites und redeten diskret über Interventionisten und Isolationisten, über Father Coughlin und das America First Committee, den Druck aus London, Roosevelts quälende Untätigkeit und Ähnliches.

»Und was treibt unser geschätzter Chef? Haben Sie ihn gesehen?«, fragte Angus.

»Heute Morgen«, sagte Eva unbedacht. »Auf dem Weg in die Zentrale.«

»Und ich dachte, er ist gar nicht in der Stadt.«

»Er musste zu irgendeiner großen Sitzung«, sagte sie, ohne Angus' Anspielung zu bemerken.

»Ich habe den Eindruck, dass sie nicht sehr zufrieden mit ihm sind«, sagte er.

»Das sind sie nie«, erwiderte sie, wieder ohne nachzudenken. »Genau so mag er es. Sie sehen nicht, dass in seiner Außenseiterrolle seine Stärke liegt.«

»Das klingt sehr loyal – ich bin beeindruckt«, bemerkte Angus ein wenig zu hintersinnig.

Eva bereute ihre Worte, kaum hatte sie sie ausgesprochen, und in ihrer Verunsicherung redete sie weiter, statt einfach den Mund zu halten.

»Ich meine nur, dass er die Herausforderung liebt, verstehen Sie, dass er gern verquer auftritt, sodass er sich jedes Mal von Neuem bewähren muss. Auf diese Weise funktioniert er besser.«

»Hab schon verstanden, Eve. Nur ruhig. Sie brauchen sich nicht zu rechtfertigen. Ich bin ganz Ihrer Meinung.«

Aber sie fragte sich, ob Angus etwas ahnte, und befürchtete, sich mit ihrem Anfall von Redseligkeit noch tiefer hineingeritten zu haben. In London war es kinderleicht gewesen, sich bedeckt zu halten, aber hier in New York fiel es viel schwerer, sich regelmäßig und unbeobachtet zu treffen. Hier waren sie – die Briten – viel auffälliger und wurden darüber hinaus selbst zum Gegenstand der Neugier, weil sie ihren Krieg gegen die Nazis führten – seit Mai dieses Jahres mit ihren neuen Verbündeten, den Russen –, während Amerika nur besorgt zuschaute und ansonsten weitermachte wie zuvor.

»Wie stehen die Dinge insgesamt?«, fragte sie, um das Thema zu wechseln. Sie säbelte an ihrem Steak, der Hunger war ihr vergangen. Angus kaute, dachte angestrengt nach und setzte dann eine besorgte Miene auf, wie jemand, der zögert, eine schlechte Nachricht zu überbringen. »Die Dinge«, begann er, griff nach der Serviette und tupfte sich mit gezierter Geste den Mund. »Die Dinge stehen in etwa so, wie sie immer standen. Ich glaube nicht, dass etwas passieren wird, um die Wahrheit zu sagen.« Er sprach über Roosevelt, der nicht wage, den Kriegseintritt im Kongress zur Sprache zu bringen, weil er absolut sicher sei, die Abstimmung zu verlieren. Also müsse alles vertraulich bleiben, im Geheimen betrieben werden, hinter dem Rücken der Amerikaner. Die Lobby der Isolationisten sei unglaublich stark – wirklich unglaublich. »Haltet unsere Jungs aus dem europäischen Schlamassel heraus«, sagte er und versuchte vergeblich, den amerikanischen Akzent nachzuahmen. »Sie liefern uns Waffen und helfen, so gut sie können – solange wir durchhalten. Aber Sie wissen ja …« Er machte sich wieder über sein Steak her.

Sie fühlte sich plötzlich ohnmächtig, beinahe demoralisiert durch diese Sätze und fragte sich, ob das wirklich stimmte, ob es dann noch Sinn hatte, all diese Aktivitäten fortzusetzen, wenn sie nicht einmal ausreichten, um Roosevelt zum Handeln zu bewegen – all die Radiosender, Zeitungsredaktionen, Presseagenturen, die sie betrieben, all die Storys und Meldungen und Meinungen, die sie verbreiteten, all die Experten und berühmten Rundfunkmoderatoren, die sie bemühten, und das nur, um Amerika zum Kriegseintritt zu bewegen, zu drängen, zu überreden, zu überzeugen.

»Wir müssen einfach unser Bestes geben, Eve«, sagte Angus fröhlich, als hätte er gemerkt, wie sein Zynismus auf sie wirkte, und wollte nun dagegenhalten. »Wie es im Moment aussieht, sind die Yankees höchstens durch eine einseitige Kriegserklärung von Adolf zum Mitmachen zu bewegen.« Er lächelte verzückt – etwa wie nach einer riesigen Gehaltserhöhung. »Machen wir uns keine Illusionen.« Er senkte die Stimme und blickte sich vorsichtig um. »Wir sind hier nicht unbedingt beliebt. Viele hassen uns regelrecht. Uns und auch FDR – er muss sehr, sehr vorsichtig sein.«

»Er ist doch gerade wiedergewählt worden. In eine dritte Amtszeit – oder etwa nicht?«

»Klar. Weil er versprochen hat, Amerika aus dem Krieg herauszuhalten.«

Sie seufzte. Sollte sie sich jetzt die Laune verderben lassen? Der Tag hatte so gut angefangen. »Romer sagt, es gibt interessante Entwicklungen in Südamerika.«

»Sagt er das?« Angus tat unbeteiligt, aber Eva sah, wie er aufhorchte. »Hat er Ihnen Einzelheiten mitgeteilt?«

»Nein, nichts.« Schon wieder ein Ausrutscher. Was war heute mit ihr los? Als hätte sie ihre Sicherheit, ihre Balance verloren. Am Ende waren sie alle nur Krähen, die hinter AAS her waren.

»Gönnen wir uns noch einen Cocktail«, sagte Angus. »Essen, trinken, fröhlich sein – was will man mehr.«

Aber Eva fühlte sich seltsam niedergeschlagen nach ihrem Lunch mit Angus und gequält von der Befürchtung, sich verraten zu haben – mit winzigen Bemerkungen, Zwischentönen, Hinweisen auf sie und Romer, die jemand wie Angus mit seinem wachen Verstand ohne Weiteres in ein plausibles Bild umsetzen konnte. Als sie zum Büro von Transoceanic zurücklief und die großen Avenues überquerte – Park, Madison, Fifth –, in die einzigartigen Straßenschluchten hineinsah, um sich herum die Hast, das Stimmengewirr, den Lärm dieser selbstbewussten Stadt, dachte sie, dass auch sie, wäre sie eine junge Amerikanerin, eine junge New Yorkerin mit gesichertem Job und besten Chancen, trotz aller Sympathien für die Briten und ihren Überlebenskampf vielleicht ebenfalls sagen würde: Warum soll ich das alles opfern, das Leben unserer jungen Männer aufs Spiel setzen und mich für einen schmutzigen und vernichtenden Krieg entscheiden, der dreitausend Meilen entfernt ist?

In der Agentur fand sie Morris mit der tschechischen und der spanischen Übersetzerin beschäftigt. Er winkte ihr zu, und sie ging weiter in ihr Büro. Ihr fiel auf, dass es in den Vereinigten Staaten alle möglichen Nationalitäten gab – die irische, spanische, deutsche, polnische, tschechische, litauische und so weiter –, aber nicht die britische. Wo waren die britischen Amerikaner? Wer machte sich für sie stark, um den Argumenten der irischen, der deutschen, der schwedischen Amerikaner und all der anderen zu begegnen?

Um sich aufzumuntern und von diesen defätistischen

Gedanken abzulenken, verbrachte sie den Nachmittag damit, ein kleines Dossier über eine ihrer Storys zusammenzustellen. Drei Wochen zuvor hatte sie, einen kleinen Schwips vortäuschend, in einem Gespräch mit dem New Yorker TASS-Korrespondenten (ihr Russisch kam ihr dabei sehr zupass) durchblicken lassen, dass die Royal Navy dabei war, eine neue Sorte von Wasserbomben zu erproben: Je tiefer sie zündete, umso stärker die Detonation – für U-Boote gebe es kein Entrinnen mehr. Der Mann von der TASS zeigte sich skeptisch. Zwei Tage später spielte Angus die Meldung – über das Büro der ONA – der *New York Post* zu. Der TASS-Mann rief an, um sich zu entschuldigen, und kündigte an, die Meldung nach Moskau weiterzukabeln. Als sie in den russischen Zeitungen erschien, griffen die englischen Zeitungen und Agenturen sie auf und leiteten sie weiter in die USA – der Kreis hatte sich geschlossen. Sie breitete die Zeitungsausschnitte auf dem Schreibtisch aus: *Daily News, Herald Tribune, Boston Globe.* »Neue tödliche Waffe gegen die U-Boot-Bedrohung.« Jetzt, da es eine amerikanische Meldung war, würden die Deutschen sie zur Kenntnis nehmen. Vielleicht erhielten die U-Boote Befehl, sich bei der Annäherung an Konvois vorsichtiger zu verhalten. Vielleicht würden die deutschen U-Boot-Besatzungen demoralisiert. Vielleicht würden die Amerikaner den wackeren Briten ein bisschen mehr zur Seite stehen. Vielleicht, vielleicht ... Wenn sie Angus Glauben schenkte, war das alles Zeitverschwendung.

Ein paar Tage später kam Morris Devereux mit einem Ausschnitt aus der *Washington Post* in ihr Zimmer. Überschrift: »Russischer Professor begeht Selbstmord in Washingtoner Hotel.« Sie überflog den Artikel: Der Russe hieß Alexander Nikitsch, war 1938 mit Frau und zwei Töchtern in die USA emigriert und hatte als Professor für internationale Politik an der Johns Hopkins University gelehrt. Die Polizei fragte sich, warum er sich ausgerechnet in einem schäbigen Hotel umgebracht haben sollte.

»Sagt mir gar nichts«, meinte Eva.

»Nie von ihm gehört?«

»Nein.«

»Haben ihn deine Freunde von der TASS nie erwähnt?«

»Nein. Aber ich kann mich erkundigen.« Irgendetwas an Morris' Art zu fragen kam ihr seltsam vor. Sonst die Gelassenheit in Person, klang er jetzt geradezu bohrend.

»Warum ist das wichtig?«, fragte sie.

Morris setzte sich und schien ein wenig zu entspannen. Nikitsch, erklärte er, sei ein hoher NKWD-Offizier gewesen, der nach den Stalin'schen Säuberungen von 1937 in die USA desertierte.

»Zum Professor haben sie ihn nur der Form halber gemacht – er hat nie gelehrt. Offenbar ist er – war er – eine Goldmine, was Informationen über die sowjetische Infiltration der USA betrifft … und Großbritanniens«, fügte er nach kurzer Pause hinzu. »Deshalb waren wir sehr an ihm interessiert.«

»Ich dachte, wir ziehen jetzt alle am selben Strang«, sagte Eva und wusste schon, wie naiv das klang.

»Klar. Aber schau uns an. Was machen wir denn hier?«

»Einmal Krähe, immer Krähe.«

»Genau. Man möchte immer wissen, was die Freunde im Schilde führen.«

Sie überlegte kurz. »Was geht dich dieser tote Russe an? Ist doch nicht dein Bier, oder?«

Morris nahm den Zeitungsausschnitt wieder an sich. »Ich war mit ihm verabredet, für nächste Woche. Er wollte uns erzählen, was in England alles so gelaufen ist. Die Amerikaner haben von ihm bekommen, was sie wollten – offenbar hatte er sehr interessante Informationen für uns.«

»Und jetzt ist es zu spät.«

»Ja … sehr ungünstig.«

»Wie meinst du das?«

»Mir sieht es danach aus, als wollte jemand verhindern, dass er mit uns redet.«

»Und deshalb hat er sich umgebracht.«

Er lachte auf. »Die sind verdammt gut, diese Russen. Nikitsch hat sich in den Kopf geschossen, in einem abgeschlossenen Hotelzimmer, die Pistole in der Hand, der Schlüssel im Schloss, Fenster verriegelt. Aber wenn alles nach einem blitzsauberen Selbstmord aussieht, ist gewöhnlich etwas faul.«

Warum erzählt er mir das?, dachte Eva.

»Seit 1938 waren sie hinter ihm her«, fuhr Morris fort. »Und sie haben ihn erwischt. Zu blöd, dass sie nicht noch eine Woche gewartet haben …« Seine Miene heuchelte Bedauern. »Ich hatte mich so auf das Treffen mit Mr Nikitsch gefreut.«

Eva sagte nichts. Das war ihr alles ganz neu. Sie fragte sich, ob Romer mit diesem Treffen zu tun hatte. Bisher hatte sie immer gemeint, Morris und sie seien nur mit den Angelegenheiten von Transoceanic befasst. Aber was weiß ich schon?, dachte sie dann.

»Haben die TASS-Leute nicht irgendwelche neuen Gesichter in der Stadt erwähnt?«

»Nicht mir gegenüber.«

»Tu mir einen Gefallen, Eve – telefonier ein bisschen mit deinen russischen Freunden und hör dir an, was sie über den Tod von Nikitsch zu sagen haben.«

»Einverstanden. Aber sie sind nur Journalisten.«

»Niemand ist ›nur‹ das eine oder andere.«

»Romers Regel.«

Er schnipste mit den Fingern und stand auf. »Deine Story über deutsche Seemanöver vor Buenos Aires macht sich sehr gut. Ganz Südamerika ist empört, überall Protest.«

»Schön«, sagte sie matt. »Jeder kleine Schritt ist wertvoll.«

»Kopf hoch, Eve. Übrigens – unser aller Herr und Meister will dich sehen. Eldorado Diner, in fünfzehn Minuten.«

Eva wartete eine Stunde im Diner, bis Romer auftauchte. Sie fand diese dienstlichen Treffen sehr seltsam: Sie wollte ihn küssen, sein Gesicht berühren, seine Hände halten, aber sie mussten sich an die steifen Umgangsformen halten.

»Tut mir leid, die Verspätung«, sagte er und setzte sich ihr gegenüber. »Ich glaube, es war jemand hinter mir her, zum ersten Mal in New York. Vielleicht sogar zwei. Ich musste in den Park, um sie loszuwerden.«

»Wer würde denn jemanden auf dich ansetzen?« Sie streckte das Bein unter dem Tisch und streichelte mit der Schuhspitze seine Wade.

»Das FBI.« Romer lächelte sie an. »Ich glaube, Hoover macht sich Sorgen wegen unseres Wachstums. Du hast ja die BSC gesehen. Ein Frankenstein-Monster. Und lass das bitte, sonst werde ich schwach.«

Er bestellte Kaffee, Eva noch eine Pepsi-Cola.

»Ich habe Arbeit für dich«, sagte er.

Sie flüsterte hinter vorgehaltener Hand: »Lucas ... Ich will dich sehen.«

Romer blickte sie unverwandt an, sie zog ihr Bein zurück. »Ich möchte, dass du nach Washington fährst«, sagte er. »Ich möchte, dass du einen Mann kennenlernst. Er heißt Mason Harding und arbeitet in Harry Hopkins' Presseabteilung.«

Sie wusste, wer Harry Hopkins war – Roosevelts rechte Hand. Eingesetzt als Handelsminister, in Wirklichkeit FDRs Berater, Mittelsmann, Macher und Vertrauter. Mit ziemlicher Sicherheit der zweitwichtigste Mann in Amerika – zumindest, was die Briten betraf.

»Ich soll also diesen Mason Harding kennenlernen. Warum?«

»Wende dich an die Presseabteilung. Sage, du möchtest Hopkins für Transoceanic interviewen. Wahrscheinlich lehnen sie ab, aber wer weiß? Du könntest auch Hopkins treffen. Aber die Hauptsache ist, du lernst Harding kennen.«

»Und dann?«

»Das werde ich dir sagen.«

Da war es wieder, dieses kribbelnde Gefühl der Erwartung, wie in Prenslo, als Romer sie zum Gasthaus beordert hatte. Ein seltsamer Gedanke befiel sie: Vielleicht war es meine Berufung, Spionin zu werden?

»Wann reise ich ab?«

»Morgen. Und heute machst du deine Termine.« Er reichte ihr einen Papierschnipsel mit einer Washingtoner Telefonnummer. »Das ist Hardings persönlicher Anschluss. Such dir ein nettes Hotel. Vielleicht komme ich kurz zu Besuch. Washington ist eine interessante Stadt.«

Die Erwähnung des Namens erinnerte sie an Morris' Fragen. »Weißt du etwas über diesen Nikitsch-Mord?«

Romer stutzte kaum merklich. »Wer hat dir davon erzählt?«

»Es stand in der *Washington Post*. Morris hat mich danach gefragt – ob meine Freunde bei der TASS etwas dazu sagen können.«

»Was hat Morris damit zu tun?«

»Weiß ich nicht.«

Sie sah förmlich, wie es in ihm arbeitete. Er war auf irgendeine Verbindung gestoßen, einen Zusammenhang, der ihm seltsam vorkam. Sein Gesicht veränderte sich, er spitzte den Mund und zog dann eine Art Grimasse.

»Warum sollte sich Morris Devereux für einen NKWD-Mord interessieren?«

»Also war es wirklich Mord – kein Selbstmord.« Sie zuckte die Schultern. »Er sagte, er wollte diesen Mann treffen – Nikitsch.«

»Bist du sicher?« Sie sah, dass Romer sich wunderte. »Ich war es, der ihn treffen wollte.«

»Vielleicht ihr beide. So hat er's mir erzählt.«

»Ich werde ihn anrufen. Und jetzt verschwinde ich lieber.« Er beugte sich vor. »Ruf du mich an, wenn du Kontakt zu Harding hast. Aber nur einmal.« Er hob die Tasse an den Mund und sprach über den Rand, flüsterte ihr etwas zu, eine Zärtlichkeit, hoffte sie, aber sie verstand es nicht. Immer den Mund verdecken, wenn du etwas Wichtiges mitzuteilen hast – auch eine Romer-Regel. »Kennwort ›Operation Eldorado‹«, sagte er, »Harding ist ›Gold‹.« Er stellte die Tasse ab und ging zahlen.

7
Super-jolie nana

Ich hoffte sehr, dass Hamid seine Stunde absagen, vielleicht sogar einen Lehrerwechsel beantragen würde, aber es kam kein Anruf von Oxford English Plus, also hangelte ich mich ein wenig unkonzentriert durch die Stunde mit Hugues und schreckte vor dem nahenden Moment zurück, da Hamid wieder vor mir stehen würde. Hugues schien nichts von meiner Nervosität zu merken und füllte einen großen Teil seiner Stunde damit aus, mir auf Französisch vom Besuch eines riesigen Schlachthofs in der Normandie zu erzählen, dessen Personal fast durchweg aus dicken Frauen bestanden habe.

Ich brachte ihn durch die Küche zur Treppe, und wir standen noch eine Weile in der Sonne mit Blick auf den Garten unter uns. Meine neuen Möbel – ein Plastiktisch mit vier Plastikstühlen in Weiß und ein ungeöffneter kirschrot-pistazienfarbener Sonnenschirm – waren am hinteren Ende unter der großen Platane aufgestellt. Mr Scott machte seine Sprungübungen zwischen den Rabatten – wie ein Rumpelstilzchen im weißen Kittel versuchte er mit seinem Gestampfe, die Erdkruste zu durchstoßen und zum brodelnden Magma vorzudringen. Er fuchtelte mit den Armen, sprang auf und ab, bewegte sich seitlich und wiederholte die Übung.

»Was ist das für ein Verrückter?«, fragte Hugues.

»Das ist mein Vermieter und Zahnarzt.«

»Sie lassen diesen Wahnsinnigen an Ihre Zähne heran?«

»Er ist der normalste Mensch, den ich je getroffen habe.«

Hugues verabschiedete sich und polterte die Treppe hinab. Ich lehnte mich mit dem Hintern ans Geländer und sah Mr Scott zu, der nun mit seinen Atemübungen begann (Knie berühren, Arme hochwerfen und Lungen füllen). Dann hörte ich Hugues auf dem Weg, der seitlich am Haus vorbeiführte, mit Hamid zusammentreffen. Irgendein Trick der Akustik – der Klang ihrer Stimmen, die Beschaffenheit des Mauerwerks – trug ihre Worte bis zu mir herauf.

»Bonjour, Hamid. Ça va?«

»Ça va.«

»Heute ist sie ziemlich seltsam.«

»Wer, Ruth?«

»Ja. Irgendwie nicht bei der Sache.«

»Oh.«

Pause. Ich hörte Hugues eine Zigarette anzünden.

»Magst du sie?«, fragte Hugues.

»Klar.«

»Ich glaube, sie ist sexy. Auf die englische Art – du verstehst.«

»Ich mag sie sehr.«

»Tolle Figur, die Frau. *Super-jolie nana.*«

»Figur?« Hamid schien nicht hinzuhören.

»Na, du weißt schon.« Hier dürfte Hugues entsprechende Handbewegungen gemacht haben. Vermutlich deutete er die Form meiner Brüste an.

Hamid lachte nervös. »Darauf achte ich nicht.«

Sie gingen weiter, und ich sah Hamid die Treppe heraufkommen. Mit gesenktem Kopf, als würde er das Schafott besteigen.

»Hamid«, sagte ich. »Guten Morgen.«

Er blickte auf.

»Ruth, ich komme, um mich zu entschuldigen, und dann gehe ich zu Oxford English Plus und beantrage einen neuen Lehrer.«

Ich beruhigte ihn, nahm ihn mit ins Arbeitszimmer und versicherte ihm, dass ich nicht gekränkt sei, dass diese Dinge zwischen erwachsenen Schülern und Lehrern eben vorkämen, besonders beim Einzelunterricht und in Anbetracht der langen Arbeitsbeziehung, die sich aus dem Lehrprogramm ergebe. Also nichts für ungut, machen wir einfach weiter, als wäre nichts gewesen.

Er hörte mir geduldig zu, dann sagte er: »Nein, Ruth, bitte. Ich meine es ehrlich. Ich liebe Sie.«

»Was hat das für einen Sinn? In zwei Wochen gehen Sie nach Indonesien. Wir sehen uns nie wieder. Bleiben wir Freunde. Wir können für immer Freunde sein.«

»Nein, ich muss ehrlich zu Ihnen sein, Ruth. Das ist mein Gefühl. Was ich im Herzen fühle. Ich weiß, dass Sie für mich nicht dasselbe fühlen, aber ich bin verpflichtet, Ihnen zu sagen, wie meine Gefühle gewesen waren.«

»Meine Gefühle waren.«

»Meine Gefühle waren.«

Wir saßen schweigend da, er ließ die Augen nicht von mir.

»Was sollen wir jetzt machen?«, sagte ich schließlich. »Wollen Sie die Stunde fortsetzen?«

»Wenn Sie nichts dagegen haben.«

»Sehen wir, wie es klappt. Möchten Sie eine Tasse Tee? Ich brauche dringend eine Tasse Tee.«

Wie aufs Stichwort klopfte es an die Tür.

Ilse steckte den Kopf herein. »Sorry, Ruth. Wo ist Tee? Ich suche, aber Ludger schläft noch.«

Wir gingen in die Küche, und ich machte eine Kanne Tee für Hamid, Ilse, mich und, falls er denn aufwachte, den schlafenden Ludger.

Bobbie York reagierte mit gespielter Überraschung – die Hand an der Stirn, taumelte er ein paar Schritte rückwärts –, als ich unangemeldet bei ihm auftauchte.

»Was verschafft mir diese Ehre?«, fragte er, als er mir einen seiner »winzigen« Whiskys einschenkte. »Zweimal in einer Woche. Ich könnte – zum Beispiel was? – einen Jig tanzen, nackt über den Hof laufen, eine Kuh schlachten oder so was.«

»Ich brauche Ihren Rat«, sagte ich so einschmeichelnd wie nur möglich.

»Wo Sie Ihre Dissertation publizieren können?«

»Eher nicht. Sondern wie man ein Treffen mit Lord Mansfield of Hampton Cleeve arrangiert.«

»Ah, die Sache spitzt sich zu. Schreiben Sie einfach einen Brief und bitten Sie um einen Termin.«

»So läuft das nicht, Bobbie. Es muss einen Grund geben. Er ist pensioniert, über siebzig und lebt, wie es aussieht, sehr zurückgezogen. Warum sollte er sich mit mir treffen, wenn er mich gar nicht kennt?«

»Das leuchtet ein.« Bobbie reichte mir das Glas und setzte sich gemächlich hin. »Was macht übrigens Ihre Verbrennung?«

»Schon viel besser, vielen Dank.«

»Nun, warum sagen Sie nicht einfach, Sie schreiben einen Essay – über eine Sache, mit der er zu tun hatte, Verlagswesen, Journalismus.«

»Oder was er im Krieg gemacht hat.«

»Oder was er im Krieg gemacht hat. Das wäre noch spannender.« Bobbie war kein Trottel. »Ich vermute, dass da Ihr Interesse liegt. Schließlich sind Sie Historikerin. Sagen Sie ihm, Sie schreiben ein Buch und wollen ihn interviewen.«

Ich überlegte. »Oder einen Artikel.«

»Ja – das ist viel besser. Appellieren Sie an seine Eitelkeit. Sagen Sie, Sie schreiben für den *Telegraph* oder die *Times*. Das könnte ihn aus seinem Bau locken.«

Auf dem Heimweg hielt ich am Kiosk und kaufte mir alle wichtigen Zeitungen, um mein Gedächtnis aufzufrischen.

Ich überlegte: Kann man sagen, ich schreibe einen Artikel für die *Times* oder den *Telegraph*? Ja, sagte ich mir, das ist nicht gelogen – jeder kann so einen Artikel schreiben, das heißt ja nicht, dass sie ihn nehmen. Es ist nur dann eine Lüge, wenn man behauptet, man hätte den Auftrag dazu. Ich griff erst nach dem *Telegraph,* weil ich dachte, dass ihn ein Lord am ehesten akzeptieren würde, aber dann kaufte ich auch die anderen – es war lange her, dass ich einen Stapel britischer Tageszeitungen durchgeackert hatte. Beim Suchen sah ich eine *Süddeutsche Zeitung.* Auf dem Titelblatt das Foto von Baader, das ich im Fernsehen gesehen hatte – der Mann, den Ludger angeblich aus seiner Pornokarriere kannte. Die Schlagzeile bezog sich auf den Baader-Meinhof-Prozess in Stammheim. 4. Juli – der Prozess ging in seinen hundertzwanzigsten Tag. Ich legte die Zeitung auf meinen Stapel. Erst tauchte Ludger bei mir auf, dann auch noch diese seltsame Ilse – ich hatte das Gefühl, dass ich mich mal wieder mit dem deutschen Terrorismus befassen musste. Ich fuhr mit meinem Lesestoff nach Hause, und am Abend, nachdem ich Jochen zu Bett gebracht hatte (Ludger und Ilse waren in einen Pub gegangen), schrieb ich einen Brief an Lucas Romer, Baron Mansfield of Hampton Cleeve c/o House of Lords, mit der Bitte um ein Interview für einen Artikel über den britischen Geheimdienst im Zweiten Weltkrieg, den ich für den *Daily Telegraph* schrieb. Es fühlte sich seltsam an, »Sehr geehrter Lord Mansfield« zu schreiben, einen Brief an den ehemaligen Liebhaber meiner Mutter zu richten. Ich drückte mich knapp und präzise aus – mal sehen, wie er reagierte, wenn überhaupt.

Die Geschichte der Eva Delektorskaja

Washington, D. C., 1941

Eva Delektorskaja rief Romer in New York an.

»Ich bin auf Gold gestoßen«, sagte sie und legte auf.

Ein Treffen mit Mason Harding zu vereinbaren war sehr einfach gewesen. Eva nahm den Zug von New York nach Washington und stieg im London Hall Apartment Hotel auf der Ecke 11th und M Street ab. Ihr fiel auf, dass sie eine unbewusste Vorliebe für Hotels hatte, die irgendwie an England erinnerten. Wenn das zur Gewohnheit wurde, so dachte sie sich, war es an der Zeit, es zu ändern – auch das eine Romer-Regel –, aber ihr gefiel das Einzimmerapartment mit der winzigen Kochnische, dem Eisschrank und der blitzsauberen Dusche. Sie buchte für zwei Wochen und rief, kaum hatte sie ausgepackt, die Nummer an, die Romer ihr gegeben hatte.

»Mason Harding.«

Sie stellte sich als Mitarbeiterin von Transoceanic Press, New York, vor und sagte, sie hätte gern ein Interview mit Mr Hopkins.

»Mr Hopkins ist leider erkrankt«, sagte Harding und fragte nach: »Sind Sie Engländerin?«

»Gewissermaßen. Halbrussin.«

»Klingt nach einer gefährlichen Mischung.«

»Darf ich Sie in Ihrem Büro aufsuchen? Vielleicht finden sich auch andere Themen – Transoceanic hat eine gewaltige Leserschaft in Süd- und Lateinamerika.«

Harding zeigte sich sehr zugänglich – er schlug den späten Nachmittag des Folgetags vor.

Mason Harding war noch jung, Anfang dreißig, schätzte Eva. Sein dichtes braunes Haar, kurz geschnitten und streng gescheitelt, erinnerte an einen Schuljungen. Er setzte schon Gewicht an, seine ebenmäßigen Züge wirkten rundlich um Wangen und Kinnpartie. Er trug einen blassbraunen Anzug aus Leinenkrepp, und auf seinem Schreibtisch stand ein Schild, das die Aufschrift »Mason Harding III.« trug.

»So«, sagte er, bot ihr einen Stuhl an und musterte sie von oben bis unten. »Transoceanic Press – ich kann nicht behaupten, schon von Ihnen gehört zu haben.«

Sie gab ihm einen groben Überblick über die Reichweite und die Leserschaft von Transoceanic. Er nickte und schien es ihr abzunehmen. Sie sagte, sie sei nach Washington entsandt worden, um maßgebliche Politiker der neuen Regierung zu interviewen.

»Verstehe. Wo sind Sie abgestiegen?«

Sie nannte das Hotel. Er stellte ein paar Fragen über London, den Krieg und ob sie die Luftangriffe erlebt hatte. Dann schaute er auf die Uhr.

»Wie wär's mit einem Drink? Ich glaube, wir machen hier neuerdings um siebzehn Uhr dicht.«

Sie verließen das Handelsministerium, ein klassizistisches Monstrum von Gebäude mit einer Fassade, die eher einem Museum als einem Ministerium entsprach, und liefen die 15th Street hinauf bis zu einer dunklen Bar, die Mason – »nennen Sie mich Mason« – kannte und wo sie, nachdem sie Platz genommen hatten, beide einen Whisky-Punsch bestellten – ein Vorschlag von Mason. Es war ein kühler Tag; sie konnten eine Aufwärmung gebrauchen.

Pflichtschuldig erkundigte sich Eva nach Hopkins, und Mason teilte ihr ein paar Fakten mit, die wenig aussagten –

bis auf die Mitteilung, dass man Hopkins vor ein paar Jahren wegen Magenkrebs »den halben Magen entfernt« hatte. Mason war taktvoll genug zu bemerken, dass sein Ministerium und die Roosevelt-Regierung voller Bewunderung für die britische Standfestigkeit und Tapferkeit seien.

»Sie müssen verstehen, Eve«, sagte er beim zweiten Whisky-Punsch, »dass es unglaublich schwer für Hopkins und FDR ist, noch mehr zu tun. Wenn es nach uns ginge, wären wir an Ihrer Seite, Schulter an Schulter, gegen diese verdammten Nazis. Möchten Sie noch einen? Kellner! Sir?« Er winkte einen weiteren Drink herbei. »Aber vor einem Kriegseintritt müssen wir die Kongresswahl gewinnen. Roosevelt weiß, dass er die nicht gewinnen kann. Nicht jetzt. Erst muss was passieren, was die Einstellung der Leute ändert. Waren Sie schon mal bei einer Kundgebung von America First?«

Eva nickte. Sie erinnerte sich gut: Ein irisch-amerikanischer Priester hatte die Menge mit Brandreden gegen die britische Tücke und Niedertracht aufgepeitscht. Achtzig Prozent der Amerikaner seien gegen den Kriegseintritt. Mit der Beteiligung am letzten Krieg habe Amerika nichts gewonnen außer der Großen Depression. Die Vereinigten Staaten seien vor Angriffen sicher – es gebe keinen Grund, England erneut zu helfen. England sei verloren, am Ende: Verschwenden wir kein amerikanisches Geld und keine amerikanischen Soldaten darauf, ihnen die Haut zu retten. Und so weiter – unter Gejohle und massivem Beifall.

»Nun, da sehen Sie das Problem«, sagte Mason in resigniertem Ton, wie ein Arzt, der eine unheilbare Krankheit konstatiert. »Ich will kein Nazi-Europa, weiß Gott nicht. Denn dann sind wir die Nächsten auf der Liste. Nur wird diese Sicht von kaum jemandem geteilt.«

Im weiteren Verlauf der Unterhaltung stellte sich heraus, dass Mason verheiratet war, zwei Kinder hatte – Jungen: Mason jr. und Farley – und in Alexandria wohnte. Nach dem dritten Whisky-Punsch fragte er, was sie am Samstag vorhabe. Sie erwiderte, sie habe nichts weiter vor, und so erbot er sich, ihr die Stadt zu zeigen – er müsse sowieso ins Büro, ein paar Dinge regeln.

Am Samstagmorgen also holte Mason sie mit seinem schicken grünen Sedan vom Hotel ab und zeigte ihr die wichtigsten Sehenswürdigkeiten der Stadt. Das Weiße Haus, das Washington Monument, das Lincoln Memorial, das Capitol und schließlich die National Gallery. In einem Restaurant auf der Connecticut Avenue, das Du Barry hieß, aßen sie zu Mittag.

»Hören Sie, ich kann Sie nicht länger aufhalten«, sagte Eva, als Mason die Rechnung beglich. »Müssen Sie nicht in Ihr Büro?«

»Ach, Unsinn. Das kann bis Montag warten. Ich dachte, ich fahre Sie jetzt mal nach Arlington hinaus.«

Kurz vor sechs Uhr setzte er sie vor ihrem Hotel ab. Er bestellte sie für den Montagnachmittag in sein Büro, dann wisse er mehr über Hopkins' Gesundheitszustand und ob und wann er für ein Interview zur Verfügung stehe. Sie tauschten einen Händedruck, Eva dankte ihm herzlich für diesen »großartigen Tag«, dann ging sie in ihr Zimmer und rief Romer an.

Am Montagabend versuchte Mason Harding, sie zu küssen. Nach Evas Besuch im Büro – »noch immer kein Harry, leider« – waren sie wieder in seine Bar gegangen, und er hatte wieder zu viel getrunken. Beim Hinausgehen regnete es, sie warteten unter einer Markise, bis der heftige Schauer nachließ, dann rannten sie zu seinem Auto. Sie fand es ein bisschen merkwürdig, dass er sich kämmte, bevor er losfuhr, um sie zum Hotel zu bringen. Mitten im Abschied warf er sich auf sie. Sie konnte gerade noch das Gesicht abwenden und spürte seine Lippen an der Wange, am Kinn, am Hals.

»Mason! Was soll das?« Sie stieß ihn weg.

Er zog sich zurück und starrte mit finsterem Blick aufs Lenkrad. »Ich fühle mich sehr zu Ihnen hingezogen, Eve«, sagte er mit seltsam schmollender Stimme, ohne sie anzusehen, als wäre das die einzige Erklärung, die sie erwartete.

»Ich bin sicher, Ihre Frau mag Sie auch sehr.«

Er seufzte und sackte theatralisch in sich zusammen wie bei einem Vorwurf, den er schon zu oft gehört hatte.

»Wir wissen beide, was hier läuft«, sagte er, nun wieder zu ihr gewandt. »Tun wir nicht wie zwei Unschuldige. Sie sind eine schöne Frau. Meine persönlichen Verhältnisse haben nichts damit zu tun.«

»Ich rufe Sie an«, sagte Eva und öffnete die Wagentür.

Er griff nach ihrer Hand, bevor sie aussteigen konnte, und drückte einen Kuss darauf. Sie zog, aber er ließ nicht los.

»Ich verlasse morgen die Stadt«, sagte er. »Ich bin für zwei Tage in Baltimore. Treffen Sie mich dort – im Allegany Hotel, achtzehn Uhr.«

Sie sagte nichts, schüttelte seine Hand ab und stieg aus dem Wagen.

»Im Allegany Hotel«, wiederholte er. »Ich kann Ihnen das Hopkins-Interview vermitteln.«

»Das Gold leuchtet und glänzt«, sagte Eva. »Fast als würde es Hitze ausstrahlen.«

»Gut«, erwiderte Romer. Im Hintergrund hörte sie Stimmengewirr.

»Ist alles in Ordnung?«, fragte sie.

»Ich bin im Büro.«

»Sie wollen, dass ich verkaufe. Morgen achtzehn Uhr im Allegany Hotel, Baltimore.«

»Unternimm nichts und sag nichts. Ich komme. Wir sehen uns morgen früh.«

Romer war gegen zehn Uhr in Washington. Sie ging in die

Lobby, als die Rezeption seine Ankunft meldete, und ihr Herz schlug so sehr, während sie nach ihm Ausschau hielt, dass sie, überrascht von dieser starken Reaktion, erst einmal stehen blieb.

Sie fand ihn in einem versteckten Winkel der Lobby, aber zu ihrem Ärger mit einem anderen Mann, den er schlicht als Bradley vorstellte. Bradley war klein, dunkelhaarig, mit einem Grinsen, das immer von Neuem aufflackerte wie eine schadhafte Glühlampe.

Romer stand auf, um Eva zu begrüßen. Sie schüttelten einander die Hand, und er ging mit ihr in eine andere Ecke der Lobby. Als sie saßen, griff sie verstohlen nach seiner Hand.

»Lucas, Liebling …«

»Lass das.«

»Verzeih. Wer ist Bradley?«

»Bradley ist ein Fotograf, der für uns arbeitet. Bist du bereit? Ich glaube, wir müssen los.«

Sie fuhren mit dem Zug von der Union Station ab. Es war eine Fahrt fast ohne Worte, weil Bradley ihnen gegenübersaß. Jedes Mal, wenn Eva ihn ansah, flackerte sein kurzlebiges Grinsen auf, es war wie ein nervöser Tick. Lieber schaute sie aus dem Fenster und bewunderte die Herbstfärbung. Sie war froh, dass die Fahrt schnell vorüber war.

Im Bahnhof von Baltimore sagte sie mit Nachdruck zu Romer, ihr sei jetzt nach Kaffee und einem Sandwich, also bat er Bradley vorauszugehen und im Allegany zu warten. Endlich waren sie allein.

»Was soll das werden, wenn es fertig ist?«, fragte sie, als sie in der Bahnhofscafeteria saßen, obwohl ihr die Antwort schon halb bewusst war. Mit dem Handballen wischte sie ein Guckloch in die beschlagene Fensterscheibe, um auf die fast leere Straße hinauszublicken; ein paar Passanten liefen vorbei, ein Schwarzer bot bunte Sträußchen feil.

»Wir brauchen Fotos von dir und Harding, wie ihr das Hotel betretet und am nächsten Morgen verlasst.«

»Verstehe …« Plötzlich war ihr übel, aber sie beschloss durchzuhalten. »Warum?«

Romer seufzte und blickte sich um, bevor er unter dem Tisch nach ihrer Hand griff.

»Sein Land verrät man nur aus drei Gründen«, sagte er leise, ernst, ihre nächste Frage erwartend.

»Und welche sind das?«

»Geld, Erpressung und Rache.«

Sie dachte darüber nach. War das eine neue Romer-Regel?

»Geld, Rache – und Erpressung.«

»Du weißt, was hier läuft, Eva. Du weißt, was vonnöten ist, damit uns Mr Harding plötzlich sehr nützlich werden kann.«

Sie wusste es und dachte an Mrs Harding mit all dem Geld und den kleinen Söhnen, Mason jr. und Farley.

»Hast du das alles geplant?«

»Nein.«

Sie schaute ihn an. Lügner, sagten ihre Augen.

»Das ist Teil des Jobs, Eva. Du kannst dir nicht vorstellen, wie sehr uns das helfen würde. Wir hätten jemanden in Hopkins' Büro, jemanden in seiner nächsten Umgebung.« Er schwieg kurz. »Und das heißt: jemanden in Roosevelts nächster Umgebung.«

Sie schob eine Zigarette zwischen die Lippen und sagte: »Ich muss also mit Mason Harding schlafen, damit der SIS die Absichten von Roosevelt und Hopkins erfährt.«

»Du musst nicht mit ihm schlafen. Hauptsache, wir kriegen die Fotos. Mehr an Beweisen brauchen wir nicht. Wie du das deichselst, ist deine Sache.«

Sie brachte ein trockenes Lachen heraus, aber es kam ihr nicht echt vor. »Deichseln – nettes Wort«, sagte sie. »Ich weiß: Ich werde ihm sagen, dass ich meine Periode habe.«

Er fand es nicht lustig. »Sei nicht albern. Das ist unter deinem Niveau. Hier geht es nicht um deine Gefühle, sondern um das, weshalb du für uns arbeitest.« Er lehnte sich zurück. »Aber wenn du hinschmeißen willst – sag's mir einfach.«

Sie sagte nichts. Sie dachte an das, was vor ihr lag. Ob sie fähig war, zu tun, was Romer von ihr verlangte. Welche Empfindungen hatte Romer? Er wirkte so kalt und sachlich.

»Wie wäre das für dich«, fragte sie, »wenn ich es täte?«

Schnell und tonlos sagte er: »Wir haben eine Aufgabe zu erfüllen.«

Sie versuchte, den Schmerz, der in ihr anwuchs, nicht zu zeigen. Du hättest es mir auch anders sagen können, dachte sie. Dann wäre es mir ein bisschen leichter gefallen.

»Du musst es als Job betrachten, Eva«, fuhr er fort, mit sanfterer Stimme, als hätte er ihre Gedanken gelesen. »Halte deine Gefühle da heraus. Es könnte sein, dass du noch unangenehmere Dinge tun musst, bevor dieser Krieg vorüber ist.« Er verdeckte den Mund mit der Hand. »Eigentlich dürfte ich dir das nicht sagen, aber der Druck aus London ist gewaltig. Immens.« Die BSC habe eine einzige, entscheidende Aufgabe, erklärte er weiter – die USA dahin zu bringen, aus eigenem Interesse in den Krieg einzutreten. Das war schon alles: Amerika schlicht und einfach zum Mitmachen zu bewegen. Er erinnerte sie daran, dass seit einem ersten Treffen zwischen Churchill und Roosevelt schon über drei Monate vergangen waren. »Da haben wir nun unsere wundervolle, viel gepriesene Atlantik-Charta«, sagte er. »Und was ist passiert? Gar nichts. Du weißt doch, was die Zeitungen in England schreiben. ›Wo bleiben die Yanks?‹, ›Was hält die Yanks zurück?‹ Wir müssen uns näher heranarbeiten. Wir müssen ins Weiße Haus hineinkommen. Und du kannst dabei helfen. So einfach ist das.«

»Aber was empfindest *du*?« Es war wieder die falsche Frage, sie wusste es, und sie sah, wie sich sein Gesichtsausdruck veränderte, aber sie wollte brutal sein, wollte ihn mit der Härte dessen konfrontieren, was ihr da abverlangt wurde. »Was empfindest *du* dabei, wenn ich mit Harding ins Bett gehe?«

»Ich will nur, dass wir diesen Krieg gewinnen«, sagte er. »Meine Gefühle sind irrelevant.«

»Na gut«, sagte sie. Sie schämte sich und ärgerte sich darüber, dass sie sich schämte. »Ich tue, was ich kann.«

Sie wartete um sechs in der Lobby, als Mason eintraf. Er küsste sie auf die Wange, und sie trugen sich an der Rezeption als Mr und Mrs Avery ein. Sie spürte seine Anspannung, während sie am Pult standen – Ehebruch war offensichtlich keine Routineübung für Mason Harding. Als er unterschrieb, blickte sie sich um. Irgendwo, wusste sie, machte Bradley seine Fotos. Später würde jemand den Rezeptionisten bestechen – für ein Foto des Hotelregisters. Sie fuhren in ihr Zimmer hinauf, und als der Page gegangen war, küsste Mason sie leidenschaftlicher, berührte ihre Brüste, dankte ihr und schwor, sie sei die schönste Frau, die er je getroffen habe.

Sie aßen im Hotelrestaurant, es war noch früh, und Mason schwieg die meiste Zeit, dann zog er über seine Frau her, ihre Familie und die finanzielle Abhängigkeit, in der sie ihn halte. Diese Ausfälle waren hilfreich, fand sie. Sie waren langweilig, kleinlich, egoistisch und ersparten ihr die Vorstellung dessen, was nun folgen würde. Dem konnte sie mit mehr Kälte begegnen. Die Leute verraten ihr Land nur aus drei Gründen, hatte Romer gesagt. Mason war bereit, sich auf diese schiefe Bahn zu begeben.

Sie tranken beide zu viel, aus unterschiedlichen Motiven, nahm sie an, aber als sie ins Zimmer hinauffuhren, merkte sie, wie es sich in ihrem Kopf drehte. Mason küsste sie im Lift, unter Einsatz seiner Zunge. Dann bestellte er eine

Flasche Whisky beim Zimmerservice und begann, kaum war der Kellner gegangen, sie auszuziehen. Eva setzte ein Lächeln auf, trank noch mehr und dachte: Wenigstens ist er nicht hässlich oder abstoßend, nur eine Art Dummkopf, der seine Frau betrügen will. Zu ihrer Überraschung fand sie heraus, dass sie ihre Gefühle abschalten konnte. Es ist ein Job, sagte sie sich, einer, den nur ich machen kann.

Im Bett versuchte er vergeblich, sich zu beherrschen, und schämte sich, weil er so schnell kam. Er schob es auf die Kondome – »diese verdammten Dinger«, tröstete ihn Eva und versicherte ihm, es sei viel wichtiger, einfach zusammen zu sein. Er trank das nächste Glas und versuchte es später noch einmal, aber ohne Erfolg.

Sie tröstete ihn ein weiteres Mal, ließ sich von ihm umarmen und streicheln, schmiegte sich in seine Arme, spürte den Raum schwanken von all dem Schnaps, den sie getrunken hatte.

»Beim ersten Mal ist es immer Mist«, sagte er. »Findest du nicht auch?«

»Immer«, bestätigte sie, ohne ihn zu hassen – er tat ihr sogar ein bisschen leid, und sie fragte sich, was er wohl denken würde, wenn sich morgen jemand – nicht Romer – an ihn heranmachte und sagte: Hallo, Mr Harding, wir haben hier ein paar Fotos, die Ihre Frau und Ihren Schwiegervater sehr interessieren werden.

Als er eingeschlafen war, es ging sehr schnell, machte sie sich von ihm los und rutschte auf die andere Seite. Es gelang ihr, ebenfalls zu schlafen, aber sie wachte früh auf und ließ sich ein Bad ein, blieb lange darin liegen und bestellte Frühstück aufs Zimmer, bevor Mason aufwachte – um eventuellen amourösen Anwandlungen zuvorzukommen. Aber er war verkatert und verstimmt – vielleicht hatte er Schuldgefühle – und verhielt sich recht einsilbig. Sie ließ sich noch einmal küssen, bevor sie nach unten in die Lobby fuhren.

An der Rezeption stand sie dicht neben ihm und zupfte ihm einen Fussel vom Jackett, während er in bar bezahlte. Klick. Sie konnte Bradleys Kamera förmlich hören. Draußen am Taxistand wirkte er auf einmal unsicher und steif.

»Ich habe jetzt Sitzungen«, sagte er. »Was machst du?«

»Ich fahre zurück«, sagte sie. »Ich rufe dich an. Beim nächsten Mal wird's besser. Keine Sorge.«

Dieses Versprechen schien ihn zu beleben, und er lächelte beglückt.

»Danke, Eve«, sagte er. »Du warst großartig. Du bist wunderschön. Ruf mich nächste Woche an. Ich muss die Kinder …« Er brach ab. »Ruf mich nächste Woche an. Am Mittwoch.«

Er küsste sie auf die Wange, und wieder hörte sie es klicken.

Als sie ins Hotel zurückkam, fand sie eine Nachricht vor – einen Zettel, der unter der Tür durchgeschoben war.

»Operation Eldorado abgeschlossen«, las sie.

»Oh, schon zurück«, sagte Sylvia, als sie von der Arbeit kam und Eva in der Küche sitzen sah. »Wie war Washington?«

»Langweilig.«

»Ich dachte, du wärst für ein paar Wochen weg.«

»Es tat sich nichts. Nur endlose und nichtssagende Pressekonferenzen.«

»Irgendwelche netten Männer getroffen?«, fragte Sylvia und markierte einen lüsternen Blick.

»Schön wär's. Nur so einen fetten Unterstaatssekretär vom Landwirtschaftsministerium, der versucht hat, mich zu begrapschen …«

»Der würde mir schon genügen«, sagte Sylvia und zog auf dem Weg in ihr Zimmer den Mantel aus.

Manchmal staunte Eva, wie glatt und selbstverständlich ihr die Lügen über die Lippen gingen. Denk einfach, dass dich jeder ständig belügt, hatte Romer gesagt, damit kommst du am besten durch.

Sylvia kehrte in die Küche zurück und holte einen kleinen Krug Martini aus dem Eisschrank.

»Wir feiern«, sagte sie, dann machte sie ein schuldbewusstes Gesicht. »Sorry, das falsche Wort. Die Deutschen haben wieder einen Ami-Zerstörer versenkt – die Reuben James. Hundertfünfzehn Tote. Kaum ein Grund zum Jubeln. Aber …«

»Mein Gott … Hundertfünfzehn …«

»Genau. Das bringt die Wende. Jetzt können sie nicht mehr abseitsstehen.«

So viel zum Thema Mason Harding, dachte Eva. Sie sah ihn plötzlich vor sich, wie er die Unterwäsche abstreifte, wie sein Schwanz unter der Wölbung des Jungmännerbauchs hervorwuchs, wie er sich aufs Bett setzte und an der Verpackungsfolie des Kondoms zerrte. Sie stellte fest, dass sie ohne Gemütsregung an ihn denken konnte, ganz kalt, sachlich. Romer konnte zufrieden mit ihr sein.

Während sie die Martinis einschenkte, erzählte Sylvia, dass Roosevelt eine gute, aufrüttelnd militante Rede gehalten hatte – seine kriegerischste Rede seit 1939, als er konstatiert hatte, dass nun der »Schießkrieg« begann.

»Ach ja«, fuhr sie fort, »er hat eine wundervolle Landkarte – irgendeine Karte von Südamerika. Wie die Deutschen den Kontinent in fünf neue Riesenländer aufteilen wollen.«

Eva hörte nur halb hin, aber Sylvias Begeisterung schürte in ihr ein wenig Zuversicht – das seltsame Gefühl einer flüchtigen Euphorie. Solche Anwandlungen hatte es in den zwei Jahren, seit sie zu Romers Gruppe gehörte, immer mal wieder gegeben. Obwohl sie sich ermahnte, diesen Instinktreaktionen keinesfalls zu vertrauen, konnte sie nicht verhindern, dass sie in ihr entstanden – als wäre das Wunschdenken ein angeborenes Attribut des Menschen, der Glaube an die Wendung zum Besseren ein Teil des menschlichen Bewusstseins. Sie nippte an dem kalten Drink – vielleicht ist das die Definition eines Optimisten, dachte sie. Vielleicht bin ich nicht mehr als das: eine Optimistin.

»Also vielleicht schaffen wir's«, sagte sie, um ihrem Optimismus Nahrung zu geben, und dachte im Stillen: Wenn die Amerikaner mitmachen, müssen wir gewinnen. Amerika, Großbritannien mit dem Empire und Russland – dann ist es nur eine Frage der Zeit.

»Lass uns morgen Abend essen gehen«, sagte sie zu Sylvia, als sie in ihre Zimmer gingen. »Eine kleine Party sind wir uns schuldig.«

»Vergiss nicht, dass wir uns von Alfie verabschieden müssen.«

Eva fiel ein, dass Blytheswood den Sender verließ und nach London zurückkehrte – nach Electra House, in die GC&CS-Abhörstation im Keller des Gebäudes von Cable & Wireless am Victoria Embankment.

»Dann können wir hinterher tanzen gehen.« Zum Tanzen hätte ich jetzt Lust, dachte Eva, als sie sich auszog und versuchte, Mason Harding und seine Finger auf ihrer Haut aus ihrem Gedächtnis zu vertreiben.

Am nächsten Morgen im Büro zeigte ihr Morris Devereux eine Abschrift der Roosevelt-Rede. Sie blätterte durch die Seiten, bis sie die erwähnte Stelle gefunden hatte. »In meinem Besitz befindet sich eine Geheimkarte«, las sie, »angefertigt in Deutschland von der Hitlerregierung. Es ist eine Karte von Südamerika, die zeigt, wie Hitler den Kontinent neu ordnen möchte. Die geografischen Experten in Berlin haben Südamerika in fünf Vasallenstaaten aufgeteilt … Sie haben auch dafür gesorgt, dass einer dieser neuen Marionettenstaaten die Republik Panama umfasst und unsere große Lebensader, den Panamakanal … Diese Karte beweist, dass es die Nazis nicht nur auf Südamerika abgesehen haben, sondern ebenso auf die Vereinigten Staaten.«

»Tja«, sagte sie zu Devereux, »ganz schön starker Tobak, findest du nicht? Wenn ich Amerikanerin wäre, würde mir jetzt ein wenig anders. Ein ganz klein bisschen mulmig, nicht wahr?«

»Hoffen wir, dass sie es genauso sehen – auch was die Versenkung der Reuben James betrifft … Ich weiß nicht: Man sollte meinen, dass sie nicht mehr ganz so ruhig schlafen.« Er lächelte ihr zu. »Wie war Washington?«

»Gut. Ich habe jetzt einen guten Kontaktmann in Hopkins' Büro«, sagte sie leichthin. »Einen Presseattaché. Den können wir mit unseren Sachen füttern.«

»Interessant. Hat er irgendwelche Tipps gegeben?«

»Nein, eher nicht«, erwiderte sie, nun schon vorsichtiger. »Was er zu sagen hatte, war sehr entmutigend. Der Kongress ist gegen den Krieg, FDR sind die Hände gebunden und so weiter. Aber ich gebe ihm die Übersetzungen unserer spanischen Storys.«

»Gute Idee«, meinte er vage und ging davon.

Eva kam ins Grübeln. In letzter Zeit interessierte er sich auffallend für ihr Treiben und ihre Arbeit. Aber warum hatte er nicht nach dem Namen des Attachés gefragt? Das war merkwürdig … Wusste er etwa schon Bescheid?

Sie ging in ihr Zimmer und sah den Eingangskorb durch. Eine Zeitung aus Buenos Aires, *Critica,* hatte ihre Meldung über deutsche Seemanöver vor der südamerikanischen Atlantikküste aufgegriffen. Jetzt hatte sie einen Startpunkt. Sie schrieb die Meldung um, kennzeichnete sie als argentinische Quelle und versandte sie an alle Transoceanic-Kunden. Sie rief Blytheswood beim Radiosender WRUL an – unter Nutzung ihres verabredeten Dringlichkeitscodes, »Mr Blytheswood, hier spricht Miss Dalton« – und sagte, sie habe eine spannende Story aus Argentinien zu bieten. Blytheswood erwiderte, er sei interessiert, aber die Story müsse eine amerikanische Quelle haben, bevor er sie in alle Welt hinausschicken könne. Also sandte sie Fernschreiben an Johnson in Meadowville und Witoldski in Franklin Forks, die sie einfach mit Transoceanic signierte, und dazu eine Abschrift der wichtigsten Sätze aus Roosevelts Rede. Die beiden würden schon erraten, dass sie dahintersteckte. Wenn einer von ihnen die Meldung aus der *Critica* sendete, konnte sie die als Meldung einer unabhängigen US-Radiostation deklarieren. Und so würde das Märchen seinen Weg durch die Nachrichtenmedien machen, an Gewicht und Bedeutung gewinnen, sich auf immer mehr Quellen berufen können und so den Status einer unbezweifelbaren Tatsache gewinnen, die nicht mehr ahnen ließ, dass sie dem Kopf von Eva Delektorskaja entsprungen war. Schließlich würde eine der großen amerikanischen Tageszeitungen die Story aufgreifen (vielleicht mit ein bisschen Nachhilfe von Angus Woolf), und die deutsche Botschaft würde die Meldung nach Berlin kabeln. Dann kämen die Dementis, Botschafter würden einbestellt, ihre Erklärungen und Gegendarstellungen vorlegen, und das ergäbe wieder eine neue Story – oder ganze Serien davon, die Transoceanic über den Fernschreiber verbreiten konnte. Eva genoss das Gefühl der Macht, wenn sie an die große Zukunft ihrer Fälschungen dachte – sie sah sich selbst als winzige Spinne im Mittelpunkt eines wachsenden Netzes aus Unterstellungen, Halbwahrheiten und Erfindungen. Aber dann, wie eine heiße Welle, kamen die peinlichen Erinnerungen an die Nacht mit Mason Harding in ihr hoch. Ein Krieg ist immer ein dreckiger Krieg, hatte Romer wiederholt gesagt, wer da hineingeht, muss mit allem rechnen.

Sie lief nach Hause, am Central Park South entlang, und betrachtete die Bäume, deren Laub sich gelb und orange verfärbte, als sie Schritte hinter sich bemerkte, die genau ihrem Rhythmus folgten. Das war einer der Tricks, die sie in Lyne gelernt hatte. Er war fast so effektiv, als würde man jemandem auf die Schulter tippen. Sie blieb stehen, um einen Schnürsenkel festzuknoten, blickte dabei nach hinten und sah Romer, der wie gebannt ins Schaufenster eines Juweliers starrte. Er machte auf dem Absatz kehrt, und nach kurzem Abwarten folgte sie ihm in die Sixth Avenue, wo er in einem großen Delikatessenimbiss verschwand. Sie stellte sich in die Warteschlange, er bekam ein Sandwich und ein Bier und setzte sich damit in eine belebte Ecke. Sie nahm einen Kaffee und ging zu ihm hinüber.

»Hallo«, sagte sie. »Darf ich?«

Sie setzte sich.

»Sehr konspirativ«, sagte sie.

»Wir müssen vorsichtiger werden«, erwiderte er. »Doppelt und dreifach sichern. Um ehrlich zu sein, interessieren sich manche unserer amerikanischen Freunde ein bisschen zu sehr dafür, was wir hier treiben. Ich glaube, wir sind zu groß geworden. Die Ausmaße, die das angenommen hat, sind nicht mehr zu übersehen. Also: Wachsamkeit steigern, noch besser absichern, noch mehr auf Beschatter achten, falsche Freunde, seltsame Geräusche im Telefon. Das ist nur so eine Vermutung – aber wir sind alle ein bisschen nachlässig geworden.«

»Stimmt«, sagte sie und schaute zu, wie er in sein riesiges Sandwich biss. Nichts von dieser Größe hat man je auf den Britischen Inseln gesehen, dachte sie. Er kaute und schluckte eine ganze Weile, bevor er wieder sprach.

»Ich wollte dir sagen, dass man zufrieden ist wegen Washington. Die Komplimente habe alle ich eingesteckt, aber ich wollte dir sagen, dass du deine Sache gut gemacht hast, Eva. Sehr gut sogar. Glaub nicht, dass ich das für selbstverständlich halte. Oder dass wir das für selbstverständlich halten.«

»Danke.« Was sie empfand, war nicht unbedingt ein warmes Gefühl der Zufriedenheit.

»›Gold‹ ist auf dem besten Wege, unser Goldjunge zu werden.«

»Gut«, sagte sie, dann nachdenklich: »Ist er schon …«

»Gestern ist er aktiviert worden.«

»Oh.« Eva stellte sich vor, wie jemand Fotos vor Mason ausbreitete, dazu sein verdutztes Gesicht. Sie sah ihn sogar weinen und fragte sich, was er jetzt von ihr denken mochte. »Was, wenn er mich anruft?«

»Er wird dich nicht anrufen.« Nach einer kurzen Pause sagte Romer: »Wir sind noch nie so nahe am Chef dran gewesen. Das ist dein Verdienst.«

»Vielleicht brauchen wir ihn nicht lange«, mutmaßte sie, wie um ihre wachsenden Schuldgefühle zu beschwichtigen, den Makel, der auf ihr lastete, ein wenig zu verringern.

»Wie kommst du darauf?«

»Die Versenkung der Reuben James.«

»Die scheint in der Öffentlichkeit keine spürbare Wirkung zu hinterlassen«, sagte Romer mit einigem Sarkasmus. »Die Leute interessieren sich mehr für die Football-Ergebnisse von Army gegen Notre Dame.«

»Aber wieso? Da sind hundert junge Matrosen ertrunken, um Gottes willen.«

»Dass amerikanische Schiffe von U-Booten versenkt werden, damit hat man sie schon in den letzten Krieg hineingezogen«, sagte er und schob kapitulierend zwei Drittel seines Sandwiches fort. »Die Amerikaner haben ein gutes Gedächtnis.«

Er lächelte, aber sein Lächeln war unangenehm. Überhaupt ist er in seltsamer Stimmung heute, dachte sie und spürte fast so etwas wie Wut in sich aufsteigen.

»Sie wollen diesen Krieg nicht, Eva, egal was ihr Präsident oder Harry Hopkins oder Gale Winant denkt.« Er zeigte auf die Leute im Lokal, Männer und Frauen nach Feierabend, lachende, schnatternde Kinder mit ihren riesenhaften Sandwiches und ihren sprudelnden Drinks. »Das Leben ist gut hier. Sie sind glücklich. Sollen sie das wegen eines Krieges, der dreitausend Meilen weit weg ist, alles aufs Spiel setzen? Würdest du das tun?«

Sie fand keine überzeugende Antwort darauf.

»Ja, aber was ist mit der Landkarte?«, warf sie ein, spürte jedoch schon, dass sie nicht gegen ihn ankam. »Ändert die nicht alles?« Sie suchte weiter nach Argumenten. »Und Roosevelts Rede. Der Krieg rückt näher, das können sie nicht leugnen. Panama ist der Hinterhof der USA.«

Romer jedoch ging mit einem leichten Lächeln über ihre Anstrengungen hinweg.

»Ja, schon. Ich muss zugeben, das mit der Karte freut uns sehr. Wir hätten nie gedacht, dass es so schnell und reibungslos funktioniert.«

Sie zögerte kurz, bevor sie ihre Frage stellte, um so unbeteiligt wie möglich zu wirken. »Kommt die Karte etwa von uns? Willst du das damit sagen?«

In Romers Blick lag milder Tadel, als hätte sie ihre Lektion nicht gelernt. »Natürlich. Hier die Story: Ein deutscher Kurier hatte einen Autounfall in Rio de Janeiro. Ein leichtsinniger Mensch. Er kam ins Krankenhaus, in seiner Aktentasche befand sich diese faszinierende Karte. Ziemlich billig, nicht wahr? Eigentlich hatte ich keine Lust, mich auf diese Story einzulassen, aber unsere Freunde haben sie offenbar gefressen, mit Haut und Haar.« Er schwieg kurz. »Übrigens, ich möchte, dass du das morgen über Transoceanic verbreitest. An alle Empfänger. Quelle US-Regierung, Washington, D.C. Hast du Stift und Papier?«

Eva kramte Notizblock und Bleistift aus ihrer Handtasche und stenografierte Romers Aufzählung: fünf neue Staaten auf dem südamerikanischen Kontinent, wie sie von

Roosevelts Geheimkarte definiert wurden. »Argentinien« umfasste jetzt Uruguay und Paraguay und die Hälfte Boliviens. Zu »Chile« zählte die andere Hälfte Boliviens und ganz Peru. »Neu-Spanien« bestand aus Kolumbien, Venezuela, Ecuador und vor allem dem Panamakanal. Nur »Brasilien« blieb im Wesentlichen, wie es war.

»Ich muss sagen, es war ein hübsches Dokument: ›Argentinien, Brasilien, Neu-Spanien‹ – und schon dicht überzogen von den geplanten Routen der Lufthansa.« Er kicherte amüsiert.

Eva steckte ihr Notizbuch weg und nutzte die Pause, um nachzudenken. Ihre Gutgläubigkeit, ihre Verletzlichkeit stellten immer noch ein Problem dar, wie ihr nun bewusst wurde. War sie zu leicht zu überrumpeln? Nie etwas glauben, hatte Romer gesagt. Auf keinen Fall. Immer nach anderen Erklärungen suchen, anderen Möglichkeiten, der Kehrseite.

Als sie wieder aufschaute, sah sie, dass sich sein Blick geändert hatte. Jetzt hätte sie ihn zärtlich genannt, mit einer Unterströmung von Begehrlichkeit.

»Du fehlst mir, Eva.«

»Du mir auch, Lucas. Was können wir dagegen tun?«

»Ich will dich zu einem Kurs nach Kanada schicken. Umgang mit Dokumenten, Ablage, solche Sachen.«

Sie wusste, dass er Station M meinte – ein Fälscherlabor der BSC unter dem Dach der Canadian Broadcasting Company.

Station M stellte alle ihre gefälschten Dokumente her – auch die Karte stammte von dort, wie sie vermutete.

»Wie lange?«

»Ein paar Tage – aber du darfst ein bisschen Urlaub machen, bevor du abreist, als Belohnung für deine gute Arbeit. Ich schlage Long Island vor.«

»Long Island? Wirklich?«

»Ja. Ich kann dir das Narragansett Inn in St. James empfehlen. Ein Mr und eine Mrs Washington haben dort für dieses Wochenende ein Zimmer gebucht.«

Sofort spürte sie das Verlangen in sich aufsteigen.

»Klingt nett«, sagte sie, ohne den Blick von ihm abzuwenden. »Da können sich Mr und Mrs Washington aber freuen.« Sie stand auf. »Ich muss jetzt los. Sylvia und ich, wir wollen uns heute noch amüsieren gehen.«

»Seid aber vorsichtig. Äußerst wachsam«, sagte er mit Ernst, plötzlich wie ein besorgter Vater. Sie wollte ihn küssen, mehr als alles andere, sein Gesicht berühren.

»Zu Befehl«, erwiderte sie.

Er stand auf und ließ ein paar Münzen als Trinkgeld liegen. »Hast du dir ein sicheres Quartier besorgt?«

»Ja«, sagte sie. Ihr Quartier in New York war ein Zimmer mit kaltem Wasser in Brooklyn. »Ich habe etwas außerhalb der Stadt.« Es war beinahe die Wahrheit.

»Gut.« Er lächelte. »Viel Spaß im Urlaub.«

Am Freitagabend fuhr Eva mit dem Zug nach Long Island. In Farmingdale stieg sie aus und fuhr mit dem nächsten Zug zurück nach Brooklyn. Sie verließ den Bahnhof, lief zehn Minuten umher und bestieg dann einen Zug der Zweiglinie, der in Port Jefferson endete. Von dort fuhr sie mit dem Taxi zum Busbahnhof von St. James. Während der Taxifahrt beobachtete sie die Autos, die hinter ihr fuhren. Da war eins, das immer Abstand zu halten schien, aber als sie den Fahrer bat, langsamer zu fahren, überholte es flink. Vom Busbahnhof ging sie zu Fuß zum Narragansett Inn – unbeschattet, soweit sie es beurteilen konnte –, sie hielt sich streng an Romers Instruktionen. Das Inn war ein großes, bequemes cremefarbenes Holzhaus am Stadtrand, wie sie erfreut feststellte, von ferne sah man die Dünen. Vom Sund wehte ein kalter Wind herüber, und sie war froh, dass sie ihren Mantel hatte. Romer erwartete sie im Clubzimmer, wo ein Treibholzfeuer im Kamin knisterte. Mr und Mrs Washington gingen sofort hinauf in ihr Zimmer und ließen sich erst am nächsten Morgen wieder blicken.

8

Brydges'

Ich las meiner Mutter den Brief vor:

Liebe Ms Gilmartin,
Lord Mansfield bedankt sich für Ihr Schreiben, bedauert aber, dass er sich wegen Arbeitsüberlastung nicht in der Lage sieht, Ihrem Wunsch nach einem Interview zu entsprechen.
Hochachtungsvoll
Anna Orloggi
(Sekretärin bei Lord Mansfield)

»Geschrieben auf dem Briefpapier des Oberhauses«, fügte ich hinzu. Meine Mutter lief quer durch das Zimmer, nahm mir das Blatt ab und untersuchte es mit ungewöhnlicher Sorgfalt, ihre Lippen bewegten sich, als sie die knapp formulierte Absage las. Ich war mir nicht sicher, ob sie erregt war oder nicht. Sie schien allerdings recht ruhig.

»Anna Orloggi … Das ist köstlich«, sagte sie. »Ich wette, sie existiert gar nicht.« Dann schaute sie erneut. »Sieh mal, da steht seine Telefonnummer.« Sie begann in meinem Wohnzimmer auf und ab zu marschieren. Hergefahren war sie wegen eines Termins bei Mr Scott – eine Krone hatte sich gelockert –, und sie war unangekündigt heraufgekommen, um nach mir zu sehen. Der Brief war am Morgen eingetroffen.

»Möchtest du etwas trinken?«, fragte ich. »Saft? Coca-

Cola?« Es war meine Mittagspause: Bérangère war gerade gegangen, und Hamid sollte um vierzehn Uhr kommen. Ludger und Ilse waren nach London gefahren, »einen Freund besuchen«.

»Ich nehme eine Coke«, sagte sie.

»Wann hast du mit dem Trinken aufgehört?«, fragte ich beim Gang in die Küche. »Im Krieg hast du sicher eine Menge getrunken.«

»Ich glaube, du weißt, warum«, erwiderte sie trocken und folgte mir. Sie ließ sich das Glas reichen und trank, aber ich sah, wie es in ihr arbeitete. »Eigentlich kannst du die Nummer gleich anrufen«, sagte sie und wirkte plötzlich unternehmungslustig. »So machst du es: Du sagst, du willst mit ihm über AAS Ltd. reden. Das müsste funktionieren.«

»Bist du sicher?«, fragte ich. »Es könnte sein, dass du eine Büchse mit ekelhaften Würmern öffnest.«

»Genau das will ich ja«, sagte sie.

Ein wenig zögerlich wählte ich die Londoner Nummer. Es klingelte und klingelte. Ich wollte gerade auflegen, da meldete sich eine Frauenstimme.

»Büro Lord Mansfield.«

Ich erklärte, wer ich war und dass ich gerade einen Brief von Lord Mansfield erhalten hatte.

»Ah ja. Es tut mir sehr leid, aber Lord Mansfield ist im Ausland, und er gewährt grundsätzlich keine Interviews.«

So also, dachte ich. Er »gewährt« keine Interviews. Die Stimme klang abgehackt und adlig – ob das Anna Orloggi war?

»Wenn Sie so nett wären, ihm zu übermitteln«, sagte ich, um die adligen Qualitäten meiner eigenen Stimme zur Geltung zu bringen, »dass ich ihm einige Fragen über AAS Ltd. stellen möchte.«

»Ich fürchte, das ändert nichts.«

»Und ich fürchte, das ändert sehr wohl etwas, wenn Sie es

ihm *nicht* sagen, nämlich an der Fortdauer Ihrer Beschäftigung. Ich weiß genau, dass er zustimmen wird. AAS Ltd. – es ist sehr wichtig. Meine Telefonnummer steht auf meinem Anschreiben. Ich wäre Ihnen sehr verbunden.«

»Ich kann nichts versprechen.«

»AAS Ltd. Bitte nicht vergessen. Danke, auf Wiedersehen.« Ich legte auf.

»Junge, Junge«, sagte meine Mutter. »Dich möchte ich nicht an der Strippe haben.«

Als wir wieder in der Küche waren, zeigte ich ihr die neuen Gartenmöbel, die sie pflichtgemäß bewunderte, aber sie war nicht bei der Sache.

»Jetzt bin ich sicher, dass er sich meldet«, sagte sie nachdenklich. »Dem kann er nicht widerstehen.« Dann wechselte sie das Thema: »Und wie war deine Verabredung?«

Ich erzählte ihr von Hamid und seiner Liebeserklärung.

»Das ist ja himmlisch«, sagte sie. »Magst du ihn?«

»Ja, sehr. Aber ich liebe ihn nicht.«

»Schäm dich. Aber ist er nett?«

»Das schon. Aber er ist Moslem, Sal, und er geht bald nach Indonesien. Ich merke schon, worauf du hinauswillst. Nein, er wird nicht Jochens Stiefvater.«

Zum Essen wollte sie nicht bleiben, aber ich musste versprechen, sofort anzurufen, wenn ich etwas von Romer hörte. Hamid kam zu seiner Stunde und hatte sich anscheinend gefangen. Wir schlugen ein neues Kapitel auf – die Ambersons, kaum von ihrem verpatzten Urlaub auf Corfe Castle zurück, müssen erleben, dass Rasputin wegläuft – und drangen in die Geheimnisse des Present Perfect Progressive ein. »Rasputin has been acting a little strangely lately.« – »The neighbours have been complaining about his barking.« In Darlington Crescent hält die Angst vor Giftmord Einzug.

Beim Abschied lud mich Hamid erneut zum Essen ins Brown's ein, für den Freitagabend, aber ich sagte sofort, ich hätte zu tun, und er nahm es mir ab: Offenbar hatte sich seine Aufregung ein wenig gelegt, aber die erneute Einladung machte mir klar, dass die Sache noch nicht ausgestanden war.

Veronica und ich – die beiden alleinerziehenden Schlampen – standen vor Grindle's, rauchten und warteten auf unsere Kinder.

»Was macht Sally?«, fragte Veronica. »Geht's ihr besser?«

»Ich glaube schon«, erwiderte ich. »Aber es gibt noch Grund zur Sorge. Sie hat ein Gewehr gekauft.«

»Mein Gott …«

»Um Kaninchen zu schießen, sagt sie. Und die Geschichte ihrer Kriegserlebnisse wird immer … verrückter.«

»Glaubst du ihr?«

»Ja, das tue ich«, sagte ich, als würde ich ein Verbrechen gestehen. Ich hatte lange überlegt, aber die Geschichte der Eva Delektorskaja war zu gut gefügt, zu detailliert und genau, um das Produkt eines kranken Verstandes zu sein, geschweige denn eines kranken Verstandes am Rande der senilen Demenz. Mich hatte die Lektüre der regelmäßig eintreffenden Fortsetzungen verstört, weil sich Sally und Eva nicht zu einer Person fügen wollten. Als ich las, dass Eva mit Mason Harding geschlafen hatte, um ihn erpressbar zu machen, konnte ich diesen historischen Fakt, diese Selbstaufopferung, die bewusste Preisgabe moralischer Maßstäbe nicht mit der schlanken, gut aussehenden Frau in Verbindung bringen, die eben noch in meinem Wohnzimmer auf und ab gegangen war. Was empfand eine Frau, wenn sie im Dienste ihres Landes mit einem Fremden schlief? Vielleicht war es ganz einfach nur eine rationale Entscheidung gewesen. Unterschied sie sich von einem Soldaten, der für sein Land tötete? Oder, genauer gesagt, seine engsten Verbündeten belog – im Interesse seines Landes? Vielleicht war ich zu jung, vielleicht hätte ich den Zweiten Weltkrieg miterleben müssen? So richtig verstehen würde ich das jedenfalls nie.

Jochen und Avril kamen hüpfend und springend aus dem Schulgebäude gerannt, zu viert liefen wir durch die Banbury Road.

»Wir haben eine Hitzewelle«, erklärte Jochen.

»Eine tropische Hitzewelle. Du sagst es.«

»Ist das wie eine Welle im Meer? Eine Welle aus Hitze, die über uns schwappt?«, fragte er und machte eine entsprechende Handbewegung.

»Oder die Sonne winkt mit der Hand und wedelt uns die ganze Hitze zu«, schlug ich vor.

»Das ist einfach nur blöd, Mummy«, sagte er.

Ich entschuldigte mich, und wir liefen heimwärts. Mit Veronica verabredete ich ein gemeinsames Abendessen für den Samstag.

Wieder zu Hause, wollte ich gerade Tee für Jochen aufsetzen, als das Telefon klingelte.

»Ms Gilmartin?«

»Am Apparat.«

»Hier Anna Orloggi.« Es war dieselbe Frau – ihren Nachnamen sprach sie ganz ohne italienischen Akzent aus, als gehörte sie zu einer der ältesten englischen Familien.

»Ja«, sagte ich zerstreut, »hallo.«

»Lord Mansfield empfängt Sie am Freitag um achtzehn Uhr in seinem Club. Haben Sie Stift und Papier?«

Ich notierte: Brydges' hieß sein Club – nicht Brydges' Club, einfach Brydges', dazu eine Adresse am St. James' Park.

»Diesen Freitag, achtzehn Uhr«, wiederholte Anna Orloggi.

»Ich werde kommen.«

Ich war sofort euphorisiert, weil er angebissen hatte, aber dazu kam auch gleich eine quälende Nervosität, denn jetzt war mir klar, dass ich es war, die sich mit Lucas Romer treffen würde. Plötzlich war alles ganz real, war er in meine Lebenswirklichkeit eingetreten, und bei diesem Gedanken verwandelte sich die Euphorie in ein Gefühl der Übelkeit, spürte ich die Trockenheit in meinem Mund. Ich war in einen Gemütszustand hineingeraten, gegen den ich mich immun geglaubt hatte – ich hatte ein ganz klein wenig Angst.

»Was ist denn los mit dir, Mummy?«, fragte Jochen.

»Alles in Ordnung, Liebster. Nur ein Anfall von Zahnschmerzen.«

Ich rief meine Mutter an, um ihr die Neuigkeit mitzuteilen. »Es hat geklappt. Genau, wie du gesagt hast.«

»Gut«, erwiderte sie mit völlig ruhiger Stimme. »Ich wusste es. Ich erkläre dir genau, was du zu sagen und zu tun hast.«

Als ich auflegte, klopfte es an der Wohnungstür, die zur Praxis hinabführte. Ich öffnete, und da stand Dr. Scott, strahlend, als hätte er durch die Decke gehört, wie ich »Anfall von Zahnschmerzen« sagte, um sofort Hand anzulegen. Aber hinter ihm sah ich einen schwitzenden jungen Mann mit kurzen Haaren und einem billigen dunklen Anzug.

»Hallo, hallo, Ruth Gilmartin«, sagte Mr Scott. »Große Aufregung. Dieser junge Mann will Sie sprechen. Er ist von der Polizei – ein Detektiv, stellen Sie sich vor! Wir sehen uns später, vielleicht ...«

Ich führte den Detektiv ins Wohnzimmer. Er setzte sich, fragte, ob er – bei dieser Hitze – das Jackett ausziehen dürfe, und stellte sich, während er es sorgsam über eine Stuhllehne hängte, als Detective Constable Frobisher vor, was mich aus irgendeinem paradoxen Grund beruhigte, und setzte sich wieder.

»Nur ein paar Fragen«, sagte er, in seinem Notizbuch blätternd. »Wir haben eine Anfrage aus London. Dort interessiert man sich für den Verbleib einer jungen Frau namens ...

Ilse Bunzl.« Er sprach den Namen sorgfältig aus. »Angeblich hat sie aus London hier bei Ihnen angerufen. Ist das korrekt?«

Ich verzog keine Miene. Wenn sie solche Informationen besaßen, hatten sie, so kombinierte ich, irgendwo ein Telefon angezapft.

»Nein«, sagte ich. »Ich habe keinen Anruf bekommen. Wie war der Name noch mal?«

»Ilse Bunzl.« Er buchstabierte den Vornamen.

»Ich unterrichte ausländische Studenten, müssen Sie wissen. Die gehen bei mir ein und aus.«

Detective Frobisher notierte »unterrichtet ausländische Studenten«, stellte weitere Fragen (Könnte einer von meinen Schülern diese Frau kennen? Gibt es viele Deutsche unter den Schülern von Oxford English Plus?) und entschuldigte sich schließlich, meine Zeit beansprucht zu haben. Ich brachte ihn zur Hintertür, um Mr Scotts Eifer nicht unnötig zu schüren. Aber gelogen hatte ich nicht – alles, was ich zu dem Polizisten gesagt hatte, entsprach der Wahrheit.

Auf einmal fragte ich mich, wo Jochen geblieben war, dann hörte ich seine Stimme – leise, fast unhörbar – aus dem Wohnzimmer. Er musste hinter uns hineingeschlüpft sein, als ich den Polizisten hinausbrachte. Ich blieb stehen und blickte durch den Spalt der Türangel, da sah ich ihn auf dem Sofa sitzen, ein offenes Buch auf dem Schoß. Aber er las nicht, er redete mit sich selbst und machte Handbewegungen, als würde er imaginäre Bohnenhäufchen sortieren oder ein unsichtbares Brettspiel spielen.

Mich packte natürlich sofort ein spontanes, fast unerträgliches Gefühl der Liebe für ihn, umso mehr, als es auf einem Akt des Voyeurismus beruhte und er nicht ahnte, dass ich ihn beobachtete – seine Unbefangenheit war so pur wie nur möglich. Er legte das Buch beiseite und ging, weiter vor sich hin murmelnd, ans Fenster, doch nun machte er merkwürdige Gesten – er zeigte auf irgendwelche Punkte im Zimmer und auch nach draußen. Was hatte das zu bedeuten? Was ging da in ihm vor? »Seine eigentliche und interessanteste Existenz führt der Mensch unter dem Mantel des Geheimnisses« – welcher Schriftsteller hatte das gesagt? Ich kannte Jochen besser als irgendeinen Menschen auf der Welt, und doch entwickelte dieses unschuldige Kind schon – in gewisser Weise – das dunkle, versteckte Eigenleben eines Halbwüchsigen, eines Erwachsenen, umgab er sich bereits mit einem Schleier des Geheimnisses, der auch seine nächsten Vertrauten im Ungewissen ließ. Ich musste nur an meine Mutter denken: Bei ihr war es kein Schleier, sondern eher schon eine dicke Wolldecke. Und aus ihrer Sicht kann sie bestimmt dasselbe behaupten, dachte ich und hüstelte, bevor ich ins Wohnzimmer trat.

»Was war das für ein Mann?«, fragte Jochen.

»Ein Kriminalbeamter.«

»Ein Kriminalbeamter! Was wollte er?«

»Er sagte, er sucht nach einem gefährlichen Bankräuber namens Jochen Gilmartin, und fragte, ob ich jemanden kenne, der so heißt.«

»Mummy!« Er lachte und stieß den Finger mehrmals in meine Richtung, was er immer tat, wenn er sich sehr freute oder sehr ärgerte. Er freute sich. Ich machte mir Sorgen.

Ich ging zurück in den Flur, nahm den Hörer ab und rief Bobbie York an.

Die Geschichte der Eva Delektorskaja

New York 1941

Gegen Mitte November bekam Eva Delektorskaja einen Anruf von Lucas Romer persönlich. Sie saß im Büro von Transoceanic und arbeitete an den endlosen Verästelungen ihrer Seemanöver-Story – jede südamerikanische Zeitung hatte sie in der einen oder anderen Form aufgegriffen –, als er sie zu einem Treffen auf den Stufen des Metropolitan Museum bat. Also nahm sie die U-Bahn zur 86th Street und wechselte auf der Fifth Avenue von den großen Apartmenthäusern hinüber zur anderen Seite, um dem Central Park näher zu sein. Es war ein kalter und windiger Morgen, sie zog die Mütze über die Ohren und knotete den Schal fester um den Hals. Der Bürgersteig war mit Blättern übersät – sie musste sich endlich an die amerikanischen Ausdrücke gewöhnen: *sidewalk* statt *pavement* und *fall* statt *autumn*. An den Straßenecken standen die Kastanienverkäufer; der süßlich salzige Rauch von den Röstöfen kitzelte sie in der Nase, während sie gemächlich schlendernd auf das große Museumsgebäude zulief.

Romer wartete schon auf der Treppe, ohne Hut und in einen langen dunkelgrauen Mantel gehüllt, den sie noch nicht kannte. Unwillkürlich spürte sie ein Glücksgefühl in sich aufsteigen, sie musste an die zwei Tage auf Long Island denken. Im November 1941 in New York zu sein und den Geliebten auf den Stufen zum Metropolitan Museum zu treffen schien die normalste und natürlichste Sache der Welt – als hätte sich ihr ganzes Leben auf diesen einen besonderen Moment zubewegt. Aber die Tatsachen, die sich anderswo auftürmten – die Kriegsberichte, die sie am Morgen in den Zeitungen gelesen hatte, die Deutschen im Vormarsch auf Moskau –, machten ihr deutlich, dass diese Begegnung zwischen ihr und Romer im höchsten Maße absurd und unwirklich war. Mag sein, dass wir Geliebte sind, sagte sie sich, aber wir sind auch Spione, daher ist für uns alles anders, als es scheint.

Als er sie sah, kam er die Treppe herunter und ging ihr entgegen. Sie nahm seinen ernsten, abweisenden Blick wahr und wollte ihn am liebsten küssen, sofort in das Hotel gegenüber gehen und den ganzen Nachmittag mit ihm im Bett bleiben – aber sie berührten sich nicht, gaben sich nicht einmal die Hand.

Er zeigte in den Park. »Gehen wir ein bisschen spazieren.«

»Schön, dich zu sehen. Du fehlst mir.«

Er antwortete mit einem Blick, der besagte: So können wir einfach nicht miteinander reden.

»Tut mir leid … Kalt heute, nicht wahr?«, sagte sie und lief ihm mit raschem Schritt voraus in den Park.

Nach einer Weile holte er sie ein, und sie gingen schweigend nebeneinanderher. Dann sagte er: »Hättest du Lust auf ein bisschen Wintersonne?«

Sie fanden eine Bank, die auf eine kleine Senke mit zerklüfteten Felsen blickte. Ein Junge mit Hund warf einen Stock, doch der Hund weigerte sich, zu apportieren. Also holte der Junge den Stock zurück und warf ihn erneut.

»Wintersonne?«

»Ein einfacher Kurierjob für die BSC«, sagte er. »Nach New Mexico.«

»Warum machen die das nicht selbst, wenn es so einfach ist?«

»Seit der Sache mit der Brasilienkarte wollen sie sich absolut koscher verhalten. Sie haben Angst, dass ihnen das FBI auf den Fersen ist. Daher fragen sie, ob es jemand von Transoceanic machen kann. Ich habe da an dich gedacht. Du musst aber nicht. Ich kann auch Morris bitten, wenn du keine Lust hast.«

Sie hatte aber Lust, und ihr war klar, dass er das wusste.

Sie zuckte die Schultern. »Ich könnte es übernehmen.«

»Es ist nicht, um dir einen Gefallen zu tun. Ich weiß, dass du deine Sache gut machst. Ein einfacher, sicherer Job. Du übergibst ein Päckchen und kommst zurück.«

»Wer führt mich? Doch nicht die BSC?«

»Transoceanic wird dich führen.«

»In Ordnung.«

Er reichte ihr einen Zettel, den sie lesen und sich einprägen sollte. Sie dachte an Mr Dimarco in Lyne, an seinen Trick, Wörter mit Farben, Erinnerungen mit Zahlen zu verbinden. Sie las den Zettel und gab ihn zurück.

»Das übliche Telefonkennwort?«, fragte sie.

»Ja. In allen Varianten.«

»Wohin fahre ich von Albuquerque aus?«

»Dein Kontakt wird es dir sagen. Ein Ort in New Mexico, vielleicht auch Texas.«

»Und dann?«

»Kommst du zurück und machst weiter wie zuvor. Das Ganze dürfte drei oder vier Tage dauern. Du kriegst ein bisschen Sonne ab und siehst einen interessanten Teil dieses riesigen Landes.«

Er strich mit der Hand über die Bank und verhakte seinen kleinen Finger mit ihrem.

»Wann sehe ich dich wieder?«, fragte sie leise und schaute in eine andere Richtung. »Es war so schön im Narragansett Inn. Können wir das nicht noch einmal machen?«

»Wahrscheinlich nicht. Es ist schwierig. Die Lage spitzt sich zu. London gerät in Panik. Alles ist ziemlich …« Er zögerte, wie um einer unangenehmen Wahrheit auszuweichen. »Ziemlich außer Kontrolle.«

»Was macht ›Gold‹?«

»Gold ist unser einziger Lichtblick. Sehr hilfreich, kann man sagen. Ehe ich's vergesse, deine Operation heißt ›Zimt‹. Und du bist ›Salbei‹.«

»Salbei.«

»Du weißt, sie lieben diese Rituale. Sie werden eine Akte anlegen und ›Zimt‹ draufschreiben. ›Top secret‹.« Er griff in die Tasche und übergab ihr einen dicken gelbbraunen Umschlag.

»Was ist das?«

»Fünftausend Dollar. Für den Mann am anderen Ende, wer immer das ist. Ich würde gleich morgen abreisen an deiner Stelle.«

»Klar.«

»Möchtest du eine Pistole?«

»Werde ich die brauchen?«

»Nein. Aber ich frage trotzdem immer.«

»Wozu habe ich meine Nägel und meine Zähne?« Sie machte Krallen und entblößte das Gebiss.

Romer lachte. Er zeigte wieder das strahlende Lächeln, das ihr sofort Paris und ihre erste Begegnung ins Gedächtnis rief. Sie sah ihn vor sich, wie er über die Straße auf sie zukam, und ein Gefühl von Schwäche überfiel sie.

»Mach's gut, Lucas«, sagte sie und blickte ihn forschend an. »Wir müssen einiges klären, wenn ich wieder zurück bin.« Sie zögerte. »Ich weiß nicht, ob ich noch lange so weitermachen kann – es fällt mir immer schwerer. Du weißt, was ich meine. Ich glaube …«

Er unterbrach sie. »Wir werden einiges klären, mach dir keine Sorgen«, sagte er und presste ihre Hand.

Jetzt konnte sie damit herausrücken, jetzt war es schon egal. »Ich glaube, ich liebe dich, Lucas. Deshalb.«

Er erwiderte nichts, nahm es nur entgegen, mit leicht gespitzten Lippen. Noch einmal presste er ihre Hand, dann ließ er sie los.

»Bon voyage«, sagte er. »Sei wachsam.«

»Ich bin immer wachsam, wie du weißt.«

Er stand auf und ging weg, den Weg hinab. Eva schaute ihm nach und sagte zu sich selbst: Ich befehle dir, dich noch einmal umzudrehen, ich bestehe darauf, dass du dich noch einmal zu mir umdrehst. Und tatsächlich, er tat es. Er drehte sich um, lief ein paar Schritte rückwärts und hob die Hand zu seiner vertrauten Geste – ein halbes Winken, ein halbes Grüßen.

Am nächsten Morgen fuhr Eva zur Penn Station und kaufte ein Ticket nach Albuquerque, New Mexico.

9
Don Carlos

Die Leute werden denken, wir haben eine Affäre«, sagte Bobbie York. »All diese spontanen Besuche. Ich beklage mich nicht. Ich bin sehr diskret.«

»Danke, Bobbie«, sagte ich, ohne auf seinen Scherz einzugehen. »Sie sind schließlich mein Betreuer. Da ist es ganz normal, wenn ich Sie um Rat bitte.«

»Aber ja doch. Natürlich ist es das. Aber was soll ich einem raten, der schon so gut beraten ist wie Sie?«

Ich hatte Bérangères Stunde verschoben, damit ich ihn gleich am Morgen aufsuchen konnte. Ich wollte verhindern, dass er mich wieder mit Whisky abfüllte.

»Ich muss mit jemandem reden, der mir etwas über die britischen Geheimdienste im Zweiten Weltkrieg sagen kann. MI5, MI6 und so weiter. SIS, COE, BSC. Sie wissen schon.«

»Tjaaaa«, sagte Bobbie. »Nicht gerade meine starke Seite. Ich spüre, dass Lord Mansfield angebissen hat.«

Sosehr Bobbie versuchte, den liebenswerten Trottel zu geben: Er war kein Dummkopf.

»Stimmt«, sagte ich. »Ich treffe ihn am Freitag in seinem Club. Ich hab nur das Gefühl, dass ich mich noch ein bisschen kundig machen muss.«

»Eijeijei, das wird ein Drama. Sie müssen mir alles erzählen, Ruth. Ich bestehe darauf.«

»Schon versprochen«, sagte ich. »Ich tappe selbst ein bisschen im Dunkeln, um ehrlich zu sein. Sobald ich etwas weiß, werden Sie's erfahren.«

Bobbie ging an seinen Schreibtisch und wühlte in einem Papierstapel. »Einer der wenigen Vorteile von Oxford ist, dass man einen Experten für beinahe jedes Thema vor der Nase sitzen hat. Von mittelalterlichen Astrolabien bis hin zu Teilchenbeschleunigern – wir können mit fast allem dienen. Ah, hier ist der Mann. Fellow im All Souls College. Timothy Thoms heißt er.«

»Timothy Thoms?«

»Ja. Thoms mit Th. Ich weiß, er klingt wie eine Kinderbuchgestalt oder eine Dickens-Figur, aber er ist garantiert hundertmal klüger als ich. Genauso wie Sie natürlich. Er wird sich also mit Ihnen vertragen wie der sprichwörtliche Hund mit der Katze. Ah, da ist er: Dr. T. C. L. Thoms. Bin ihm ein paarmal begegnet. Anständiger Kerl. Ich mache Ihnen einen Termin.« Er griff zum Telefon.

Bobbie sorgte dafür, dass ich Dr. Thoms zwei Tage später aufsuchen konnte. Ich ließ Jochen bei Veronica und Avril und ging ins All Souls, wo man mich zum Treppenaufgang von Dr. Thoms wies. Der Nachmittag war von einer drückenden Schwüle, die Sonne schien von einem schwefligen Dunstschleier umgeben. Ihr merkwürdig bedrohliches gelbes Licht verstärkte das Gelb der Ziegelmauern, und einen Moment lang glaubte ich – hoffte ich –, dass es ein Gewitter geben würde. Der Rasen im Innenhof hatte die Farbe von Wüstensand.

Als ich an Dr. Thoms' Tür klopfte, öffnete mir ein kräftiger junger Mann in Jeans und T-Shirt – ich schätzte ihn auf Ende zwanzig –, jedenfalls hatte er lockiges braunes Haar, das sich bis auf seine Schultern wellte, dazu einen fast schon peinlich korrekt getrimmten Bart, der eigentlich nur aus Ecken und Kanten bestand.

»Ruth Gilmartin«, sagte ich. »Ich suche Dr. Thoms.«

»Sie haben ihn schon gefunden. Kommen Sie herein.« Er

hatte einen starken Yorkshire- oder Lancashire-Akzent – die konnte ich nie auseinanderhalten.

Wir setzten uns in sein Arbeitszimmer. Sein Angebot einer Tasse Tee oder Kaffee lehnte ich ab. Mir fiel auf, dass ein Monitor auf seinem Schreibtisch stand, der aussah wie ein Fernseher. Er hatte – das wusste ich von Bobbie – über Admiral Canaris und die Infiltration seiner Abwehr durch die MI5 im Zweiten Weltkrieg promoviert. Jetzt schrieb er für »gewaltige Geldsummen« an einem »gewaltigen Buch«, das die Geschichte des britischen Geheimdiensts von 1909 bis zur Gegenwart behandelte. »Ich glaube, er ist Ihr Mann«, hatte Bobbie gesagt, nicht ohne Stolz auf seine guten Verbindungen.

Thoms fragte, wie er mir helfen könne, also erzählte ich ihm so behutsam und vage, wie es nur ging – schließlich war ich in diesen Dingen nicht sehr bewandert –, dass ich vorhätte, einen Mann zu interviewen, der während des Krieges eine ziemlich hohe Position beim Geheimdienst innehatte. Ich sei auf einige Hintergrundinformationen angewiesen, insbesondere zu der Frage, was sich 1940 und 1941 in Amerika abgespielt hatte – vor Pearl Harbor.

Thoms bemühte sich gar nicht erst, sein erwachtes Interesse vor mir zu verbergen.

»Ach wirklich«, sagte er. »Da muss er ein hohes Tier bei der British Security Coordination gewesen sein.«

»Ja«, bestätigte ich. »Aber ich habe den Eindruck, dass er so etwas wie ein Freiberufler war – sein eigenes kleines Kommando hatte.«

Jetzt stutzte Thoms erst richtig. »Da gab es ein paar … Irreguläre, aber die wurden im weiteren Kriegsverlauf alle aus dem Verkehr gezogen.«

»Ich kenne eine Quelle, die für diesen Mann gearbeitet hat.«

»Verlässlich?«

»Ja. Diese Quelle hat für ihn erst in Belgien gearbeitet, dann in Amerika.«

»Verstehe«, sagte Thoms beeindruckt und musterte mich fasziniert. »Ihre Quelle könnte auf einer Goldmine sitzen.«

»Wie meinen Sie das?«

»Er könnte ein Vermögen mit seiner Geschichte machen.«

Er. Interessant. Lassen wir's dabei, dachte ich mir. Und an Geld hatte ich überhaupt noch nicht gedacht.

»Wissen Sie über den Prenslo-Zwischenfall Bescheid?«

»Ja. Ein Desaster. Hat eine riesige Lücke gerissen.«

»Die Quelle war dort.«

Thoms sagte nichts, nickte nur mehrere Male. Seine Erregung war mit Händen zu greifen.

»Haben Sie von einer Organisation namens AAS Ltd. gehört?«, fragte ich.

»Nein.«

»Sagt Ihnen der Name ›Mr X‹ etwas?«

»Nein.«

»Transoceanic Press?«

»Nein.«

»Wissen Sie, wer 1941 ›C‹ war?«

»Ja, natürlich«, erwiderte er jetzt. »Diese Namen kommen jetzt hoch – jetzt, wo die ganze Enigma- und Bletchley-Park-Geschichte enthüllt ist. Die alten Agenten reden – oder drücken sich so aus, dass man zwischen den Zeilen lesen kann. Aber«, er beugte sich vor, »das Aufregende ist – und deshalb bricht mir ein bisschen der Schweiß aus, um ehrlich zu sein: Was der SIS in der Anfangszeit in den USA gemacht hat beziehungsweise die BCS in seinem Namen, ist noch immer die graueste aller Grauzonen. Niemand will darüber reden. Ihre Quelle ist die Erste, von der ich höre – eine, die wirklich im Operationsgebiet war.«

»Es war für mich ein Glücksgriff«, sagte ich vorsichtig.

»Kann ich Ihre Quelle treffen?«

»Nein, ich fürchte, nicht.«

»Weil ich eine Million Fragen habe, wie Sie sich denken können.« Ein seltsames Funkeln war jetzt in seine Augen getreten – der Jagdeifer eines akademischen Spürhunds, der frische Witterung aufnimmt, der erfährt, dass es da draußen eine unverwehte Spur gibt.

»Ich könnte aber etwas darüber aufschreiben«, schlug ich behutsam vor, »in groben Umrissen, damit Sie sehen, ob das für Sie überhaupt von Bedeutung ist.«

»Großartig. Ich stimme mit Freuden zu«, sagte er und lehnte sich zurück, als würde er die Tatsache, dass ich zum Beispiel eine Angehörige des weiblichen Geschlechts war und nicht einfach eine neue Informationsquelle, erst jetzt zur Kenntnis nehmen.

»Kommen Sie mit auf einen Schluck in den Pub?«, fragte er.

Wir überquerten die High Street, und in einem kleinen Pub nahe dem Oriel College gab er mir einen komprimierten Überblick über die Operationen von SIS und BSC vor Pearl Harbor, soweit er sie verstand, und ich begann meinerseits, ein wenig von dem Kontext zu begreifen, in dem sich die Abenteuer meiner Mutter abgespielt hatten. Thoms sprach flüssig und mit ziemlichem Eifer über diese geheime Welt mit ihren verschwiegenen Netzwerken – mitten in Manhattan war offensichtlich ein kompletter britischer Sicherheits- und Geheimdienstorganismus etabliert worden, Hunderte von Agenten, die es darauf abgesehen hatten, Amerika zum Eintritt in den europäischen Krieg zu drängen, obwohl sich die Mehrheit der amerikanischen Bevölkerung nachdrücklich dagegen aussprach.

»Wirklich erstaunlich, wenn man sich das mal überlegt. Ohne Beispiel …« Er stockte plötzlich. »Warum schauen Sie mich so an?«, fragte er ein wenig verunsichert.

»Wollen Sie eine ehrliche Antwort?«

»Ja, bitte.«

»Ich frage mich, ob sich die Frisur nicht mit dem Bart verträgt oder der Bart nicht mit der Frisur.«

Er lachte. Fast schien es, als hätte er Freude an meiner direkten Art.

»Normalerweise trage ich überhaupt keinen Bart. Ich brauche ihn für eine Rolle.«

»Eine Rolle?«

»Im *Don Carlos,* der Oper. Ich spiele den spanischen Edelmann Rodrigo.«

»Ist die nicht von Verdi? Und Sie können also singen.«

»Wir sind eine Amateurtruppe«, erklärte er. »Im Playhouse geben wir drei Aufführungen. Sie können gern kommen.«

»Warum nicht, wenn ich einen Babysitter finde«, sagte ich. Das schreckte sie normalerweise ab. Aber nicht Thoms, und mir schwante langsam, dass sich sein Interesse an mir nicht auf meine Kenntnisse über die BSC beschränkte.

»Dem entnehme ich, dass Sie unverheiratet sind.«

»Das stimmt.«

»Wie alt ist Ihr Kind?«

»Fünf.«

»Bringen Sie es mit. Für die Oper ist man nie zu jung.«

»Na, vielleicht«, sagte ich.

Wir plauderten noch ein bisschen, und ich versprach, ihn anzurufen, wenn ich mit meiner Aufzeichnung fertig wäre – es seien noch weitere Informationen zu erwarten. Er blieb im Pub sitzen, und ich lief durch die High Street zu meinem Wagen. Ein paar Studenten in schwarzen Umhängen kamen, singend und Champagnerflaschen schwenkend, aus dem University College. Lachend und schreiend zogen sie davon. Prüfungen bestanden, dachte ich, das Semester ist fast vorbei, und vor ihnen liegt ein heißer Feriensommer. Plötzlich kam ich mir steinalt vor, ich dachte an meine eigenen Prüfungsfeiern – eine Ewigkeit her, wie mir schien –, und der Gedanke bedrückte mich aus den üblichen Gründen. Als ich meine Abschlussprüfung hinter mir hatte, war mein Vater noch am Leben gewesen. Er starb drei Tage bevor ich meine Ergebnisse bekam – und so erfuhr er nicht mehr, dass seine Tochter mit der Bestnote abgeschlossen hatte. Auf dem Weg zum Auto grübelte ich mal wieder über seinen letzten Lebensmonat nach, in jenem Sommer, der nun schon sechs Jahre zurücklag. Er hatte gesund ausgesehen, mein immer gleicher Dad, er war nicht krank, er war nicht alt, aber in den letzten Wochen seines Lebens hatte er begonnen, sich merkwürdig zu verhalten. Eines Nachmittags buddelte er die jungen Kartoffeln aus, etliche Kilo davon, eine ganze Furche, fünf Meter lang. Warum hast du das gemacht, Sean?, hatte ihn meine Mutter gefragt. Ich wollte nur sehen, ob sie schon fertig sind, war seine Antwort gewesen. Dann sägte er einen drei Meter hohen Lindenschössling ab, den er im Vorjahr gepflanzt hatte, zerkleinerte und verbrannte ihn. Warum, Dad? Ich hab's nicht ausgehalten, dass er wächst, war seine einfache, verblüffende Antwort. Äußerst seltsam allerdings war ein Zwangsverhalten, das er in seiner, wie sich dann herausstellte, letzten Lebenswoche entwickelte, nämlich alle Lampen im Haus auszuschalten. Er lief durch die Zimmer, treppauf, treppab, forschte nach brennenden Glühlampen und knipste sie aus. Wenn ich die Bibliothek verließ, um mir Tee zu kochen, und zurückkam, war es dort dunkel. Ich erwischte ihn dabei, wie er darauf lauerte, in die Zimmer zu gelangen, die wir gerade verließen, damit er das Licht, das nun nicht mehr benötigt wurde, sofort ausschalten konnte. Meine Mutter und ich wurden immer wütender. Einmal schrie ich ihn an: Was zum Teufel soll der Unsinn? Und er antwortete mit ungewohnter Demut: Ich finde nur, das ist eine schreckliche Verschwendung, Ruth, eine schreckliche Verschwendung von Energie.

Heute glaube ich, dass es der nahende Tod war, den er

spürte, und dass ihm dieses Wissen nur in entstellter oder unkenntlicher Form zugänglich war. Letzten Endes sind wir tierische Wesen, und tief in uns drinnen lauern die alten Tierinstinkte. Tiere scheinen in der Lage zu sein, die Signale zu verstehen, gegen die sich unser großes, superintelligentes Gehirn mit allen Kräften sträubt. Mein Vater, da bin ich mir ziemlich sicher, hat aus seinem Körper subtile Signale empfangen, die ihm sein bevorstehendes Ende ankündigten, den finalen Systemkollaps, aber er wurde von diesen Signalen verwirrt. Zwei Tage nachdem ich ihn wegen der Lampen angeschrien hatte, brach er im Garten zusammen und starb. Es war nach dem Mittagessen. Er köpfte Rosen – also keine anstrengende Tätigkeit – und war sofort tot, wie man uns sagte und was mich tröstete. Aber noch immer quälte es mich, an seine letzten, verwirrten, verschreckten Wochen der *timor mortis* zu denken.

Ich schloss den Wagen auf und setzte mich ans Steuer, fühlte mich traurig und vermisste ihn plötzlich sehr. Was hätte er wohl von den erstaunlichen Enthüllungen meiner Mutter, seiner Frau, gehalten?, fragte ich mich. Natürlich wäre es zu seinen Lebzeiten gar nicht dazu gekommen – es war also eine sinnlose Hypothese. Um mich von diesem bedrückenden Thema abzulenken, versuchte ich mir vorzustellen, wie Timothy Thoms ohne seinen spanischen Bart aussehen mochte. »Rodrigo« Thoms. Das gefiel mir schon besser. Vielleicht würde ich ihn Rodrigo nennen.

Die Geschichte der Eva Delektorskaja

New Mexico 1941

In der Santa Fe Station von Albuquerque stieg Eva Delektorskaja schnell aus dem Zug. Es war acht Uhr abends, und sie kam einen Tag später an als geplant – aber dafür in Ruhe und Sicherheit. Sie beobachtete, wer alles ausstieg, etwa ein Dutzend Leute, und wartete, bis der Zug nach El Paso weiterfuhr. Keine Spur von den zwei Krähen, die sie in Denver abgeschüttelt hatte. Trotzdem lief sie eine Weile durch die Straßen des Bahnhofsviertels, um sich zu vergewissern, dass sie ohne Verfolger war, bevor sie das erstbeste Hotel betrat – The Commercial – und für ein Einzelzimmer, drei Nächte, sechs Dollar im Voraus zahlte. Das Zimmer war klein, hätte sauberer sein können und bot einen wunderbaren Blick auf den Luftschacht, war aber ausreichend für ihren Zweck. Sie stellte ihren Koffer ab, ging zum Bahnhof zurück und ließ sich von einem Taxi ins Hotel de Vargas fahren, ihrem eigentlichen Ziel, wo sie ihren ersten Kontaktmann treffen sollte. Das de Vargas lag nur zehn Minuten entfernt im Geschäftsviertel, aber nach der Aufregung in Denver brauchte sie ein Schlupfloch. Eine Stadt: zwei Hotels – Grundwissen aus Lyne.

Das de Vargas machte seinem prätentiösen Namen alle Ehre: Es war überladen, hatte hundert Zimmer und eine Cocktail-Lounge. Sie steckte einen Ehering auf den Finger, bevor sie an die Rezeption ging und erklärte, ihr Gepäck sei in Chicago zurückgeblieben, die Bahn würde es nachschicken. Kein Problem, Mrs Dalton, sagte der Mann, wir geben Ihnen Bescheid, sobald es ankommt. Das Zimmer ging auf einen nachgemachten Pueblo-Hof mit plätscherndem Springbrunnen. Sie machte sich frisch, begab sich in die dunkle, so gut wie menschenleere Cocktail-Lounge und bestellte bei der dicken Serviererin, die ein kurzes orangefarbenes Kleid trug, einen Tom Collins. Aber an Entspannung war nicht zu denken, in ihrem Kopf arbeitete es viel zu sehr. Sie knabberte Erdnüsse, trank ihren Cocktail und überlegte, was als Nächstes zu tun war.

Von New York war sie nach Chicago gefahren, wo sie die Nacht verbrachte, nachdem sie den Anschluss nach Kansas City absichtlich verpasst hatte. Die Fahrt durch Amerika verlief wie ein Steinwurf: erst westwärts, dann im Bogen abfallend Richtung New Mexico. Am nächsten Tag reiste sie nach Kansas City weiter, verpasste wieder den Anschluss nach Denver und wartete im Bahnhof drei Stunden auf den nächsten Zug. Sie kaufte eine Zeitung und fand auf Seite neun ein paar Meldungen über den Krieg. Die Deutschen näherten sich Moskau, aber der Winter behinderte ihren Vormarsch. Darüber, was in England los sein mochte, erfuhr sie gar nichts. Beim nächsten Abschnitt ihrer Reise, kurz vor Denver, machte sie einen Routinegang durch die Waggons. Die beiden Krähen entdeckte sie im Panoramawagen. Sie saßen zusammen, ein dummer Fehler, eine Schlamperei. Wären sie getrennt gewesen, hätte sie vielleicht nichts bemerkt, aber diese zwei anthrazitgrauen Anzüge hatte sie schon in Chicago gesehen, genauso diese zwei Krawatten – die eine bernstein-, die andere kastanienfarben. Die kastanienfarbene hatte das gleiche Rautenmuster wie die Krawatte, die sie Kolja einmal zu Weihnachten geschenkt hatte – er trug sie mit einem blassblauen Hemd, wie sie sich erinnern konnte. Er hatte ihr versprechen müssen, dass dieser Schlips sein »Lieblingsschlips« sein würde, und er legte einen feierlichen Schwur ab – der Schlips der Schlipse, hatte er gesagt und dabei versucht, ernst zu bleiben. Wie kann ich dir jemals danken? Und wegen dieser Geschichte waren ihr die zwei Krähen im Gedächtnis geblieben. Der Jüngere hatte ein vorstehendes Kinn, der Ältere war grauhaarig mit Schnauzbart. Sie ging an ihnen vorbei, setzte sich und schaute hinaus auf die vorbeiziehende Prärie. In der reflektierenden Scheibe sah sie, dass sich die beiden sofort trennten. Das Kinn verschwand nach unten, der Schnauzbart tat, als läse er die Zeitung.

Von Denver hatte sie direkt nach Santa Fe und Albuquerque weiterfahren wollen, aber da nun klar war, dass sie beschattet wurde, musste sie die beiden erst abschütteln. Nicht zum ersten Mal war sie dankbar für ihre Ausbildung in Lyne: Fahrtunterbrechungen machten es immer leichter, Beschatter aufzuspüren. Niemand sonst würde so reisen wie sie – Zufälle konnten also ausgeschlossen werden. Und es würde nicht schwer sein, die beiden Krähen loszuwerden – sie waren entweder unfähig oder nachlässig oder beides.

Auf dem Bahnhof von Denver ließ sie ihren Koffer in einem Schließfach, dann ging sie in die Stadt und betrat das erste große Kaufhaus, das am Weg lag. Sie schaute hier und da und bewegte sich durch die Stockwerke nach oben, bis sie fand, was sie suchte: einen Lift nahe einer Treppe in der dritten Etage. Langsam lief sie ins Parterre zurück, auf dem Weg dorthin kaufte sie sich einen Lippenstift und eine Puderdose. Am Lift verharrte sie und ließ andere vorbei, während sie den Wegweiser studierte, dann, in letzter Sekunde, schlüpfte sie hinein. Der Schnauzbart hatte sie im Blick, war aber zu weit entfernt. »Fünf, bitte«, sagte sie zum Fahrstuhlführer, stieg in der dritten Etage aus und stellte sich hinter einen Kleiderständer neben dem Treppenaufgang. Sekunden später kamen der Schnauzbart und das Kinn die Treppe heraufgehetzt, warfen einen Blick in die Etage, sahen den Lift nach oben fahren und rannten weiter die Treppe hinauf. Eva lief hinunter und stand eine Minute später auf der Straße. Sie wechselte die Richtung, machte wieder kehrt, aber die beiden Krähen waren verschwunden. Sie holte ihren Koffer und nahm den Bus nach Colorado Springs, das vier Stationen weiter an der Strecke nach Santa Fe lag, und verbrachte die Nacht in einem Hotel am Bahnhof.

Vorher rief sie von einem Münztelefon in der Lobby in New York an. Sie ließ es dreimal klingeln, legte auf, ließ sich noch einmal verbinden, legte nach dem ersten Klingeln erneut auf und rief ein drittes Mal an. Sie wollte Romers Stimme hören, nichts sonst.

»Transoceanic.« Es war Morris Devereux.

Sie verbarg ihre Enttäuschung und war wütend auf sich, weil sie so enttäuscht war.

»Du weißt, auf welcher Party ich bin?«

»Ja.«

»Es waren zwei ungeladene Gäste da.«

»Das ist merkwürdig. Hast du eine Ahnung, wer sie waren?«

»New Yorker Krähen, würde ich sagen.«

»Noch merkwürdiger. Bist du sicher?«

»Absolut. Aber ich bin sie los. Kann ich mit dem Chef sprechen?«

»Ich fürchte, nein. Der Chef ist nach Hause gefahren.«

»Nach Hause?« Das bedeutete England. »So plötzlich?«

»Ja.«

»Ich wollte wissen, was ich tun soll.«

»Wenn's keine Probleme gibt, würde ich einfach weitermachen wie gewohnt.«

»Ist gut. Bye.«

Sie legte auf. Es war unlogisch, aber aus irgendeinem Grund fühlte sie sich nicht mehr sicher, seit sie wusste, dass Romer abberufen worden war. Wenn's keine Probleme gibt, einfach weitermachen wie gewohnt. Es gab keine Probleme. Eine ganz normale Standardoperation. Sie fragte sich, woher die beiden Männer kamen – FBI? Romer hatte gesagt, dass das FBI wegen der zunehmenden britischen Aktivitäten unruhig wurde. Vielleicht waren das die ersten Anzeichen der Infiltration … Für alle Fälle stieg sie auf der Fahrt nach Albuquerque noch zweimal um, was ihre Ankunft zusätzlich verzögerte.

Sie seufzte und bestellte noch einen Cocktail. Ein Mann kam an ihren Tisch und fragte, ob er sich zu ihr setzen dürfe, aber er benutzte keines der Losungswörter, also wollte er sie nur abschleppen. Sie erzählte ihm, sie sei auf Hochzeitsreise und warte auf ihren Mann. Der Mann verzog sich und hielt Ausschau nach lohnenderer Beute. Sie trank aus und ging ins Bett, doch sie fand keine Ruhe und schlief sehr schlecht.

Am nächsten Tag bummelte sie durch die Altstadt, besuchte die Kirche auf der Plaza, machte einen Spaziergang durch den Rio Grande Park mit seinen hohen Pappeln, blickte auf den breiten, schlammigen Fluss und die violett schimmernden, dunstigen Berge im Westen und fragte sich wie schon so oft, was sie ausgerechnet hierher verschlagen hatte, an diesen Ort, zu dieser Zeit, in dieser Phase ihres Lebens. Sie aß zu Mittag im de Vargas, und als sie danach durch die Lobby ging, empfahl ihr der Mann an der Rezeption eine Besichtigung der Universität – die Bibliothek dort sei »großartig«. Sie dankte und erwiderte, sie werde ein andermal dorthin gehen. Stattdessen fuhr sie mit dem Taxi ins andere Hotel, legte sich auf das harte Bett und las einen Roman – *Manhattan Transfer* von Dos Passos –, auf den sie sich den ganzen Nachmittag zäh konzentrierte.

Gegen sechs Uhr abends saß sie wieder an ihrem Platz in der Cocktail-Lounge und schlürfte gerade einen trockenen Martini, als sich ein Mann auf den Stuhl gegenüber setzte.

»Hallo. Schön, Sie so erholt zu sehen.« Er hatte ein schwammiges Gesicht, auf seiner Krawatte sah man Fettflecken. In der Hand hielt er eine Lokalzeitung, und er trug einen verschlissenen Strohhut, den er nicht abnahm.

»Ich hatte gerade zwei Wochen Urlaub«, sagte sie.

»Waren Sie in den Bergen?«

»Ich fahre lieber an die See.«

So weit, so gut, dachte sie und sagte dann: »Haben Sie etwas für mich?«

Er legte die Zeitung mit bedeutsamer Geste auf den Nachbarstuhl. Typisch BSC, eine Zeitung hinzulegen, dachte sie. Eine Zeitung kann jeder haben. Und wir lieben es unkompliziert.

»Fahren Sie nach Las Cruces. Ein Mann namens Raul wird Sie kontaktieren. Im Alamogordo Inn.«

»Wie lange soll ich dort bleiben?«

»Bis Raul sich meldet. War nett, mit Ihnen zu reden.« Er stand auf und ging. Sie nahm sich die Zeitung vor. Darin lag ein brauner, mit Klebstreifen verschlossener Umschlag. Oben in ihrem Zimmer beäugte sie den Umschlag zehn Minuten lang, bevor sie ihn öffnete und ihm eine Karte von Mexiko mit dem Aufdruck LUFTVERKEHRSNETZ VON MEXIKO. HAUPTLINIEN entnahm.

Sie rief bei Transoceanic an.

»Hallo, Salbei.« Das war Angus Woolf – sie war überrascht, seine Stimme zu hören.

»Hallo. Fährst du Sonderschichten?«

»Gewissermaßen. Wie läuft die Party?«

»Interessant. Ich hatte Kontakt, aber mein Geschenk ist besonders aufregend. Minderwertige Ware, würde ich sagen.«

»Ich hole mal den Manager.«

Devereux kam an den Apparat. »Minderwertig?«

»Nicht, dass man es sofort merkt, aber man braucht nicht lange.«

Die Karte hatte ein professionelles amtliches Aussehen und war zweifarbig bedruckt, rot und blau. Mexiko war in vier Gebiete aufgeteilt, Gau 1, Gau 2, Gau 3, Gau 4, und blaue Linien, die die Städte verbanden, stellten Fluglinien dar: von Mexico City nach Monterrey und Torreón, von Guadalajara nach Chihuahua und so weiter. Höchst ungewöhnlich waren die Linien, die über die Grenze Mexikos hinausreichten: eine südwärts »für Panama«, zwei nordwärts »für San Antonio, Texas« und »für Miami, Florida«. Die Absicht war einfach zu offensichtlich – wo steckte die Raffinesse? Aber noch ärgerlicher waren die Fehler. HAUPTLINEN statt HAUPTLINIEN und »für« statt »nach«. Die sprachlichen Fehler ließen sich vielleicht noch damit erklären, dass der Zeichner kein Deutscher gewesen war (vielleicht war die Karte in Mexiko gedruckt worden), aber die Fehler *und* die territorialen Ambitionen, die in den Fluglinien zum Ausdruck kamen, das war ihr zu viel – ein allzu plumper Versuch, die Botschaft zu vermitteln.

»Bist du sicher, dass das von uns ist?«

»Soviel ich weiß, ja.«

»Dann sag dem Chef, was ich davon halte. Ich rufe später noch mal an.«

»Wirst du weitermachen?«, fragte er.

»Mit der nötigen Vorsicht.«

»Wohin fährst du?«

»Der Ort heißt Las Cruces«, sagte sie unbedacht und dachte sofort: Warum bin ich so ehrlich? Zu spät.

Sie legte auf, ging zur Rezeption und fragte, wo sie ein Auto mieten konnte.

Die Straße nach Las Cruces zweigte südwärts vom Highway 85 ab und folgte etwa 220 Meilen dem alten

Camino Real, der im Tal des Rio Grande bis Mexiko verlief. Es war eine zweispurige Teerstraße mit einigen betonierten Abschnitten, auf der sie schnell und stetig vorankam. Sie fuhr einen hellbraunen Cadillac-Tourenwagen mit aufklappbarem Verdeck, das sie verschlossen ließ. Auf die Landschaft verschwendete sie kaum einen Blick, registrierte aber trotzdem die zerklüfteten Bergketten im Osten und Westen, die *ranchitos* mit ihren Melonen- und Maisfeldern, die sich an den Flussverlauf schmiegten, ab und zu sah sie von der Straße aus die felsigen Wüstenpartien und die Lavakrusten der berüchtigten Jornada del Muerto – jenseits des Flusstals war das Land trocken und kahl.

Am späten Nachmittag erreichte sie Las Cruces und fuhr auf der Suche nach dem Alamogordo Inn die Main Street entlang. Diese kleinen Städte kamen ihr fast schon vertraut vor, nachdem sie auf ihrer Fahrt ein halbes Dutzend davon durchquert hatte, die alle gleich aussahen – Los Lunas, Socorro, Hatch – und zu einem uniformen Bild neumexikanischer Provinzialität verflossen. Nach den Lehmhütten der Bauern kamen die Tankstellen und die Autohändler, dann die schmucken Vororte, dann die Fuhrhöfe, die Getreidesilos und Mühlen. Jede Stadt hatte ihre breite Main Street mit protzigen Ladenfronten und schreienden Neonreklamen, Markisen und schattigen Gehwegen, staubigen Autos, die zu beiden Seiten der Straße quer geparkt waren. Las Cruces sah nicht anders aus. Es gab ein Woolworth, einen Juwelierladen mit einem blinkenden, fußballgroßen Plastikedelstein über dem Eingang, Reklamen für Florsheim-Schuhe, Coca-Cola, Liberty-Möbel, einen Drugstore, eine Bank und am Ende der Straße, gegenüber einem kleinen Park mit schattenspendenden Pappeln, die kahle Betonfassade des Alamogordo Inn.

Sie parkte auf dem Platz hinter dem Hotel und betrat die Lobby. Ein paar Deckenventilatoren fächelten die Luft, links ein abgewetztes Ledersofa, den Holzfußboden bedeckten abgetretene indianische Läufer. Ein Kaktus voller Spinnweben stand in einem Topf mit Sand, in dem Zigarettenkippen steckten, darüber ein Schild mit der Aufschrift: »Herumlungern verboten. Elektrisches Licht in allen Zimmern.« Der Portier, ein junger Mensch mit schwachem Kinn und einem Hemdkragen, der drei Nummern zu weit für seinen Hals war, musterte sie neugierig, als sie nach einem Zimmer fragte.

»Sind Sie sicher, dass Sie in diesem Hotel wohnen wollen?«, fragte er schüchtern. »Es gibt viel nettere außerhalb der Stadt.«

»Ich bin zufrieden, vielen Dank«, sagte sie. »Wo bekomme ich etwas zu essen?«

»Nach rechts geht's zum Restaurant, nach links zum Imbiss«, sagte er. Sie entschied sich für den Imbiss und bestellte einen Hamburger. Das Lokal war fast leer. Zwei grauhaarige Damen standen am Wasserspender, ein Indianer mit einem melancholischen Gesicht von strenger Schönheit fegte den Boden. Eva aß ihren Hamburger und trank eine Coca-Cola. Sie verspürte eine seltsame Form der Trägheit, eine fast greifbare Schwere, als hätte die Erde ihre Umdrehungen eingestellt, als würde die Zeit nur noch vom Fegegeräusch des Indianers markiert. Irgendwo in einem Hinterzimmer kam Jazz aus einem Radio, und Eva dachte: Was mache ich hier? Welcher speziellen Bestimmung folge ich? Ihr war, als könnte sie für alle Ewigkeit in diesem Imbisslokal von Las Cruces sitzen bleiben – der Indianer würde den Fußboden fegen, ihr Hamburger würde halb gegessen bleiben, die dünnen Jazzklänge würden immer weitergehen. Sie überließ sich dieser Stimmung, steigerte sich hinein, fand diesen spätnachmittäglichen Stillstand seltsam beruhigend, denn was immer sie als Nächstes tat, würde eine neue Kette von Ereignissen in Gang setzen, die sich ihrer Kontrolle entzogen. Lieber genoss sie diese seltenen Momente der Stille, in denen unangefochten die Apathie regierte.

Sie ging zum Telefon des Imbisslokals, in eine kleine Zelle neben einem Regal voller Büchsen, und rief Transoceanic an. Devereux meldete sich.

»Kann ich den Chef sprechen?«

»Leider nein. Aber ich habe ihn gestern Abend gesprochen.«

»Und was hat er gesagt?« Aus irgendeinem Grund war sie überzeugt, dass Romer bei Devereux im Zimmer stand – dann verwarf sie diesen Gedanken als absurd.

»Er sagt, es bleibt alles dir überlassen. Es ist deine Party. Wenn du abreisen willst, dann tu's. Wenn du die Musik wechseln willst, dann tu's. Vertrau deinen Instinkten, hat er gesagt.«

»Hast du ihm erzählt, was ich von meinem Geschenk halte?«

»Ja. Er hat die Sache geprüft. Es ist unser Produkt, also wollen sie es so haben.«

Sie legte auf und dachte nach. Alles blieb also ihr überlassen. Auf der Schattenseite der Straße ging sie langsam ins Alamogordo zurück. Ein großer Truck mit dicken Baumstämmen fuhr vorbei, gefolgt von einem ziemlich schicken roten Coupé mit einem Mann und einer Frau auf dem Vordersitz. Sie blieb stehen und blickte sich um: Ein paar Kinder standen da und sprachen mit einem Mädchen auf dem Fahrrad. Aber sie hatte das merkwürdige Gefühl, dass sie beschattet wurde – was absurd war. Sie ging weiter, setzte sich für ein paar Minuten in den kleinen Park und las in ihrem Reiseführer, um die Gespenster aus ihrem Kopf zu vertreiben. Las Cruces – »Die Kreuze«: Der Ort war nach einem Massaker benannt, das Apatschen im achtzehnten Jahrhundert an einem Tross von Händlern verübt hatten –

und nach den Kreuzen, die danach auf den Gräbern errichtet wurden. Sie hoffte, dass es kein böses Omen war.

Das kleine rote Coupé fuhr wieder vorbei – diesmal ohne Mann, die Frau saß am Steuer.

Nein, sie war schreckhaft, naiv, unprofessionell. Wenn sie derartige Befürchtungen hatte, gab es Methoden, sie auszuräumen. Es war ihre Party. Gebrauch deine Instinkte, hatte Romer gesagt. Allerdings, das würde sie tun.

Sie ging zurück ins Alamogordo, fuhr mit ihrem Wagen auf der Mesa Road zum State College und fand das neue Motel, das in ihrem Reiseführer angepriesen war – die Mesilla Motor Lodge. Sie mietete einen Bungalow am Ende eines Plankenwegs und versteckte die Mexikokarte im Kleiderschrank, hinter der Rückwand, die sie mit der Nagelfeile ablöste. Das Hotel war erst ein Jahr alt, hatte ihr der Page erzählt, als er sie zu ihrem Bungalow geleitete. Im Inneren herrschte immer noch der Geruch von Kreosot, Gips und Sägespänen vor. Der Bungalow war sauber und modern, die Möbel hell und schmucklos. Das halb abstrakte Gemälde eines Pueblos hing über dem Schreibtisch, der mit einer in Zellophan gehüllten Obstschale versehen war, einer winzigen Yucca im Tontopf und einer Schreibgarnitur mit Löschblatt, Briefpapier, Umschlägen, Postkarten und einem halben Dutzend Bleistifte mit dem Hotelsignet. »Das können Sie alles gratis benutzen, mit unserer Empfehlung«, sagte der Page. Sie sei sehr erfreut über das Arrangement, versicherte sie ihm. Als sie wieder allein war, nahm sie zweitausend Dollar aus dem Umschlag und steckte ihn mit dem restlichen Geld zur Landkarte hinter der Rückwand des Schrankes.

Sie fuhr zurück nach Las Cruces, parkte hinter dem Alamogordo und betrat die Lobby. Ein Mann mit blassblauem Baumwollanzug saß auf dem Sofa. Er hatte weißblondes Haar und ein ungewöhnlich gerötetes Gesicht. Ein

Fast-Albino, dachte sie. Mit seinem blassblauen Anzug sieht er aus wie ein Riesenbaby.

»Hi«, sagte er beim Aufstehen. »Schön, Sie so erholt zu sehen.«

»Ich hatte gerade zwei Wochen Urlaub.«

»Waren Sie in den Bergen?«

»Ich fahre lieber an die See.«

Er schüttelte ihr die Hand. Seine Stimme klang heiser, aber angenehm.

»Ich bin Raul.« Er wandte sich an den Portier. »He, Sie, kriegen wir hier einen Drink?«

»Nein.«

Sie gingen hinaus und suchten fünf Minuten lang vergeblich nach einer Bar.

»Ich brauche jetzt ein Bier«, sagte er. Er betrat ein Spirituosengeschäft und kam mit einer Dose Bier heraus, die in einer braunen Tüte steckte. Sie liefen zurück zum Park, setzten sich auf eine Bank unter den Pappeln. Raul öffnete die Dose mit einem Büchsenöffner, den er in der Tasche hatte, und trank das Bier mit großen Schlucken, ohne die Dose aus der Tüte zu nehmen. Diesen kleinen Park in Las Cruces werde ich nie vergessen, dachte Eva.

»Sorry«, sagte er und ließ die Kohlensäure mit leisem Geräusch aus seinem Magen entweichen. »Ich kam fast um vor Durst.« Eva bemerkte, dass seine Heiserkeit deutlich nachgelassen hatte. »Wasser hilft bei mir nicht«, fügte er zur Erklärung hinzu.

»Es hat ein Problem gegeben«, sagte Eva. »Eine Verzögerung.«

»Ach ja?« Plötzlich wirkte er unruhig, verstimmt. »Mir hat keiner was gesagt.« Er stand auf, ging zum Abfallkübel und warf die Bierdose hinein. Danach stemmte er die Hände in die Hüften und blickte in die Runde, als wäre er nicht allein.

»Ich muss nächste Woche noch einmal kommen«, sagte sie. »Bis dahin soll ich Ihnen erst mal das hier geben.«

Sie öffnete die Handtasche und ließ ihn das Geld sehen. Er kam schnell zurück und setzte sich neben sie. Sie schob ihm das Bündel zu.

»Zweitausend. Den Rest nächste Woche.«

»Ja?«, sagte er, unfähig, seine Überraschung und seine Freude zu verbergen.

Er hat kein Geld erwartet, dachte sie. Was ging hier vor?

Raul stopfte das Bündel in seine Jackentasche.

»Wann nächste Woche?«

»Sie kriegen Bescheid.«

»Okay«, sagte er und stand auf. »Wir sehen uns.« Er schlenderte davon. Eva wartete fünf Minuten und hielt weiter Ausschau nach Beschattern. Dann ging sie die Main Street hinauf zu Woolworth, wo sie eine Packung Papiertaschentücher kaufte. Sie bog in eine schmale Straße zwischen der Bank und dem Häusermakler ein und kehrte sofort um, mit eiligem Schritt. Nichts. Sie versuchte noch ein paar andere Manöver, bis sie überzeugt war, dass niemand sie verfolgt haben konnte, ging zurück ins Alamogordo, räumte ihr Zimmer und checkte aus. – Geld zurück? Nein, sorry.

Sie fuhr zur Mesilla Motor Lodge. Es wurde Abend, die sinkende Sonne tauchte die östlichen Berggipfel in ein dramatisches, von dunklen Rissen durchzogenes Orange. Morgen würde sie nach Albuquerque fahren und ein Flugzeug nach Dallas nehmen und von dort aus zurückreisen – je eher, desto besser.

Im Hotelrestaurant aß sie ein Steak – zäh – mit Rahmspinat – kalt – und spülte mit einer Flasche Bier nach (»Wir servieren keinen Wein, Ma'm.«). Es saßen nur wenige andere Leute im Speisesaal, ein älteres Pärchen mit Reiseführern und Karten, ein dicker Mann hinter einer Zeitung, der niemals aufblickte, und eine gut gekleidete mexikanische Familie mit zwei stillen, sehr anmutigen kleinen Töchtern.

Auf dem Weg zum Bungalow ließ sie den Tag Revue passieren und fragte sich, ob das, was ihr der Instinkt eingegeben hatte, Romers Beifall finden würde. Sie blickte zu den Sternen und spürte die Nachtkälte der Wüste auf der Haut. Irgendwo bellte ein Hund. Routinemäßig überprüfte sie die anderen Bungalows, bevor sie ihre Tür aufschloss: Es waren keine Autos hinzugekommen, alles war unter Kontrolle. Sie drehte den Schlüssel und stieß die Tür auf.

Der Mann saß auf ihrem Bett, mit gespreizten Schenkeln, sein Revolver zielte auf ihr Gesicht.

»Tür zu«, sagte er. »Dort rüber.« Sein Akzent war schwerfällig, mexikanisch. Er stand auf, ein großer, kräftiger Mann mit Schmerbauch. Er hatte einen dichten schwarzen Schnauzbart, sein Anzug war von einem stumpfen Grün.

Sie durchquerte das Zimmer, während er sie, den Revolver schwenkend, in Schach hielt. In ihrem Kopf überstürzten sich die Fragen, ohne Antwort zu finden.

»Wo ist die Karte?«, sagte er.

»Was? Wer?« Sie hatte »Wo ist der Kerl?« verstanden.

»Die Karte.« Er sprach das T überscharf aus. Speichel sprühte.

Das Zimmer und ihr Koffer waren durchsucht, wie sie mit schnellem Rundblick feststellte. In rasendem Tempo wie eine Rechenmaschine spielte sie die Erklärungsvarianten und möglichen Folgen dieser Begegnung durch. Fast sofort war ihr klar, dass es am besten war, dem Mann die Karte zu geben.

»Im Schrank«, sagte sie. Sie ging auf den Schrank zu und hörte hinter sich den Revolver klicken. »Ich bin unbewaffnet«, sagte sie und bat mit einer Geste um Erlaubnis, den Schrank zu öffnen. Auf sein Nicken griff sie hinter die lose Trennwand, holte die Karte und die verbliebenen dreitausend Dollar heraus und übergab sie dem Mexikaner. Sein Verhalten, die Art, wie er alles entgegennahm und prüfte, ohne sie aus den Augen zu lassen, ließ sie vermuten, dass er Polizist war, kein Geheimdienstler. Er war an diese Dinge gewöhnt, so etwas machte er alle Tage, er war völlig ruhig. Das Geld und die Karte legte er auf den Schreibtisch.

»Ziehen Sie sich aus«, sagte er.

Beim Ausziehen wurde ihr übel. Nein, nicht das, dachte sie, bitte nicht. Die entsetzliche Vorstellung: seine massige Körperlichkeit, sein kalter Professionalismus – er war nicht wie Raul oder der Mann in Albuquerque. Sie wollte auf der Stelle tot sein.

»Okay, stopp.« Sie war ausgezogen bis auf ihren BH und den Slip. »Ziehen Sie sich wieder an.« Es war keine Lüsternheit in seiner Stimme.

Er ging ans Fenster und zog den Vorhang auf. Sie hörte, wie ein Auto startete, näher kam und vor dem Bungalow hielt. Eine Wagentür schlug zu, der Motor lief weiter. Also waren da noch mehr. Sie zog sich so schnell an wie noch nie in ihrem Leben. Bloß keine Panik, dachte sie, denk an deine Ausbildung, vielleicht will er nur die Karte.

»Stecken Sie die Karte und das Geld in Ihre Handtasche«, sagte er.

Sie spürte, wie sich ihre Kehle zuschnürte, und sie versuchte, nicht vorauszudenken, ganz im Hier und Jetzt zu bleiben, trotzdem war ihr klar, was diese Aufforderung zu bedeuten hatte. Nicht das Geld und die Karte wollte er, sondern sie. Sie war die Beute.

Sie ging an den Schreibtisch.

Warum hatte sie auf die Pistole verzichtet, die Romer ihr angeboten hatte? Nicht, dass es jetzt noch eine Rolle spielte. Ein einfacher Kurierjob, hatte er gesagt. Romer glaubte nicht an Waffen oder unbewaffneten Kampf – du hast Zähne und Klauen, hatte er gesagt, deine Instinkte. Aber sie brauchte mehr als das, um mit diesem dicken, selbstsicheren Mann fertigzuwerden. Sie brauchte eine Waffe.

Während der Mexikaner zur Tür ging, steckte sie die Karte und die dreitausend Dollar in ihre Handtasche. Er hielt den Revolver auf sie gerichtet, öffnete die Tür und schaute hinaus. Ihr Körper machte eine kleine Bewegung. Sie hatte nur diese eine Sekunde Zeit, und die nutzte sie.

»Kommen Sie«, sagte er, während sie die Kämme zurechtschob, die ihr Haar zu einem losen Knoten bündelten. »Keine Zeitverschwendung.« Er hakte sie unter, die Mündung seines Revolvers bohrte sich in ihre Seite, und sie gingen zum Wagen. Drüben vor dem Nachbarbungalow sah sie die kleinen mexikanischen Mädchen auf der Veranda spielen – von ihr und ihrem Begleiter nahmen sie keine Notiz.

Er schob sie auf den Beifahrersitz und folgte ihr, sodass sie hinüberrutschen musste, hinters Steuerrad. Die Scheinwerfer waren eingeschaltet. Von der Person, die den Wagen gebracht hatte, war nichts zu sehen.

»Sie fahren«, sagte er. Er hängte den Arm über die Lehne und drückte ihr den Revolver gegen die Rippen. Sie legte den Gang ein – die Schaltung befand sich an der Lenksäule – und fuhr langsam los.

Als sie das Motel verließen und auf die Straße nach Las Cruces einbogen, war ihr, als hätte er jemandem, der im Schatten der Pappeln am Straßenrand stand, ein Zeichen gegeben – gewinkt, den Daumen gehoben. Sie riskierte einen Blick und glaubte zwei Männer zu sehen, die neben einem Auto mit ausgeschalteten Scheinwerfern warteten. Das Auto sah aus wie ein Coupé, aber es war zu dunkel, um die Farbe zu erkennen. Schon waren sie vorüber, und er befahl ihr, durch Las Cruces zu fahren und den Highway 80 zur texanischen Grenze zu nehmen.

Sie fuhren etwa eine halbe Stunde auf dem Highway 80. Als die Stadtgrenze von Berino in Sicht kam, musste sie auf eine Schotterstraße abbiegen, die dem Wegweiser zufolge nach Leopold führte. Die Straße war in schlechtem Zustand, das Auto ruckelte und polterte, der Revolver des Mexikaners stieß ihr schmerzhaft in die Seite.

»Langsamer«, sagte er. Sie drosselte das Tempo auf etwa zehn Meilen pro Stunde, und nach wenigen Minuten befahl er ihr zu halten.

Sie standen in einer scharfen Kurve, die Scheinwerfer beleuchteten Gestrüpp und steinigen Untergrund, dahinter öffnete sich, wie es aussah, eine tiefe schwarze Schlucht.

Eva saß da und spürte den Adrenalinstoß, der ihren Körper durchströmte. Ihr Kopf war bemerkenswert klar. Nach jeder vernünftigen Berechnung würde sie in wenigen Minuten tot sein, da gab es keinen Zweifel. Vertrau auf deine Instinkte. Sie wusste genau, was sie zu tun hatte.

»Steigen Sie aus«, sagte der Mexikaner. »Wir treffen ein paar Leute.«

Das ist gelogen, dachte sie. Er will mich nur nicht wissen lassen, dass jetzt das Ende kommt.

Sie griff mit der linken Hand nach der Türverriegelung und schob gleichzeitig mit der rechten eine Haarsträhne hinters Ohr. Eine natürliche Geste, ein weiblicher Reflex.

»Licht ausschalten«, sagte der Mexikaner.

Sie brauchte das Licht.

»Hören Sie«, sagte sie. »Ich habe noch mehr Geld.«

Die Fingerspitzen ihrer rechten Hand berührten das Radiergummi-Ende des Bleistifts aus der Mesilla Motor Lodge, den sie in ihren Haarknoten gesteckt hatte – einen der neuen, gut gespitzten Gratisstifte neben dem Briefpapier und den Postkarten auf dem Löschbuch –, in dem Moment, als der Mexikaner kurz aus der Tür geschaut hatte.

»Ich kann Ihnen noch zehntausend besorgen«, sagte sie. »Ganz leicht. In einer Stunde.«

Er lachte kurz. »Steigen Sie aus.«

Sie zog den Bleistift aus ihrem Haarknoten und stieß ihn in sein linkes Auge.

Der Stift glitt sofort und ohne Widerstand hinein, fast bis zu seiner vollen Länge von fünfzehn Zentimetern. Dem Mann stockte der Atem, sein Revolver fiel polternd zu Boden. Er versuchte, mit zitternden Händen an sein Auge zu greifen, wie um den Stift herauszuziehen, dann sank er gegen die Tür. Das Ende des Bleistifts mit dem Radiergummi ragte ein wenig aus dem zerstörten Glaskörper heraus. Es gab kein Blut. An seiner völligen Reglosigkeit erkannte sie sofort, dass er tot war.

Sie schaltete die Scheinwerfer aus und stieg aus dem Auto. Sie zitterte, aber nicht allzu sehr, und sie sagte sich, dass sie ihrem Tod wahrscheinlich sehr nahe gewesen war, dem Moment der Entscheidung zwischen Leben oder Tod, daher spürte sie keinen Schock, kein Entsetzen darüber, was sie diesem Mann angetan hatte. Sie zwang sich zur nüchternen Überlegung: Was nun? Einfach flüchten? Vielleicht war aus diesem Desaster noch etwas zu machen. Immer einen Schritt nach dem anderen. Gebrauch deinen Grips, sagte sie zu sich. Denk nach.

Sie stieg wieder ins Auto und fuhr es von der Straße hinunter, hinter ein dichtes Gebüsch. Im Dunkeln neben dem toten Mexikaner sitzend, ging sie systematisch ihre Möglichkeiten durch. Sie knipste das Licht über dem Innenspiegel an, hob den Revolver auf und benutzte dazu ihr Taschentuch, um Fingerabdrücke zu vermeiden. Dann öffnete sie seine Jacke und schob den Revolver in sein Achselhalfter. Es floss noch immer kein Blut, kein einziger Tropfen, nur das Ende des Bleistifts ragte aus dem starren Auge heraus.

Sie durchsuchte seine Taschen und fand die Brieftasche mit seiner Karte: Vize-Inspektor Luis de Baca. Auch etwas Geld fand sie, einen Brief und einen Kassenbon von einem Eisenwarenladen in Ciudad Juárez. Sie schob alles zurück.

Ein mexikanischer Polizist wäre beinahe ihr Mörder geworden. Aber welchen Sinn sollte das haben? Sie knipste das Licht aus und überlegte weiter. Für kurze Zeit konnte sie sicher sein, so viel war klar. Sie konnte sich auf die eine oder andere Weise zu ihren Leuten durchschlagen, aber erst mussten die Spuren beseitigt werden.

Sie stieg wieder aus und ging umher, um nachzudenken, einen Plan zu fassen. Der Mond war nur eine schmale Sichel und spendete kein Licht, es wurde immer kälter. Als sich ein rumpelnder Lastwagen näherte, legte sie die Arme um ihren Körper und hockte sich hin, der Scheinwerferkegel strich über sie hinweg. Langsam nahm ein Plan Konturen an, sie zwang sich, weiterzugrübeln, Varianten zu überlegen, jedes Detail zu durchdenken, das Für und Wider abzuwägen. Sie öffnete den Kofferraum und fand einen Ölkanister, ein Seil und einen Spaten. Im Handschuhfach lagen eine Taschenlampe, Zigaretten und Kaugummi. Es schien sein eigenes Auto zu sein.

Sie lief die paar Schritte bis zur Kurve und stellte mithilfe der Taschenlampe fest, dass die Schlucht nur eine Flutrinne von etwa sechs Metern Tiefe war. Darauf ging sie zum Wagen zurück, startete, schaltete das Licht ein und fuhr bis zu der Stelle, wo die Straße abbog. Sie gab Gas, dass die Räder durchdrehten und der Schotter flog, verließ die Straße, fuhr langsam an den Rand der Schlucht und zog die Handbremse an. Nach einem letzten prüfenden Blick nahm sie ihre Tasche, stieg aus und löste die Handbremse. Das Auto rollte langsam los, sie rannte zum Heck und schob. Es kippte über den Rand der Schlucht, sie hörte das dumpfe Krachen und das Splittern der Frontscheibe, als es unten aufschlug.

Mit der Taschenlampe bahnte sie sich einen Weg hinunter zum Wrack. Ein Scheinwerfer brannte noch, die Motorhaube war verbogen und aufgesprungen. Es roch nach auslaufendem Benzin, das Auto war halb zur Beifahrerseite übergekippt. Es gelang ihr, die Fahrertür zu öffnen und den vierten Gang einzulegen. Luis de Baca war beim Sturz vornübergefallen und mit der Stirn gegen das Armaturenbrett geprallt. Ein kleines Rinnsal aus Blut floss nun aus seinem Auge in den Schnauzbart, von dem aus es auf sein Hemd zu tropfen begann. Sie zerrte ihn auf die Fahrerseite. Offenbar hatte er sich ein Bein gebrochen, es bildete einen unnatürlichen Winkel. Gut so, dachte sie.

Sie zog die Mexikokarte aus ihrer Tasche und riss sorgfältig eine Ecke ab, sodass man nur noch »LUFTVERK« lesen konnte und die Fluglinien nach San Antonio und Miami sah. Den Rest steckte sie in die Tasche zurück, dann nahm sie ihren Füller, breitete die abgerissene Ecke auf der Motorhaube aus und schrieb auf Deutsch: »Wo befinden sich die Ölreserven für den transatlantischen Verkehr?« und »Der dritte Gau scheint zu groß zu sein.«. Am Rand addierte sie ein paar Zahlen: 150000 + 35000 = 185000, dazu kamen ein paar bedeutungslose Zahlen- und Buchstabenkombinationen – LBF/3, XPD 77. Sie wischte mit dem Papierfetzen über de Bacas blutbesudeltes Hemd, knüllte ihn zusammen und schob ihn unter den Schuh seines unversehrten Beins. Die dreitausend Dollar versteckte sie im Handschuhfach unter einer Straßenkarte und dem Bedienungshandbuch. Dann wischte sie mit dem Taschentuch ihre Fingerabdrücke weg, mit besonderer Sorgfalt am Lenkrad und am Ganghebel. Schließlich richtete sie de Baca auf und lehnte ihn ans Lenkrad, sodass sie sein Gesicht sehen konnte. Sie wusste, dass jetzt der härteste Teil der Arbeit kam, aber sie war so vertieft in die Fingierung des Unfalls, dass sie fast automatisch handelte, mit gut durchdachter Präzision. Sie verstreute ein paar Splitter der Frontscheibe über seiner Leiche, dann brach sie einen verbogenen Scheibenwischer ab und entfernte den Wischergummi.

Sie griff nach dem Ende des Bleistifts, der in seinem Auge

steckte, und zog ihn heraus. Er ließ sich leicht bewegen, wie geölt, und mit ihm kam das Blut herausgesprudelt und ergoss sich über sein Gesicht. Schließlich stieß sie den abgebrochenen Scheibenwischer in die Wunde und stieg aus. Die Tür ließ sie offen. Eine letzte Prüfung mit der Taschenlampe, dann nahm sie ihre Tasche, kletterte aus der Schlucht und lief die Schotterstraße zurück Richtung Highway 80. Nach einer halben Meile etwa vergrub sie die restliche Karte, die Taschenlampe und den Bleistift unter einem Stein. Von ferne sah sie die Autoscheinwerfer auf dem Highway und die Lichter von Berdino. Sie wusste, was als Nächstes zu tun war: ein anonymer Anruf bei der Polizei, mit der Meldung eines Unfalls an der Straße nach Leopold. Ein Taxi würde sie zur Mesilla Motor Lodge zurückbringen. Sie würde ihre Rechnung bezahlen und noch in der Nacht Richtung Albuquerque abreisen. Sie hatte getan, was sie konnte, aber den einen Gedanken wurde sie nicht los, als sie zu einer Texaco-Tankstelle am Stadtrand von Berdino gelangte. Sie musste der Wahrheit ins Auge schauen: Jemand hatte sie verraten.

10

Das Treffen mit Lucas Romer

Ich verbrachte gut zwanzig Minuten vor David Bombergs Porträt von Lucas Romer, vermutlich auf der Suche nach irgendwelchen Hinweisen, aber auch deshalb, weil ich den Mann, dem meine Mutter 1939 begegnet war, von dem Mann unterscheiden wollte, den ich 1976 vor mir haben würde.

Das Porträt war lebensgroß, ein Brustbild von etwa dreißig mal vierzig Zentimetern Größe. Der breite Rahmen aus glattem schwarzem Holz ließ das kleine Gemälde imposanter wirken, aber dennoch hing es versteckt in einem oberen Flur der National Portrait Gallery. Der Maler war in diesem Fall bedeutender als sein Modell: Die Angaben an der Wand bezogen sich sämtlich auf David Bomberg, der Titel lautete schlicht »Lucas Romer, ein Freund«, die Datierung »1936?« – drei Jahre vor seiner Begegnung mit Eva Delektorskaja.

Bei dem Bild handelte es sich eindeutig um eine Skizze, die vor allem wegen ihres fließenden, pastosen Farbauftrags bemerkenswert war – vielleicht eine Studie, die später geglättet werden sollte, hätte es noch eine weitere Sitzung gegeben. Ich hatte den Eindruck, dass es ein gutes Gemälde war, ein gutes Porträt, das den Charakter des Porträtierten kräftig hervortreten ließ, obwohl ich nicht wusste, wie gut er wirklich getroffen war. Lucas Romer blickte den Betrachter an – suchte den empathischen Blickkontakt –, seine Augenfarbe von einem hellen Blaugrau, und sein Mund war angespannt, fast ein wenig verzogen, und signalisierte Ungeduld,

Unzufriedenheit mit dem Zwang des Stillsitzens. Sein Haar wurde schon ein wenig dünn, wie es meine Mutter beschrieben hatte, er trug ein weißes Hemd, ein blaues Jackett, fast im Farbton seiner Augen, dazu eine Krawatte von einem unscheinbaren grünlichen Beige. Von der Krawatte war nur der Knoten sichtbar.

Bomberg hatte den Kopf mit dicken schwarzen Pinselstrichen umrissen, mit dem Effekt, dass der Blick auf die davon umgrenzte Fläche gelenkt wurde. Blaue, grüngraue, blassgelbe, rosa, braune und schwarzgraue Töne, wild aufgetragen, vereinten sich, um die Schattierungen der Haut und eines kräftigen Bartwuchses hervorzubringen. Die Pinselstriche waren dick, pigmentstark, energiegeladen, selbstbewusst. Ich hatte sofort den Eindruck, mit einer Persönlichkeit konfrontiert zu sein – einer starken, vielleicht sogar herrischen –, ohne mich von irgendeinem Vorwissen leiten zu lassen. Große, tief liegende Augen, markante Nase. Das vielleicht einzige Zeichen der Schwäche ging von seinem Mund aus: ziemlich füllige Lippen, die sich zu einem Ausdruck mühsam beherrschter Ungeduld verzogen. Ein Befehlstyp? Ein hochnäsiger Intellektueller? Ein komplizierter, neurotischer Künstler? Vielleicht brauchte man etwas von all diesen Eigenschaften, um Agentenführer zu sein und ein eigenes Team zu leiten.

Ich ging wieder hinunter ins Foyer und beschloss, zu Fuß zum Brydges' zu laufen. Vorher aber suchte ich die Damentoilette auf und betrachtete mich im Spiegel. Was verriet dieses Porträt über die Porträtierte? Mein dichtes langes Haar war lose und frisch gewaschen, ich hatte blassrosa Lippenstift aufgelegt und die gewohnten dunklen Augenschatten. Dazu trug ich einen ziemlich neuen schwarzen Hosenanzug mit kräftig weißen Nähten an den Säumen und den aufgesetzten Taschen – und verdeckt von den Hosenbeinen waren meine Plateausohlen. Heute wollte ich besonders groß wirken, und ich sah verdammt gut aus, wie ich fand. Und die abgewetzte Lederaktentasche gab dem Ganzen eine leicht verquere Note.

Ich überquerte den Trafalgar Square Richtung Pall Mall, nahm dann die Abkürzung über den St. James' Square zu dem Gassengewirr um die Jermyn Street, wo ich das Brydges' finden würde. Die Tür war von einem diskreten glänzenden Schwarz mit fein ziseliertem Oberlicht voller Schnörkel und Wellenmuster. Kein Namensschild, nur eine Nummer. Ich drückte die Klingel aus Messing und wurde von einem misstrauischen Portier mit marineblauer Uniform und roten Revers eingelassen. Ich hätte eine Verabredung mit Lord Mansfield, sagte ich, und er zog sich in eine Art gläserne Telefonzelle zurück, um ein Buch zu konsultieren.

»Ruth Gilmartin«, sagte ich. »Achtzehn Uhr.«

»Hier entlang, Miss.«

Ich folgte ihm die breit geschwungene Treppe hinauf und stellte fest, dass sich hinter dem bescheidenen Portal ein Gebäude von großzügigen und eleganten Proportionen verbarg. Im ersten Stock passierten wir eine Bibliothek – tiefe Sofas, düstere Porträts, ein paar alte Herren beim Lesen von Zeitungen –, dann eine Bar (ein paar alte Herren beim Trinken), dann einen Speisesalon, der gerade von jungen Mädchen in schwarzen Röcken und zarten weißen Blusen eingedeckt wurde. Ich spürte, dass Frauen, die nicht in dienender Funktion waren, hier eine Seltenheit darstellten. Wir bogen in einen Korridor ein, wo wir an einer Garderobe vorbeikamen und einer Herrentoilette (der Geruch von Reinigungsmitteln und Haaröl, leise rauschte die Spülung der Urinale), aus der ein alter Herr mit Stock herauskam und bei meinem Anblick ungläubig zusammenzuckte.

»Guten Abend«, sagte ich und wurde ruhiger und wütender zur gleichen Zeit. Wütender, weil ich wusste, was hier offensichtlich und in krasser Weise veranstaltet wurde, ruhiger, weil Romer nicht wissen konnte, dass es nicht nur nicht funktionieren, sondern außerdem kontraproduktiv sein würde. Wir bogen um eine weitere Ecke und gelangten zu einer Tür mit der Aufschrift »Ladies' Drawing Room«.

»Lord Mansfield wird Sie hier empfangen«, sagte der Portier und öffnete die Tür.

»Woher wissen Sie, ob ich eine Lady bin?«, fragte ich.

»Entschuldigung, Miss?«

»Ach, vergessen Sie's.«

Ich schob mich an ihm vorbei und betrat den Ladies' Drawing Room. Er war eng, billig möbliert und roch nach Teppichreiniger und Bohnerwachs. Die gesamte Einrichtung verriet mir, dass er unbenutzt war: Vorhänge aus Chintz, die Wandleuchten mit rotbraunen Schirmen und safranfarbenen Fransen, auf dem Couchtisch ausgebreitet eine Auswahl ungelesener »Damenmagazine« – *House & Garden, Woman's Journal, Lady* –, auf dem Sims des leeren Kamins dürstete eine Büropalme vor sich hin.

Als der Portier gegangen war, schob ich den größten Sessel einen Meter zur Seite, sodass er vor dem einzigen Fenster stand. Ich wollte, dass mein Gesicht im Schatten blieb und Romer vom Licht des Sommerabends angestrahlt wurde. Ich öffnete die Aktentasche und nahm Block und Stift heraus.

Ich wartete fünfzehn Minuten, zwanzig Minuten, fünfundzwanzig Minuten. Natürlich lag auch darin Absicht, aber ich war ganz froh über die Wartezeit, weil ich auf diese Weise gezwungen war, mich mit der ungewohnten Tatsache auseinanderzusetzen, dass ich dieser Begegnung mit ziemlicher Nervosität entgegensah – einer Begegnung mit dem Mann, der mit meiner Mutter geschlafen hatte, der sie angeworben hatte, der sie »geführt« hatte, wie man so schön sagte, und dem sie an einem kalten Tag in Manhattan 1941 ihre Liebe gestanden hatte. Zum ersten Mal vielleicht spürte ich, dass Eva Delektorskaja für mich Realität annahm. Aber je länger mich Romer warten ließ, je mehr er mich einschüchtern wollte in dieser angestaubten Bastion des männlichen Establishments, umso saurer wurde ich – und entsprechend unsicherer.

Endlich öffnete der Portier die Tür: Dahinter zeigte sich eine Gestalt.

»Miss Gilmartin, Euer Lordschaft«, sagte der Portier und trollte sich.

Romer trat ein, ein Lächeln auf dem hageren, gealterten Gesicht.

»Tut mir sehr leid, dass ich Sie habe warten lassen«, sagte er, seine Stimme klang belegt und ein wenig heiser, als hätte er jede Menge Polypen im Rachen. »Lästige Anrufe. Gestatten, Lucas Romer.« Er streckte die Hand aus.

»Ruth Gilmartin«, sagte ich und stand auf. Ich war genauso groß wie er und drückte ihm die Hand, so fest ich nur konnte, ohne ihn anzustarren, obwohl ich mir nur zu gern die Zeit genommen hätte, ihn für ein paar Minuten durch einen Einwegspiegel zu beobachten.

Er trug einen perfekt geschnittenen mitternachtsblauen Einreiher mit cremefarbenem Hemd und dunkelbrauner Strickkrawatte. Sein Lächeln war so strahlend, wie es meine Mutter beschrieben hatte, auch wenn man nun das Gold hochwertiger Gebisskorrekturen aufblitzen sah. Sein verbliebenes Haar, halblang, geölt, hatte er wie zwei graue Flügel glatt nach hinten gekämmt. Obwohl schlank, ging er ein wenig gebeugt, aber dass er einmal gut ausgesehen haben musste, sah man diesem Siebenundsiebzigjährigen noch immer an. Bei entsprechender Beleuchtung wäre es schwer gewesen, sein Alter zu bestimmen – ein stattlicher älterer Herr. Ich setzte mich in meinen zurechtgeschobenen Sessel, bevor er ihn für sich beanspruchen oder mich auf einen anderen Platz weisen konnte. Er zog es vor, so weit entfernt wie möglich zu sitzen, und fragte mich, ob ich Tee wolle.

»Ich hätte nichts gegen etwas Alkoholisches«, erwiderte ich. »Wenn Derartiges in einem Ladies' Drawing Room serviert wird.«

»Oh, sicher«, sagte er. »Wir sind sehr großzügig im Brydges'.«

Er drückte eine Klingel, die an der Kante des Couchtisches angebracht war, und fast augenblicklich erschien ein weiß befrackter Kellner mit einem Silbertablett unter dem Arm.

»Was hätten Sie gern, Miss Martin?«

»Gilmartin.«

»Verzeihen Sie – die Vergesslichkeit eines alten Mannes. Miss Gilmartin. Womit können wir dienen?«

»Einen großen Whisky mit Soda, bitte.«

»Hier werden ausschließlich große Whiskys serviert.« Zum Kellner sagte er: »Für mich einen Tomatensaft, Boris. Mit einer Prise Selleriesalz, ohne Worcestershire.« Dann wieder zu mir: »An Blends haben wir nur J&B und Bell's.«

»In dem Fall bitte einen Bell's.« Ich hatte keine Ahnung, was J&B war.

»Jawohl, Euer Lordschaft«, sagte der Kellner und ging.

»Wirklich, ich habe mich sehr auf dieses Treffen gefreut«, sagte er mit offenkundiger Unaufrichtigkeit. »In meinem Alter fühlt man sich völlig vergessen. Und plötzlich ruft eine Zeitung an und will einen interviewen. Eine Überraschung, aber eine schöne, denke ich. Der *Observer*, nicht wahr?«

»Der *Telegraph*.«

»Hervorragend. Wer ist übrigens Ihr Redakteur? Kennen Sie Toby Litton-Fry?«

»Nein. Ich arbeite mit Robert York«, sagte ich, ohne zu zögern.

»Robert York ... Ich werde mich bei Toby nach ihm erkundigen.« Er lächelte. »Damit ich weiß, wer Ihre Texte redigiert.«

Unsere Drinks wurden gebracht. Boris servierte sie auf Pappuntersetzern und stellte eine Untertasse mit gesalzenen Erdnüssen dazu.

»Die können Sie wegnehmen, Boris«, sagte Romer. »Whisky und Erdnüsse – nein, unmöglich.« Er lachte. »Wann werden Sie das jemals lernen?«

Als Boris gegangen war, schlug Romers Stimmung plötzlich um. Ich konnte nicht genau analysieren, warum, aber sein falscher Charme schien mit Boris und den Erdnüssen den Raum verlassen zu haben. Das Lächeln stand ihm noch im Gesicht, aber die vorgetäuschte Freundlichkeit war verschwunden. Er musterte mich neugierig, fast ein wenig feindselig.

»Bevor wir unser faszinierendes Interview beginnen, Miss Gilmartin, möchte ich Ihnen eine Frage stellen, wenn Sie nichts dagegen einzuwenden haben.«

»Schießen Sie los.«

»Meiner Sekretärin gegenüber haben Sie AAS Ltd. erwähnt.«

»Ja.«

»Wo sind Sie auf diesen Namen gestoßen?«

»In Archivunterlagen.«

»Ich glaube Ihnen nicht.«

»Das täte mir sehr leid«, erwiderte ich, plötzlich auf der Hut. Sein Blick richtete sich auf mich, kalt und bohrend. Ich hielt ihm stand und redete weiter. »Sie können ja nicht wissen, was der Forschung und den Historikern in den Jahren seit der Aufdeckung des Ultra-Geheimnisses zugänglich geworden ist. Enigma, Bletchley Park – der Deckel ist gelüftet; alle wollen jetzt ihre Geschichte erzählen. Und sehr viel von diesem Material ist – wie soll ich sagen – informell, privat.«

In seinem Kopf arbeitete es.

»Eine schriftliche Quelle, sagen Sie?«

»Ja.«

»Haben Sie die gesehen?«

»Nein, nicht persönlich.« Ich spielte lieber auf Zeit, weil mir nun doch ein bisschen mulmig wurde. Obwohl mich meine Mutter darauf vorbereitet hatte, dass er beim Stichwort »AAS Ltd.« ganz besonders hellhörig werden würde. »Ich habe die Information von einem Oxford-Professor, der eine Geschichte des britischen Geheimdienstes schreibt«, erklärte ich schnell.

»Ach, wirklich?« Romer seufzte, und sein Seufzen besagte: Was für eine Zeitverschwendung. »Wie heißt dieser Professor?«

»Timothy Thoms.«

Romer zog ein kleines ledergebundenes Notizbuch aus dem Jackett, dann einen Füller und schrieb den Namen auf. Seine Kunst, sich zu verstellen, konnte ich nur bewundern.

»Dr. T. C. L. Thoms. T-H-O-M-S. Er lehrt im All Souls«, fügte ich hinzu.

»Gut ...« Romer schrieb alles auf und blickte hoch. »Womit genau befasst sich der Artikel, den Sie schreiben?«

»Mit der British Security Coordination. Und ihren amerikanischen Aktivitäten vor Pearl Harbor.« So hatte es mir meine Mutter geraten: ein weit gefasstes, allgemeines Thema.

»Warum in aller Welt soll sich jemand dafür interessieren? Was finden Sie an der BSC so aufregend?«

»Ich dachte, ich wäre es, der Sie interviewt, Lord Mansfield.«

»Ich möchte nur ein paar Dinge klären, bevor wir anfangen.«

Der Kellner klopfte und trat ein.

»Telefon, Lord Mansfield«, sagte er. »Die Nummer eins.«

Romer erhob sich und ging ein wenig steif zum Telefon auf dem kleinen Schreibpult in der Ecke. Er nahm den Hörer ab.

»Ja?«

Er lauschte der Stimme am anderen Ende der Leitung, und ich widmete mich meinem Whisky, trank einen großen Schluck und nutzte die Gelegenheit, ihn eingehender zu betrachten. Er zeigte mir sein Profil, den Hörer in der linken Hand, und vor dem Hintergrund des schwarzen Bakelits sah ich das Blinken des Siegelrings an seinem kleinen Finger. Mit dem rechten Handballen strich er das Haar über dem Ohr nach hinten.

»Nein, ich bin nicht besorgt«, sagte er. »Nicht im Entferntesten.« Er legte auf und blickte eine Weile unschlüssig aufs Telefon. Die beiden Haarflügel trafen sich an seinem Hinterkopf zu einem kleinen Lockengewirr. Das sah nicht besonders gepflegt aus, aber natürlich war es das. Seine Schuhe waren blank gewienert wie von einem Offiziersburschen. Er wandte sich um, und seine Augen weiteten sich für einen Moment, als hätte er vergessen, dass ich im Zimmer war.

»So, Miss Gilmartin, Sie hatten mir von Ihrem Interesse an der BSC erzählt«, sagte er und nahm Platz.

»Mein Onkel hatte mit der BSC zu tun.«

»Wirklich? Wie hieß er denn?«

Meine Mutter hatte mir aufgetragen, ihn an dieser Stelle besonders scharf zu beobachten.

»Morris Devereux«, sagte ich.

Romer dachte nach, wiederholte den Namen mehrere Male. »Ich glaube nicht, dass ich den kenne. Nein.«

»Sie geben also zu, bei der BSC gewesen zu sein.«

»Ich gebe gar nichts zu, Miss Gilmartin«, sagte er und lächelte mich an. Überhaupt lächelte er viel, dieser Mann, aber nie war sein Lächeln echt oder freundlich. »Wissen Sie was«, sagte er, »es tut mir leid, Sie zu enttäuschen, aber ich habe beschlossen, Ihnen dieses Interview nicht zu gewähren.« Er stand auf, ging zur Tür und öffnete sie.

»Darf ich fragen, warum?«

»Weil ich Ihnen kein Wort glaube.«

»Das tut mir leid«, sagte ich. »Was soll ich sagen? Ich bin völlig ehrlich zu Ihnen gewesen.«

»Dann sagen wir, ich habe es mir anders überlegt.«

»Das ist Ihr gutes Recht.« Ich ließ mir Zeit, nahm noch einen Schluck Whisky, steckte Block und Stift in meine Aktentasche, stand auf und ging vor ihm aus der Tür. Meine Mutter hatte prophezeit, dass es wahrscheinlich so enden würde. Er musste mich natürlich empfangen, nachdem ich den AAS Ltd. erwähnt hatte, um herauszufinden, was ich im Schilde führte, und als er sich vergewissert hatte, dass ich harmlos war – einfache journalistische Neugier, mit anderen Worten –, wollte er nichts mehr mit mir zu tun haben.

»Ich finde den Weg allein«, sagte ich.

»Dazu sind Sie leider nicht befugt.«

Wir gingen vorbei am Speisesalon, in dem nun ein paar Herren aßen, an der Bar, die nun voller war als zuvor und in der gedämpftes Gemurmel herrschte, an der Bibliothek, in der ein alter Herr schlief, und stiegen die weit geschwungene Treppe hinab bis zur schlichten schwarzen Tür mit dem fein ziselierten Oberlicht.

Der Portier öffnete. Romer gab mir nicht die Hand.

»Ich hoffe, ich habe Ihre Zeit nicht über Gebühr in Anspruch genommen«, sagte er und winkte hinter mir einem schweren, eleganten Wagen zu – einem Bentley vermutlich –, der anfuhr und auf die Straßenseite des Brydges' hinüberwechselte.

»Den Artikel schreibe ich trotzdem«, sagte ich.

»Natürlich werden Sie das tun, Miss Gilmartin, aber hüten Sie sich vor Verleumdungen. Ich habe einen hervorragenden Anwalt – der hier ebenfalls Mitglied ist.«

»Ist das eine Drohung?«

»Eine Tatsache.«

Ich blickte ihm direkt in die Augen und hoffte, ihm damit

klarzumachen: Ich mag Sie nicht und Ihren widerwärtigen Club, und ich habe nicht die geringste Angst vor Ihnen.

»Auf Wiedersehen«, sagte ich, drehte mich um und ging vorbei an dem Bentley, dem ein uniformierter Chauffeur entstiegen war, um den Wagenschlag zu öffnen.

Während ich mich entfernte, machten sich merkwürdig gemischte Gefühle in mir breit: Einerseits empfand ich Genugtuung, weil ich den Mann getroffen hatte, der im Leben meiner Mutter eine so wichtige Rolle gespielt hatte, und weil es ihm nicht gelungen war, mich einzuschüchtern. Andererseits ärgerte ich mich ein wenig über mich selbst, weil ich fürchtete, die Begegnung nicht richtig angepackt, nicht optimal genutzt, Romer die Initiative überlassen zu haben. Ich hatte mich zu sehr nach ihm gerichtet statt umgekehrt – aus irgendeinem Grund hatte ich ihn aggressiver angehen wollen. Aber meine Mutter war beharrlich dabei geblieben: Geh nicht zu weit, lass nichts von dem durchblicken, was du weißt, erwähne nur AAS Ltd., Devereux und die BSC – das reicht aus, um ihn aus der Ruhe zu bringen, seinen Schönheitsschlaf zu stören, hatte sie gesagt, mit ein wenig Bosheit in der Stimme. Also hoffte ich, ihren Wunsch erfüllt zu haben.

Gegen neun Uhr abends war ich zurück in Oxford und holte Jochen von Veronica ab.

»Warum warst du in London?«, fragte er, als wir die Treppe zur Küche hinaufstiegen.

»Ich habe einen alten Freund von Granny besucht.«

»Granny sagt aber, sie hat keine Freunde.«

»Das war einer, den sie von ganz früher kennt«, erklärte ich und ging zum Telefon im Flur. »Geh und zieh deinen Schlafanzug an.« Ich wählte die Nummer meiner Mutter. Sie meldete sich nicht, also wählte ich erneut, unter Beachtung ihres albernen Codes, und sie meldete sich wieder nicht. Ich legte den Hörer auf.

»Wollen wir ein Abenteuer wagen?«, sagte ich und versuchte, meine Stimme heiter klingen zu lassen. »Was hältst du davon, wenn wir zu Granny fahren und sie überraschen?«

»Das wird sie nicht freuen«, sagte Jochen. »Sie hasst Überraschungen.«

Als wir in Middle Ashton ankamen, sah ich mit einem Blick, dass das Cottage dunkel und ihr Auto verschwunden war. Ich schaute unter den dritten Blumentopf links neben dem Eingang, da ich mir plötzlich große Sorgen machte, holte den Schlüssel heraus und ging hinein.

»Was ist los, Mummy?«, fragte Jochen. »Ist das eine Art Spiel?«

»Könnte man sagen.«

Alles im Cottage schien in Ordnung: Die Küche war aufgeräumt, das Geschirr abgewaschen, auf dem Wäscheständer im Bügelzimmer trocknete die Wäsche. Ich stieg die Treppe zu ihrem Schlafzimmer hinauf, Jochen hinter mir, und schaute mich um. Das Bett war gemacht, und auf ihrem Schreibtisch lag ein brauner Umschlag mit der Aufschrift »Ruth«. Ich wollte gerade nach dem Umschlag greifen, da sagte Jochen: »Schau mal, da kommt ein Auto.«

Es war meine Mutter in ihrem alten weißen Allegro. Ich kam mir dumm vor und zugleich erleichtert. Ich rannte hinunter, öffnete die Haustür und rief ihr zu, als sie aus dem Auto stieg: »Sal, wir sind's. Wir wollten dich besuchen.«

»Was für eine nette Überraschung«, sagte sie voller Ironie und gab Jochen einen Kuss. »Ich kann mich nicht entsinnen, das Licht angelassen zu haben. Da ist aber jemand lange aufgeblieben.«

»Du hast gesagt, ich soll sofort anrufen, wenn ich zurück bin«, sagte ich, und es klang vorwurfsvoller und gekränkter als beabsichtigt. »Was sollte ich denn denken, als du dich nicht gemeldet hast!«

»Das muss ich vergessen haben«, erwiderte sie fröhlich und ging an mir vorbei ins Haus. »Möchte jemand Tee?«

»Ich habe Romer getroffen«, rief ich ihr nach. »Ich habe mit ihm gesprochen. Ich dachte, das würde dich interessieren. Aber es lief nicht gut. Ich würde sagen, er war sehr ungnädig.«

»Ich glaube, es war mehr, als er verkraften konnte«, sagte sie. »Ihr saht beide ziemlich frostig aus bei eurem Abschied.«

Ich stutzte. »Wie meinst du das?«

»Ich war draußen. Ich sah euch beide den Club verlassen«, sagte sie treuherzig, als wäre das die normalste Sache der Welt. »Dann bin ich ihm nachgefahren, und jetzt weiß ich, wo er wohnt: Walton Crescent 29, Knightsbridge. Ein großer weißer Stuckkasten. Nächstes Mal wird es leichter, an ihn heranzukommen.«

Die Geschichte der Eva Delektorskaja

New York 1941

Von einer Telefonzelle in Brooklyn, unweit ihres Fluchtquartiers, rief Eva bei Transoceanic an. Fünf Tage waren seit den Vorfällen in Las Cruces vergangen, und in diesen fünf Tagen war sie auf Umwegen und unter Nutzung aller verfügbaren Verkehrsmittel – Flugzeug, Eisenbahn, Bus und Pkw – nach New York zurückgekehrt. Den ersten Tag in New York hatte sie damit verbracht, ihr eigenes Quartier zu beobachten. Als sie sicher war, dass niemand es bewachte, wagte sie sich hinein und verkroch sich erst einmal. Und als sie schließlich vermutete, dass man sich wegen ihres langen Schweigens allmählich Sorgen machte, rief sie an.

»Eve!« Morris Devereux schrie fast und vergaß die Konspiration. »Gott sei Dank. Wo steckst du?«

»Irgendwo an der Ostküste«, sagte sie. »Morris, ich werde nicht kommen.«

»Aber du musst«, sagte er. »Wir müssen dich sehen. Die Dinge haben sich geändert.«

»Weißt du denn, was dort unten passiert ist?«, sagte sie ziemlich giftig. »Ich kann froh sein, dass ich noch am Leben bin. Ich will Romer sprechen. Ist er zurück?«

»Ja.«

»Sag ihm, ich rufe ihn auf Sylvias Nummer bei der BSC an. Morgen Nachmittag um vier.«

Sie legte auf.

Dann kaufte sie ein – eine Büchsensuppe, ein Brot, drei

Äpfel und zwei Packungen Lucky Strike – und kehrte zurück in ihr Zimmer im dritten Stock des Mietshauses in der Pineapple Street. Niemand behelligte sie, keiner ihrer anonymen Nachbarn schien zu registrieren, dass Miss Margery Allerdice im Hause war. Wenn sie das Badezimmerfenster öffnete und sich so weit hinauslehnte, wie es ging, konnte sie eine Turmspitze der Brooklyn Bridge sehen – aber nur an klaren Tagen. Sie hatte ein Wandklappbett, zwei Sessel, ein Radio, eine Kochnische mit zwei elektrischen Kochplatten, einen Ausguss aus Speckstein mit Kaltwasserhahn und ein Bad, abgetrennt durch einen Plastikvorhang mit tropischen Fischen, die alle in dieselbe Richtung schwammen. Sie machte die Suppe warm – Pilzsuppe –, aß sie mit Brot und Butter, dann rauchte sie drei Zigaretten und überlegte, was zu tun war. Vielleicht, dachte sie, ist es das Beste, jetzt zu fliehen ... Sie hatte gute Papiere. Als Margery Allerdice konnte sie verschwinden, bevor es überhaupt jemand bemerkte. Aber wohin? Nach Mexiko, und von dort per Schiff nach Spanien oder Portugal? Oder nach Kanada vielleicht? Oder war das zu nah? Und die BSC hatte auch in Kanada beachtliche Kräfte stationiert. Sie erwog die Vor- und Nachteile, schätzte, dass sie in Kanada besser zurechtkam, dass es dort leichter war, unerkannt zu bleiben. In Mexiko würde sie auffallen – eine junge Engländerin –, aber sie konnte weiter nach Brasilien oder, besser noch, nach Argentinien. In Argentinien lebten viele Engländer, sie konnte einen Job finden, als Übersetzerin, sich eine neue Legende geben, unsichtbar werden, sich irgendwo vergraben. Und das wollte sie am liebsten – aus der Welt verschwinden. Aber dann wurde ihr klar, dass all das Planen und Spekulieren, so wichtig es sein mochte, zu keinem Ergebnis führen würde, bevor sie nicht Romer gesehen und gesprochen hatte. Sie musste ihm berichten, was passiert war – vielleicht hatte er ja eine Erklärung für die vielen Ungereimtheiten. Danach konnte sie Entschlüsse fassen, vorher nicht.

Als es Abend war, hörte sie ein wenig Musik im Radio und ging die Vorfälle von Las Cruces noch einmal durch. »Die Vorfälle von Las Cruces« – eine tröstliche Formulierung: Als wäre ihr Hotelzimmer doppelt gebucht gewesen oder ihr Auto auf dem Highway 80 liegen geblieben. Sie empfand keine Schuldgefühle, keine Reue wegen de Baca. Hätte sie ihn nicht getötet, hätte er sie getötet, wenige Augenblicke später. Geplant hatte sie nur, ihm ins Auge zu stechen und zu fliehen. Schließlich hatte sie nichts als einen gespitzten Bleistift – seine Augen waren das einzig sinnvolle Ziel, wenn es darum ging, ihn außer Gefecht zu setzen. Aber als sie an die entscheidenden Sekunden im Auto zurückdachte, an de Bacas Reaktion, seinen totalen Stupor, gefolgt vom sofortigen Tod, kam sie zu dem Schluss, dass der kraftvoll ausgeführte Stich mit dem Bleistift durch seinen Augapfel und den Sehnervenkanal direkt in sein Gehirn eingedrungen sein musste und dabei die Kopfschlagader – vielleicht auch den Hirnstamm – zerstört und auf diese Weise den fast augenblicklichen Herzstillstand herbeigeführt hatte. Eine andere Erklärung für seinen schnellen Tod gab es nicht. Hätte sie die Arterie verfehlt und der Bleistift wäre nur in sein Gehirn eingedrungen, hätte de Baca möglicherweise überlebt, und sie hätte zumindest fliehen können. Aber dank ihrem Glück – ihrem unglaublichen Glück –, ihrer Zielgenauigkeit und der Schärfe des Bleistifts war er genauso schnell gestorben wie an Blausäure oder auf dem Elektrischen Stuhl. Sie ging früh zu Bett und träumte, dass Raul ihr ein Coupé verkaufen wollte, einen kleinen roten Flitzer.

Genau eine Minute nach vier wählte sie Sylvias Nummer bei der BSC. Sie stand an einem Münztelefon vor dem Rockefeller Center auf der Fifth Avenue, den Eingang der BSC hatte sie von hier gut im Blick. Sylvias Telefon klingelte dreimal.

»Hallo, Eva.« Romers Stimme klang emotionslos, unüberrascht. »Wir möchten, dass du herkommst.«

»Hör mir gut zu«, sagte sie. »Verlass jetzt das Gebäude und geh südwärts die Fifth Avenue hinunter. Ich gebe dir zwei Minuten, andernfalls gibt es kein Treffen.«

Sie legte auf und wartete. Nach etwa dreieinhalb Minuten kam Romer aus dem Haus – gerade noch rechtzeitig, wie sie entschied. In so kurzer Zeit konnte er kein Kommando auf die Beine stellen. Er lief los, und sie beschattete ihn von der anderen Straßenseite, beobachtete, wie er sich verhielt, was sich hinter ihm tat, und ließ ihn etwa sechs Querstraßen weiterlaufen, bis sie sicher war, dass ihm niemand folgte. Sie trug Kopftuch und Brille, flache Schuhe und einen Kamelhaarmantel, den sie am Morgen in einem Billigladen gekauft hatte. An der nächsten Kreuzung überquerte sie die Straße und folgte ihm in dichtem Abstand bis zur nächsten Ecke. Der Trenchcoat, den er mit einem marineblauen Schal trug, war alt und hatte geflickte Stellen. Er war ohne Hut und schien unbekümmert südwärts zu schlendern, ohne nach eventuellen Kontakten Ausschau zu halten. Als sie zur 39th Street kamen, trat sie von hinten an ihn heran und sagte: »Folge mir.«

Sie liefen ostwärts bis zur Park Avenue und nordwärts zurück in Richtung 42nd Street und Grand Central Station und betraten die große Bahnhofshalle durch den Eingang Vanderbilt Avenue. Tausende von Pendlern durchquerten die riesige Halle, hastend, schiebend, drängelnd – zur Rushhour war dies ein geradezu idealer Treffpunkt, hatte sich Eva überlegt. Hier war sie kaum angreifbar, konnte aber leicht Verwirrung stiften und fliehen. Ohne sich umzuschauen, strebte sie dem zentralen Auskunftsschalter zu. Dort angekommen, drehte sie sich um und nahm die Brille ab.

Er war direkt hinter ihr, mit ausdrucksloser Miene.

»Beruhige dich, ich bin allein«, sagte er. »So blöd bin ich nicht.« Er schob sich näher an sie heran und senkte die Stimme. »Eva, wie geht's dir?«

Zu ihrem gewaltigen Verdruss führte die Anteilnahme in seiner Stimme dazu, dass ihr plötzlich zum Weinen zumute war. Aber sie musste nur an Luis de Baca denken, um wieder hart und unnachgiebig zu werden. Sie nahm das Kopftuch ab und lockerte ihr Haar.

»Ich bin verraten worden«, sagte sie. »Jemand hat mich verraten.«

»Keiner von uns. Ich weiß nicht, was schiefgegangen ist, aber bei Transoceanic gibt es kein Leck.«

»Ich glaube, du irrst dich.«

»Natürlich glaubst du das. Das würde ich auch. Aber ich müsste es wissen, Eva. Ich würde das rauskriegen. Wir haben kein Leck.«

»Und die BSC?«

»Die BSC würde dir einen Orden verleihen, wenn sie könnte«, sagte er. »Dein Einsatz war großartig.«

Das warf sie um. Sie ließ den Blick über die wogende Menschenmenge schweifen, wie um nach einer Eingebung zu suchen, sie blickte zum gewaltigen Deckengewölbe mit dem blauen Sternenhimmel auf. Sie fühlte sich schwach. Mit einem Mal spürte sie die Anspannung der letzten Tage in allen Gliedern. Sie wollte nur noch das eine – dass Romer sie in die Arme nahm.

»Gehen wir nach unten«, sagte er. »Hier können wir nicht reden. Ich hab dir eine Menge zu erzählen.«

In der unteren Halle fanden sie einen Platz an einer Milchbar. Sie bestellte einen Kirsch-Milchshake mit einer Kugel Vanilleeis, plötzlich hatte sie Appetit auf Süßes. Während des Wartens schaute sie sich um.

»Keine Sorge«, sagte Romer. »Ich bin allein hier. Du musst

ins Büro kommen, Eva. Nicht jetzt, nicht heute oder morgen. Lass dir Zeit. Die hast du dir verdient.« Er griff nach ihrer Hand. »Was du da hingekriegt hast, ist erstaunlich«, sagte er. »Erzähl mir, was passiert ist. Fang an mit deiner Abreise von New York.« Er ließ ihre Hand los.

Also erzählte sie: Sie schilderte die gesamte Reise von New York bis Las Cruces, und Romer hörte zu – wortlos. Erst als sie fertig war, bat er sie, die Geschehnisse zwischen dem Abschied von Raul und der Begegnung mit de Baca noch einmal zu wiederholen.

»Und jetzt erzähle ich, was in den Tagen danach passiert ist«, sagte er, als sie fertig war. »Der Sheriff von Dona Ana County wurde zu dem Unfall gerufen, den du gemeldet hattest. Sie fanden das Fragment der Landkarte und das Geld und benachrichtigten die FBI-Dienststelle in Santa Fe. Die Karte ging an Hoover in Washington, und Hoover persönlich hat sie dem Präsidenten auf den Schreibtisch gelegt.« Er schwieg einen Moment. »Niemand konnte sich einen Reim darauf machen, also stellten sie uns zur Rede, was nur natürlich ist, weil es da eine Verbindung zur brasilianischen Karte zu geben schien. Aber wie die Sache erklären? Den Tod eines mexikanischen Detektivs bei einem Autounfall nahe der Grenze. Dann eine beträchtliche Summe Geld und das Fragment einer Landkarte, auf Deutsch, mit potenziellen Luftverbindungen zwischen Mexiko und den Vereinigten Staaten. Eine abgekartete Sache? Ein unglücklicher Zufall? Hatte der Mexikaner die Karte gekauft? Oder wollte er sie verkaufen, und die Sache ging schief? Wollte sie ihm jemand abjagen, bekam es mit der Angst und ist geflohen?« Er breitete die Hände aus. »Keiner weiß es. Die Ermittlungen dauern an. Die Hauptsache aber aus unserer Sicht – der BSC – ist, dass damit die Echtheit der brasilianischen Karte erwiesen ist. Unbezweifelbar.« Er lachte leise. »Das hättest du nicht voraussehen können, Eva, aber der einzigartige Coup in dieser Geschichte besteht darin, dass die Karte bei Roosevelt und Hopkins gelandet ist, und das ohne den Hauch eines Verdachts gegen die BSC. Vom County-Sheriff ans FBI, von Hoover ins Weiße Haus. Was tut sich da südlich der Grenze? Was führen die Nazis im Schilde mit ihren Fluglinien und ihren Gauen? Es hätte nicht besser laufen können.«

Eva dachte nach. »Aber das Material war minderwertig.«

»Für sie war es gut genug. Raul wollte die Karte einfach publik machen, an eine Lokalzeitung schicken. So war der Plan. Bis sich dein Plan durchsetzte.«

»Aber ich hatte keinen Plan.«

»Schon gut. Deine ... Improvisation. Not ist die Mutter der Erfindung und all das.« Er blickte sie an, beinahe forschend, wie ihr schien, um zu sehen, ob sie sich irgendwie verändert hatte. »Die Hauptsache aber«, redete er weiter, »das Unglaubliche ist, dass alles hundertmal besser gelaufen ist, als wir zu hoffen gewagt hätten. Jetzt kann keiner mit dem Finger auf die Briten und die BSC zeigen und sagen: Wieder einer eurer schmutzigen Tricks, mit denen ihr uns in euren europäischen Krieg hineinziehen wollt. Sie haben die Sache selbst ausgegraben, in einem vergessenen Winkel ihres eigenen Hinterhofs. Was kann da der Bund noch sagen? Oder America First? Es ist nun sonnenklar: Die Nazis planen Fluglinien von Mexico City nach San Antonio und Miami. Sie lauern schon an deiner Schwelle, Amerika, das ist keine europäische Angelegenheit mehr – wach endlich auf.« Mehr brauchte er gar nicht zu sagen. Eva verstand schon, dass sich das ganze Geschehen zu einer einzig möglichen Deutung zusammenfügte.

»London ist überglücklich«, sagte er. »Das kann ich dir flüstern. Vielleicht bringt das die entscheidende Wende.«

Wieder spürte sie diese Müdigkeit, die sie zu Boden zog wie ein schwerer Rucksack. Vielleicht aus lauter Erleichterung, dachte sie. Ich brauche nicht zu fliehen, alles hat sich zum Guten gewendet – irgendwie, auf rätselhafte Weise.

»Okay. Ich komme ins Büro«, sagte sie. »Am Montag bin ich wieder da.«

»Gut. Es gibt viel zu tun. Transoceanic muss die Sache weiter verfolgen, auf allen Kanälen.«

Sie stieg von ihrem Barhocker, während Romer den Milchshake bezahlte.

»Die Sache war hochgefährlich, musst du wissen«, sagte sie mit einem Rest Bitterkeit in der Stimme.

»Ich weiß. Das ganze Leben ist hochgefährlich.«

»Wir sehen uns am Montag. Mach's gut.« Sie wandte sich zum Gehen, voller Verlangen nach ihrem Bett.

»Eva«, sagte Romer und hielt sie am Ellbogen fest. »Mr und Mrs Sage, Algonquin Hotel, Zimmer 340.«

»Erzähl mir genau, was passiert ist«, sagte Morris Devereux. »Fang an mit deiner Abreise aus New York.«

Es war Montagmorgen, sie saßen in seinem Büro bei Transoceanic. Draußen herrschte kaltes Spätnovemberwetter, Schneeschauer waren angesagt. Eva hatte das Wochenende mit Romer im Algonquin verbracht. Den ganzen Samstag über hatte sie geschlafen, Romer war aufmerksam und liebevoll zu ihr gewesen. Am Sonntag machten sie einen Spaziergang im Central Park, gingen nach einem Brunch im Plaza ins Hotel zurück und liebten sich. Am Abend kehrte sie in ihr Apartment zurück. Sylvia hatte sie schon erwartet und war vorgewarnt: Du brauchst nicht zu sprechen, sagte sie, lass dir Zeit, ich bin da, wenn du mich brauchst. Eva konnte sich erholen, all die bohrenden Fragen in ihrem Kopf waren zur Ruhe gekommen, bis Morris Devereux' Aufforderung sie von Neuem aufrührte. Sie erzählte ihm dasselbe, was sie Romer erzählt hatte, ohne etwas auszulassen. Devereux hörte gespannt zu und machte kurze Notizen in einen Block, der vor ihm lag – Daten und Uhrzeiten.

Als sie fertig war, schüttelte er ungläubig den Kopf. »Und dann ist so ein Riesending draus geworden. Fantastisch. Besser als der Belmonte-Brief. Besser als die Brasilienkarte.«

»Das klingt ja wie ein machiavellistisches Komplott«, sagte sie. »Aber es gab keinen Plan. Alles ist spontan passiert, aus einer Eingebung heraus. Ich hab nur versucht, Spuren zu verwischen, mir ein bisschen Vorsprung zu verschaffen, Leute irrezuführen. Ich hatte keinen Plan«, beharrte sie.

»Vielleicht trifft das für alle großen Aktionen zu«, sagte er. »Wenn der Zufall hineinspielt, entsteht etwas völlig Neues und Bedeutendes.«

»Vielleicht. Aber ich bin *verraten* worden, Morris«, wandte sie mit provozierender Härte ein. »Würdest du das nicht auch sagen?«

Er verzog das Gesicht. »Wenn du mich fragst, würde ich sagen, es sieht ganz danach aus.«

»Was mir nicht aus dem Sinn geht, ist der Plan, den *sie* verfolgen«, sagte sie. »Und der beschäftigt mich viel mehr als die Tatsache, dass ich ihn irgendwie durch Glück und Zufall durchkreuzt und in unseren sogenannten Triumph verwandelt habe. An dem bin ich nicht interessiert. Ich sollte tot aufgefunden werden, in der Wüste. Mit einer verpfuschten Mexikokarte und fünftausend Dollar in der Tasche. Das war der eigentliche Plan. Aber warum? Was steckt dahinter?«

Er schaute sie verblüfft an, als ihm die Logik ihrer Worte aufging. »Gehen wir's noch einmal durch«, sagte er. »Wann hast du die zwei Krähen in Denver zum ersten Mal gesehen?«

Sie gingen die Abfolge der Ereignisse ein weiteres Mal durch, und jetzt spürte sie, dass sich Morris auf etwas anderes bezog, etwas, was er ihr nicht sagen konnte – noch nicht.

»Wer hat mich geführt, Morris?«

»Ich war es. Ich hab dich geführt.«

»Und Angus und Sylvia.«

»Aber unter meiner Aufsicht. Es war mein Kommando.«

Sie blickte ihn scharf an. »Also müsste ich dir sehr misstrauen.«

»Ja«, sagte er nachdenklich, »danach sieht es aus.« Er lehnte sich zurück und verschränkte die Hände hinter dem Kopf. »Ich würde mir selber auch misstrauen. Du hast die Krähen in Denver abgeschüttelt. Hundert Prozent?«

»Hundert Prozent.«

»Aber dann haben sie in Las Cruces auf dich gewartet.«

»Dass ich nach Las Cruces fahren würde, wusste ich doch erst, nachdem es mir der Mann in Albuquerque gesagt hatte. Ich hätte überallhin fahren können.«

»Dann hat er dich in die Falle gelockt.«

»Der war nur ein Laufbursche. Ein kleiner Kurier.«

»Die Krähen in Denver waren auch nur kleine Schnüffler.«

»Da bin ich mir sicher. Standardbesetzung FBI.«

»Was mich auf den Gedanken bringt«, sagte Morris und nahm die Arme wieder herunter, »dass die Krähen in Las Cruces keine Standardbesetzung waren.«

»Wie meinst du das?« Jetzt wurde sie hellhörig.

»Sie waren verdammt gut. Zu gut für dich.«

Das war etwas, woran sie nicht gedacht hatte. Auch Romer nicht. Denver und Las Cruces, das waren für sie Start- und Endpunkt ein und derselben Operation gewesen. Devereux' Gedanke implizierte nun, dass dort zwei Operationen nebenher liefen, gleichzeitig, unabhängig voneinander.

»Zwei verschiedene Kommandos? Das eine unfähig, das andere clever? So ein Unsinn.«

Devereux hob die Hand. »Halten wir uns doch an die

Hypothese und kümmern wir uns nicht um das Ergebnis. Haben sie dir das in Lyne nicht beigebracht?«

»Wenn sie wirklich so gut waren, hätten sie mir nicht auflauern müssen«, sagte sie nach kurzer Überlegung. »Dann hätten sie mich von New York an im Auge behalten.«

»Möglich. Genau.«

»Aber wer hat das zweite Kommando geschickt, wenn nicht das FBI?« In ihrem Kopf herrschte mal wieder Aufruhr. Fragen, Fragen, Fragen, aber keine Antworten. »Der Bund? America First? Private Auftraggeber?«

»Du suchst schon wieder nach der Lösung. Spielen wir die Sache erst mal durch. Sie wollten deine Leiche. Dich mit der Karte im Gepäck. Du wärst als britische Spionin identifiziert worden, weil dir das FBI seit New York auf den Fersen war. Obwohl du sie abgeschüttelt hast.«

»Aber wo ist der Sinn? Was sollten sie mit einer toten britischen Agentin?«

Jetzt machte Morris das gequälte Gesicht. »Du hast recht. Die Sache geht nicht auf. Irgendwas fehlt da …« Er sah aus wie ein Mann, der die Wahl zwischen mehreren unguten Optionen hat.

Eva versuchte einen neuen Vorstoß: »Wer wusste, dass ich in Las Cruces war?«

»Ich, Angus, Sylvia.«

»Romer?«

»Nein. Der war in England. Er wusste nur von Albuquerque.«

»Raul wusste es«, sagte Eva. »Und der Mann in Albuquerque. Also noch mehr Leute außer euch dreien …« Ihr kam ein Gedanke: »Wieso eigentlich wusste de Baca, dass ich im Motor Lodge war? Niemand außer mir konnte das wissen – du nicht, Angus nicht, Sylvia nicht. Ich habe getrickst, getäuscht, Haken geschlagen, alles, was nur ging. Ich wurde nicht beschattet. Das schwöre ich.«

»Es muss aber so sein«, beharrte er. »Überleg doch mal: Ebendeshalb hatten die in Las Cruces nichts mit denen in Denver zu tun. Sie haben mehrere Leute auf dich angesetzt oder dir aufgelauert. Ein ganzes Kommando – vier, fünf Mann. Und sie waren gut.«

»In dem roten Coupé saß eine Frau«, erinnerte sich Eva. »Vielleicht habe ich nicht genug auf Frauen geachtet.«

»Was ist mit dem Portier vom Alamogordo Inn? Er wusste, dass du abreist.«

Sie dachte nach: Dieser kleine Giftzwerg an der Rezeption? Und entsann sich einer Weisheit aus Lyne: Die Besten sind oft die, denen man es am wenigsten zutraut. Vielleicht auch Raul. Albino-Raul, der Portier, das Pärchen im Coupé – ein Kommando, meinte Morris – und noch zwei andere, die sie nicht gesehen hatte. Und wer waren die Männer, denen de Baca beim Verlassen des Motor Lodge ein Zeichen gegeben hatte? Plötzlich kam ihr die Sache schon plausibler vor. Sie musterte Morris, der gedankenverloren an seiner Unterlippe zupfte. Will er mir nicht etwas einreden?, fragte sie sich. Sind das seine intelligenten Überlegungen, oder will er mich manipulieren? Sie brach die Überlegung ab. Jetzt drehte sich schon alles im Kreis.

»Ich denke weiter darüber nach«, sagte sie. »Ich ruf dich an, wenn ich eine Erleuchtung habe.«

Beim Rückweg ins Büro fiel ihr ein, was der Portier bei der Anmeldung im Alamogordo Inn zu ihr gesagt hatte: Sind Sie sicher, dass Sie hier wohnen wollen? Außerhalb der Stadt gibt es nettere Hotels. Hatte er ihr absichtlich einen Gedanken eingeträufelt? Nein, dachte sie, das ist absurd – langsam wurde sie verrückt.

Am Abend briet Sylvia ein Steak für sie, und sie öffneten eine Flasche Wein.

»Das ganze Büro summt vor Aufregung«, meinte sie, um

etwas aus Eva herauszubekommen. »Sie sagen, du bist der große Star.«

»Ich werd's dir erzählen, das verspreche ich«, sagte Eva. »Ich hab es nur selbst noch nicht annähernd begriffen.«

Gerade als sie ins Bett gehen wollte, rief Morris Devereux an. Er klang aufgeregt, nervös – von seiner gewohnten Gelassenheit war nichts mehr zu spüren.

»Kannst du sprechen?«, fragte er.

Eva vergewisserte sich mit einem Blick, dass Sylvia den Tisch abräumte und nicht mithörte. »Ja. Kein Problem.«

»Tut mir leid, dass ich so spät anrufe, aber etwas beschäftigt mich, und nur du kannst mir eine Antwort darauf geben.«

»Und was ist das?«

»Warum hast du Raul die Karte nicht einfach übergeben?«

»Wie bitte?«

»Ich meine: Das war dein Auftrag, oder nicht? Du solltest Raul einfach ein ›Päckchen‹ übergeben, zusammen mit dem Geld.«

»Ja.«

»Und warum hast du es nicht getan?«

Sie blickte sich um, in der Küche klapperte Geschirr.

»Weil ich die Karte geprüft habe und fand, dass sie verpfuscht war. Minderwertige Ware – irgendwas war faul an der Sache.«

»Hat dir jemand aufgetragen, die Ware zu prüfen?«

»Nein.«

»Warum hast du's dann getan?«

»Weil … weil ich dachte, ich müsste …« Jetzt stellte sie sich die Frage selbst: Es war eine reine Instinktentscheidung gewesen. »Ich wollte einfach nichts falsch machen.«

Er wurde still. Nach einer Sekunde fragte sie: »Hallo, bist du noch da?«

»Ja«, erwiderte er. »Die Sache ist die: Hättest du die Ware

an Raul übergeben, wie es deinem Auftrag entsprach, wäre nichts von alledem passiert. Verstehst du nicht? Es ist alles nur deshalb so gekommen, weil du *nicht* getan hast, was du solltest.«

Eva dachte nach. Sie konnte nicht erkennen, worauf er hinauswollte.

»Ich kann dir nicht folgen«, sagte sie. »Willst du damit sagen, dass das irgendwie alles meine Schuld ist?«

»Jesus Maria!«, sagte er plötzlich atemlos.

»Morris? Alles in Ordnung?«

»Jetzt begreife ich ...«, sagte er beinahe zu sich selbst. »Mein Gott. Ja ...«

»Was begreifst du?«

»Morgen muss ich ein paar Recherchen machen. Sehen wir uns morgen. Morgen Nachmittag.« Als Treffpunkt nannte er ein Kino am Broadway, ein wenig nördlich des Times Square, das rund um die Uhr Trickfilme und Wochenschauen zeigte.

»Um vier ist es dort immer leer«, sagte er. »Setz dich in die letzte Reihe. Ich finde dich dann.«

»Was ist denn, Morris? Du kannst mich doch nicht so hinhalten!«

»Ich muss ein paar sehr diskrete Nachforschungen anstellen. Sag niemandem etwas. Ich fürchte, es ist ernst.«

»Und ich dachte, alle wären gespannt wie die Flitzbogen.«

»Meine Vermutung geht dahin, dass es sich bei dem Kommando in Las Cruces um unsere Freunde in Grau handeln könnte.«

Unsere Freunde in Grau, das war der »Deutsch-Amerikanische Volksbund«.

»Leute von dort?«

»Nein, von weiter her.«

»Mein Gott.«

»Sag nichts. Wir sehen uns morgen. Gute Nacht.«

Sie legte auf. In Wirklichkeit redete Morris vom SD – dem Sicherheitsdienst. Kein Wunder, dass er nervös war – wenn das stimmte, dann hatten die Deutschen einen ihrer Leute in der BSC, im sensibelsten Bereich der Operation.

»Wer war das?«, fragte Sylvia von der Küche her. »Willst du Kaffee?«

»Ja, bitte. Es war Morris. Ein Problem in der Buchhaltung.«

»Ach ja?« Sie wussten immer, wann sie sich belogen, nahmen es aber nicht übel. Sylvia registrierte nur das Ungewöhnliche der Situation. Morris musste schon sehr nervös sein, wenn er in dieser Weise auf sich aufmerksam machte. Sie tranken ihren Kaffee, hörten noch ein bisschen Musik im Radio und gingen zu Bett. Eva war fast schon eingeschlafen, als sie zu hören glaubte, dass Sylvia einen kurzen Anruf machte. Sie fragte sich, ob sie ihr von Morris' Verdacht hätte erzählen sollen, entschied aber, dass es besser war, Vermutungen zu untermauern oder zu widerlegen, bevor man sie mit anderen teilte. Während sie dalag, ging ihr das Telefongespräch noch einmal durch den Kopf: Morris hatte in den Geschehnissen von Las Cruces etwas entdeckt, was sie nicht sah oder sehen konnte. Sollte sie nicht vielleicht doch etwas von dem morgigen Treffen mitteilen – als Sicherheit? Aber sie entschied sich dagegen und wollte erst einmal abwarten, was Morris zu sagen hatte. Aus irgendeinem Grund traute sie ihm, und ein solches Vertrauen, das wusste sie nur zu gut, war der schwerste Fehler, den man machen konnte.

Aber am nächsten Morgen im Büro war keine Spur von Morris, selbst mittags ließ er sich nicht blicken. Eva arbeitete an einer Folgestory zur Mexikokarte, die von einer neuen Generation viermotoriger deutscher Passagierflugzeuge handelte – Weiterentwicklungen des Seeaufklärers Condor Fw 200 –, die eine Reichweite von zweitausend

Meilen hatten, mehr also, als man brauchte, um den Atlantik zwischen Westafrika und Südamerika zu überqueren. Wenn sie die Meldung, dass eine argentinische Fluglinie sechs dieser Maschinen bestellt hatte, in einer spanischen Zeitung unterbringen konnte – *El Diario* oder *Independiente* –, dann konnte diese Story Beine bekommen.

Sie brachte den Entwurf zu Angus, der neuerdings immer öfter bei Transoceanic zu sitzen schien und immer seltener bei seinem Sender.

Angus überflog den Text.

»Was hältst du davon?«, fragte sie.

Er wirkte zerstreut, nicht besonders freundlich, und sie bemerkte, dass sein Aschenbecher voller Zigarettenstummel war.

»Warum in Spanien?«

»Es ist besser, die Sache dort anzufangen, damit Argentinien dementieren kann. Die Meldung kriegt größere Verbreitung, wenn sie von Spanien ausgeht und dann in Südamerika aufgegriffen wird. Danach können wir es vielleicht hier in den USA versuchen.«

»Existieren diese Pläne?«

»Die Condor existiert.«

»In Ordnung. Klingt gut. Viel Glück.« Er griff wieder nach der Zigarettenschachtel – offenbar war ihm alles egal.

»Hast du zufällig Morris gesehen?«, fragte sie.

»Er sagte, dass er heute den ganzen Tag im Rockefeller Center ist – irgendwas recherchieren.«

»Stimmt etwas nicht, Angus? Hast du Probleme?«

»Nein, nein«, sagte er und brachte unter Mühe ein glaubhaftes Lächeln zustande. »Nur ein paar Martinis zu viel letzte Nacht.«

Ein wenig verstört verließ sie sein Zimmer. Morris war bei der BSC – interessant, dass Angus Bescheid wusste. Hatte Morris ihm etwas erzählt? Ließ sich Angus' ungewohnte

Knurrigkeit damit erklären? Sie dachte weiter darüber nach, während sie ihre Condor-Story tippte und zu einem der Spanisch-Übersetzer brachte.

Zum Mittagessen kam sie erst später – in einem Automatenrestaurant auf der Seventh Avenue, wo sie ein Thunfisch-Sandwich, ein Stück Käsekuchen und ein Glas Milch auswählte. Was hatte Morris im Rockefeller Center zu suchen? Der Las-Cruces-Einsatz war natürlich in der BSC geplant worden … Sie aß ihr Sandwich und ging zum hundertsten Mal die Ereignisse durch, die zur Begegnung mit de Baca geführt hatten, um etwas zu finden, was ihr bisher entgangen war. Was war es, worauf Morris gestoßen war und sie nicht? Also: De Baca erschießt sie und sorgt dafür, dass ihre Leiche schnell gefunden wird. Die Karte wird entdeckt, zusammen mit etwa fünftausend Dollar. Welchen Eindruck würde das erwecken? Junge britische Agentin in New Mexico ermordet aufgefunden, im Gepäck eine verdächtige Landkarte. Das ganze FBI würde sich sofort fragen, was die BSC wieder ausgeheckt hatte. Eine hochgradig peinliche Angelegenheit mit vernichtender Wirkung – und ein netter Gegenschlag der deutschen Abwehr, wie ihr nun klar wurde. Eine britische Agentin bei der Verbreitung von Antinazipropaganda enttarnt. Aber wir machen doch nichts anderes als das, wenn wir nur die Chance bekommen, sagte sie sich, und jeder beim FBI weiß das. Was wäre also sensationell daran?

Aber mehrere Punkte störten das Bild. Niemand hatte je verlauten lassen, dass die deutsche Abwehr zu solchen Operationen in den USA imstande war, ein ganzes Geheimkommando von New York nach Las Cruces schicken konnte – dazu noch mit solchen Mitteln und Techniken ausgestattet, dass sie nichts davon bemerkt hatte. Dabei war sie äußerst vorsichtig gewesen – was ja auch zur Entdeckung der Krähen in Denver geführt hatte. Wie viele gehörten zu einem solchen Kommando? Sechs, acht Leute, die ständig ausgewechselt wurden, darunter auch ein paar Frauen? Sie hätte so etwas bemerkt, sagte sie sich. Aber stimmte das auch? In Las Cruces war sie ständig auf der Hut gewesen, und es ist äußerst schwer, ein misstrauisches Zielobjekt zu beschatten, aber sie musste zugeben, dass sie nie auf Frauen geachtet hatte. Dann wieder dachte sie: Warum war ich so misstrauisch? Habe ich unterschwellig gespürt, dass sich die Schlinge um mich zuzog? Sie brach ihre Überlegungen ab und beschloss, vorzeitig ins Trickfilmkino zu gehen. Ein bisschen Lachen konnte ihr nur guttun.

In der letzten Reihe des fast leeren Kinos wartete sie zwei Stunden auf Morris und sah dabei eine Abfolge von Trickfilmen mit Mickymaus, Daffy Duck, Tom und Jerry, die ab und zu durch die Wochenschau mit neuen Nachrichten vom europäischen Krieg unterbrochen wurden. »Die deutsche Kriegsmaschine kommt vor den Toren Moskaus zum Stehen«, verkündete der Sprecher mit dröhnender Penetranz. »General Winter übernimmt das Kommando.« Sie sah Pferde bis zum Widerrist im Morast versinken, der zäh und klebrig wirkte wie flüssige Schokolade, sie sah erschöpfte, ausgemergelte deutsche Soldaten, die sich zur Tarnung mit Laken umhüllten und steifbeinig von Haus zu Haus rannten, erfrorene Menschen im Schnee, die kaum noch von zerborstenen Bäumen oder verstreuten Trümmern zu unterscheiden waren, brennende Dörfer, in deren Feuerschein Tausende russische Soldaten vorwärts hasteten, quer über die Schneefelder zum Gegenangriff. Sie versuchte sich vorzustellen, was dort um Moskau geschah – Moskau, ihre Geburtsstadt, an die sie sich nicht mehr erinnern konnte –, und stellte fest, dass ihr Gehirn sich weigerte, irgendwelche Antworten zu liefern. Donald Duck übernahm das Kommando auf der Leinwand, zu ihrer Erleichterung. Die Leute fingen an zu lachen.

Als ihr klar wurde, dass sie vergebens auf Morris wartete, und sich das Kino langsam, aber sicher mit Leuten füllte, die von der Arbeit kamen, machte sie sich auf den Heimweg in ihr Apartment. Sie beschwichtigte sich mit der Tatsache, dass drei von vier solcher vereinbarten Treffs ins Wasser fielen – es war viel zu kompliziert und riskant, die jeweiligen Partner über Verspätungen oder Verschiebungen zu informieren, trotzdem nagten gewisse Ängste an ihr. Oder waren die ernst zu nehmen? Vielleicht steckte dahinter nur die Neugier, was Morris ihr mitteilen wollte. Er würde sich rechtzeitig melden, sagte sie sich, sie würden sich treffen, und er würde ihr mitteilen, was er herausgefunden hatte. Als sie zu Hause war, prüfte sie als Erstes die Fallen in ihrem Zimmer – Sylvia hatte nicht in ihren Sachen gewühlt, wie sie mit fast lachhafter Beglückung feststellte. Manchmal hatte sie dieses ewige Misstrauen, die ständige Wachsamkeit gründlich satt – wie kann man überhaupt so leben?, fragte sie sich. Immer auf der Hut sein, alles beargwöhnen und ständig in Angst, verraten zu werden, aufzufliegen. Sie machte sich eine Tasse Kaffee, rauchte eine Zigarette und wartete auf Morris' Anruf.

Als Sylvia nach Hause kam, fragte Eva ganz beiläufig, ob sie Morris an diesem Tag im Rockefeller Center gesehen hatte. Sylvia verneinte und erinnerte sie daran, wie viele hundert Leute dort jetzt arbeiteten, wie sehr die BSC gewachsen war – wie ein Großunternehmen, das zwei ganze Etagen des Wolkenkratzers mit seinen vollgestopften Büros ausfüllte und sich schon auf weitere Etagen ausweitete. Morris hätte eine ganze Woche dort verbringen können, ohne dass sie ihm begegnet wäre.

Gegen sieben beschlich Eva eine leichte, aber hartnäckig bohrende Unruhe. Sie rief bei Transoceanic an und erhielt vom Diensthabenden die Auskunft, dass Mr Devereux den ganzen Tag nicht im Büro gewesen sei. Darauf rief sie Angus Woolf in seinem Apartment an, aber er nahm nicht ab, obwohl sie es lange klingeln ließ.

Gegen halb acht verabschiedete sich Sylvia, um mit einem Freund ins Kino zu gehen – *Der Malteserfalke* –, und ließ Eva allein in der Wohnung zurück. Sie setzte sich hin und starrte das Telefon an – das Dümmste, was sie tun konnte, es war ihr klar, aber ihr war trotzdem wohler dabei. Sie versuchte, ihr letztes Gespräch mit Morris zu rekonstruieren. Ganz deutlich hörte sie sein leises »Jesus Maria!«, als er irgendeine Erleuchtung hatte, als er das fehlende Glied irgendeiner Kette entdeckte. Seine Stimme klang eher schockiert als erschrocken, dachte sie, als wäre die mögliche Erklärung so … unerwartet, so drastisch, dass ihm unwillkürlich dieser Ausruf entfuhr. Er wollte sie einweihen, sonst hätte er den Treff im Kino nicht vorgeschlagen, und vor allem wollte er unter vier Augen mit ihr sprechen. Unter vier Augen. Sie überlegte. Warum konnte er mir nicht durch die Blume sagen, was er zu sagen hatte? Ich hätte ihn schon verstanden. Vielleicht war die Botschaft zu schockierend, zu niederschmetternd?

Sie beschloss, gegen alle Regeln in seinem Apartment anzurufen.

»Ja?«, sagte ein Mann mit amerikanischem Akzent.

»Könnte ich Elizabeth Wesley sprechen, bitte?«, sagte sie ebenfalls auf Amerikanisch.

»Ich glaube, Sie sind falsch verbunden.«

»Verzeihung.«

Sie legte auf und griff ihren Mantel. Auf der Straße fand sich schnell ein Taxi, das sie nach Murray Hill fuhr. Morris wohnte dort in einem Hochhaus, einem anonymen Wohnturm wie sie alle. Sie ließ das Taxi ein paar Straßen entfernt halten und lief den Rest zu Fuß. Vor dem Hauseingang parkten zwei Polizeiautos. Im Vorbeigehen sah sie den Portier hinter seinem Pult Zeitung lesen. Sie wartete fünf Minuten, bis ein Pärchen kam, das einen Schlüssel hatte, folgte ihm schnell durch die Tür und begann zu schnattern: »Entschuldigung, Sie wissen nicht zufällig, ob Linda und Mary Weiss in der sechzehnten oder der siebzehnten Etage wohnen? Ich bin eben von ihnen weg und hab meine Geldbörse vergessen. Und ich wollte in den Club. Man hält es nicht für möglich.« Der Mann winkte dem Portier zu, der von seiner Zeitung aufsah, das beschwingte Trio zur Kenntnis nahm und weiterlas. Das Pärchen kannte die Weiss-Schwestern leider nicht, aber Eva fuhr mit ihren neuen Freunden bis in die zehnte Etage – wo sie ausstiegen –, dann weiter in die dreizehnte und lief die Feuertreppe hinab zur zwölften, wo Morris wohnte.

Vor seinem Apartment standen Polizisten zusammen mit Angus Woolf. Angus Woolf? Was macht der hier?, dachte sie. Und mit einem Schlag wurde ihr übel. Sie begriff, dass Morris tot sein musste.

»Angus«, rief sie leise und ging auf ihn zu. »Was ist passiert?«

Angus signalisierte den Polizisten, dass sie Zutritt hatte, und stakste mit seinen Krücken hastig auf sie zu. Sein Gesicht war bleich.

»Verschwinde lieber, Eve«, sagte er. »Hier ist System Blau.«

System Blau bedeutete höchste Gefahrenstufe.

»Wo ist Morris?«, fragte sie und versuchte, die Nerven zu behalten, ganz ruhig und gefasst zu scheinen, dabei wusste sie die Antwort schon.

»Morris ist tot«, sagte Angus. »Er hat sich umgebracht.« Sie sah ihm an, dass er geschockt war: Schließlich waren die beiden seit vielen Jahren Freunde und Kollegen gewesen, schon lange vor ihrem Einstieg beim AAS.

Ihr Mund wurde trocken, wie von innen ausgesaugt. »O mein Gott«, sagte sie.

»Verschwinde lieber, Eve«, wiederholte Angus. »Hier ist die Kacke am Dampfen.«

Da kam Romer aus dem Apartment. Er wollte die Polizisten ansprechen, warf einen Blick in den Korridor und entdeckte sie. Er schwenkte um und lief auf sie zu.

»Was machst du hier?«

»Ich hatte mich mit Morris auf einen Drink verabredet«, sagte sie. »Weil er nicht kam, bin ich zu ihm.«

Romers Gesicht war unbewegt, fast leer, als hätte er Evas Auftauchen noch nicht verarbeitet.

»Was ist passiert?«, fragte sie.

»Tabletten und Whisky. Fenster und Türen verrammelt. Ein Brief ohne Sinn. Irgendwas über einen Jungen.«

»Warum?«, fragte Eva unwillkürlich, ohne zu denken.

»Wer weiß? Wie gut kennen wir uns schon?« Romer wandte sich an Angus. »Ruf noch mal die Zentrale an. Hier brauchen wir einen von oben.« Angus hinkte davon, und Romers Blick heftete sich wieder auf sie.

»Wie bist du hier reingekommen?«, fragte er, seine Stimme klang frostig. »Warum hat der Portier nicht angerufen?«

Eva merkte, dass sie einen Fehler gemacht hatte: Sie hätte zum Portier gehen müssen, statt sich an ihm vorbeizumogeln. Das wäre normal gewesen, die unverdächtige Art, nach einem Freund zu sehen, wenn er nicht zur Verabredung kam.

»Er war beschäftigt, also bin ich an ihm vorbei.«

»Oder hast du nach Elizabeth Wesley gesucht?«

»Nach wem?«

Romer lachte auf. Ihr wurde klar, dass er zu clever war – und sie zu gut kannte.

Der Blick, mit dem Romer sie anschaute, war kalt. »Die Umsicht und Tatkraft unserer Miss Dalton darf man nicht unterschätzen, eh?«

Da wusste sie es. Sie spürte ein Schrillen in den Ohren, es klang wie eine Alarmsirene. Sie berührte seinen Arm.

»Lucas«, sagte sie sanft. »Ich muss dich sehen, heute noch. Ich will bei dir sein.«

Etwas anderes konnte sie nicht sagen, es war der reine Instinkt. Sie brauchte ein paar Sekunden Zeit, bevor er alles durchschaute.

Er warf einen Blick über die Schulter zu den Polizisten. »Unmöglich«, sagte er. »Nicht heute.«

Sie nutzte die Sekunden, um zu überlegen: Er weiß, dass ich mit Morris gesprochen habe. Er weiß, dass Morris mir etwas gesagt hat und ich deshalb heimlich zu ihm wollte. Er glaubt, ich verfüge über die entscheidende Information, und kalkuliert meine Gefährlichkeit. Sie sah seinen Ausdruck wechseln, als er sich wieder zu ihr umdrehte, und konnte beinahe hören, wie es in ihren Köpfen arbeitete – wie zwei überlastete Motoren, die in entgegengesetzte Richtungen strebten.

»Bitte«, sagte sie. »Du fehlst mir.« Vielleicht wird er weich, dachte sie, das Flehen seiner Geliebten. Letzte Nacht haben wir uns noch geliebt – es könnte ihn ja für fünf Minuten erweichen.

»Sieh mal … na, vielleicht«, sagte er. Er griff nach ihrer Hand, presste sie und ließ sie wieder los. »Stephenson will dich sprechen. Es könnte sein, dass Roosevelt nächste Woche in einer Rede deine Karte erwähnen wird – am Zehnten. Stephenson will dir persönlich gratulieren.«

Das ist so abwegig, dass es schon wieder stimmen kann, dachte sie.

»Stephenson, mich sprechen?«, wiederholte sie ungläubig. Das kam ihr unfassbar vor. William Stephenson war die BSC in Person, sie war seine Schöpfung, von A bis Z, mit Haut und Haar, mit Fleisch und Knochen.

»Du bist unser großer Star«, sagte Romer und blickte dabei auf die Uhr. »Ich muss erst noch diesen Schlamassel beseitigen. Warte um zehn vor deinem Haus. Ich hole dich ab.« Er lächelte. »Und zu Sylvia kein Wort. Verstanden?«

»Dann bis zehn«, sagte sie. »Und hinterher könnten wir ...«

»Ich denke mir was aus. Hör zu, jetzt verschwinde lieber, bevor die Polizei deinen Namen notiert.«

Er ließ sie stehen und ging auf die Polizisten zu.

Im Fahrstuhl begann Eva zu rechnen. Sie schaute auf die Uhr, es war zwanzig Uhr fünfundvierzig. Um zehn würde Romer sie vor ihrem Haus erwarten. Wenn sie nach fünf Minuten nicht auftauchte, würde er wissen, dass sie auf und davon war. Ihr blieb etwas mehr als eine Stunde Zeit.

Für eine Rückkehr in ihr Apartment war es zu spät, entschied sie. Um ihre Flucht abzusichern, musste sie alles stehen und liegen lassen. Während sie auf die U-Bahn wartete, prüfte sie den Inhalt ihrer Handtasche: der Pass auf Eve Dalton, um die dreißig Dollar, eine Packung Zigaretten, Lippenstift und Puderdose. Reicht das aus, um ein neues Leben zu beginnen?, fragte sie sich mit wehmütigem Lächeln.

Als sie im Zug nach Brooklyn saß, nahm sie sich das letzte Zusammentreffen mit Romer vor und bedachte gründlich und systematisch, was sich daraus folgern ließ. Warum war sie plötzlich so sicher, dass Romer irgendwie hinter den Geschehnissen von Las Cruces und hinter dem Tod von Morris Devereux steckte? Irrte sie sich etwa? ... Vielleicht war es Angus Woolf? Oder hatte Morris ihr eine raffinierte Falle gestellt und dann den Unschuldigen gespielt? Klar war aber, dass Morris nicht Selbstmord begangen hatte. Man trifft keine lebenswichtige Verabredung und beschließt dann, sie platzen zu lassen, indem man sich umbringt. Allerdings hatte sich Romer nicht verdächtig gemacht, das musste sie zugeben – aber woher dann ihre unerschütterliche Gewissheit? Woher das Gefühl, dass sie fliehen musste, auf der Stelle, als hinge ihr Leben davon ab? Die Redensart verstörte sie, trieb ihr Schauder über den Rücken, aber sie stimmte: Ihr Leben hing davon ab, dass sie rechtzeitig floh. Der entscheidende Punkt für Morris, der Schlüssel für seine Erkenntnis war gewesen, dass sie die Karte nicht an Raul übergeben hatte. Warum hatte sie die Karte nicht an Raul übergeben? Weil sie sie geprüft und für minderwertig befunden hatte. Wer hatte ihr befohlen, die Ware zu prüfen? Niemand.

Sie hörte Romers Stimme, die Stimme ihres Geliebten, als würde er neben ihr stehen. »Die Umsicht und Tatkraft unserer Miss Dalton darf man nicht unterschätzen, eh?«

Das war es, was bei ihr den Funken gezündet hatte. In dem Moment wusste sie, worauf Morris gestoßen war. Sie überschaute nicht das große Ganze, worauf die Sache hinauslaufen sollte, aber während sie vor dem Apartment des armen Morris mit Romer gesprochen hatte, war ihr klar geworden, dass Romer sie im absolut sicheren Wissen nach Las Cruces geschickt hatte, dass sie niemals und unter keinen Umständen eine Ware übergeben würde, ohne sie einer Prüfung zu unterziehen. Er *kannte* sie, er wusste genau, was sie in einer solchen Situation tun würde, und bei dem Gedanken, dass sie so leicht durchschaut, so sicher kalkuliert und manipuliert werden konnte, stieg ihr die Schamröte ins Gesicht. Aber warum soll ich mich schämen, sagte sie sich mit einer Aufwallung von Wut. Romer wusste, dass sie nicht als Kurier zu gebrauchen war, der mechanisch seinen Auftrag erfüllte, gerade deshalb hatte er ihr ja den Job angetragen. Es war genauso wie in Prenslo – sie handelte auf eigene Initiative, passte sich der Lage an, fällte ihre eigenen Entscheidungen, wenn es hart auf hart kam. Dasselbe bei Mason Harding. Ihr Kopf begann zu schwirren: Das war ja, als hätte er sie auf die Probe gestellt, um abschätzen zu können, wie sie sich in solchen Situationen verhielt. Hatte Romer vielleicht auch die Krähen auf sie angesetzt, im Wissen, dass sie sie abschütteln würde – und damit ihr Misstrauen zu wecken? Sie fühlte sich ausmanövriert wie bei einer Schachpartie mit einem Großmeister, der ihr immer zehn, zwanzig Züge voraus war. Aber warum sollte sich Romer ihren Tod wünschen?

In ihrem Fluchtquartier in Brooklyn angekommen, ging sie geradewegs ins Badezimmer, hob das Medizinschränkchen von der Wand, entfernte einen losen Ziegelstein und nahm den auf Margery Allerdice ausgestellten Pass und ein Bündel Dollarnoten heraus: Sie hatte fast dreihundert Dollar gespart. Als sie das Schränkchen wieder aufhängte, hielt sie inne.

»Nein, Eva«, sagte sie laut.

Sie durfte nicht vergessen, dass sie es mit Lucas Romer zu tun hatte, einem Mann, der sie nur zu gut kannte, so gut wie niemand sonst auf der Welt, wie es schien. Sie musste sich setzen. Ihr wurde schwindlig bei dem Gedanken, der ihr plötzlich gekommen war: Romer *wollte* ihre Flucht, er erwartete nichts anderes – denn wenn sie unterwegs war, ohne eigenes Refugium, hatte er sie viel besser im Griff. Also denk nach, sagte sie sich, denk nicht zweimal um die Ecke, sondern dreimal. Versetz dich in seinen Kopf, geh davon aus, was er über dich denkt und weiß, Eva Delektorskaja – und dann schlag ihm ein Schnippchen.

Romer, so überlegte sie, wäre niemals auf ihr ehrlich gemeintes Angebot eingegangen, die Nacht mit ihr zu verbringen, nicht für eine Sekunde. Er musste davon ausgehen, dass sie ihn verdächtigte, dass sie nicht an Morris' Selbstmord glaubte, und wahrscheinlich war ihm auch klar, dass es vorbei war, als sie im Korridor vor Morris' Wohnung erschien, und daher kam sein Vorschlag, sich um zehn mit ihr zu treffen, fast einer Aufforderung zur Flucht gleich. Jetzt begriff sie auch, dass sie keinen Vorsprung hatte, keine Stunde, nicht mal eine halbe – sie hatte überhaupt keine Zeit mehr.

Im nächsten Moment verließ sie das Fluchtquartier – ob Romer die Adresse kannte? Wohl kaum, dachte sie, vergewisserte sich aber auf der Straße, dass ihr niemand folgte. Ihren Eve-Dalton-Pass schob sie in einen Gully; sie hörte es sanft platschen, als er ins Wasser fiel. Jetzt war sie Margery Allerdice – und natürlich kannte Romer den Namen, so wie alle anderen Decknamen, die er seinen Agenten zuteilte –, sehr weit würde sie als Margery Allerdice nicht kommen.

Aber wohin sollte sie? Ich habe zwei klare Alternativen, überlegte sie, als sie zum U-Bahnhof eilte. Südwärts nach Mexiko oder nordwärts nach Kanada. Wie von selbst stellte sich die Frage, was Romer von ihr erwarten würde. Sie war gerade an der mexikanischen Grenze gewesen – würde er vermuten, dass sie sich dorthin wendete, oder nach Norden, in die entgegengesetzte Richtung? Ein Taxi fuhr vorbei, sie stoppte es. Penn Station, bitte, sagte sie – das hieß südwärts, nach Mexiko; die bessere Entscheidung, denn sie wusste, wie und wo man über die Grenze kam.

Während der Fahrt klopfte sie den Plan auf seine Tauglichkeit ab. Mit dem Zug fahren – war das klug? Er würde nicht vermuten, dass sie den Zug nahm: Es war zu naheliegend, zu leicht kontrollierbar, man konnte sie bequem in die Falle locken. Nein, Romer würde auf Bus oder Auto tippen, also brachte ihr die Fahrt mit dem Zug einen beträchtlichen Zeitgewinn. Bei der Überquerung des East River, die hell erleuchteten Hochhäuser von Manhattan vor Augen, versetzte sie sich weiter in Romer und seine Art zu denken – nur so konnte sie ihr Überleben sichern, wie ihr nun bewusst war. Eva Delektorskaja gegen Lucas Romer. Es würde nicht leicht werden, denn schließlich hatte er sie ausgebildet. Alles, was sie konnte, hatte sie ihm zu verdanken, hatte er ihr auf die eine oder andere Weise beigebracht. Also galt es jetzt, seine Methoden, seine Tricks und Kniffe gegen ihn zu wenden … Aber sie brauchte ein bisschen mehr Zeit, wie sie verzagt feststellte, nur einen oder zwei Tage Vorsprung, damit sie ihre Spuren verwischen, ihm Hindernisse in den

Weg legen konnte ... Sie schmiegte sich tiefer in den Rücksitz, die Novembernacht war kalt – ein bisschen mexikanische Sonne wäre jetzt willkommen, dachte sie, ein bisschen brasilianische Hitze. Da wusste sie, dass sie nach Norden musste. Sie streckte den Arm aus und tippte dem Fahrer auf die Schulter.

Am Grand Central verlangte sie eine Fahrkarte nach Buffalo – dreiundzwanzig Dollar – und schob zwei Zwanziger durch. Der Beamte zählte ihr das Wechselgeld hin und gab ihr die Fahrkarte. Sie bedankte sich und trat beiseite, bis er zwei weitere Leute bedient hatte, dann ging sie zurück an den Schalter, unterbrach die nächste Transaktion und sagte: »Sie haben mir auf vierzig Dollar herausgegeben. Es waren aber fünfzig.«

Das Aufsehen, das sie damit erregte, war beeindruckend. Der Beamte, ein Mann mittleren Alters, dessen Mittelscheitel wie mit dem Rasiermesser gezogen war, wich und wankte nicht. Ein Vorgesetzter wurde gerufen, Eva verlangte den Inspektor zu sprechen. Die Wartenden in der Schlange wurden unruhig – »Nun machen Sie mal hin, Lady!«, rief jemand –, und Eva rief zurück, dass man sie um zehn Dollar betrogen habe. Als sie zu weinen begann, führte sie der Vorgesetzte in ein Büro, wo sie sich alsbald beruhigte. Sie werde ihre Anwälte einschalten, versicherte sie und verlangte den Namen des Vorgesetzten – Enright – und des Schalterbeamten – Stefanelli – und kündigte an, dass die Sache ein Nachspiel haben werde, jawohl, meine Herren: Wenn die Delaware & Hudson Railway ihre unschuldigen Fahrgäste ausrauben wolle, müsse man schließlich dagegen angehen und sich zur Wehr setzen.

Sie lief quer durch die große Bahnhofshalle zurück und war sehr zufrieden mit sich – erstaunlich, wie leicht es ihr gelang, echte Tränen zu produzieren. An einem etwas weiter entfernten Schalter kaufte sie eine weitere Fahrkarte, diesmal nach Burlington. Der letzte Zug fuhr in drei Minuten – sie rannte zum Bahnsteig und erreichte den Zug dreißig Sekunden vor Abfahrt.

Während die Lichter der Vorstädte vorbeizogen, versuchte sie ein weiteres Mal, sich in Romer hineinzuversetzen. Wie würde er das Spektakel am Fahrkartenschalter bewerten? Er würde wissen, dass es inszeniert war – diesen Trick, die Aufmerksamkeit auf sich zu lenken, hatten sie in der Ausbildung mehrfach geprobt: Beim Kauf einer Fahrkarte zur kanadischen Grenze erregt man künstlich Aufsehen, weil man gerade *nicht* dorthin fahren wird. Aber Romer würde nicht darauf hereinfallen – zu durchsichtig –, jetzt würde er die Südrichtung ganz und gar vernachlässigen. Nein, Eva, würde er sich sagen, nach El Paso oder Laredo fährst du nicht – du willst nur, dass ich das glaube. In Wirklichkeit fährst du nach Kanada. Romer würde den doppelten Bluff sofort erraten, aber dann – weil man die Umsicht und Tatkraft unserer Eva Delektorskaja nicht unterschätzen durfte – würden ihm auch gleich Zweifel kommen: Nein, nein … das ist vielleicht ein dreifacher Bluff. Sie will mich glauben machen, dass sie nach Kanada fährt, und fährt in Wirklichkeit nach Mexiko. Eva hoffte, damit recht zu behalten. Romers Schlauheit war ebenso wenig zu unterschätzen – konnte sie ihn mit einem Vierfach-Bluff übertrumpfen? Sie verließ sich darauf. Er würde dieselbe Überlegung anstellen und dann denken: Im Winter fliegen die Vögel gen Süden.

Am Bahnhof von Burlington machte sie einen Anruf bei Paul Witoldski in Franklin Forks. Es war nach Mitternacht.

»Wer ist da?« Witoldskis Stimme klang gereizt.

»Ist dort die Bäckerei Witoldski?«

»Nein, hier ist die Wäscherei Witoldski.«

»Kann ich mit Julius sprechen?«

»Hier gibt es keinen Julius.«

»Hier ist Eve«, sagte sie.

Schweigen. Dann sagte Witoldski: »Hab ich eine Besprechung verpasst?«

»Nein. Ich brauche Ihre Hilfe, Mr Witoldski. Es ist dringend. Ich warte am Bahnhof Burlington.«

Wieder Schweigen, dann: »In dreißig Minuten bin ich dort.«

Während sie auf Witoldski wartete, dachte sie sich: Man rät uns, befiehlt, bittet, bekniet uns, nie jemandem zu trauen, was alles sehr gut sein mag, aber manchmal gerät man in Situationen, wo einem nur noch das Vertrauen weiterhilft. Sie musste sich jetzt auf Witoldski verlassen, obwohl Johnson in Meadowville der geeignetere Mann gewesen wäre – und auch ihn fand sie vertrauenswürdig –, aber Romer war mit ihr zusammen nach Meadowville gefahren. An irgendeinem Punkt seiner Nachforschungen würde er Johnson anrufen. Er kannte zwar auch Witoldski, aber bei Johnson würde er es zuerst versuchen, und das konnte ihr ein paar Stunden Vorsprung sichern.

Sie sah einen verdreckten Lieferwagen mit der Aufschrift »WXBQ Franklin Forks« auf den Parkplatz fahren. Witoldski war unrasiert, er hatte eine Plaidjacke an, dazu eine Hose, die aussah wie das Ölzeug, das Fischer trugen.

»Haben Sie Probleme?«, fragte er und hielt Ausschau nach ihrem Koffer.

»Ich sitze in der Patsche«, gestand sie. »Ich muss noch diese Nacht nach Kanada.«

Er dachte nach und rieb sich das Kinn, dass sie das schabende Geräusch der Stoppeln hörte.

»Sagen Sie nichts mehr«, befahl er und öffnete ihr den Wagenschlag.

Sie fuhren nordwärts, fast ohne ein Wort zu sprechen. Er hatte eine Bierfahne und roch muffig – nach alten Decken vielleicht oder wie ein Mann, der sich lange nicht gewaschen hat –, aber sie beklagte sich nicht. An einer Tankstelle in Champlain tankte er auf und fragte, ob sie hungrig sei. Auf ihr Nicken kaufte er ihr eine Packung Feigenbrote. Sie aß drei davon, eins nach dem anderen, während sie westwärts fuhren, nach Chateaugay, wie die Wegweiser besagten, aber kurz bevor sie dort eintrafen, bog er auf eine Schotterstraße ab und fuhr durch Nadelwälder bergauf, bis sich die Straße zum Pfad verengte und die Zweige mit blechernem Rascheln am Auto entlangstreiften. Das ist ein Jagdweg, erklärte Witoldski. Sie nickte kurz ein und träumte von Feigen und Feigenbäumen in der Sonne, bis das Auto mit einem Ruck zum Stehen kam.

Es war kurz vor Tagesanbruch, die schmutzigen Silberstreifen am Himmel ließen die Bäume noch schwärzer erscheinen. Witoldski zeigte auf eine Einmündung, die von den Scheinwerfern erhellt wurde.

»Wenn Sie diese Straße hinuntergehen, sind Sie nach einer Meile in Sainte-Justine.«

Sie stiegen aus, die Kälte traf Eva wie ein Schlag. Sie sah, dass Witoldski ihre leichten Stadtschuhe musterte. Er ging nach hinten, öffnete die Hecktür und kam mit einem Schal und einem alten speckigen Pullover zurück, den sie unter ihren Mantel zog.

»Sie sind in Kanada«, sagte er. »Provinz Quebec. Hier wird Französisch gesprochen. Können Sie Französisch?«

»Ja.«

»Blöde Frage.«

»Ich möchte Ihnen gern etwas bezahlen«, sagte sie, »für das Benzin und für Ihre Zeit.«

»Spenden Sie's der Wohlfahrt, kaufen Sie eine Kriegsanleihe.«

»Wenn jemand kommt und sich nach mir erkundigt, können Sie die Wahrheit sagen«, erklärte sie ihm. »Es gibt nichts zu verbergen.«

»Ich hab Sie nie gesehen«, erwiderte er. »Wer sind Sie überhaupt? Ich war fischen.«

»Danke«, sagte Eva und überlegte, ob sie den Mann umarmen sollte. Aber er streckte die Hand aus, und sie tauschten einen kurzen Händedruck.

»Alles Gute, Miss Dalton.« Er kletterte in sein Auto, wendete an der Einmündung und fuhr davon. Sie blieb in einer Dunkelheit zurück, die so absolut war, dass sie nicht wagte, auch nur einen Schritt zu gehen. Aber langsam passten sich ihre Augen an, und sie erkannte die zerklüfteten Baumspitzen vor dem heller werdenden Himmel, dann auch das bleiche Band der Straße. Sie wickelte sich Witoldskis Schal fester um den Hals und machte sich auf den Weg nach Sainte-Justine. Jetzt bin ich wirklich auf der Flucht, dachte sie, jetzt bin ich ins Ausland geflohen, und zum ersten Mal fühlte sie sich ein wenig sicherer. Es war ein Sonntagmorgen, wie ihr nun klar wurde, während sie auf das Knirschen ihrer Schritte im Schotter lauschte und während die ersten Vögel erwachten – Sonntag, der 7. Dezember 1941.

11

Aggressives Betteln

Ich schloss die Küchentür ab – Ilse und Ludger waren unterwegs, irgendwo in Oxford, und ich wollte mich nicht von ihnen überraschen lassen. Es war Mittag, ich hatte eine Stunde Zeit, bis Hamid kam. Mir war seltsam zumute, als ich die Tür zu Ludgers und Ilses Zimmer öffnete – zu *meinem* Esszimmer immerhin –, und ich musste mir erst klarmachen, dass ich keinen Fuß hineingesetzt hatte, seit Ludger bei mir hauste.

Das Zimmer sah aus, als wäre es seit einem Monat von Flüchtlingen bewohnt. Es roch nach alten Kleidern, Zigaretten und Räucherstäbchen. Auf dem Boden lagen zwei Luftmatratzen mit geöffneten Armeeschlafsäcken, die uralt aussahen, kakifarben, faltig, fast wie Lebewesen oder abgestreifte Häute, riesige Gliedmaßen, die in Verwesung übergegangen waren. Hier und da stapelten sich Lebensmittel und Getränke – Thunfisch- und Sardinenbüchsen, Cider und Dosenbier, Schokoriegel und Kekse –, als hätten sich die Bewohner auf eine längere Belagerung eingestellt. Tische und Stühle waren an die Wand geschoben und dienten als provisorische Garderobe – Jeans, Hemden, Flatterhemden, Unterhosen bedeckten alle Flächen, hingen über jede Kante, jede Stuhllehne. In einer anderen Ecke sah ich die Reisetasche, mit der Ludger gekommen war, und einen sperrigen Rucksack – ebenfalls Armeeausrüstung –, der vermutlich Ilse gehörte.

Ich schaute mir sehr sorgfältig an, wie er an die Wand gelehnt war, und erst als ich ihn öffnen wollte, kam mir in den Sinn, dass sie vielleicht Fallen angebracht hatte. »Fallen«, sagte ich laut und rang mir ein ironisches Lachen ab: Ich beschäftige mich zu viel mit der Vergangenheit meiner Mutter, sagte ich mir – und musste doch gestehen, dass ich gerade im Begriff war, das Zimmer meiner Logiergäste heimlich zu durchsuchen. Ich löste die Schnalle und kramte im Rucksack: ein paar zerfledderte Taschenbücher (deutsche, von Stefan Zweig), eine Polaroid, ein arg mitgenommener Teddybär mit dem aufgestickten Namen »Uli«, etliche Packungen Kondome und ein halbziegelgroßer Packen, der in Alufolie gewickelt war. Ich wusste und roch gleich, was es war: Hasch, Marihuana. Als ich die Folie ein wenig löste, sah ich die dunkle, schokoladenartige Masse. Ich nahm ein winziges Bröckchen zwischen Daumen und Zeigefinger und kostete – warum, weiß ich selbst nicht. War ich etwa ein Drogenkenner und Spezialist, der die Sorte am Geschmack erkannte? Nein, nicht im Mindesten, obwohl ich mir von Zeit zu Zeit einen Joint gönnte, aber so etwas machte man wohl, wenn man heimlich in den Sachen anderer Leute herumschnüffelte. Ich schloss die Folie wieder und tat alle Sachen in den Rucksack zurück. Dann öffnete ich die Seitentaschen und fand nichts Interessantes. Ich war mir nicht einmal sicher, wonach ich überhaupt suchte. Nach Waffen? Einer Pistole? Einer Handgranate? Ich verließ das Zimmer, schloss die Tür und machte mir in der Küche ein Sandwich.

Als Hamid zu seiner Stunde kam, überreichte er mir einen Umschlag und ein Flugblatt. Das Flugblatt kündigte eine Demo vor dem Wadham College an – gegen den offiziellen Besuch der Schwester des Schahs, Prinzessin Ashraf. Im Umschlag steckte die Einladung zu einer Party im Obergeschoss des Captain Bligh, eines Pubs in der Cowley Road, die am Freitag stattfinden sollte.

»Wer veranstaltet die Party?«, fragte ich.

»Ich«, sagte Hamid. »Ich will mich verabschieden. Am Tag darauf gehe ich nach Indonesien.«

Am selben Abend, als Jochen im Bett lag und Ludger mit Ilse in den Pub gegangen war – sie luden mich immer ein, und ich lehnte immer ab –, rief ich Detective Constable Frobisher an.

»Ich habe einen Anruf von dieser Ilse bekommen«, sagte ich. »Jemand muss ihr aus Versehen meine Nummer gegeben haben – sie fragte nach jemandem, den ich nicht kannte, einem James. Ich glaube, der Anruf kam aus London.«

»Nein, sie ist jetzt mit Sicherheit in Oxford, Miss Gilmartin.«

»Oh.« Da war ich platt. »Was soll sie denn angestellt haben?«

Schweigen, dann antwortete er: »Eigentlich dürfte ich Ihnen das nicht erzählen, aber sie hat sich als Hausbesetzerin in Tooting Bec aufgehalten. Wir vermuten, dass sie mit Drogen handelt, aber es liegen nur Anzeigen wegen aggressiven Bettelns vor. Betteln verbunden mit Drohungen, wenn Sie wissen, was ich meine.«

»Ach so. Dann ist sie also nicht so eine Art anarchistische Terroristin.«

»Warum fragen Sie?« Sein Interesse erwachte von Neuem.

»Nur so. Weil man ständig davon in den Zeitungen liest.«

»Klar ... also, Scotland Yard möchte, dass wir sie festnehmen. Und solche Typen brauchen wir in Oxford nicht«, fügte er ein wenig selbstgerecht und albern hinzu.

Oxford ist voll von kaputten Typen, dachte ich. Auf eine Ilse mehr oder weniger kommt es nicht an.

»Wenn sie sich noch mal meldet, rufe ich sofort an«, versprach ich pflichtbewusst.

»Vielen Dank, Miss Gilmartin.«

Ich legte auf und stellte mir die magere, schmuddlige, übellaunige Ilse beim aggressiven Betteln vor. Dann beschlich mich die Frage, ob es ein Fehler gewesen war, Frobisher anzurufen – er schien mir ziemlich pflichteifrig –, und was mich dazu verführt hatte, den Terrorismus zu erwähnen. Das war ein Patzer, ein wirklich dummer Fehler. Ich hatte geglaubt, die zweite Generation der Baader-Meinhof-Bande bei mir zu beherbergen, doch dann entpuppten sie sich als die üblichen faulen Säcke und Versager.

Die Demo vor dem Wadham College war für achtzehn Uhr angesetzt, den Einweihungstermin für die neue, vom Schah finanzierte Bibliothek, zu deren Eröffnung die Schwester des Schahs erwartet wurde. Ich holte Jochen von Grindle's ab, mit dem Bus fuhren wir in die Stadt. Wir hatten noch Zeit für eine Pizza mit Coke in der St. Michael's Street, bevor wir Hand in Hand über die Broad Street zum Wadham College liefen.

»Was ist eine Demo, Mummy?«, fragte er.

»Wir protestieren dagegen, dass die Universität Oxford Geld von einem Tyrannen und Diktator annimmt, einem Mann, der sich Schah von Persien nennt.«

»Schah von Persien«, wiederholte er. Der Klang der Wörter schien ihm zu gefallen. »Kommt Hamid auch?«

»Mit Sicherheit, würde ich sagen.«

»Er kommt auch daher, stimmt's?«

»Allerdings, kleiner Schlaumeier ...«

Ich blieb stehen und staunte – eine Menschenmenge von etwa fünfhundert hatte sich zu beiden Seiten des Haupteingangs gesammelt und bildete zwei Gruppen. Erwartet hatte ich das übliche Häuflein der verbohrten Linken und ein paar Halbstarke, die ihren Spaß haben wollten, aber dort waren Dutzende Polizisten, die eine Kette bildeten und den Eingang zum College so weit frei halten wollten, wie es nur ging. Andere standen auf der Straße und winkten ungeduldig die Autos durch. Es gab Transparente mit der Aufschrift DIKTATOR, VERRÄTER, MÖRDER, SCHANDE FÜR OXFORD und (etwas witziger) DIE SCHANDE VON IRAN, ein Vermummter mit Megafon dirigierte Sprechchöre auf Farsi. Doch die Stimmung war merkwürdig festlich – vielleicht, weil es ein so schöner Sommerabend war, vielleicht, weil es eine gesittete Oxforder Demo war, vielleicht auch, weil es nicht einfach schien, sich wegen der Eröffnung einer Bibliothek so richtig empört und revolutionär zu geben. Es gab viel Gelächter, Gegrinse, Geplänkel – trotzdem war ich beeindruckt: Das war die größte politische Demonstration, die ich in Oxford je erlebt hatte. Ich dachte an meine Hamburger Zeiten, an Karl-Heinz und all die leidenschaftlichen, zornigen Aufmärsche und Demos, an denen wir teilgenommen hatten, und meine Stimmung fiel deutlich ab.

Ich entdeckte Hamid in einer Gruppe von Iranern, die unter Anleitung des Megafons Parolen riefen und mit Emphase die Finger reckten. Die englischen Studenten mit ihren Tarnjacken und Palästinensertüchern sahen wie Amateure aus. Für sie war der Protest eine willkommene Abwechslung vom Studienalltag – ein kleiner Spaß am Abend.

Ich schaute mir die Menge an, die schwitzenden, überforderten Polizisten, die versuchten, den halbherzigen Ansturm der Protestierenden im Zaum zu halten. Von den Mannschaftswagen, die vor dem Keble College parkten, näherte sich ein weiterer Trupp Polizisten – die Schah-Schwester konnte nicht mehr weit sein. Dann sah ich Frobisher – er stand mit Reportern und Pressefotografen auf einer niedrigen Mauer und knipste munter in die Menge der Demonstranten hinein. Ich drehte ihm schnell den Rücken zu und stieß fast mit Ludger und Ilse zusammen.

»He, Ruth«, sagte Ludger mit seinem breiten Lächeln, offenbar erfreut, mich zu sehen. »Und Jochen auch. Ist ja toll! Nimm dir ein Ei.«

Er und Ilse hatten je zwei Zwölferpackungen Eier, die sie an die Demonstranten verteilten.

Jochen nahm sich vorsichtig eins heraus. »Was soll ich damit machen?«, fragte er verlegen – mit Ludger war er nie warm geworden, obwohl der unablässig mit ihm plauderte und scherzte, aber er mochte Ilse. Ich nahm mir auch ein Ei, um ihm Mut zu machen.

»Wenn du die reiche Lady aus der Limousine steigen siehst, musst du sie damit bewerfen«, sagte Ludger.

»Warum?«, fragte Jochen, eine vernünftige Frage, wie mir schien, aber bevor ihm jemand eine überzeugende Antwort geben konnte, hatte Hamid ihn gepackt und auf die Schultern gehoben.

»Jetzt hast du einen guten Ausblick«, sagte er.

Ich fragte mich, ob ich die besorgte Mutter spielen sollte, entschied mich aber dagegen – man konnte nicht früh genug versuchen, die Mythen eines allmächtigen Systems zu zerstören. Und sei's drum, dachte ich, es lebe die Gegenkultur, auch einem Jochen Gilmartin kann es nicht schaden, ein Ei auf eine persische Prinzessin zu werfen. Da Jochen das Geschehen nun von Hamids Schultern aus überschaute, wandte ich mich an Ilse.

»Siehst du den Fotografen mit der Jeansjacke – dort auf der Mauer bei den Reportern?«

»Ja, na und?«

»Das ist ein Polizist. Er sucht nach dir.«

Sie drehte sich sofort weg und fischte eine Mütze aus ihrer Jackentasche, eine blassblaue Sommermütze mit weicher Krempe, die sie tief ins Gesicht zog und mit einer Sonnenbrille ergänzte. Sie flüsterte Ludger etwas zu, und beide suchten Deckung in der Menge.

Plötzlich begannen die Polizisten zu rufen und gestikulieren. Der gesamte Verkehr wurde gestoppt, und ein Wagenkonvoi, angeführt von zwei Polizeiautos mit Blaulicht, näherte sich in schnellem Tempo. Die Schreie und Pfiffe wurden schrill, als die Kolonne hielt, Bodyguards ausstiegen und sich schützend um eine kleine Person in türkisfarbenem Seidenkleid gruppierten. Ich sah die dunkle, lackierte Toupetfrisur, die große Sonnenbrille, und während die Prinzessin hastig zum Pförtnerhäuschen und dem nervösen Begrüßungskomitee eskortiert wurde, begannen die Eier zu fliegen. Das knackende Geräusch, das sie beim Aufprall machten, kam mir vor wie ferne Gewehrschüsse.

»Wirf, Jochen!«, schrie ich spontan – und sah, wie er sein Ei warf. Hamid behielt ihn noch einen Moment länger auf der Schulter, dann setzte er ihn ab.

»Ich hab einen Mann an der Schulter getroffen«, sagte Jochen. »Einen von den Männern mit Sonnenbrille.«

»Brav, mein Junge«, sagte ich. »Aber jetzt geht's nach Hause. Genug Aufregung für heute.«

Wir verabschiedeten uns und liefen die Broad Street hinauf, dann weiter zur Banbury Road. Nach kurzer Zeit bekamen wir überraschend Begleitung, von Ludger und Ilse. Jochen setzte sofort zu einer Erklärung an, dass er absichtlich nicht auf die Lady gezielt hatte, weil ihr Kleid so schön war – und sicher sehr teuer.

»Hey, Ruth«, sagte Ludger, der neben mir ging, »danke für die Warnung vor dem Bullen.«

Ilse hatte Jochen bei der Hand genommen, wie ich sah, und redete Deutsch mit ihm.

»Ich hatte gedacht, sie wäre in größeren Schwierigkeiten«, sagte ich. »Aber ich glaube, die Polizei will sie nur verwarnen.«

»Nein, nein«, sagte Ludger mit nervösem Lachen. Er senkte die Stimme. »Sie hat 'n Ding am Laufen. Ein bisschen irre. Aber nichts Ernstes. Du verstehst?«

»Klar. Also wie wir alle«, sagte ich.

Jochen griff nach Ludgers Hand. »Los, schaukel mich.«

Also nahmen Ludger und Ilse ihn zwischen sich und ließen ihn schaukeln, während wir nach Hause gingen. Jochen schrie vor Begeisterung und rief bei jedem Mal: »Höher! Höher!«

Ich blieb ein wenig zurück und bückte mich, um einen Riemen an der Sandale festzuziehen. Das Polizeiauto sah ich erst, als es neben mir hielt. Detective Constable Frobisher lächelte mich durchs offene Fenster an.

»Miss Gilmartin – ich dachte mir doch, dass Sie es sind. Könnte ich Sie kurz sprechen?« Er stieg aus, der Fahrer blieb sitzen. Ich merkte, dass Jochen, Ilse und Ludger weiterliefen, ohne auf mich zu achten, und es gelang mir, mich nicht zu ihnen umzudrehen.

»Ich wollte Ihnen nur sagen«, fuhr Frobisher fort, »die junge Frau aus Deutschland scheint wieder in London zu sein.«

»Ah, gut.«

»Haben Sie die Demo gesehen?«

»Ja. Ich war in der Broad Street. Ein paar meiner Studenten haben teilgenommen. Iraner, verstehen Sie?«

»Ja, darüber wollte ich mit Ihnen reden.« Er machte einen Schritt auf mich zu. »Wie ich sehe, bewegen Sie sich viel unter den ausländischen Studenten.«

»Dass ich mich ›unter ihnen bewege‹, würde ich nicht unbedingt sagen – aber ich unterrichte ausländische Studenten, das ganze Jahr über.« Ich strich mir das Haar aus den Augen und nutzte die Handbewegung, um einen Blick nach vorn zu riskieren. Ludger, Ilse und Jochen waren etwa hundert Meter entfernt stehen geblieben und schauten sich nach mir um, Ilse hielt Jochen bei der Hand.

»Lassen Sie's mich mal so ausdrücken, Miss Gilmartin«, sagte Frobisher, jetzt in zutraulichem, fast drängendem Ton. »Wir wären sehr interessiert, falls Sie irgendetwas Ungewöhnliches hören oder sehen – Politisches, über Anarchisten, Radikale. Die Italiener, die Deutschen, die Araber … Alles, was Ihnen auffällig vorkommt – rufen Sie uns einfach an.« Er lächelte, und sein Lächeln war echt, nicht gekünstelt, und für einen Augenblick sah ich den wahren Frobisher, seinen ungebremsten Eifer. Hinter den Höflichkeitsfloskeln und der drögen Ernsthaftigkeit verbarg sich einer, der listiger, klüger und ehrgeiziger war, als es den Anschein hatte. »Sie kommen näher an diese Leute heran als wir, Sie hören Dinge, die wir nie zu hören kriegen«, sagte er und ließ noch einmal die Maske fallen. »Und wenn Sie uns von Zeit zu Zeit anrufen würden – auch wenn es nur so ein Eindruck ist –, wären wir Ihnen sehr verbunden.«

Fängt es so an?, dachte ich. Fängt so dein Leben als Spionin an?

»Klar«, sagte ich. »Wenn ich denn was hören würde. Aber sie sind alle ganz harmlos und wollen nur Englisch lernen.«

»Ich weiß. Neunundneunzig Prozent. Aber Sie haben doch die Graffiti gesehen«, sagte er. »Rechts außen spricht man Italienisch, links außen spricht man Deutsch. Die müssen sich ja hier aufhalten, wenn sie dieses Zeug an die Wände schreiben.« Wohl wahr: Ganz Oxford wurde mehr und mehr mit sinnlosen Agitprop-Losungen aus Europa zugeschmiert – *Ordine Nuovo, Das Volk wird dich rächen, Caca-pipi-talisme* –, sinnlos für die Engländer, wollte ich damit sagen.

»Ich verstehe«, sagte ich. »Wenn ich etwas höre, rufe ich Sie an. Kein Problem, ich habe Ihre Nummer.«

Er dankte mir noch einmal, verabschiedete sich mit »Bis bald«, riet mir noch, auf mich aufzupassen, und stieg in sein Auto, das flink wendete und ins Stadtzentrum zurückfuhr.

Ich lief weiter zum wartenden Trio.

»Was wollte der Polizist von dir, Mummy?«

»Er sagte, er sucht nach einem Jungen, der ein Ei geworfen hat.« Wir drei Erwachsenen lachten, aber Jochen fand es nicht lustig.

»Den Witz hast du schon mal gemacht. Er ist immer noch nicht witzig.«

Als wir weitergingen, blieb ich ein paar Schritte mit Ilse zurück.

»Aus irgendeinem Grund denken sie, du bist wieder in London. Also nehme ich an, dass du hier sicher bist.«

»Danke, Ruth. Ich bin dir sehr dankbar.«

»Warum bettelst du? Sie sagten, du würdest aggressiv betteln – mit Drohungen.«

Sie seufzte. »Nur am Anfang hab ich gebettelt. Stimmt. Aber jetzt nicht mehr.« Sie zuckte die Schultern. »Auf den Straßen herrscht so viel Gleichgültigkeit, weißt du? Das hat mich wütend gemacht.«

»Was hast du überhaupt in London gewollt?«

»Ich bin von zu Hause abgehauen – aus Düsseldorf. Meine beste Schulfreundin fing an, mit meinem Vater zu ficken. Das war unmöglich, ich musste weg.«

»Ja«, sagte ich, »ja, das kann ich mir vorstellen ... Was willst du jetzt machen?«

Ilse dachte eine Weile nach, machte eine vage Handbewegung. »Ich glaube, wir suchen uns eine Wohnung in Oxford, Ludger und ich. Oder besetzen eine. Mir gefällt es hier. Ludger sagt, wir können vielleicht was mit Porno machen.«

»In Oxford?«

»Nein, in Amsterdam. Ludger sagt, er kennt einen, der Videos macht.«

Ich warf einen Blick auf das dürre blonde Mädchen, das neben mir herlief und in ihrer Tasche nach einer Zigarette kramte – beinahe hübsch, nur etwas Stumpfes in ihren Zügen ließ sie gewöhnlich aussehen. Ein gewöhnliches Mädchen.

»Das mit dem Porno würde ich mir überlegen, Ilse«, sagte

ich. »Da wirst du für traurige alte Männer zur Wichsvorlage.«

»Jaa ...« Sie dachte ein bisschen nach. »Hast ja recht. Dann verkaufe ich lieber Drogen.«

Wir holten Ludger und Jochen ein und redeten über die Demo und Jochens Volltreffer mit dem Ei, gleich beim ersten Wurf. Doch aus irgendeinem Grund musste ich an Frobishers Bitte denken: Alles, was Sie hören, selbst wenn es nur eine Vermutung ist – wir wären Ihnen sehr verbunden.

Die Geschichte der Eva Delektorskaja

Ottawa 1941

Durch die Busfenster blickte Eva Delektorskaja auf die bunten Lichter und Weihnachtsdekorationen in den Schaufenstern von Ottawa. Sie war auf dem Weg zur Arbeit und hatte wie auch sonst meistens einen Sitzplatz weit vorn gefunden, in der Nähe des Fahrers, sodass sie gut überschauen konnte, wer ein- und ausstieg. Sie schlug ihren Roman auf und tat, als würde sie lesen. Ihr Fahrziel war die Somerset Street in der Innenstadt von Ottawa, aber sie zog es vor, ein paar Stationen vorher oder danach auszusteigen und jedes Mal auf anderen Umwegen zum Beschaffungsministerium zu laufen. Solche Vorsichtsmaßnahmen verlängerten ihren Weg zur Arbeit um etwa zwanzig Minuten, aber sie fühlte sich tagsüber viel wohler und entspannter, wenn sie wusste, dass sie ihre Vorkehrungen getroffen hatte.

Sie war überzeugt, fast hundertprozentig, dass ihr in den paar Tagen, seit sie in Ottawa wohnte und arbeitete, niemand gefolgt war, aber das ständige Absichern war Teil ihres Alltags geworden: Vor fast zwei Wochen hatte sie die Flucht aus New York angetreten – morgen sind es vierzehn Tage, stellte sie fest –, aber noch konnte sie nicht aufatmen.

Sie war zu Fuß nach Sainte-Justine gelangt, als der Ort gerade zum Leben erwachte, und hatte zusammen mit den ersten Kunden im Drugstore Kaffee und Doughnuts bestellt, bevor sie in den Bus nach Montreal stieg. Dort hatte sie ihr langes Haar geopfert, sich einen Bubikopf schneiden und kastanienbraun färben lassen und in einem kleinen Hotel in Bahnhofsnähe übernachtet. Sie war um acht ins Bett gegangen und hatte zwölf Stunden durchgeschlafen. Erst am nächsten Morgen, einem Montag, las sie vom Angriff auf Pearl Harbor, der am Vortag stattgefunden hatte. Ungläubig überflog sie den Bericht, dann las sie ihn noch einmal gründlich: acht Kriegsschiffe versenkt, Hunderte von Toten und Vermissten, eine Infamie historischen Ausmaßes, Kriegserklärung an Japan. Und sie dachte, innerlich aufjubelnd: Wir haben gewonnen. Genau das haben wir gewollt, und wir werden siegen – nicht in Wochen, nicht in Monaten, aber wir werden siegen. Ihr kamen fast die Tränen, weil sie um die Bedeutung dieser Nachricht wusste. Sie versuchte sich vorzustellen, wie sie bei der BSC aufgenommen wurde, und kam auf die – sofort wieder verworfene – Idee, Sylvia anzurufen. Was wird Lucas Romer denken?, fragte sie sich. Konnte sie sich jetzt sicherer fühlen? Würden sie die Suche nach ihr einstellen?

Wohl kaum, dachte sie, als sie die Treppe zum neuen Anbau des Beschaffungsministeriums hinaufstieg und mit dem Fahrstuhl zum Schreibbüro in der dritten Etage fuhr. Sie war früh dran, die anderen drei Stenotypistinnen, die für das halbe Dutzend Beamter dieser Ministeriumsabteilung als Schreibkräfte dienten, waren noch nicht da. Erst einmal entspannte sie ein wenig: Auf der Arbeit fühlte sie sich stets ungefährdeter, weil die vielen Menschen hier für eine gewisse Anonymität sorgten und weil sie den Weg zur Arbeit und zurück gut absicherte. Erst in der Freizeit stellte sich das Gefühl permanenten Misstrauens wieder ein – als würde sie mit dem Verlassen des Büros zum Individuum, einer Persönlichkeit, die auffallen konnte. Hier in der dritten Etage war sie nur ein Tippfräulein unter vielen.

Sie nahm die Hülle von der Schreibmaschine und blätterte die Schreiben in ihrem Eingangskorb durch. Mit ihrem Job war sie sehr zufrieden, er stellte keine hohen Anforderungen und würde ihr eine Rückfahrkarte nach England sichern – so hoffte sie zumindest.

Eva wusste, dass es für ledige Frauen nur zwei Möglichkeiten gab, von Kanada nach England zu gelangen: entweder in Uniform – als Rotkreuzschwester oder Fernmelderin – oder als Regierungsangestellte. Letzteres ging schneller, hatte sie entschieden und war daher am Montag, dem 8. Dezember, von Montreal nach Ottawa gefahren und bei einer Büroagentur, die Regierung und Parlament mit Sekretärinnen versorgte, vorstellig geworden. Ihre stenografischen Fertigkeiten, ihr fließendes Französisch und ihr Schreibtempo waren als Qualifikation mehr als ausreichend, und es vergingen keine vierundzwanzig Stunden, da wurde sie schon zu einem Einstellungsgespräch in den neuen Anbau des Beschaffungsministeriums in der Somerset Street geschickt, einen schmucklosen Büroblock aus Kalkstein, der die Farbe von altem Schnee hatte.

In Montreal angekommen, hatte sie nachts im Hotel eine Stunde gebraucht, um mit einer starken Lupe, einer Nadel und indischer Tinte, die sie mit etwas Milch verdünnte, ihren Namen im Reisepass von »Allerdice« auf »Atterdine« zu ändern. Aus dem Vornamen »Margery« ließ sich nichts machen, also beschloss sie, sich »Mary« zu nennen, als wäre das ihr bevorzugter Rufname. Eine Prüfung unter dem Mikroskop würde der Pass nicht überstehen, aber für den flüchtigen Blick des Beamten bei der Einreisekontrolle war er allemal gut genug. Aus Eva Delektorskaja war Eve Dalton, dann Margery Allerdice, dann Mary Atterdine geworden – ihre Spuren, so hoffte sie, verloren sich allmählich im Nichts.

Nachdem sie sich ein paar Tage in der neuen Arbeitsstelle umgetan hatte, begann sie in der Ministeriumskantine bei den Frauen herumzufragen, wie die Chancen standen, an die Londoner Botschaft versetzt zu werden. Sie fand heraus, dass es einen ziemlich regen Personalwechsel in beide Richtungen gab. Alle paar Wochen oder Monate wurden einige dorthin überstellt, andere kamen zurück. Sie musste nur ins Personalbüro gehen und einen Fragebogen ausfüllen. Der Umstand, dass sie Britin war, würde die Sache sicher erleichtern. Jedem, der sie darauf ansprach, erzählte sie schüchtern, mit Empörung in der Stimme, dass sie nach Kanada gekommen war, um zu heiraten, dann aber von ihrem kanadischen Verlobten sitzen gelassen worden sei. Sie sei nach Vancouver gezogen, um in seiner Nähe zu sein, aber weil die Heiratspläne verdächtig vage blieben, sei sie misstrauisch geworden und habe schließlich feststellen müssen, dass der Mann sie aufs Grausamste belogen und ausgenutzt hatte. Allein und verlassen in Vancouver, sei sie dann ostwärts gereist, um irgendwie zurück nach Hause zu kommen. Genauere Nachfragen – Wer war der Mann? Wo hat sie gewohnt? – lösten bei ihr Schluchzen oder echte Tränen aus: Sie fühlte sich noch immer verletzt und gedemütigt, es war alles noch zu frisch, als dass sie darüber hätte reden können. Mitleidige Frager verstanden das und hielten sich zurück.

Im bürgerlichen Vorort Westboro hatte sie eine Pension gefunden, die in einer ruhigen Straße lag, der Bradley Street. Die Pension wurde von Mr und Mrs Maddox Richmond geführt und beherbergte ausschließlich junge Damen. Übernachtung und Frühstück kosteten zehn Dollar die Woche, Halbpension fünfzehn, zahlbar wöchentlich oder monatlich. »Kaminfeuer an kalten Tagen« verkündete ein Schildchen am Torpfosten. Die meisten »zahlenden Gäste« waren Einwanderer: ein tschechisches Schwesternpaar, eine Schwedin, ein Landmädchen aus Alberta – und Eva. Jeden Morgen um sechs wurde für die Gäste, die dies wünschten, im unteren Salon eine Familienandacht abgehalten, ab und zu nahm Eva gewissenhaft, aber ohne übertriebenen Eifer daran teil.

Ihre Mahlzeiten nahm sie außer Haus ein, vorzugsweise in Imbisslokalen und Restaurants in Ministeriumsnähe, wo anonyme Betriebsamkeit herrschte und die hungrige Kundschaft schnell bedient wurde. Sie fand eine Bibliothek, die lange geöffnet hatte und wo sie an manchen Abenden ungestört bis neun Uhr lesen konnte, und an ihrem ersten freien Wochenende fuhr sie nach Quebec City, einfach um fort zu sein. Die Pension der Richmonds benutzte sie eigentlich nur zum Übernachten, der Kontakt zu den anderen Gästen ging nicht über ein freundliches Nicken hinaus.

Das ruhige, geregelte Leben behagte ihr, sie fand es wohltuend, einfach so, fast ohne besondere Vorkehrungen in Ottawa zu wohnen: die breiten Boulevards, die gepflegten Parks, die imposanten öffentlichen Gebäude im neugotischen Stil, die stillen Straßen und die allgemeine Sauberkeit waren genau das, was sie brauchte, während sie ihre nächsten Schritte plante.

Doch trotzdem blieb sie ständig auf der Hut. In einem Notizbuch hielt sie die Nummern aller Autos fest, die in der Straße parkten, und brachte in Erfahrung, zu welchem Haus sie gehörten. Sie notierte die Namen der dreiundzwanzig Hausbesitzer in der Bradley Street, gegenüber und zu beiden Seiten der Richmonds, und informierte sich bei freundlichem Geplauder mit Mrs Richmond über alle Neuigkeiten: Valerie Kominski hatte einen neuen Freund, Mr und Mrs Doubleday waren im Urlaub, Fielding Bauer war gerade von seiner Baufirma »freigestellt« worden. Sie schrieb alles auf, ergänzte es durch neue Fakten, strich Überflüssiges und Veraltetes und hielt ständig Ausschau nach besonderen Vorkommnissen, die Gefahr für sie bedeuten konnten. Vom ersten Wochenlohn hatte sie sich ein paar vernünftige Sachen gekauft und, unter Zuhilfenahme ihres Dollarvorrats, auch einen dicken Biberpelzmantel gegen die Kälte, die, als Weihnachten nahte, immer schneidender wurde.

Sie versuchte zu analysieren und zu erraten, wie es bei der BSC weiterging. Trotz der Euphorie wegen Pearl Harbor und der Begrüßung Amerikas als langersehntem Verbündeten würden sie weiter ermitteln, Wühlarbeit leisten, Hinweisen folgen. Morris Devereux' Tod und Eve Daltons Verschwinden in derselben Nacht waren keine Ereignisse, die man einfach ignorieren konnte. Sie war sicher, dass alles, was Morris über Romer gemutmaßt hatte, jetzt vor seiner Tür abgelegt wurde: Wenn es Maulwürfe der deutschen Abwehr gab, musste man dann nach den Vorfällen um Devereux und Dalton noch weitersuchen? Aber sie wusste auch – und das verschaffte ihr Genugtuung, stärkte ihre Entschlossenheit –, dass ihr Verschwinden und ihre anhaltende Unsichtbarkeit für Romer einen beständig bohrenden Stachel darstellten. Wenn jemand darauf drängte, dass die Suche mit allen Mitteln fortgesetzt wurde, dann war er es. Sie würde sich niemals entspannt zurücklehnen, sagte sie sich: Margery – »nennen Sie mich Mary« – Atterdine würde ihr Leben weiterhin so unauffällig und vorsichtig gestalten, wie es nur ging.

»Miss Atterdine?«

Sie schaute von der Schreibmaschine hoch. Es war Mr Comeau, Unterstaatssekretär im Beschaffungsministerium, ein adretter Mittvierziger mit gepflegtem Schnurrbart und einer gewissen Nervosität, die scheu und pedantisch zugleich wirkte. Er bat sie in sein Büro.

»Bitte nehmen Sie Platz«, sagte er. Er setzte sich an seinen Schreibtisch und kramte in seinen Papieren.

Ein netter Mensch, dieser Mr Comeau, dachte sie. Nie herablassend oder hochnäsig wie einige der anderen Unterstaatssekretäre, die den Schreibkräften die Manuskripte hinwarfen und ihnen Befehle erteilten, als würden sie mit Automaten reden. Aber seine Höflichkeit und Freundlichkeit hatten auch etwas Melancholisches, als ob er sich damit gegen eine feindselige Welt abschirmen wollte.

»Wir haben hier Ihren Antrag auf Versetzung in die Londoner Botschaft. Er ist genehmigt.«

»Oh, sehr gut.« Ihr Herz machte einen Luftsprung: Endlich würde etwas passieren, würde ihr Leben eine andere Richtung einschlagen, aber nach außen zeigte sie keinerlei Regung.

Comeau erklärte ihr, dass am 18. Januar ein neuer Schub von fünf »jungen Frauen« aus den kanadischen Ministerien in St. John nach Gourock, Schottland, eingeschifft würde.

»Ich bin sehr erfreut«, sagte sie und glaubte, einen Kommentar abgeben zu müssen. »Das ist mir sehr wichtig, weil ...«

»Unter der Voraussetzung ...«, unterbrach er sie und versuchte sich vergeblich an einem koketten Lächeln.

»Unter welcher Voraussetzung?« Ihre Stimme klang schärfer als beabsichtigt.

»Dass wir Sie nicht zum Bleiben überreden können. Sie haben sich hier sehr gut eingebracht. Wir sind sehr zufrieden mit Ihrem Fleiß und Ihren Fähigkeiten. Was ich Ihnen vorschlagen will, Miss Atterdine, ist eine Beförderung.«

Das sei ja sehr schmeichelhaft, sagte sie, sie sei in der Tat überrascht und überwältigt von diesem Angebot, aber nichts könne sie von ihrem Vorhaben abbringen. In diskreter Anspielung auf ihre Enttäuschung in British Columbia betonte sie, das liege nun alles hinter ihr, und sie wünsche nichts sehnlicher, als nach Hause zurückzukehren, zu ihrem verwitweten Vater – eine biografische Information, die sie spontan hinzufügte.

Comeau nickte mitfühlend. Das könne er verstehen, sagte er, auch er sei Witwer, seine Frau sei vor zwei Jahren gestorben, und er kenne die Einsamkeit, unter der ihr Vater leiden müsse, sehr gut. Daher also die Melancholie, dachte sie.

»Aber denken Sie noch einmal darüber nach, Miss Atterdine. Die Atlantikpassage ist gefährlich, riskant sogar. London wird noch immer bombardiert. Wollen Sie nicht doch lieber in Ottawa bleiben?«

»Ich glaube, mein Vater möchte gern, dass ich zurückkomme«, sagte Eva. »Aber vielen Dank für Ihre Anteilnahme.«

Comeau erhob sich von seinem Sessel und schaute aus dem Fenster. Ein dünner Regen besprühte die Scheibe, er verfolgte das mäandernde Herabrinnen eines Tropfens mit dem Zeigefinger. Eva fühlte sich sofort nach Ostende versetzt, in Romers Büro, am Tag nach Prenslo, und ihr wurde ganz schwindlig. Wie viele Male am Tag dachte sie an Lucas Romer? Sie tat es absichtlich, mutwillig, stellte sich vor, wie er die Suche organisierte, stellte sich vor, wie er an sie dachte, wie er sich den Kopf darüber zerbrach, wo sie stecken mochte – aber diese plötzlichen Momente, wenn die Erinnerungen sie überfielen, trafen sie völlig unvorbereitet und zogen ihr den Boden unter den Füßen weg.

Comeau sagte etwas.

»Wie bitte?«

»Ich fragte, ob Sie am Weihnachtsfeiertag schon etwas vorhaben«, sagte er ein wenig schüchtern.

»Ja, ich bin bei Freunden eingeladen«, erwiderte sie sofort.

»Weil ich meinen Bruder besuche«, redete er weiter, als hätte er sie nicht gehört. »Er hat ein Haus bei North Bay, direkt am See.«

»Klingt wundervoll, aber leider ...«

Comeau war entschlossen, seine Einladung loszuwerden, ungeachtet aller Unterbrechungen. »Er hat drei Söhne, einer ist verheiratet, eine sehr nette Familie, aufgeschlossene, freundliche junge Leute. Ich wollte Sie fragen, ob Sie Lust hätten, für ein, zwei Tage mitzukommen, als mein Gast. Es geht sehr locker und entspannt zu – Kaminfeuer, Fischen auf dem See, heimische Küche.«

»Sie sind sehr liebenswürdig, Mr Comeau«, erwiderte sie, »aber ich habe schon alle Verabredungen mit meinen Freunden getroffen. Es wäre nicht fair ihnen gegenüber, wenn ich so kurzfristig absagen würde.« Sie setzte ein schmerzliches Lächeln auf, um ihn ein wenig zu trösten, leider musste sie ihn enttäuschen.

Die Trauer überzog sein Gesicht von Neuem – er hatte seine Hoffnungen hochgeschraubt, wie sie nun erkannte. Die einsame junge Engländerin, die im Schreibbüro arbeitete – so attraktiv, und lebte so bescheiden und unauffällig. Die Versetzung nach London hatte ihn offenbar elektrisiert, zum Handeln getrieben.

»Tja, dann … natürlich«, sagte Comeau. »Vielleicht hätte ich Sie eher fragen sollen.« Er hob verzagt die Hände, Eva bekam Mitleid mit ihm. »Aber ich hatte ja keine Ahnung, dass Sie uns so bald verlassen würden.«

Drei Tage später sah Eva das Auto zum zweiten Mal, einen moosgrünen 38er Ford, der vor dem Haus der Pepperdines parkte. Vorher hatte er vor dem Haus von Miss Knox gestanden, und Eva wusste, dass er weder Miss Knox (einem älteren Fräulein mit drei Terriern) noch den Pepperdines gehörte. Sie ging zügig vorbei und warf einen Blick hinein. Auf dem Beifahrersitz lagen eine Zeitung und eine Landkarte, im Türfach auf der Fahrerseite steckte etwas, was wie eine Thermosflasche aussah. Eine Thermosflasche, dachte sie – jemand verbringt eine Menge Zeit in diesem Auto.

Zwei Stunden später ging sie hinaus, »ein wenig Luft schnappen«, und es war verschwunden. Sie dachte lange und gründlich nach in jener Nacht. Anfangs war sie entschlossen auszuziehen, wenn sie es zum dritten Mal sah. Aber eingedenk ihrer Ausbildung in Lyne wusste sie, dass es falsch war. Sofort reagieren, wenn etwas Auffälliges geschieht – auch das eine Romer-Regel. Wenn sie das Auto zum dritten Mal sah, war mit ziemlicher Sicherheit etwas faul, und dann konnte es schon zu spät sein. Also packte sie ihre Reisetasche und schaute aus dem Fenster zu den Häusern auf der anderen Seite hinüber. Ob sich dort schon ein BSC-Kommando eingenistet hatte, das sie belauerte? Sie stellte die Tasche neben die Tür. Wie leicht diese Tasche ist, dachte sie, wie wenig Besitztümer ich habe. In dieser Nacht fand sie keinen Schlaf mehr.

Am Morgen erzählte sie Mr und Mrs Richmond, sie müsse sofort abreisen, zurück nach Vancouver – familiäre Gründe. Das tue ihnen sehr leid, aber sie müsse verstehen, dass ihr bei so kurzfristiger Abreise die für einen Monat im Voraus entrichtete Miete nicht erstattet werden könne. Eva sagte, das verstehe sie vollkommen, und entschuldigte sich für alle Unannehmlichkeiten.

»Noch etwas«, sagte sie und blieb im Hinausgehen stehen. »Hat jemand eine Nachricht für mich hinterlassen?«

Die Richmonds wechselten einen Blick, berieten sich stumm, dann sagte Mrs Richmond: »Nein, ich glaube nicht. Nein, Miss.«

»Und niemand hat nach mir gefragt?«

Mr Richmond schmunzelte. »Wir hatten gestern einen jungen Mann hier, der wollte ein Zimmer mieten. Wir sagten ihm, wir vermieten nur an Ladys – er schien sehr überrascht.«

Eva überlegte. Wahrscheinlich nur ein Zufall, aber plötzlich hatte sie es eilig, aus der Bradley Street zu verschwinden.

»Wenn sich jemand erkundigt, sagen Sie, ich bin zurück nach Vancouver.«

»Natürlich, Miss. Und alles Gute. Wir haben uns gefreut, Sie zu beherbergen.«

Eva verließ das Haus, wandte sich nach links statt wie sonst nach rechts und lief auf Umwegen zu einer anderen Bushaltestelle.

Sie bezog das Franklin Hotel in der Bank Street, eins der größten Etablissements der Stadt, funktional und bescheiden, mit über dreihundert Zimmern, »absolut feuersicher, sämtlich mit Dusche und Telefon«, aber ohne Restaurant oder Coffeeshop. Doch obwohl sie sich mit einem Einzelzimmer für drei Dollar pro Nacht begnügte, würde ihr Geld nicht reichen, wie sie feststellte. Sicher gab es billigere und noch schlichtere Unterkünfte in der Stadt, aber sie brauchte die Sicherheit und Anonymität eines großen, zentral gelegenen Hotels. Bis zur Abreise nach Großbritannien musste sie noch etwas mehr als drei Wochen durchhalten – am besten, sie vergrub sich irgendwie.

Ihr Zimmer in der siebenten Etage war klein und einfach, durch eine Lücke zwischen den gegenüberliegenden Gebäuden konnte sie die Grünflächen des Ausstellungsgeländes mit einer Windung des Rideau River sehen. Sie packte aus und hängte ihre paar Sachen in die Garderobe. Wenigstens den Vorteil hatte ihr Umzug, dass sie zu Fuß zur Arbeit gehen und das Fahrgeld sparen konnte.

Aber sie blieb im Zweifel, ob ihr Schritt richtig war, ob sie nicht überreagiert hatte und ob der überstürzte Wegzug von den Richmonds nicht ebenfalls Aufmerksamkeit erregte …

Ein fremdes Auto in einer Vorstadtstraße – was war Besonderes daran? Aber dann machte sie sich klar, dass sie die Bradley Street und die Richmond-Pension nur deshalb ausgesucht hatte, weil dort alles Ungewöhnliche sofort auffiel. Jeder kannte jeden in der Bradley Street und wusste, was er trieb – so eine Gegend war das. Und wer war der junge Mann, der die Aufschrift »Ladies only« auf dem Pensionsschild übersehen hatte? Ein unachtsamer Reisender? Kein Polizist jedenfalls, denn ein Polizist hätte sich einfach ausgewiesen und das Meldebuch verlangt. Also jemand von der BSC mit dem Auftrag, die Hotels und Pensionen in Ottawa abzusuchen? Aber warum Ottawa, warum nicht Toronto?

Wie konnte jemand erraten oder kombiniert haben, dass sie nach Ottawa gegangen war? Die Überlegungen arbeiteten in ihr, quälten sie, zerrten an ihren Nerven. Sie ging zur Arbeit wie immer, tippte ihre Briefe und Dokumente im Schreibbüro und kehrte abends in ihr Zimmer zurück. Selten hielt sie sich in der Stadt auf. Sie besorgte sich ihre Sandwiches auf dem Heimweg und blieb im Zimmer mit Blick auf das Ausstellungsgelände und den Rideau River, hörte Radio, wartete, dass es Weihnachten wurde und das Jahr 1942 begann.

Die Büros des Beschaffungsministeriums schlossen am Heiligabend, und die Arbeit ruhte bis zum 27. Dezember. Sie entschied sich, der Belegschaftsfeier fernzubleiben. Am Weihnachtsfeiertag schlüpfte sie früh aus dem Hotel, besorgte sich etwas Truthahnbraten, einen Brotlaib, Butter und zwei Flaschen Bier. Sie setzte sich aufs Bett, aß ihre Brote, trank Bier dazu, hörte Radiomusik und schaffte es, eine Stunde nicht zu weinen. Dann ließ sie den Tränen zehn Minuten freien Lauf – noch nie in ihrem Leben war sie so einsam gewesen, und kein Mensch auf der ganzen Welt wusste, wo sie war. Sie musste an ihren Vater denken, einen alten, kranken Mann, der in Bordeaux wohnte, und ihr fiel ein, mit welchem Eifer er sie ermutigt hatte, auf Romers Angebot einzugehen. Wer hätte gedacht, dass es einmal so enden würde? Allein in einem Hotelzimmer in Ottawa … Schluss jetzt, kein Selbstmitleid, ermahnte sie sich und wischte sich die Augen trocken. Sie verfluchte Romer für seine Grausamkeit und seinen Verrat. Dann schlief sie ein, für eine Stunde etwa, und wachte gestärkt wieder auf: entschiedener, gefasster, nüchterner. Sie hatte ein Ziel, eine Aufgabe: Romers finstere Machenschaften zu durchkreuzen. Und in ihrer Einsamkeit fragte sie sich, ob er sie von Anfang an manipuliert hatte, seit ihrer Rekrutierung, ob er ihre Gewohnheiten, ihre Wesensart, ihre speziellen Fähigkeiten studiert und sie für seine Zwecke abgerichtet hatte. Waren ihre Einsätze in Prenslo und Washington nur Testläufe gewesen? Vorbereitungen für den Tag X, an dem er auf ganz besondere Weise von ihr Gebrauch machen konnte? Das war alles Unsinn, sie wusste es, und wenn sie nicht schleunigst damit aufhörte, würde sie verrückt werden. Die simple Tatsache, dass er keinen Zugriff auf sie hatte, war ihr entscheidender Trumpf, ihr kleines Stückchen Macht. Solange Eva Delektorskaja verschwunden blieb, würde Lucas Romer keine Ruhe finden.

Und dann fragte sie sich, ob sie von jetzt an so weiterleben würde: voller Angst und Heimlichkeit, immer auf der Hut, immer misstrauisch, rast- und ruhelos. Aber darüber wollte sie sich jetzt nicht den Kopf zerbrechen. Hör auf damit, sagte sie sich, immer einen Schritt nach dem anderen. Erst muss ich nach Hause kommen, dann sehen wir weiter.

Am 27. Dezember ging sie wieder zur Arbeit, doch der nächste Feiertag lauerte schon auf sie: Neujahr. Aber da sie Weihnachten überlebt hatte, war sie sicher, auch mit dem Anbruch des Jahres 1942 fertigzuwerden. Die deutschen Verbände zogen sich von Moskau zurück, aber die Japaner hatten Hongkong eingenommen; und so würde es weitergehen, dachte sie, auf lange Sicht. Sie kaufte sich eine Flasche Whisky und stellte am Morgen des 1. Januar fest, dass sie sich über Nacht einen veritablen Kater angetrunken hatte. Das Jahr begann mit hartnäckigen Kopfschmerzen, die den ganzen Tag anhielten – aber noch etwas anderes bereitete ihr Kopfzerbrechen, etwas, was sich nicht umgehen ließ.

An ihrem zweiten Arbeitstag, kurz vor Büroschluss, ersuchte sie um ein Gespräch mit Mr Comeau. Er hatte Zeit für sie, sie klopfte an und wurde hereingerufen. Comeau war sichtlich erfreut – nachdem sie seine Einladung ausgeschlagen hatte, war er auf Distanz geblieben, aber jetzt kam er hinter seinem Schreibtisch hervor, zog einen Stuhl für sie heran und setzte sich, verwegen mit dem Bein schaukelnd, auf die Schreibtischkante. Unglücklicherweise schaute ein Stück haarige Wade unter dem Hosenaufschlag hervor. Er bot ihr eine Zigarette an, es folgte die Zeremonie des Feuergebens, bei der Eva darauf achtete, seine Hand nicht zu berühren, als er ihr mit zitternden Fingern die Flamme darbot.

»Haben Sie sich's noch einmal überlegt, Miss Atterdine?«, fragte er. »Oder wäre das zu viel der Hoffnung?«

»Ich muss Sie fragen, ob Sie mir hundert Dollar leihen können.« Unvorhergesehene Kosten, erklärte sie; sie könne nicht bis zu ihrem ersten Gehalt in England warten.

»Gehen Sie zu Ihrer Bank«, erwiderte er ein wenig steif. »Ich bin sicher, die wird Ihnen helfen.« Er war gekränkt.

»Ich habe kein Bankkonto«, sagte sie. »Die Summe zahle ich Ihnen von England aus zurück. Es ist nur so, dass ich das Geld hier brauche, bevor ich abreise.«

»Stecken Sie in einer Art Patsche, wie man so sagt?« Der Zynismus stand ihm nicht, und sie sah, dass er es spürte.

»Nein. Ich brauche nur das Geld. Dringend.«

»Das ist eine beträchtliche Summe. Glauben Sie nicht, dass ich dafür eine Erklärung verdiene?«

»Ich kann es Ihnen nicht erklären.«

Sein Blick bohrte sich in sie, und sie wusste, was er damit sagen wollte: Es gibt eine einfachere Lösung. Bleiben Sie in Ottawa, lernen Sie mich kennen, wir sind beide einsam. Aber ihre Augen gaben ihm keine tröstliche Antwort.

»Ich werde darüber nachdenken.« Er stand auf, knöpfte die Jacke zu und war wieder der Staatsbeamte, konfrontiert mit einer widerspenstigen Angestellten.

Am nächsten Morgen lag ein Umschlag mit fünf Zwanzigdollarscheinen auf ihrem Schreibtisch. Sie empfand einen seltsamen Ansturm von Gefühlen: Dankbarkeit, Erleichterung, Scham, Trost, Demut. Traue niemandem, dachte sie – außer den Witoldskis und den Comeaus dieser Welt.

Bis zum 18. Januar wechselte sie noch zweimal das Hotel, sie holte das Ticket und ihre Papiere in der Reiseabteilung des Ministeriums ab – beides lautete nun auf den Namen »Mary Atterdine«, und erst jetzt wagte sie es wieder, an die Zukunft zu denken und Pläne zu schmieden: was sie nach der Überfahrt tun würde, wohin sie sich wenden würde, welche Tarnung sie annehmen, was sie unternehmen würde. England – London – konnte sie kaum als ihre Heimat bezeichnen, aber wohin sonst sollte sie gehen? Ihre andere Identität als »Lily Fitzroy« erwartete sie in Battersea. Dass sie nach Frankreich fuhr, um ihren Vater und ihre Stiefmutter zu suchen, war nicht denkbar, was immer aus ihnen geworden war. Erst musste der Krieg zu Ende gehen, und dafür gab es keine Anzeichen. Nein, London und Lily Fitzroy waren ihre einzige Alternative – bis auf Weiteres zumindest.

12

SAVAK

Hugues bot mir einen weiteren Drink an – ich wusste, dass ich ablehnen musste (ich hatte schon zu viel getrunken), sagte natürlich trotzdem Ja und folgte ihm an den von Pfützen und Zigarettenasche übersäten Tresen des Captain Bligh.

»Kann ich bitte auch Erdnüsse haben?«, fragte ich fröhlich den mürrischen Barmann. Ich war zu spät gekommen und hatte das kalte Buffet im Obergeschoss verpasst – die Baguettescheiben mit Käse, die Wurströllchen, schottischen Eier und Schweinspastetchen, alles Kohlehydrate, die ein gutes Fundament für die Drinks gebildet hätten. Es gab keine Erdnüsse, wie sich herausstellte, aber sie hatten Chips – wenn auch nur die mit Salz und Essig. Dann eben Chips mit Salz und Essig, sagte ich, und plötzlich bekam ich einen richtigen Heißhunger auf Salziges und Saures. Das war nach meinem fünften Wodka Tonic, und ich wusste schon, dass ich nicht mehr nach Hause fahren konnte.

Hugues überreichte mir den Drink und dann – mit spitzen Fingern – die Tüte mit den Chips. »Santé«, sagte er.

»Cheers.«

Bérangère schob sich von hinten heran und hakte sich bei ihm ein, ziemlich besitzergreifend, wie ich fand. Mir lächelte sie zu. Ich hatte gerade den Mund voller Chips, also konnte ich nicht sprechen: Für das Captain Bligh und die Cowley Road sah die gute Bérangère einfach zu exotisch aus, und ich merkte ihr an, dass sie schleunigst von dort wegwollte.

»*On s'en va?*«, flehte sie Hugues an. Hugues wandte sich zu ihr, sie tuschelten. Ich hatte meine Tüte schon leer gegessen – in etwa drei Sekunden, wie mir schien – und ging auf Abstand. Hamid hatte recht, sie waren ein Paar geworden. Hugues und Bérangère, P'TIT PRIX und Fourrures de Monte Carlo – und das unter meinem Dach.

Ich lehnte mich an den Tresen, schlürfte meinen Drink und schaute mich im verräucherten Pub um. Ich fühlte mich prächtig und war an dem Punkt angelangt – auf der Kippe, in der Schwebe –, wo man noch entscheiden kann, ob man aufhört oder weitertrinkt. In meinem Cockpit blinkten die roten Warnlichter, aber das Flugzeug war noch nicht im tödlichen Sturzflug. Ich sah mir die Leute an: So gut wie alle hatten sich vom Bankettraum nach unten begeben, als das kalte Buffet und die Gratis-Drinks (Flaschenbier und Billigwein) abgeräumt waren. Alle vier Tutoren von Hamid waren gekommen und auch die anderen Studenten, die bei ihnen Unterricht hatten – einschließlich der kleinen Dusendorf-Truppe, die dieses Jahr vor allem aus Iranern und Ägyptern bestand, wie sich zeigte. Es herrschte eine lautstarke, aufgeladene Atmosphäre, besonders im Umkreis von Hamid, der sich einigen Spott über seine bevorstehende Abreise nach Indonesien anhören musste, was er aber mit Fassung trug – resigniert lächelnd, fast schüchtern.

»Hi, darf ich Sie zu einem Drink einladen?«

Ich drehte mich um und stand vor einem großen, schlanken Mann mit ausgeblichenen Jeans und gebatiktem T-Shirt, langem dunklem Haar und Schnurrbart. Er hatte blassblaue Augen und sah, soweit ich es in meinem Zustand – auf der Kippe und noch unentschieden, wohin die Reise ging – beurteilen konnte, unverschämt gut aus. Ich hob meinen Wodka Tonic, um ihm zu demonstrieren, dass ich versorgt war.

»Danke, kein Bedarf.«

»Nehmen Sie noch einen. Gleich schließt die Bar.«

»Ich bin mit einem Freund da«, sagte ich und zeigte mit dem Glas auf Hamid.

»Schade«, sagte er und ging.

Ich trug mein Haar offen, dazu neue, gerade geschnittene Jeans und ein ultramarinblaues T-Shirt mit Puffärmeln und V-Ausschnitt, das einen ziemlich tiefen Einblick erlaubte. Außerdem hatte ich meine Stiefel mit Absatz an und kam mir groß und sexy vor. Ich selbst wäre ohne Weiteres auf mich abgefahren ... Ein Weilchen wärmte ich mich an dieser Vorstellung, dann rief ich mir mahnend ins Gedächtnis, dass mein fünfjähriger Sohn bei seiner Großmutter übernachtete und ich nicht verkatert sein wollte, wenn ich ihn abholen fuhr. Ein weiterer Drink kam also nicht infrage.

Hamid gesellte sich zu mir an die Bar. Zu seiner neuen Lederjacke trug er ein kornblumenblaues Hemd. Ich legte ihm den Arm um die Schulter.

»Hamid!«, rief ich mit scherzhafter Empörung. »Ich kann nicht glauben, dass Sie uns verlassen. Was sollen wir ohne Sie anfangen?«

»Ich kann auch nicht.«

»*Kann's* auch nicht.«

»*Kann's* auch nicht. Ich bin sehr traurig, wissen Sie? Ich hatte gehofft, dass ...«

»Womit hat man Sie aufgezogen?«

»Oh – mit den indonesischen Mädchen. Sehr naheliegend.«

»Ja, sehr naheliegend. Bei Männern sehr naheliegend.«

»Möchten Sie noch einen Drink, Ruth?«

»Gern. Noch einmal Wodka Tonic.«

Wir setzten uns auf die Barhocker und warteten auf die Drinks. Hamid hatte Bitter Lemon bestellt – und mir fiel plötzlich ein, dass er keinen Alkohol trank; schließlich war er Moslem.

»Sie werden mir fehlen, Ruth«, sagte er. »Unsere Stunden – ich kann nicht glauben, dass ich am Montag nicht mehr zu Ihnen komme. Das waren drei Monate, Sie wissen ja: zwei Stunden, fünfmal die Woche. Ich habe nachgezählt: Das sind über dreihundert Stunden, die wir zusammen verbracht haben.«

»Teufel noch mal«, sagte ich mit einer gewissen Aufrichtigkeit. Ich bremste mich und erklärte: »Aber denken Sie daran, Sie hatten noch drei andere Lehrer. Sie haben genauso viel Zeit verbracht mit Oliver«, ich zeigte auf ihn, »mit Pauline und, wie heißt er gleich, da drüben bei der Jukebox?«

»Klar, das stimmt schon«, sagte Hamid und wirkte ein bisschen gekränkt. »Aber das war nicht dasselbe, Ruth. Das mit Ihnen war anders, glaube ich.« Er griff nach meiner Hand. »Ruth ...«

»Ich muss mal kurz für Mädchen. Bin gleich zurück.«

Der letzte Wodka hatte mich voll erwischt, ich kippte aus dem Gleitflug ab und schlitterte einen Hang aus Schotter und Geröll hinab. Mein Kopf war klar, er funktionierte noch, aber alles um mich herum geriet aus den Fugen, senkrecht und waagerecht waren nicht mehr so sauber definiert, und merkwürdigerweise bewegten sich meine Füße schneller, als sie mussten. Mit Karacho schoss ich auf den Korridor hinaus, der zu den Toiletten führte. Dort hingen ein Telefon- und ein Zigarettenautomat. Plötzlich fiel mir ein, dass meine Schachtel fast leer war, ich blieb stehen und kramte nach Münzen, bis ich merkte, dass der Druck auf meiner Blase stärker war als meine Gier nach Nikotin.

Ich ging auf die Toilette und ließ es laufen, was mich ungeheuer erleichterte. Zum Händewaschen stellte ich mich vor den Spiegel, blickte mir für ein paar Sekunden tief in die Augen und strich meine Frisur zurecht.

»Du bist besoffen, du blöde Kuh«, zischte ich leise, aber hörbar durch die Zähne. »Ab nach Hause!«

Ich ging hinaus auf den Korridor, und dort stand Hamid

und tat so, als wollte er telefonieren. Die anschwellende Musik aus dem Pub – »I heard it on the Grapevine« – wirkte beinahe wie ein Pawlow'scher Reflex auf mich, und irgendwie, nach einer kurzen Lücke im Raum-Zeit-Kontinuum, fand ich mich in Hamids Armen wieder und küsste ihn.

Sein Bart war weich, gar nicht kratzig und stachlig, und ich schob ihm die Zunge tief in den Mund. Plötzlich wollte ich Sex – ich war so ausgehungert –, Hamid kam mir vor wie der perfekte Mann. Meine Arme umschlangen ihn, hielten ihn fest, sein Körper fühlte sich unglaublich stark und hart an, als würde ich einen Mann aus Beton umarmen. Und ich dachte: Ja, Ruth, das ist der Mann für dich, du Dummkopf, du Idiotin – er ist gut, anständig, nett, mit Jochen befreundet –, ich will diesen Ingenieur mit den sanften braunen Augen, diesen starken, harten Mann.

Wir lösten uns voneinander, damit verlor der Traum, der Wunsch zwangsläufig seine Kraft, und ich fand wieder ein wenig zu mir zurück.

»Ruth ...«, begann er.

»Nein, sag nichts.«

»Ruth, ich liebe dich. Ich will dich heiraten. Ich will dich als Frau. In sechs Monaten komme ich von meinem ersten Einsatz zurück. Ich habe einen sehr guten Job, ein sehr gutes Gehalt.«

»Bitte sag nichts mehr, Hamid. Gehen wir zurück an die Bar.«

Die letzte Bestellung wurde ausgerufen, aber ich wollte keinen Wodka mehr. Ich suchte in meiner Handtasche nach einer letzten Zigarette, fand sie und schaffte es, sie einigermaßen gekonnt anzuzünden. Hamid war durch ein paar seiner iranischen Freunde abgelenkt, sie verständigten sich kurz in Farsi. Ich schaute sie mir an, diese hübschen gebräunten Männer mit ihren Vollbärten, und sah, dass sie sich auf merkwürdige Art die Hände schüttelten – mit hochgereckten, zupackenden Daumen – und dann den Griff geschickt änderten, als würden sie irgendein verstecktes Signal austauschen, sich als Mitglieder eines geheimen Zirkels zu erkennen geben. Dieser Gedanke jedenfalls muss es gewesen sein, der mir die Aufforderung von Frobisher ins Gedächtnis rief, und aus irgendeinem dummen, von Selbstüberhebung und Trunkenheit beherrschten Impuls beschloss ich, der Sache nachzugehen.

»Hamid«, sagte ich, als er sich wieder neben mich setzte, »glaubst du, dass es SAVAK-Agenten in Oxford geben könnte?«

»Was? Was sagst du da?«

»Ich meine, glaubst du, dass einige dieser Ingenieure nur so tun, als wären sie Studenten, in Wirklichkeit aber für den SAVAK arbeiten?«

Sein Gesicht veränderte sich, er setzte eine todernste Miene auf.

»Ruth, bitte, reden wir nicht von solchen Dingen.«

»Aber wenn du einen verdächtigst, kannst du's mir sagen. Ich halte dicht.«

Ich missdeutete seinen Gesichtsausdruck – das zumindest ist die einzige Erklärung für das, was ich als Nächstes sagte. Ich glaubte, etwas in ihm angerührt zu haben.

»Du kannst es mir ruhig sagen, Hamid«, flüsterte ich und beugte mich näher zu ihm. »Ich werde nämlich für die Polizei arbeiten, verstehst du? Sie wollen, dass ich ihnen helfe. Mir kannst du's sagen.«

»Was soll ich sagen?«

»Bist du beim SAVAK?«

Er schloss die Augen und hielt sie geschlossen, als er sagte: »Mein Bruder ist vom SAVAK ermordet worden.«

Neben den Mülltonnen hinter dem Pub versuchte ich, mich zu übergeben, aber es ging nicht, außer Würgen und Spucken brachte ich nichts zustande. Man denkt immer, nach dem Erbrechen fühlt man sich besser, aber in Wirklichkeit fühlt man sich noch viel schlechter – und trotzdem versucht man, den Mageninhalt loszuwerden. Ich ging mit vorsichtigen Schritten zum Auto und überzeugte mich, dass es abgeschlossen war, dass nichts auf den Sitzen lag, was zum Diebstahl verleiten konnte, dann machte ich mich auf den langen Weg nach Summertown. Freitagnacht in Oxford – keine Aussicht auf ein Taxi. Ich würde einfach zu Fuß gehen, und vielleicht nüchterte mich das aus. Und Hamid würde morgen abdüsen nach Indonesien.

Die Geschichte der Eva Delektorskaja

London 1942
Eva Delektorskaja registrierte, dass Alfie Blytheswood das Seitenportal von Electra House verließ und in einem kleinen Pub in der Nähe des Victoria Embankment, dem Cooper's Arms, verschwand. Sie gab ihm fünf Minuten, dann folgte sie ihm hinein. Blytheswood stand mit ein paar Freunden an der Bar und trank sein Bier. Eva, die Brille und Baskenmütze trug, ging ebenfalls an die Bar und bestellte einen trockenen Sherry. Blytheswood brauchte sich nur umzudrehen, um sie zu entdecken, doch sie war sicher, dass er sie nicht erkennen würde, ihr Bubikopf und ihre Haarfarbe würden sie für ihn unkenntlich machen. Dennoch hatte sie, ein wenig unsicher geworden, im letzten Moment die Brille aufgesetzt. Aber ihre Tarnung, ihre neue Rolle mussten auf die Probe gestellt werden. Sie setzte sich mit ihrem Sherry an den Tisch neben dem Ausgang und nahm sich die Zeitung vor. Als Blytheswood ging, vorbei an ihrem Tisch, warf er nicht einmal einen Blick auf sie. Sie folgte ihm zu seiner Bushaltestelle und wartete in der Schlange. Blytheswood hatte eine lange Fahrt vor sich, nordwärts bis nach Barnet, wo er mit Frau und drei Kindern lebte. Eva wusste das, weil sie ihn schon seit drei Tagen beschattete. In Hampstead wurde ein Sitz hinter ihm frei, und Eva nahm lautlos Platz.

Blytheswood döste vor sich hin, sein Kopf sackte mehrere Male nach vorn und ruckte wieder hoch. Eva legte die Hand auf seine Schulter.

»Dreh dich nicht um, Alfie«, sagte sie ihm leise ins Ohr. »Du weißt, wer ich bin.«

Blytheswood war völlig starr und hellwach.

»Eve«, sagte er. »Teufel noch mal. Ich kann's nicht glauben.« Unwillkürlich wollte er sich umdrehen, aber sie stoppte ihn, indem sie die Hand an seine Wange legte.

»Wenn du dich nicht umdrehst, kannst du wahrheitsgemäß sagen, dass du mich nicht gesehen hast.«

Er nickte. »Stimmt. Ja, das wäre das Beste.«

»Was weißt du über mich?«

»Es hieß, du bist desertiert. Morris hat sich umgebracht, und du bist desertiert.«

»Das stimmt. Haben sie dir gesagt, warum?«

»Sie sagten, du und Morris, ihr wäret Gespenster gewesen.«

»Alles Lügen, Alfie. Würde ich hier im Bus sitzen und mit dir reden, wenn ich ein Gespenst wäre?«

»Nein … vermutlich nicht.«

»Morris wurde umgebracht, weil er irgendetwas herausgefunden hatte. Ich sollte auch umgebracht werden. Wäre ich nicht desertiert, wäre ich jetzt tot.«

Sie spürte, wie er mit dem Drang kämpfte, sich umzudrehen, und ihr war klar, wie riskant ein solcher Kontakt war, aber sie musste einige Dinge in Erfahrung bringen, und Blytheswood war der Einzige, den sie fragen konnte.

»Hast du von Angus oder Sylvia gehört?«, fragte sie.

Blytheswood versuchte schon wieder, den Kopf zu drehen, und wieder stoppte sie ihn mit den Fingerspitzen.

»Das weißt du nicht?«

»Was soll ich wissen?«

»Dass sie tot sind.«

Sie ruckte hoch, als hätte der Bus überraschend gebremst. Ihr wurde schlecht, der Speichel lief in ihrem Mund zusammen, und es würgte in ihr, als müsste sie erbrechen.

»Mein Gott«, sagte sie, um Fassung ringend. »Was ist passiert?«

»Sie waren in einem Wasserflugzeug, einer Sunderland, abgeschossen zwischen Lissabon und Poole Harbour. Kamen aus den Staaten zurück. Alle Insassen kamen um. Sechzehn, achtzehn Leute, glaube ich.«

»Wann ist das passiert?«

»Anfang Januar. Irgendein General war an Bord. Hast du nicht davon gelesen?«

Sie erinnerte sich vage – aber Angus Woolf und Sylvia Rhys-Meyer wären ohnehin nicht namentlich genannt worden.

»Die Deutschen haben ihnen aufgelauert. In der Biskaya, irgendwo.«

Sie überlegte. Morris, Angus, Sylvia. Und mich sollte es auch treffen. AAS Ltd. wurde liquidiert. Sie war desertiert und verschwunden; also blieb nur noch Blytheswood.

»Dir kann eigentlich nichts passieren, Alfie«, sagte sie. »Du bist rechtzeitig ausgestiegen.«

»Wie meinst du das?«

»Wir werden liquidiert, oder? Ich bin nur deshalb noch am Leben, weil ich desertiert bin. Jetzt gibt es nur noch dich und mich.«

»Und Mr Romer. Nein, nein, das kann ich nicht glauben, Eve. Wir und liquidiert? Das waren sicher nur unglückliche Zufälle.«

Das reinste Wunschdenken, sagte sie sich. Schließlich wusste er die Zeichen genauso gut zu deuten wie sie.

»Hast du von Mr Romer gehört?«, fragte sie.

»Nein. Eigentlich nicht.«

»Sieh dich bloß vor, Alfie, wenn du hörst, dass Mr Romer was von dir will.« Sie sagte es ohne Nachdenken und bereute es sofort, weil sie sah, dass Blytheswood, während er die Bedeutung ihrer Worte erfasste, zu zittern begann. Er war zwar etliche Jahre mit dabei gewesen, doch vor allem als technische Begabung, als begabter Funkingenieur, und derartige Komplikationen – dunkle Abgründe, plötzliche Brüche im geordneten Ablauf der Dinge – verstörten ihn; er konnte so etwas nicht verkraften, wie Eva jetzt sah.

»Für Mr Romer bin ich immer da«, sagte er schließlich mit gekränktem Nachdruck, als wäre seine Loyalität in Zweifel gezogen worden.

Dabei konnte sie es nicht belassen. »Sagen wir so …« Sie stockte, überlegte hastig. »Erzähl ihm einfach nichts von diesem Gespräch, sonst bist du tot wie die anderen.« Ihre Stimme klang hart und spröde.

Er verarbeitete diese Mitteilung, die er nicht hören wollte, mit leicht gesenktem Kopf und hängenden Schultern. Eva nutzte die Gelegenheit, sich davonzustehlen und die Treppe hinabzueilen, bevor er sich nach ihr umdrehen konnte. Der Bus bremste vor einer Ampel, sie sprang ab und rannte beinahe einen Zeitungsverkäufer um. Blytheswood hätte nur die Rückenansicht einer Frau mit Baskenmütze zu sehen bekommen, mehr nicht. Sie schaute dem davonfahrenden Bus nach, um zu sehen, ob Blytheswood ausstieg. Hoffen wir, dass er verstanden hat, sagte sie sich, doch die Befürchtung, dass sie einen schlimmen Fehler gemacht hatte, blieb. Im schlechtesten Fall erfuhr Romer nun, dass sie sich wieder in England aufhielt, aber das war schon alles. Und wahrscheinlich hatte er ohnehin mit dieser Möglichkeit gerechnet. Also hatte sich nichts wirklich verändert – außer dass sie jetzt über den Tod von Angus und Sylvia im Bilde war. Sie dachte an die beiden, an die Jahre, die sie miteinander verbracht hatten, und mit Bitterkeit rief sie sich den Schwur ins Gedächtnis, mit dem sie in Kanada ihre Entschlossenheit gestärkt hatte. Sie kaufte eine Abendzeitung, um die Berichte über die neuesten Luftangriffe und die Opferzahlen zu lesen.

Der Konvoi war wie geplant am 18. Januar 1942 von St. John, New Brunswick, gestartet. Die Überfahrt gestaltete sich stürmisch, verlief aber abgesehen vom schlechten Wetter ereignislos. Es gab zwanzig Passagiere auf dem ehemals belgischen Frachtschiff – der ss Brazzaville –, die Flugzeugmotoren und Stahlträger transportierte: fünf Sekretärinnen von der Regierung in Ottawa, die an die Londoner Botschaft versetzt waren, ein halbes Dutzend Offiziere vom Royal Regiment of Canada und diverses diplomatisches Personal. Die unruhige See verbannte die meisten Passagiere in ihre Kabinen. Eva teilte die ihre mit einer auffallend großen jungen Frau vom Bergbauministerium, die Cecily Fontaine hieß und, wie sich herausstellte, jede halbe Stunde erbrechen musste. Tagsüber hielt sich Eva meist im engen »Salon« auf und versuchte zu lesen, und für drei Nächte gelang es ihr, eins der zwei Betten in der Krankenstation der Brazzaville zu beanspruchen, bis sie durch einen Heizer mit Blinddarmreizung vertrieben wurde – zurück in die Kabine zu Cecily Fontaine. Von Zeit zu Zeit wagte sich Eva an Deck, um in den grauen Himmel zu blicken, auf das graue, aufgewühlte Wasser und die grauen Schiffe, die sich mit qualmenden Schornsteinen durch die Dünung arbeiteten, mit stoßenden, ruckenden Bewegungen auf die Britischen Inseln zusteuerten und immer wieder in Explosionen winterlicher Gischt verschwanden.

Am ersten Tag auf See wurde das Anlegen der Rettungswesten geübt, und Eva hoffte, niemals in die Lage zu geraten, ihr Leben diesen zwei korkgefüllten Leinwandkissen anvertrauen zu müssen. Die paar von der Seekrankheit verschont Gebliebenen versammelten sich dreimal täglich unter den nackten Glühbirnen der Messe, um die grauenhafte Büchsennahrung zu verzehren. Eva staunte über ihre robuste Natur: Nach vier Tagen auf See erschienen nur noch drei von ihnen zum Essen. Eines Nachts riss ein ungewöhnlich großer Brecher ein Rettungsboot der Brazzaville aus der Halterung, und es erwies sich als unmöglich, das Boot an seinen Platz zurückzuhieven. Die Brazzaville fiel im Konvoi zurück, weil das Boot die Fahrt behinderte – bis es nach wütendem Signalverkehr zwischen den begleitenden Zerstörern aus dem Konvoi entlassen wurde und seinen Weg über den Atlantik allein fortsetzte. Eva kam der Gedanke, ob dieses unbemannte Rettungsboot, wenn es irgendwo gefunden wurde, nicht zu der Annahme führen würde, dass das Mutterschiff gesunken war. Vielleicht winkte ihr da das kleine bisschen Glück, nach dem sie Ausschau hielt? Ihre Hoffnungen setzte sie allerdings nicht darauf.

Nach acht Tagen, kurz vor Sonnenuntergang, erreichten sie Gourock, und im schwefligen Abendlicht sahen sie sich umgeben von einem Friedhof aus gesunkenen, gekenterten, beschädigten Schiffen mit schief aufragenden Masten und fehlenden Schornsteinen – düsteres Zeugnis eines U-Boot-Angriffs, dem sie knapp entkommen waren. Eva ging mit ihren bleichen, zittrigen Kolleginnen von Bord, und zusammen fuhren sie mit dem Bus zum Hauptbahnhof von Glasgow. Sie war versucht, sich schon jetzt aus dem Staub zu machen, überlegte sich dann aber, dass ein diskreter Abgang während der nächtlichen Fahrt nach London zweckmäßiger war. Also verließ sie, unbemerkt von ihren schlafenden Kolleginnen, den Liegewagen in Peterborough, nachdem sie Cecily Fontaine eine sorgsam vorbereitete Nachricht hingelegt hatte, sie wolle eine Tante in Hull besuchen und werde sich ihnen in London wieder anschließen. In den nächsten zwei Tagen, so ihre Kalkulation, würde man kaum nach ihr suchen, daher nahm sie den nächsten Zug nach London und fuhr auf kürzestem Wege weiter zu Mrs Dangerfield nach Battersea.

Den Pass auf Margery Atterdine verbrannte sie Blatt um Blatt und verstreute die Asche an verschiedenen Stellen in

Battersea. Jetzt war sie Lily Fitzroy, wenigstens vorübergehend, und besaß alles in allem fast vierunddreißig Pfund, nachdem sie die restlichen kanadischen Dollars umgetauscht und zu dem Geld hinzugefügt hatte, das unter den Dielen versteckt war.

Für eine oder zwei Wochen wohnte sie ungestört in Battersea, während in anderen Weltgegenden der Krieg tobte. Die Japaner schienen sich ungehindert über ganz Südostasien auszubreiten, in Nordafrika gab es neue Rückschläge für die britischen Truppen. Sie dachte täglich an Romer und fragte sich, was er trieb – im sicheren Glauben, dass auch er an sie dachte. Luftangriffe fanden noch statt, aber nicht mehr mit der gnadenlosen Härte des Blitzkriegs. Ein paar Nächte verbrachte sie im Schutzbunker von Mrs Dangerfield, der am Ende des schmalen Gartens gelegen war, und verwöhnte sie mit erfundenen Geschichten von ihrem Leben in den USA. Mit offenem Mund und weit aufgerissenen Augen vernahm Mrs Dangerfield die Mär von Reichtum und Verschwendung in Amerika, von Überfluss und demokratischer Freizügigkeit. »Da wäre ich doch nie im Leben zurückgekommen, meine Liebe«, sagte Mrs Dangerfield mit ehrlicher Empfindung und griff nach Evas Händen. »Vor ein paar Tagen noch haben Sie Cocktails getrunken im Asporia-Waldorf oder wie das heißt, und jetzt sitzen Sie hier unter diesem unnützen Blechdach in Battersea und lassen sich von den Deutschen bombardieren. Ich an Ihrer Stelle wäre hübsch dort geblieben, meine Liebe. Da wären Sie viel besser dran als in diesem traurigen London, das in Schutt und Asche gebombt wird.«

Ihr war klar, dass sie nicht lange in dieser merkwürdigen Vorhölle verweilen konnte, die schon an ihren Nerven zu zehren begann. Sie musste agieren, sich Informationen beschaffen, und seien sie noch so mager. Sie war desertiert, sie war frei, sie hatte ihre neue Identität, mit Pass, Rationsbuch und Lebensmittelmarken, aber ihr war bewusst, dass es nur ein kurzes Atemholen war, eine kleine Verschnaufpause. Bis sie sich wirklich sicher fühlen konnte, musste sie noch ein gutes Stück Wegs zurücklegen.

Also verbrachte sie zwei Tage vorm Electra House am Embankment und sah die Angestellten kommen und gehen, bis sie Alfie Blytheswood entdeckte, als er abends aus dem Portal kam. Sie folgte ihm bis zu seinem Haus nach Barnet und am nächsten Morgen von seinem Haus zur Arbeit.

In ihrem Zimmer in Battersea durchdachte sie die neue Lage nach der Begegnung mit Blytheswood. Morris, Angus und Sylvia waren tot – aber sie hatte als Erste sterben sollen. Hatte sie mit ihrem Geniestreich in Las Cruces vielleicht bewirkt, dass der Tod der anderen unausweichlich wurde? Romer konnte kein Risiko mehr eingehen, nachdem Morris ihn als Gespenst entlarvt hatte, und schließlich wusste auch Eva davon. Was, wenn Morris auch Sylvia oder, wahrscheinlicher noch, Angus eingeweiht hatte? Angus hatte sich in jenen letzten Tagen recht merkwürdig verhalten – vielleicht hatte Morris irgendetwas angedeutet … Romer konnte ein solches Risiko nicht eingehen, auf keinen Fall, also machte er sich daran, den AAS Ltd. zu liquidieren, mit Sorgfalt und Raffinesse, ohne selbst Spuren zu hinterlassen. Morris' Selbstmord, dann das Durchsickern von Informationen über den Flug einer Sunderland von Lissabon nach Poole – mit Datum und Uhrzeit und einem hohen Offizier an Bord als Tarnung … Das sprach dafür, dass eine wirkliche Macht dahinterstand, ein riesiges, machtvolles Netzwerk mit vielen Schaltstellen. Aber Eva war noch immer auf freiem Fuß, und allmählich fragte sie sich, ob sie die Kette ihrer Identitätswechsel ad infinitum fortsetzen konnte. Wenn Romer den Abschuss eines Wasserflugzeugs über der Biskaya bewerkstelligen konnte, würde er nicht lange brauchen, um

Lily Fitzroy aufzuspüren – zumal er den Namen schon kannte. Es würde nicht lange dauern, bis die schwerfällige, aber hartnäckige englische Kriegsbürokratie den Namen Lily Fitzroy auf die eine oder andere Weise zutage förderte. Und was dann? Eva wusste nur zu gut, wie diese Dinge geregelt wurden: ein Autounfall, der Sturz aus einem hohen Gebäude, ein Raubüberfall bei Verdunkelung, der zum Mord wurde …

Sie musste die Kette durchbrechen, das war ihr jetzt klar. Mrs Dangerfield kam die Treppe herauf.

»Lily, meine Liebe, wie wär's mit einem Tässchen Tee?«

»Wunderbar, ja, bitte!«, rief sie.

Lily Fitzroy, beschloss sie, musste verschwinden.

Sie brauchte einen oder zwei Tage, um zu überlegen, wie sie es bewerkstelligen konnte. Im zerbombten London gab es ständig Leute, die alle Habe verloren. Was machte man, wenn das Haus einstürzte und abbrannte, während man in Unterwäsche im Luftschutzkeller hockte? Man stolperte nach der »Entwarnung« in die Morgendämmerung hinaus, mit nichts auf dem Leib als dem Pyjama und dem Schlafrock, und stellte fest, dass alles, was man besessen hatte, zu Schutt und Asche geworden war. Die Leute mussten ganz von vorn anfangen, fast so, als wären sie neu geboren: Alle Papiere und Identitätsbeweise, Kleidung und Unterkunft mussten neu beschafft werden. Der Blitzkrieg vom September 1940 und die nachfolgenden Luftangriffe zogen sich nun schon über ein Jahr hin, mit Tausenden und Abertausenden von Toten und Vermissten. Sie wusste, dass Schwarzhändler die Lage ausnutzten und Tote eine Weile »weiterleben« ließen, um ihre Rationen und Benzinmarken zu erbeuten. Vielleicht fand sich da ein Schlupfloch für sie. Also durchforschte sie die Zeitungen nach Berichten über die schlimmsten Angriffe mit den höchsten Opferzahlen – vierzig, fünfzig, sechzig

Personen getötet oder vermisst. Einen oder zwei Tage später standen die Namen in der Zeitung, manchmal wurden auch die Fotos gedruckt. Sie machte sich auf die Suche nach einer vermissten Frau ihres Alters.

Zwei Tage nach dem Treffen mit Blytheswood gab es einen Großangriff auf die Docks von East End. Sie ging mit Mrs Dangerfield in den Gartenbunker und wartete den Angriff ab. In klaren Nächten kamen die Flugzeuge oft von der Themsemündung her und folgten dem gewundenen Flusslauf – auf der Suche nach dem Kraftwerk in Battersea und in der Lots Road in Chelsea, um dann ihre Bomben irgendwo in der Umgebung abzuwerfen. Die Wohnviertel von Battersea und Chelsea bekamen daher mehr ab, als man erwartet hatte.

Am nächsten Morgen hörte sie in den Nachrichten von den Angriffen auf Rotherhithe und Deptford – Straßenzüge ausradiert, eine komplette Siedlung evakuiert, ganze Wohnblöcke ausgebrannt und zerstört. Die Abendzeitungen brachten Einzelheiten, eine Übersichtskarte zeigte die schwersten Zerstörungen an, dazu kamen erste Listen von Toten und Vermissten. Sie wusste, es war makaber, aber sie suchte nach kompletten Familien, Gruppen von vier oder fünf Personen mit demselben Namen. Dann las sie von einer Sozialsiedlung in Deptford – drei Wohnblöcke total zerstört, einer mit Volltreffer – Carlisle House – und, wie zu befürchten stand, siebenundachtzig Todesopfern. Die Familie West, drei Personen; die Findlays, vier Personen, zwei davon kleine Kinder; und am schlimmsten hatte es die Fairchilds mit ihren fünf Kindern getroffen: Sally (24), Elizabeth (18), Cedric (12), Lucy (10) und Agnes (6). Alle vermisst, alle vermutlich unter den Trümmern begraben, kaum Hoffnung auf Überlebende.

Am nächsten Tag fuhr Eva mit dem Bus nach Deptford und machte sich auf die Suche nach Carlisle House. Sie fand die übliche Mondlandschaft aus rauchenden Trümmern: Berge von Ziegelschutt, schwankende Mauerreste, freigelegte Zimmerwände, zwischen dem Geröll noch die bleichen, zuckenden Flammen der Gasleitungen. Die Ruine war von Holzbarrieren umgeben, Polizisten und Luftschutzhelfer standen Wache. An den Barrieren sammelten sich verloren dreinblickende Menschen, die sich über die Sinnlosigkeit, den Irrsinn, das Leid, die Tragöde austauschten. In einem nahen Hauseingang holte Eva ihren Pass heraus und lief an der Absperrung entlang, bis sie, weit von den Leuten entfernt, zu einer brennenden Gasleitung kam. Es wurde schon dunkel an diesem Winterabend, und die blassen Flammen gewannen an Leuchtkraft und Farbe. Da die Dunkelheit einen neuen Angriff erwarten ließ, entfernten sich allmählich die Grüppchen der Nachbarn, Überlebenden und Neugierigen. Als sie sicher war, dass niemand zusah, warf sie ihren Pass beherzt in die Flammen. Sie sah ein kurzes Auflodern, dann schrumpfte er zusammen und verschwand. Sie drehte sich weg und ging schnell davon.

Wieder in Battersea, eröffnete sie Mrs Dangerfield mit einem koketten Seufzer, sie sei erneut versetzt worden – »Schottland mal wieder« – und müsse noch am Abend abreisen. Sie zahlte ihre zwei Monatsmieten im Voraus und nahm leichten Herzens ihren Abschied. Wenigstens sind Sie weit weg von diesen Luftangriffen, bemerkte Mrs Dangerfield nicht ohne Neid und küsste sie zum Abschied auf die Wange. Ich rufe an, bevor ich zurückkomme, sagte Eva, wahrscheinlich im März.

Sie nahm ein Hotelzimmer in der Nähe der Victoria Station, und am nächsten Morgen schlug sie so lange mit der Stirn gegen die raue Ziegeleinfassung des Fensters, bis die Haut aufplatzte und Blut zu fließen begann. Sie reinigte die Wunde, bedeckte sie mit Watte und Pflaster und fuhr mit dem Taxi zu einem Polizeirevier in Rotherhithe.

»Was können wir für Sie tun, Miss?«, fragte der Diensthabende. Eva schaute wirr und verhielt sich desorientiert, als litte sie unter Gehirnerschütterung, einem Schock. »Das Krankenhaus sagte, ich soll mich hier melden«, behauptete sie. »Ich heiße Sally Fairchild, ich habe im Carlisle House gewohnt und bin ausgebombt.«

Am Ende des Tages besaß sie einen provisorischen Ausweis und ein Rationsbuch mit einem Wochenvorrat Lebensmittelmarken. Nachbarn hätten sie aufgenommen, sagte sie und gab eine nahe gelegene Adresse an. Man trug ihr auf, sich binnen einer Woche im zuständigen Amt des Innenministeriums in Whitehall zu melden, damit alles geregelt werden könne. Die Polizisten waren voller Mitgefühl. Eva weinte ein wenig, man wollte sie mit dem Auto zu ihrer neuen Adresse bringen. Nein, sie wolle noch zu Freunden, sagte Eva, und ein paar Verwundete im Krankenhaus besuchen, trotzdem vielen Dank.

So wurde aus Eva Delektorskaja eine Sally Fairchild, und das war endlich ein Name, den Romer nicht kannte. Die Kette war durchbrochen, obwohl sie noch nicht sicher war, ob ihre neue Identität von Dauer sein würde. Sie stellte sich vor, dass er sich insgeheim über ihre Fähigkeiten freute – habe ich sie nicht gut ausgebildet? Aber stets würde ihn diese eine Frage verfolgen: Wo finde ich Eva Delektorskaja?

Das vergaß sie nie, und ihr war klar, dass mehr geschehen musste, damit sie sich auch nur halbwegs sicher fühlen konnte – also ging sie, solange das Geld reichte, gegen Abend in ein besseres Restaurant oder eine Bar und bestellte sich einen Drink. Für die nächsten Tage war sie am sichersten, wenn sie im Hotel wohnte und gar nichts tat. Aber sobald sie sich irgendeine Arbeit suchte, wurde sie umgehend von den Mühlen der Bürokratie erfasst und registriert. Sie besuchte also das Café Royale und den Chelsea Arts Club, die Bar des Savoy, des Dorchester, des White Tower. Viele akzeptable Männer luden sie zu Drinks und Rendezvous ein, und manche versuchten erfolglos, sie zu küssen. Sie lernte einen polnischen Kampfflieger im Bierkeller am Leicester Square kennen, mit dem sie sich zwei weitere Male traf, bevor sie sich gegen ihn entschied. Was sie suchte, war ein ganz bestimmter Mann – sie hatte keine Ahnung, wer das war, aber sie war überzeugt, dass sie ihn auf Anhieb erkennen würde, wenn sie ihm begegnete.

Etwa zehn Tage nachdem sie sich in Sally Fairchild verwandelt hatte, besuchte sie das Heart of Oak in der Mount Street von Mayfair. Es war ein Pub, aber es war mit Teppichen ausgelegt, an den Wänden hingen Stiche mit Sportmotiven, und im Kamin brannte immer ein echtes Feuer. Sie bestellte Gin Orange, setzte sich an einen Tisch, zündete eine Zigarette an und nahm sich das Kreuzworträtsel der *Times* vor. Wie gewöhnlich hielt sich Militär im Lokal auf – durchgängig Offiziere –, und einer von ihnen lud sie zu einem Drink ein. Da sie keinen britischen Offizier wollte, sagte sie, sie erwarte einen Gentleman, worauf er sich entfernte. Nach einer Stunde etwa – sie wollte schon gehen –, setzten sich drei junge Männer in dunklen Anzügen an den Nachbartisch. Sie waren bester Laune, und sehr bald nahm Eva den irischen Akzent wahr. Sie stand auf, um sich einen Drink zu holen, und ließ die Zeitung fallen. Einer der Männer, rundes Gesicht und bleistiftschmaler Schnurrbart, hob sie auf und gab sie ihr zurück. Ihre Blicke begegneten sich.

»Darf ich Sie zu einem Drink einladen?«, sagte er. »Es wäre mir eine Ehre und ein Vergnügen.«

»Das ist sehr nett von Ihnen, aber ich bin im Begriff zu gehen«, erwiderte Eva, doch sie ließ sich schließlich überreden, am Tisch der Männer Platz zu nehmen. Sie sei mit einem Gentleman verabredet, sagte sie, doch der habe sich bereits vierzig Minuten verspätet.

»Oh, das ist kein Gentleman«, rief der Mann mit dem

Bärtchen und machte ein ernstes Gesicht. »Das nenne ich einen englischen Schurken.«

Alle lachten, und Eva fiel auf, dass der Mann, der ihr gegenübersaß – blond, kräftig, sommersprossig, in lockerer, lässiger Haltung –, zwar auch über den Witz lächelte, aber mehr nach innen, als würde ihn etwas anderes an der Äußerung belustigen als die vordergründige Schelte.

Sie fand heraus, dass alle drei Anwälte waren, die für die irische Botschaft arbeiteten, im Konsularbüro Clarges Street. Als der Blonde mit der nächsten Runde dran war und an die Bar ging, entschuldigte sie sich bei den anderen, sie wolle sich frisch machen. Sie folgte dem Mann zur Bar und sagte, sie hätte lieber ein kleines Glas Panaché anstelle des Gin Orange.

»Verstanden«, sagte er. »Also dann ein kleines Panaché.«

»Wie war gleich Ihr Name?«, fragte sie.

»Ich bin Sean. Die beiden anderen heißen David und Eamonn. Eamonn ist der Komödiant, wir sind sein Publikum.«

»Sean weiter?«

»Sean Gilmartin.« Er drehte sich um und schaute sie an. »Und wie war Ihr Name noch mal, Sally?«

»Sally Fairchild«, sagte sie und fühlte die Vergangenheit von sich abfallen wie lose Fesseln. Sie trat näher an ihn heran, als er ihr das Glas überreichte, so nah, wie sie konnte, ohne ihn zu berühren, und blickte auf zu seinen wissenden, sanft lächelnden Augen. Die Geschichte der Eva Delektorskaja hatte ihr natürliches Ende gefunden.

13
Unter vier Augen

So hast du also meinen Dad kennengelernt?«, sagte ich. »Du hast ihn in einem Pub aufgelesen?«

»Das kann man so sagen.« Meine Mutter seufzte und wirkte ein wenig abwesend, vermutlich weil sie daran zurückdachte. »Ich war auf der Suche nach dem Richtigen – schon seit Tagen –, und dann sah ich ihn. So, wie er nach innen lachte. Da wusste ich sofort Bescheid.«

»Es war also keine Berechnung?«

Sie bekam ihren harten Blick – wie immer, wenn ich aus der Reihe tanzte, wenn ich ihr gar zu vorwitzig wurde.

»Ich habe deinen Vater geliebt«, sagte sie leise. »Er hat mich gerettet.«

»Tut mir leid«, erwiderte ich matt. Ich schämte mich ein wenig und schob alles auf den Kater: Noch immer musste ich für Hamids Abschiedsparty büßen. Ich fühlte mich schlapp und konnte keinen klaren Gedanken fassen, mein Mund war trocken, mein Körper verlangte nach Wasser, mein anfangs »milder« Kopfschmerz hatte sich zur Kategorie »hartnäckig/pochend« weiterentwickelt.

Der Rest der Geschichte war schnell erzählt. Nach der Begegnung im Heart of Oak hatte es noch ein paar Rendezvous gegeben – Einladungen zum Essen, einen Tanzabend in der Botschaft, einen Kinobesuch –, und sie merkten, dass sie sich langsam, aber sicher näherkamen. Sean Gilmartin konnte ihr dank seiner diplomatischen Kontakte die Wege ebnen, als es darum ging, einen Pass und andere Papiere für

Sally Fairchild zu beschaffen. Im März 1942 fuhren sie nach Dublin, wo er sie seinen Eltern vorstellte, und zwei Monate später heirateten sie in St. Saviour's an der Duncannon Street. Aus Eva Delektorskaja war Sally Fairchild geworden, aus Sally Fairchild Sally Gilmartin, und seitdem wusste sie, dass sie in Sicherheit war. Nach dem Krieg ging Sean Gilmartin mit seiner jungen Frau zurück nach England und trat einer Anwaltskanzlei in Banbury, Oxfordshire, als Juniorpartner bei. Die Kanzlei prosperierte, Sean Gilmartin wurde Seniorpartner, und 1949 bekamen sie ein Kind, ein Mädchen, das sie Ruth nannten.

»Und du hast nie wieder etwas gehört?«

»Keinen Ton. Ich war ihnen völlig entkommen – bis jetzt.«

»Was ist aus Alfie Blytheswood geworden?«

»1957 gestorben. Schlaganfall, glaube ich.«

»Wirklich?«

»Ich glaube, schon. Der Abstand war zu groß.«

»Gab es noch Probleme mit der Fairchild-Identität?«

»Ich wohnte als Ehefrau in Dublin – als Mrs Sean Gilmartin –, ein völlig neues Leben, eine völlig neue Umgebung; niemand wusste, was Sally Fairchild zugestoßen war.« Sie schwieg und lächelte, als würde sie die vielen Identitäten, die sie durchlebt hatte, Revue passieren lassen.

»Was ist aus deinem Vater geworden?«, fragte ich.

»Er ist 1944 gestorben, in Bordeaux. Ich bat Sean, ihn über die Londoner Botschaft suchen zu lassen, nach dem Krieg – er sei ein alter Freund der Familie, behauptete ich.« Sie spitzte die Lippen. »So oder so. Ich hätte ihn doch nicht besuchen können. Auch Irène habe ich nicht wiedergesehen. Es wäre zu riskant gewesen.« Sie blickte auf. »Was treibt denn der Junge da?«

»Jochen! Lass ihn in Ruhe!«, schrie ich. Unter dem Lorbeerstrauch hatte er einen Igel aufgespürt. »Die sind voller Flöhe.«

»Was sind denn Flöhe?«, rief er und ging dann doch auf Distanz zu der stachligen Kugel.

»Grässliche Insekten, die dich am ganzen Körper stechen.«

»Und ich will, dass er in meinem Garten bleibt!«, schrie meine Mutter nun auch. »Er vertilgt die Schnecken.«

Angesichts unserer vereinten Ermahnungen vergrößerte Jochen seinen Abstand, hockte sich hin und schaute zu, wie sich der Igel vorsichtig entrollte. Es war Samstagabend, und die Sonne versank in dem nun schon gewohnten staubigen Dunst, der in diesem endlosen Sommer an die Stelle der Dämmerung trat. Im sattgoldenen Abendlicht wirkte die Wiese vorm Witch Wood wie ausgeblichen, wie ein mattes, verwaschenes Blond.

»Hast du vielleicht ein Bier?«, fragte ich. Plötzlich brauchte ich dringend einen Katertrunk.

»Da musst du in den Laden gehen … Der schon geschlossen ist«, ergänzte sie mit einem Blick auf die Uhr. Sie schaute mich prüfend an. »Du siehst ja ziemlich mitgenommen aus, muss ich sagen. Hast du dich betrunken?«

»Die Party ging ein bisschen länger, als ich dachte.«

»Ich glaube, ich hab irgendwo eine alte Flasche Whisky.«

»Au ja«, sagte ich und lebte schon ein wenig auf. »Vielleicht einen kleinen Whisky mit Wasser. Mit viel Wasser«, präzisierte ich, als würde das mein Verlangen harmloser erscheinen lassen.

Also brachte mir meine Mutter ein großes Glas blassgoldenen Whisky mit Wasser, und während ich daran nippte, wurde mir fast augenblicklich besser – die Kopfschmerzen blieben, aber ich fühlte mich weniger gebeutelt und gereizt und nahm mir vor, für den Rest des Tages besonders nett zu Jochen zu sein. Und beim Trinken dachte ich, welch verblüffende Wendungen das Leben doch bot – es konnte die Dinge so arrangieren, dass ich jetzt hier in einem Cottagegarten von Oxfordshire saß, an einem heißen Sommerabend, während mein Sohn einen Igel ärgerte und meine Mutter mir Whisky brachte – diese Frau, meine Mutter, die ich offensichtlich kaum gekannt hatte, die in Russland geboren war, als britische Agentin 1941 in New Mexico einen Mann umgebracht hatte, zum Flüchtling wurde und mir, eine Generation später, schließlich ihre Geschichte erzählte. Das zeigte einem doch ... Mein Kopf war zu durcheinander, um den großen Zusammenhang zu erfassen, in den sich die Geschichte der Eva Delektorskaja einfügte; ich konnte höchstens die Einzelteile aufzählen. Einerseits faszinierte mich dieser Beweis, dass man seine Mitmenschen überhaupt nicht kannte, dass ihnen praktisch alles zuzutrauen war, andererseits fühlte ich mich irgendwie niedergeschlagen angesichts der Lügen, mit denen ich aufgewachsen war und bis jetzt gelebt hatte. Es war, als müsste ich meine Mutter ganz von Neuem kennenlernen, alles, was wir miteinander erlebt hatten, neu verarbeiten, damit leben, dass ihre wahre Biografie die meine in einem ganz anderen und möglicherweise beunruhigenderen Licht erscheinen ließ. Ich beschloss hier und jetzt, die Sache ein paar Tage ruhen zu lassen, bevor ich mich an eine Analyse wagte. Mein eigenes Leben war schon aufregend genug: Ich sollte mich erst mal um mich selbst kümmern, sagte ich mir. Meine Mutter war offensichtlich aus härterem Holz geschnitzt. Ich wollte darüber nachdenken, wenn ich munterer war, geistig wiederhergestellt, und – Dr. Timothy Thoms ein paar entscheidende Fragen stellen.

Ich musterte meine Mutter von der Seite. Sie blätterte in ihrer Illustrierten, aber ihre Augen waren in die Ferne gerichtet – sie schaute angestrengt, ängstlich über die Wiese zu den Bäumen von Witch Wood hinüber.

»Alles in Ordnung, Sal?«, fragte ich.

»Weißt du, vorgestern wurde eine alte Frau – eine ältere Dame – in Chipping Norton umgebracht.«

»Umgebracht? Wie denn?«

»Sie saß im Rollstuhl, war beim Einkaufen. Dreiundsechzig Jahre alt. Von einem Auto überfahren, das auf den Bürgersteig geraten war.«

»Wie schrecklich … Ein Betrunkener? Ein Raser?«

»Das wissen wir nicht.« Sie warf die Illustrierte ins Gras. »Fahrerflucht. Sie haben ihn noch nicht gefasst.«

»Kann er nicht anhand des Autos identifiziert werden?«

»Das war gestohlen.«

»Verstehe … Aber was hat das mit dir zu tun?«

Sie sah mich an. »Bringt dich das nicht auf seltsame Gedanken? Ich saß erst neulich im Rollstuhl. Und ich kaufe oft in Chipping Norton ein.«

Jetzt musste ich wirklich lachen. »Ich bitte dich!«, sagte ich.

Ihr Blick war starr und nicht sehr freundlich. »Du begreifst immer noch nicht?«, sagte sie. »Nach allem, was ich dir erzählt habe? Du weißt offenbar nicht, wozu die fähig sind.«

Ich trank meinen Whisky aus – auf diesen unübersichtlichen Irrweg würde ich ihr nicht folgen, das war schon mal sicher.

»Dann wollen wir mal los«, sagte ich diplomatisch. »Danke, dass du dich um den Jungen gekümmert hast. Hat er sich benommen?«

»Tadellos. Ein guter Gefährte.«

Ich rief Jochen von seinen Igelstudien fort, und wir brauchten zehn Minuten, um seine weit verstreuten Habseligkeiten einzusammeln. Als ich in die Küche kam, sah ich ein kleines Lebensmittelsortiment auf dem Tisch liegen: eine Thermoskanne, eine Plastikdose mit Sandwiches, zwei Äpfel und eine Packung Kekse. Seltsam, dachte ich, während ich Spielzeugautos vom Boden aufhob; man könnte ja glauben, dass sie zum Picknick will. Dann rief Jochen nach mir, weil er seine Pistole nicht fand.

Endlich hatten wir alles ins Auto geladen und verabschiedeten uns. Jochen küsste seine Granny, doch als ich sie küsste, machte sie sich steif – alles war zu merkwürdig heute, ich konnte mir keinen Reim darauf machen. Ich musste erst abfahren, bevor ich mich mit diesen Seltsamkeiten befassen konnte.

»Kommst du nächste Woche in die Stadt?«, fragte ich betont freundlich und dachte mir, wir könnten dann zusammen essen gehen.

»Nein.«

»Na, dann.« Ich öffnete den Wagenschlag. »Mach's gut, Sal. Ich ruf dich an.«

Da griff sie nach mir und umarmte mich heftig. »Mach's gut, Liebling«, sagte sie, und ich spürte ihre trockenen Lippen auf der Wange. Das war noch seltsamer, da sie mich höchstens alle drei Jahre mal umarmte.

Schweigend fuhr ich mit Jochen aus dem Dorf hinaus.

»War es schön bei Granny?«, fragte ich dann.

»Ja. Irgendwie schon.«

»Drück dich genauer aus.«

»Na ja, sie hatte viel zu tun, immer hat sie irgendwas gemacht. In der Garage gearbeitet.«

»Was hat sie denn da gemacht?«

»Ich weiß nicht. Ich durfte nicht rein. Aber ich habe gehört, wie sie gesägt hat.«

»Gesägt? ... Kam sie dir irgendwie verändert vor? Hat sie sich anders verhalten?«

»Drück dich präziser aus.«

»Eins zu null für dich. Kam sie dir nervös vor, unruhig, schlecht gelaunt, seltsam?«

»Seltsam ist sie immer. Das weißt du doch.«

In der zunehmenden Dämmerung fuhren wir nach Oxford zurück. Ich sah schwarze Krähenschwärme von den Stoppelfeldern auffliegen, die Hecken verschmolzen mit dem Dunst des Abends, die Baumgruppen und Wäldchen wirkten dicht und undurchdringlich, wie aus Metall gegossen. Meine Kopfschmerzen ließen langsam nach, was ich als Zeichen der allgemeinen Besserung auffasste, und dann fiel mir auch noch ein, dass ich eine Flasche Mateus Rosé im Kühlschrank hatte. Samstagabend zu Hause bleiben, Fernseher an, zwanzig Zigaretten und eine Flasche Mateus Rosé: Konnte das Leben schöner sein?

Wir aßen Abendbrot (von Ludger und Ilse keine Spur), sahen ein Varieté im Fernsehen – schlechte Sänger, lahme Tänzer, meiner Meinung nach –, und ich brachte Jochen ins Bett. Jetzt konnte ich die Flasche entkorken und gemütlich eine rauchen. Aber stattdessen saß ich zwanzig Minuten nach dem Abwaschen immer noch in der Küche, vor mir eine Tasse schwarzen Kaffee, und dachte über meine Mutter und ihr Leben nach.

Am Sonntagmorgen fühlte ich mich hundert Prozent besser, aber in Gedanken war ich nach wie vor bei meiner Mutter, ihrem Cottage und ihrem seltsamen Verhalten am Tag davor: die Nervosität, die Paranoia, das vorbereitete Picknick, diese untypische Reizbarkeit ... Was war da los? Wohin wollte sie mit ihren Sandwiches und der Thermoskanne? Dass die Sachen schon am Vortag bereitstanden, deutete auf einen frühen Aufbruch. Warum erzählte sie mir nicht davon, wenn sie einen Ausflug plante? Und warum ließ sie die Sachen so offen herumliegen, wenn ich es nicht erfahren sollte?

Und dann begriff ich.

Huldvoll akzeptierte Jochen die neue Sonntagsplanung. Im Auto sangen wir Lieder, um uns die Zeit zu vertreiben: »One Man Went to Mow«, »Ten Green Bottles«, »The Quartermaster's Store«, »The Happy Wanderer«, »Tipperary« – die hatte mir früher mein Vater vorgesungen, sein tiefer, vibrierender Bass hatte das ganze Auto ausgefüllt.

Jochen war schrecklich unmusikalisch, genau wie ich, trotzdem sangen wir munter drauflos, in dissonanter Harmonie.

»Warum fahren wir schon wieder dorthin?«, fragte er zwischen zwei Strophen. »Gleich am nächsten Tag? Das machen wir sonst nie.«

»Weil ich etwas vergessen habe. Ich wollte Granny etwas fragen.«

»Das kannst du auch am Telefon.«

»Nein. Ich muss mit ihr sprechen. Unter vier Augen.«

»Du willst dich bloß mit ihr streiten«, sagte er.

»Nein, nein, keine Sorge. Ich muss sie nur etwas fragen.«

Wie ich befürchtet hatte, war das Auto weg und das Haus verschlossen. Ich holte den Schlüssel unter dem Blumentopf hervor, und wir gingen hinein. Wieder war alles sauber und aufgeräumt – kein Hinweis auf einen plötzlichen Aufbruch, keine Zeichen von Panik oder Hast. Ich lief langsam durch die Zimmer, schaute mich um, suchte nach der Erklärung, irgendeiner Auffälligkeit, die mir etwas signalisieren sollte, und schließlich wurde ich fündig.

Welcher Mensch, der noch bei Sinnen war, hätte in einer schwülwarmen Nacht wie der letzten den Wohnzimmerkamin angezündet? Meine Mutter hatte es getan, eindeutig, denn auf dem Rost lagen verkohlte Scheite, und die Asche war noch warm. Ich hockte mich vor die Öffnung und suchte mit dem Schürhaken nach Resten verbrannter Papiere – vielleicht hatte sie irgendein anderes Geheimnis aus der Welt geschafft –, aber ich fand nichts, was darauf hinwies. Dann fiel mein Blick auf eins der Scheite. Mit der Feuerzange fischte ich es heraus und hielt es in der Küche unter den Wasserhahn – es zischte, als das kalte Wasser die Asche wegspülte –, und darunter kam die glänzende Kirschholzmaserung zum Vorschein. Ich trocknete das Stück Holz mit einem Blatt von der Küchenrolle ab, und obwohl es halb verkohlt war, gab es keinen Zweifel: Es war ganz offensichtlich ein Gewehrkolben, abgesägt direkt hinter dem Handgriff. Ich lief hinaus in die Garage, wo sie eine kleine Werkbank hatte und ihre Gartengeräte unterbrachte (immer geölt und ordentlich weggeräumt). Auf der Werkbank, neben dem Schraubstock, lag eine Metallsäge und drum herum verstreut die kleinen silbrigen Späne. Die Gewehrläufe steckten in einem Kartoffelsack, der unter der Werkbank lag. Sie hatte sich kaum Mühe gegeben, ihr Tun zu verbergen, auch der Gewehrkolben war eher angesengt als verkohlt. In meinem Bauch zog sich etwas zusammen; teils war mir, als müsste ich lachen, teils hatte ich das Gefühl, ganz dringend aufs Klo zu müssen. Jetzt, da ich nun schon langsam so dachte wie sie, begriff ich: Sie hatte *gewollt*, dass ich am Sonntagmorgen zurückkam, um das Haus leer zu finden, sie hatte gewollt, dass ich mich umsah und diese Dinge vorfand – und jetzt erwartete sie von mir, dass ich die richtigen Schlüsse zog.

Gegen sechs Uhr abends war ich in London. Jochen hatte ich bei Veronica und Avril untergebracht, jetzt musste ich nur noch versuchen, meine Mutter zu finden, bevor sie Lucas Romer umbrachte. Ich fuhr mit dem Zug bis Paddington, dann mit dem Taxi nach Knightsbridge. Den Namen der Straße, in der Romer wohnte, hatte ich behalten, aber nicht die Hausnummer. Dem Taxifahrer sagte ich, er solle mich zum Walton Crescent fahren und an einem der beiden Enden absetzen. Auf meinem Londoner Stadtplan sah ich, dass es eine Walton Street gab – sie schien direkt zu den Pforten von Harrods zu führen – und einen Walton Crescent, der von der Walton Street abzweigte und im Bogen zu ihr zurückführte. Ich zahlte, stieg hundert Meter vorher aus und ging zu Fuß weiter zum Crescent. Währenddessen versuchte ich, mich in meine Mutter hineinzuversetzen und genau das zu tun, was sie tun würde. Immer schön der Reihe nach, sagte ich mir; erst einmal die Umgebung erkunden.

Walton Crescent stank nach Geld, Upperclass, Standesdünkel, aber auf diskrete Weise, unaufdringlich und kaum spürbar. Alle Häuser sahen fast gleich aus, bis man sie näher in Augenschein nahm. Ein bogenförmiger Park lag der sanft geschwungenen Zeile aus dreistöckigen, mit cremefarbigem Stuck versehenen Reihenhäusern gegenüber, jedes der Häuser besaß einen kleinen Vorgarten und je drei große hohe Fenster im ersten Stock, die auf einen Balkon mit filigranem Eisengeländer hinausgingen. Die Vorgärten waren gepflegt und, dem allgemeinen Verbot zu wässern zum Trotz, von einem satten Grün. Auf meinem Rundgang sah ich Buchsbaumhecken, Rosen, verschiedene Clematis-Sorten und bemooste Statuen. Beinahe jedes Haus hatte eine Alarmanlage, viele Fenster waren mit Läden verschlossen, andere mit Rollgittern hinter den Scheiben gesichert. Ich war fast allein auf der Straße, eine Amme schob einen Kinderwagen vorbei, ein grauhaariger Gentleman beschnitt eine niedrige Eibenhecke mit pedantischer, liebevoller Sorgfalt. Der weiße Allegro meiner Mutter parkte gegenüber der Nummer 29.

Ich beugte mich vor und klopfte energisch an die Scheibe. Sie drehte sich um, schien aber kaum überrascht, mich zu sehen. Lächelnd langte sie hinüber zur Beifahrertür, um mir zu öffnen.

»Du hast aber lange gebraucht«, sagte sie. »Trotzdem – nicht schlecht.« Sie trug ihren perlgrauen Hosenanzug, ihr Haar war frisiert und glänzte wie frisch vom Friseur, sie hatte Lippenstift aufgelegt, ihre Wimpern waren schwarz getuscht.

Ich wartete eine kleine Zornesaufwallung ab, bevor ich auf den Beifahrersitz kletterte. Und als ich meine Schimpfkanonade beginnen wollte, bot sie mir ein Sandwich an.

»Was ist drauf?«, fragte ich.

»Lachs mit Gurke. Aber kein Büchsenlachs.«

»Mayonnaise?«

»Nur ein bisschen – und etwas Dill.«

Ich nahm das Sandwich entgegen und schlang ein paar Bissen hinunter. Plötzlich hatte ich Hunger, und das Sandwich schmeckte köstlich.

»Um die Ecke ist ein Pub«, sagte ich. »Warum gehen wir nicht dorthin und reden in aller Ruhe? Ich mach mir große Sorgen, das muss ich schon sagen.«

»Nein, dann verpasse ich ihn«, sagte sie. »Sonntagabend kommt er sicher vom Land zurück, von seinem Haus oder von Freunden. Vor neun dürfte er hier sein.«

»Ich lasse nicht zu, dass du ihn umbringst. Ich warne dich, ich …«

»Sei nicht albern!« Sie lachte. »Ich will nur einen kurzen Plausch.« Sie legte mir die Hand aufs Knie. »Das hast du gut gemacht, Ruth, mich hier aufzuspüren. Ich bin beeindruckt – und ich freue mich. Ich dachte, so ist's am besten – wenn du alles selbst herausfindest. Ich wollte dich nicht bitten mitzukommen, dich nicht unter Druck setzen. Ich dachte mir, dass du's rauskriegen würdest, weil du so klug bist. Aber jetzt weiß ich, dass deine Klugheit von anderer Art ist.«

»Soll ich das als Kompliment verstehen?«

»Schau mal: Wenn ich dich direkt gefragt hätte, hättest du dir hundert Mittel ausgedacht, mich davon abzubringen.« Ihr Lächeln wirkte fast schadenfroh. »Na, jedenfalls sind wir jetzt beide hier.« Sie strich mir über die Wange – woher diese Anwandlungen von Zärtlichkeit? »Ich bin froh, dass du da bist«, sagte sie. »Ich weiß, ich hätte ihn auch allein treffen können, aber mit dir an meiner Seite wird es viel besser.«

»Warum?«, fragte ich misstrauisch.

»Du weißt schon: moralische Unterstützung und so weiter.«

»Wo ist das Gewehr?«

»Ich fürchte, das hab ich so ziemlich versaut. Die Läufe sind nicht sauber abgetrennt. Ich würde mich nicht trauen, es zu benutzen – und überhaupt: Da du jetzt da bist, fühle ich mich sicher.«

Wir saßen und redeten und verzehrten unsere Sandwiches, während das Abendlicht über dem Walton Crescent intensiver wurde und den cremefarbenen Stuck für Momente in ein blasses Aprikosenrosa verwandelte. Als sich der Himmel allmählich verdunkelte – der Tag war wolkig, aber warm –, spürte ich, wie die Angst in mir hochkroch: Mal in meinem Bauch, dann in der Brust, dann in den Gliedern, die davon schwer wurden und wehtaten – und ich begann zu hoffen, dass Romer nicht zurückkam, dass er in die Ferien gefahren war, nach Portofino oder Saint-Tropez oder Inverness oder wo immer Typen wie er ihre Ferien verbrachten, dass unsere Belagerung sich als fruchtlos erweisen würde, wir nach Hause fahren und versuchen konnten, die ganze Sache zu vergessen. Gleichzeitig war mir genauso klar wie meiner Mutter, dass es mit Romers Ausbleiben nicht getan wäre: Sie musste ihn noch einmal sehen, ein letztes Mal. Und während ich darüber nachdachte, begriff ich, dass alles, was in diesem Sommer passiert war, geplant – manipuliert – war, mit dem Ziel, diese Konfrontation herbeizuführen: ihre Rollstuhl-Allüren, ihr Verfolgungswahn, ihr Lebensbericht …

Meine Mutter packte mich am Arm.

Am anderen Ende des Crescent schob ein großer Bentley die Nase um die Ecke. Ich dachte, ich müsste sterben, in meinen Ohren rauschte das Blut, ich schluckte Luft, weil meine Magensäure brodelte und in der Speiseröhre hochkochte.

»Wenn er aus dem Auto steigt«, sagte meine Mutter trocken, »gehst du hin und rufst seinen Namen. Er wird sich umdrehen – mich sieht er vorerst nicht. Verwickle ihn in ein kurzes Gespräch. Ich will ihn überraschen.«

»Was soll ich denn sagen?«

»Zum Beispiel: ›Guten Abend, Mr Romer, könnte ich Sie kurz sprechen?‹ Mehr als ein paar Sekunden brauche ich nicht.«

Sie wirkte so ruhig, so stark – während ich dachte, ich müsste jeden Moment in Tränen ausbrechen, einfach drauflosheulen, ich kam mir total unsicher und unfähig vor. Was gar nicht zu mir passte, wie ich merkte.

Der Bentley hielt in der zweiten Reihe, mit laufendem Motor, der Chauffeur kam heraus und ging um den Wagen herum zum Fond. Er hielt den Wagenschlag auf der Trottoirseite auf, Romer stieg aus, mit einiger Mühe, ein wenig gebeugt, vielleicht steif von der langen Fahrt. Er tauschte ein paar Worte mit dem Fahrer, der wieder einstieg und davonfuhr. Romer ging zu seinem Gartentor, er trug ein Tweedjackett und graue Flanellhosen, dazu Wildlederschuhe. Über der Tür der Nummer 29 ging ein Licht an, zeitgleich mit den Gartenlampen, die den Plattenweg zur Haustür beleuchteten, einen Kirschbaum, einen steinernen Obelisk hinter der Hecke.

Meine Mutter gab mir einen Schubs, und ich öffnete die Tür.

»Lord Mansfield?«, rief ich und trat auf die Straße hinaus. »Kann ich Sie kurz sprechen?«

Romer drehte sich sehr langsam zu mir um.

»Wer sind Sie?«

»Ich bin Ruth Gilmartin – wir haben uns neulich getroffen.« Ich ging über die Straße auf ihn zu. »In Ihrem Club – ich wollte Sie interviewen.«

Er blickte mich forschend an. »Ich habe Ihnen nichts zu sagen.« Seine raue Stimme war beherrscht, unaufgeregt. »Das gab ich Ihnen bereits zu verstehen.«

»Oh, ich glaube, doch«, sagte ich und fragte mich, wo meine Mutter blieb. Ich sah und hörte sie nicht, ich hatte keine Ahnung, wohin sie verschwunden war.

Er lachte und öffnete die Gartenpforte.

»Gute Nacht, Miss Gilmartin. Hören Sie auf, mich zu belästigen. Gehen Sie weg.«

Mir fiel nichts mehr ein – ich war abgewiesen.

Er schloss die Pforte von innen, und ich sah, wie hinter ihm jemand die Haustür öffnete, nur einen Spaltbreit, damit sich Romer nicht mit Schlüsseln oder ähnlich vulgären Dingen abgeben musste. Romer sah, dass ich noch dastand, und suchte mit geübtem Blick die Straße ab. Dann wurde er sehr still.

»Hallo, Lucas«, sagte meine Mutter aus der Dunkelheit.

Sie schien aus der Buchsbaumhecke hervorgewachsen zu sein – ohne sich zu rühren, stand sie plötzlich da.

Romer war für einen Moment wie gelähmt, dann richtete er sich auf, steif wie ein Soldat bei der Parade, als hätte er Angst, umzufallen.

»Wer sind Sie?«

Jetzt trat sie einen Schritt vor, und das abendliche Zwielicht zeigte ihr Gesicht, ihre Augen. Wie schön sie aussieht, dachte ich, als hätte sie sich auf wundersame Weise verjüngt, als wären fünfunddreißig Lebensjahre aus ihrem Gesicht gelöscht.

Ich schaute Romer an – er wusste, wer sie war, und verharrte stumm, eine Hand am Zaunpfahl. Wie hat er wohl diesen Moment empfunden, fragte ich mich – diesen unvergleichlichen Schock? Aber er ließ sich nichts anmerken, brachte nur die Andeutung eines ungewissen Lächelns zustande.

»Eva Delektorskaja«, sagte er kaum hörbar. »Wer hätte das gedacht.«

Wir standen in Romers großem Salon in der ersten Etage – er hatte uns keinen Platz angeboten. Noch an der Gartenpforte hatte er nach dem ersten Schock die Fassung wiedergewonnen und zu seiner leicht gelangweilten Gelassenheit zurückgefunden. »Vielleicht sollten Sie doch besser hereinkommen«, hatte er gesagt. »Sie haben mir bestimmt etwas mitzuteilen.« Wir waren ihm über den Kiesweg zur Haustür und ins Haus gefolgt, wo ein dunkelhaariger Mann mit weißem Jackett im Korridor wartete – und recht verdutzt wirkte. Von einer Küche irgendwo am Ende des Flurs hörte man Geschirrklappern.

»Ah, Pjotr«, sagte Romer. »Ich bin in einer Minute wieder unten. Sag Maria, sie soll alles warm stellen, dann kann sie gehen.«

Darauf folgten wir ihm die geschwungene Treppe hinauf in den Salon. Er war im englischen Landhausstil der dreißiger Jahre gehalten: wenige gute Stücke dunklen Mobiliars, ein Sekretär, ein Glasschrank mit Fayencen, Läufer auf dem Boden und bequeme alte Sofas mit Überwürfen und Kissen, aber die Gemälde an den Wänden waren modern. Ich sah einen Francis Bacon, einen Burra und ein exquisites Stillleben – eine leere Zinnschale vor einer silbern getönten Vase mit zwei welkenden Mohnblüten. Das Gemälde sah aus wie beleuchtet, aber es gab keine Punktstrahler – der pastose Glanz der Zinnschale und der Vase erzeugte diesen Effekt erstaunlicherweise von sich aus. Um mich abzulenken, schaute ich die Bilder an. Ich befand mich in einem merkwürdigen Taumel der Panik – einer Kombination aus Erregung und Angst, die ich seit meiner Kindheit nicht mehr erlebt hatte, und damals auch nur dann, wenn ich absichtlich etwas Falsches oder Verbotenes gemacht hatte und mir schon das Ertapptwerden vorstellte, die Schuld und die Strafe – was wohl überhaupt den Reiz des Verbotenen ausmacht, wie ich vermute. Ich schaute zu meiner Mutter hinüber: Sie fixierte

Romer mit vernichtendem Blick. Er erwiderte ihn nicht, sondern stand, ganz der Hausherr, am Kamin – der mit Scheiten gefüllt, aber nicht angezündet war – und betrachtete angestrengt den Läufer zu seinen Füßen. Sein Ellbogen ruhte auf dem Sims, in dem fleckigen Spiegel, der über ihm hing, war sein Hinterkopf zu sehen. Jetzt schaute er Eva an, aber sein Gesicht zeigte keinerlei Ausdruck. Auf einmal wurde mir klar, warum ich diese Panik empfand: Die Atmosphäre schien gesättigt, geradezu geronnen von der gemeinsamen Vergangenheit der beiden – einer Vergangenheit, an der ich keinen Anteil hatte und deren dramatischen Endpunkt ich nun unfreiwillig miterlebte. Ich kam mir vor wie ein Voyeur – ich hatte hier nichts zu suchen, und trotzdem war ich hier.

»Könnten wir ein Fenster aufmachen?«, fragte ich zögernd.

»Nein«, sagte Romer, ohne meine Mutter aus den Augen zu lassen. »Auf dem Tisch dort steht Wasser.«

Ich ging an den Seitentisch, auf dem ein Tablett mit Gläsern und Karaffen aus Bleikristall stand. Neben den Karaffen mit Whisky und Brandy stand eine dritte, halb gefüllt mit Wasser, die sichtlich verstaubt war. Ich goss mir ein Glas ein und trank die lauwarme Flüssigkeit. Während ich schrecklich laute Schluckgeräusche machte, blickte Romer zu mir herüber.

»In welcher Beziehung stehen Sie zu dieser Frau?«, fragte er.

»Sie ist meine Mutter«, erwiderte ich postwendend und empfand absurderweise so etwas wie Stolz auf all das, was sie durchgemacht und hierhergeführt hatte, in dieses Zimmer. Ich ging hinüber zu ihr und stellte mich neben sie.

»Herr im Himmel«, sagte Romer. »Ich kann es nicht glauben.« Irgendwie wirkte er extrem angeekelt. Ich schaute meine Mutter an und versuchte mir vorzustellen, was in ihrem Kopf vor sich ging, wie sie es verkraftete, diesen Mann nach so vielen Jahren wiederzusehen, den Mann, den sie aufrichtig geliebt hatte – glaubte ich jedenfalls – und der sich so unglaubliche Mühe gegeben hatte, ihren Tod herbeizuführen. Aber sie wirkte sehr ruhig, sehr stark. Romer wandte sich wieder an sie.

»Was willst du, Eva?«

Meine Mutter wies auf mich. »Ich will dir nur sagen, dass sie alles weiß. Ich habe alles aufgeschrieben, Lucas, ihr alles gegeben – sie hat das Manuskript. In Oxford gibt es einen Professor, der ein Buch darüber schreibt. Ich wollte dir nur sagen, dass die Jahre deines Versteckspiels gezählt sind. Alle werden erfahren, was du getan hast, und das sehr bald.« Sie atmete tief ein. »Es ist vorbei.«

Er schien sich auf die Lippe zu beißen – alles hatte er erwartet, nur das nicht.

Er breitete die Hände aus. »Schön. Ich werde ihn verklagen. Ich verklage dich, und du gehst ins Gefängnis. Du kannst nicht das Geringste beweisen.«

Meine Mutter lächelte spontan, und ich wusste, warum – das war schon so etwas wie ein Geständnis.

»Ich wollte, dass du das weißt, und ich wollte dich noch ein letztes Mal sehen.« Sie machte einen Schritt vorwärts. »Und ich wollte, dass du mich siehst. Dich wissen lassen, dass ich immer noch sehr lebendig bin.«

»Wir haben dich in Kanada verloren«, sagte Romer. »Nachdem klar war, dass du dorthin gegangen warst. Du hast es sehr geschickt angestellt.« Er überlegte kurz. »Du solltest wissen, dass deine Akte nie geschlossen wurde. Wir können dich immer noch verhaften, unter Anklage stellen, verurteilen. Ich brauche nur diesen Hörer abzunehmen – und du wirst noch diese Nacht verhaftet, egal, wo du bist.«

Jetzt zeigte sich am Lächeln meiner Mutter, dass sie die Macht über ihn errungen hatte – endlich hatte sich das Blatt gewendet.

»Warum tust du's dann nicht, Lucas?«, sagte sie auffordernd, provozierend. »Na los, lass mich verhaften. Aber du wirst es nicht tun, nicht wahr?«

Er blickte sie an, sein Gesicht verriet nichts, er hatte sich total unter Kontrolle. Trotzdem genoss ich den Triumph meiner Mutter – am liebsten hätte ich gejubelt vor Freude.

»Für die britische Regierung bist du eine Verräterin«, sagte er tonlos, ohne die Spur einer Drohung.

»Natürlich«, erwiderte sie mit Sarkasmus. »Wir sind alle Verräter: ich und Morris und Angus und Sylvia. Ein kleines Nest von britischen Verrätern beim AAS Ltd. Nur einer ist geradlinig und loyal geblieben: Lucas Romer.« Ihr Blick war voller Verachtung und ohne jedes Mitleid. »Nun ist für dich doch noch alles falsch gelaufen, Lucas.«

»Was falsch gelaufen ist, war Pearl Harbor«, sagte er mit einem gepressten ironischen Grinsen, als hätte er endlich begriffen, dass er seine Macht verloren hatte, dass ihm alles entglitten war. »Dank den Japanern – Pearl Harbor hat uns ziemlich alles versaut.«

»Du hättest mich in Ruhe lassen sollen«, sagte meine Mutter. »Wärst du nicht weiter hinter mir her gewesen, hätte ich dich mit alldem nicht behelligt.«

Er starrte sie verblüfft an. Es war die erste echte Gefühlsregung, die ich an ihm beobachtete. »Wovon zum Teufel redest du?«, sagte er.

Aber sie hörte nicht zu. Sie öffnete ihre Handtasche und holte das abgesägte Gewehr heraus. Es war sehr klein, kaum länger als fünfundzwanzig Zentimeter, und sah aus wie eine altertümliche Pistole, das Schießeisen eines Straßenräubers. Sie richtete es auf Romers Gesicht.

»Sally«, sagte ich. »Bitte ...«

»Ich weiß, dass du keine Dummheiten machen wirst«, sagte Romer ziemlich ruhig. »So dumm bist du nicht. Also steck das Ding weg.«

Sie machte einen Schritt auf ihn zu und streckte den Arm aus, die zwei klobigen Stummel der Läufe zielten direkt auf sein Gesicht, aus sechzig Zentimetern Abstand. Jetzt zuckte er doch ein wenig, wie ich sah.

»Ich wollte nur wissen, wie es sich anfühlt, wenn du meiner Gnade ausgeliefert bist«, sagte meine Mutter noch immer völlig beherrscht. »Ich könnte dich jetzt ohne Weiteres umbringen, ganz leicht, und ich wollte nur wissen, wie sich so ein Moment anfühlt. Du kannst dir nicht vorstellen, wie sehr mich das über all die Jahre aufrechterhalten hat, mir diesen Moment vorzustellen. Ich habe lange darauf gewartet.« Sie senkte das Gewehr. »Und ich kann dir versichern: Jede Sekunde davon war es wert.« Sie steckte das Gewehr in ihre Tasche und verschloss sie mit einem lauten Klacken, einem Geräusch, bei dem Romer noch einmal zusammenzuckte.

Er drückte auf eine Klingel an der Wand, und eine Sekunde später, wie es schien, stand der verschreckte Pjotr im Raum.

»Die Herrschaften wollen gehen«, sagte Romer.

Wir gingen zur Tür.

»Lebe wohl, Lucas«, sagte meine Mutter und schritt voran, ohne sich noch einmal umzudrehen. »Merk dir diesen Abend. Du wirst mich nicht wiedersehen.«

Ich dagegen schaute mich noch einmal um und sah, dass sich Romer ein wenig zur Seite gedreht hatte, die Hände tief in die Taschen seines Jacketts gebohrt – man sah es an den Falten des Jacketts und an den verdrehten Aufschlägen. Sein Kopf war gesenkt, und er starrte wieder auf den Läufer vor dem Kamin, als stände dort geschrieben, was er zu tun hatte.

Wir stiegen ins Auto, und ich blickte hinauf zu den drei hohen Fenstern. Nun war es fast dunkel, die Fenster leuchteten orangegelb, die Vorhänge waren noch nicht zugezogen.

»Das Gewehr hat mich umgehauen, Sal«, sagte ich.

»Es war nicht geladen.«

»Na prima.«

»Im Moment will ich nicht reden, wenn du erlaubst. Noch nicht.«

Also fuhren wir aus London heraus, über Shepherd's Bush zur A40 Richtung Oxford. Und wir schwiegen den ganzen Weg, bis wir nach Stokenchurch kamen und durch die große Brache, die sie für die Autobahn durch die Chilterns geschlagen hatten, die träge Sommernacht von Oxfordshire vor uns ausgebreitet sahen – die Lichter von Lewknor, Sydenham und Great Haseley, die zu funkeln begannen, während die achatene Restglut des Sonnenuntergangs im Westen verlosch, irgendwo hinter Gloucestershire.

Ich dachte an das, was in diesem Sommer passiert war, und allmählich dämmerte mir, dass es in Wirklichkeit schon vor vielen Jahren angefangen hatte. Ich dachte an die Raffinesse, mit der mich meine Mutter in den letzten Wochen manipuliert und benutzt hatte, und begann mich zu fragen, ob das schon immer mein Schicksal gewesen war, was sie betraf. Ich stellte mir vor, dass sie ein halbes Leben mit dem Gedanken an diese letzte Begegnung mit Romer schwanger gegangen war und sich, als ihr Kind geboren wurde – vielleicht wollte sie lieber einen Jungen? –, gesagt hatte: Jetzt habe ich meinen entscheidenden Verbündeten, jetzt habe ich jemanden, der mir beistehen kann, und eines Tages bringe ich Romer zur Strecke.

Ich begann zu begreifen, dass meine Rückkehr von Deutschland nach Oxford der Katalysator gewesen war, der alles in Bewegung gesetzt hatte. Nun, da ich in ihr Leben zurückgekehrt war, konnte ich in ihr Werk verwickelt werden. Das Schreiben ihrer Memoiren, der Anschein von Gefahr, der Verfolgungswahn, der Rollstuhl, die anfänglich »harmlosen« Bitten, alles war nur dazu da, ihre Beute mit mir gemeinsam aufzuspüren und dingfest zu machen. Aber es war noch etwas anderes, was sie nach so vielen Jahren in Aktion versetzt hatte, wie ich jetzt erkannte. Irgendein Gefühl der Gefährdung hatte ihren Entschluss befördert, die Angelegenheit zu Ende zu bringen. Vielleicht war es Verfolgungswahn – eingebildete Beobachter im Wald, fremde Autos, die nachts durchs Dorf fuhren –, vielleicht aber auch schiere Ermüdung. Vielleicht hatte meine Mutter es satt, ewig auf der Hut zu sein, immer in Erwartung des Klopfens an der Tür. Ich dachte an ihre Drohungen, als ich noch klein war: »Eines Tages wird jemand kommen und mich wegholen.« Und ich begriff, dass sie wirklich mit diesem Gedanken gelebt hatte – seit ihrer Flucht nach Kanada am Jahresende 1941. Das war eine lange Zeit – eine viel zu lange. Sie war des Wachens und Wartens müde und wollte ein Ende herbeiführen. Und so setzte die erfinderische Eva Delektorskaja ein kleines Drama in Szene, das ihre Tochter – ihre notwendige Verbündete – in den Plot gegen Romer einbezog. Ich konnte ihr das nicht verdenken und versuchte mir vorzustellen, welchen Preis sie in all den Jahren hatte zahlen müssen. Ich schaute zu ihr hinüber, auf ihr feines Profil, während wir durch die Nacht heimwärts fuhren. Woran denkst du, Eva Delektorskaja? Welche Intrigen brütest du gerade aus? Wirst du jemals entspannt leben können, wirst du jemals wirklich zur Ruhe kommen? Hast du nun endlich deinen Frieden? Sie hatte mich fast auf die gleiche Art benutzt, wie Romer sie zu benutzen versucht hatte. Ich begriff, dass mich meine Mutter diesen ganzen Sommer lang sorgfältig geleitet, geführt hatte wie einen Spion, wie einen …

»Ich habe einen Fehler gemacht«, sagte sie so unvermittelt, dass ich hochschreckte.

»Was?«

»Er weiß, dass du meine Tochter bist. Er kennt deinen Namen.«

»Na und?«, sagte ich. »Er weiß auch, dass du ihn kalt erwischt hast. Alles wird ans Licht kommen. Er kann dir kein Haar krümmen. Du hast es ihm ja gesagt – du hast ihn aufgefordert, den Hörer abzunehmen.«

Sie dachte nach.

»Vielleicht hast du recht. Vielleicht reicht das aus. Vielleicht macht er keine Anrufe. Aber er könnte etwas Schriftliches hinterlassen.«

»Wie meinst du das: ›etwas Schriftliches hinterlassen‹? Wo soll er etwas Schriftliches hinterlassen?« Ich konnte ihr nicht folgen.

»Es wäre sicherer, etwas Schriftliches zu hinterlassen, verstehst du? Weil ...« Sie unterbrach sich und dachte beim Fahren angestrengt nach, vornübergebeugt, als ob sie in dieser Haltung das Auto schneller ans Ziel bringen könnte.

»Weil was?«

»Weil er bis morgen früh tot sein wird.«

»*Tot*? Warum sollte er denn bis morgen früh tot sein?«

Sie warf mir einen Blick zu, einen ungeduldigen, der besagte: Du hast es immer noch nicht kapiert, oder? Dein Kopf funktioniert nicht so wie unserer. Nachsichtig erklärte sie mir: »Romer wird sich heute Nacht umbringen. Mit einer Spritze, einer Tablette. Das hat er vor Jahren schon festgelegt. Es wird aussehen wie ein Herzinfarkt oder tödlicher Schlaganfall – wie etwas Natürliches jedenfalls.« Sie entspannte die Finger am Lenkrad. »Romer ist tot. Ich brauchte ihn nicht mit dieser Kanone zu erschießen. In dem Moment, wo er mich sah, wusste er, dass er erledigt war. Er wusste, dass er sein Leben verwirkt hatte.«

14
Ein waschechter Gentleman

Ich stand mit Jochen und meiner Mutter vorm Friedhofstor von St. James, Piccadilly, und hielt meinen neuen rotbraunen Schirm in die Höhe. Es war ein kalter Septembermorgen mit Nieselregen in der Luft – dichte robbengraue Wolken zogen stetig über uns hin, während wir verfolgten, wie die Würdenträger, Gäste, Freunde und Angehörigen zur Trauerfeier für Lord Mansfield of Hampton Cleeve eintrafen.

»Ist das der Außenminister?«, fragte ich, als ein dunkelhaariger Mann im blauen Mantel von einer chauffeurbetriebenen Limousine herbeigeeilt kam.

»Das scheint ja ein ziemliches Aufgebot zu werden«, sagte meine Mutter, als ginge es um eine Hochzeit und nicht um eine Beerdigung. Zwischen dem Kirchenportal und dem gusseisernen Staketenzaun des kleinen, eingesunkenen Vorhofs bildete sich eine ungeordnete Schlange. Eine Schlange von Menschen, die es nicht gewöhnt sind, Schlange zu stehen, dachte ich.

»Was wollen wir hier?«, fragte Jochen. »Das ist ein bisschen langweilig, hier draußen auf dem Gehsteig zu stehen.«

»Das ist eine Trauerfeier für einen Mann, der vor ein paar Wochen gestorben ist. Jemand, den Granny kannte – im Krieg.«

»Gehen wir da rein?«

»Nein«, sagte meine Mutter. »Ich wollte nur sehen, wer kommt.«

»War das ein netter Mann?«, fragte Jochen.

»Warum fragst du das?«, wollte meine Mutter nun wissen und wandte sich ihm zu.

»Weil du nicht sehr traurig aussiehst.«

Meine Mutter dachte nach. »Am Anfang, als ich ihn kennenlernte, fand ich ihn nett. Sehr nett. Dann merkte ich, dass ich mich geirrt hatte.«

Jochen fragte nicht weiter.

Wie meine Mutter vorausgesagt hatte, erlebte Romer den Morgen nach unserem Besuch nicht mehr. Noch in der Nacht starb er – nach Auskunft der Zeitungen – an einem »schweren Herzanfall«. Die Nachrufe erschienen an prominenter Stelle, blieben jedoch recht vage, und in Ermangelung brauchbarer Fotos wurde häufig dasselbe Porträt abgedruckt – das von David Bomberg, wie ich vermute. Über Lucas Romers Tätigkeit während des Krieges hieß es summarisch, er habe »für die Geheimdienste gearbeitet und später eine Führungsposition beim GCHQ bekleidet«. Ungleich mehr Worte wurden auf seine Verlegerkarriere verwendet. Fast schien es, als würde eine große Figur des literarischen Lebens zu Grabe getragen und kein Spion. Meine Mutter und ich, wir schauten uns die Gäste an, während die Schlange vor der Kirche länger wurde: Ich glaubte, einen Zeitungsverleger zu erkennen, den man häufig im Fernsehen erlebte, ich sah den einen oder anderen Exminister irgendeiner Vorgängerregierung, einen Romancier, der vor allem für seine Rechtslastigkeit berühmt war, und viele grauhaarige ältere Herren in perfekten Maßanzügen und mit Krawatten, die diskret auf ihre alten Verbindungen verwiesen – Regimenter, Clubs, Universitäten, akademische Gesellschaften –, auf solche jedenfalls, die sie mit Stolz zur Schau tragen konnten. Meine Mutter glaubte eine Schauspielerin zu erkennen. »Ist das nicht Vivian Leigh?«

»Die ist doch lange tot, Sal.«

Jochen zupfte mich sanft am Ärmel. »Mummy, langsam kriege ich ein bisschen Hunger.« Dann fügte er diplomatisch hinzu: »Du nicht auch?«

Meine Mutter beugte sich über ihn und gab ihm einen Kuss auf die Wange. »Gleich werden wir alle drei sehr schön essen gehen«, sagte sie. »In einem wunderschönen Hotel nur ein kleines Stückchen weiter. Im Ritz.«

Wir saßen an einem Tisch in der Ecke des schönen Speisesaals mit einem herrlichen Blick auf den Green Park, wo sich die Platanen schon gelb färbten und vorzeitig vor dem glutheißen Sommer kapitulierten – der Herbst würde früh einsetzen in diesem Jahr. Meine Mutter lud uns ein, wie sie vor dem Essen verkündet hatte, wir sollten an diesem denkwürdigen Tag nur das Allerbeste bekommen. Sie bestellte einen Jahrgangschampagner, und als eingeschenkt war, stießen wir miteinander an. Jochen durfte an ihrem Glas nippen.

»Schmeckt ziemlich angenehm«, sagte er. Der Junge benahm sich sehr gut, höflich und zurückhaltend, als würde er etwas von der komplizierten und geheimen Vorgeschichte dieses London-Ausflugs ahnen.

Ich erhob das Glas auf meine Mutter.

»Nun, du hast es geschafft, Eva Delektorskaja«, sagte ich.

»Was geschafft?«

»Du hast gewonnen.« Plötzlich packte mich eine absurde Rührung, als müsste ich gleich heulen. »Letzten Endes.«

Sie zog die Stirn kraus, als wäre ihr der Gedanke nie gekommen.

»Ja«, sagte sie. »Letzten Endes. Könnte man sagen.«

Drei Wochen später saßen wir im Garten ihres Cottage. Es war ein warmer, sonniger, aber erträglicher Samstagnachmittag; die endlose Hitze des Sommers war vorüber – sie war zur Erinnerung geworden –, jetzt freuten wir uns über ein bisschen frühherbstlichen Sonnenschein und die wohltuende Wärme. Vereinzelte Wolken trieben flink dahin, ein auffrischender Wind zauste die Bäume jenseits der Wiese. Ich konnte sehen, wie er an den uralten Eichen und Buchen von Witch Wood rüttelte, und das Rascheln und Rauschen der welkenden Blätter klang bis zu uns herüber, quer über die ungemähte, trockene Wiese, während die unsichtbaren Böen in das dichte Gehölz fuhren, die dicken Äste in heftige Bewegung versetzten, sodass die riesigen Bäume wankten, um sich stießen, durch die spielerische Kraft des Windes gleichsam zum Leben erweckt wurden.

Ich schaute meiner Mutter zu, die ernst und konzentriert in einem Manuskript las, das ich ihr mitgebracht hatte. Denn ich kam von einem Gespräch mit Timothy »Rodrigo« Thoms im All Souls, wo er mir eine maschinengeschriebene Analyse meiner Zusammenfassung der *Geschichte der Eva Delektorskaja* überreicht hatte – und ebendie hielt sie gerade in den Händen. Bei unserem Treffen hatte Thoms vergeblich versucht, seine Erregung zu verbergen, ich spürte das Betteln und Flehen des Gelehrten hinter der ruhig vorgetragenen Darlegung dessen, was seiner Auffassung nach in Amerika zwischen Lucas Romer – »Mr A«, wie er ihn nannte – und Eva Delektorskaja vorgefallen war. Gib mir das ganze Manuskript, sagten seine Augen, lass mich machen. Ich versprach ihm nichts.

Viel von dem, was er sagte, war mir zu hoch, oder meine Konzentration ließ zu wünschen übrig – massenhaft Abkürzungen und Namen von Residenten und Rekruteuren, russischen Politbüromitgliedern und NKWD-Leuten, die vermutete Identität der Männer, die mit im Raum waren, als Eva zum Prenslo-Zwischenfall verhört wurde, und so weiter und so weiter. Seine interessanteste Aussage war, dass er Romer unmissverständlich als russischen Agenten identifizierte – davon schien er felsenfest überzeugt –, und rekrutiert worden sei er vermutlich während seines Studiums an der Sorbonne in den zwanziger Jahren.

Dieser Umstand bot ihm auch die Erklärung für das, was in Las Cruces geschehen war. Seiner Meinung nach lieferte der Zeitpunkt den entscheidenden Hinweis, denn der war eng gebunden an die Ereignisse in Russland Ende 1941, als ein anderer Sowjetspion, Richard Sorge, an Stalin und das Politbüro gemeldet hatte, Japan habe nicht vor, über die Mandschurei nach Russland vorzustoßen, sondern richte seine Interessen auf den Westen und den Pazifik. Die unmittelbare Konsequenz für die Russen bestand darin, dass eine große Zahl von Divisionen für den Kampf gegen die Deutschen frei wurde, die noch immer auf Moskau vorrückten. Aber der deutsche Vormarsch wurde durch den zähen russischen Widerstand gebremst; die Überdehnung der Nachschublinien, Ermüdung und der Wintereinbruch sorgten dann dafür, dass er wenige Meilen vor Moskau zum Stillstand kam.

Thoms griff nach einem Buch und öffnete es an einer markierten Stelle, nachdem er mir das Vorangegangene erklärt hatte. »Ich zitiere Harry Hopkins«, sagte er. Bei dem Namen Harry Hopkins musste ich sofort an Mason Harding denken.

Thoms las: »Als sich die neuen russischen Armeen von der mandschurischen Front um Moskau formierten und auf den Befehl zum unausbleiblichen Gegenangriff warteten, setzte sich beim russischen Oberkommando – und vor allem auch beim NKWD und den anderen Geheimdiensten – die Erkenntnis durch, dass sich das Blatt gewendet hatte: Die Aussicht, dass Russland die Deutschen schlagen konnte, erschien plötzlich realistisch. Gewisse Kräfte in der Sowjetregierung begannen an die Zukunft zu denken, an die politische Neuordnung der Nachkriegswelt.«

»Was hat das mit der Agentin Salbei zu tun, die sich in der Wüste von New Mexico aus einem Auto befreien musste?«

»Das ist ja gerade das Faszinierende«, sagte er. »Sehen Sie, einige Russen, besonders bei den Geheimdiensten, überlegten sich, dass es auf lange Sicht das Beste war, wenn die USA *nicht* in den Krieg eintraten. Wenn die Russen tatsächlich siegten, würde ihnen nichts so sehr zuwider sein wie eine starke US-Präsenz in Europa. Russland könne, genügend Zeit vorausgesetzt, den Krieg auch allein gewinnen. Nicht alle stimmten dem zu, natürlich.«

»Ich kann noch immer nicht folgen.«

Er erklärte: Gegen Ende 1941 richtete der NKWD seine Aufmerksamkeit auf die energischen Anstrengungen der Briten, die USA zu einem Bündnis mit England und Russland gegen die Nazis zu bewegen. Diese Bemühungen schienen Früchte zu tragen: Aus russischer Sicht sah es so aus, als würde Roosevelt nur auf einen geeigneten Anlass warten, um der geplanten Allianz beizutreten. Das Auftauchen der brasilianischen Landkarte spielte eine Schlüsselrolle in diesem Propagandakrieg – offenbar führte sie tatsächlich einen Stimmungswandel herbei. Ein großer Coup der BSC, so sagte man. Die öffentliche Meinung der USA sprach viel eher auf eine Bedrohung an, die sich an den eigenen Grenzen aufbaute, als auf eine, die dreitausend Meilen entfernt war.

Also, schlussfolgerte Thoms, war genau diese Entwicklung wahrscheinlich die Ursache dafür, dass Mr A durch seine Hintermänner instruiert wurde, die zunehmend erfolgreiche Propaganda der BSC zu unterminieren und als solche zu entlarven. Für Thoms' Begriffe waren die Ereignisse von Las Cruces sehr typisch für diese Art von Destabilisierungsmanövern. Wäre die Agentin Salbei tot aufgefunden worden, mit einer gefälschten deutschen Landkarte von Mexiko in der Tasche, wäre die ganze Südamerika-Aktion der BSC als der Schwindel aufgeflogen, der er tatsächlich war, und die isolationistischen Kräfte in den

USA, die gegen den Kriegseintritt votierten, hätten gewaltigen Auftrieb bekommen.

»Also sollte Salbei der rauchende Colt werden«, sagte ich. »Die BSC enttarnt – das perfide Albion mal wieder.«

»Ja. Und Mr A ging mit völlig sauberen Händen daraus hervor. Es war eine brillante, äußerst clevere Operation. Mr A gab Salbei keinerlei Instruktionen über den anfänglichen Kurierauftrag hinaus – alles, was Salbei auf dem Weg nach New Mexico und in Las Cruces unternahm, war improvisiert, völlig ungeplant und aus der jeweiligen Situation erwachsen. Man glaubte offenbar, darauf bauen zu können, dass Salbei seine eigene Liquidierung bewerkstelligte. Gnadenlos, bedenkenlos.«

Ihre eigene Liquidierung, korrigierte ich im Stillen. Aber sie war schlauer als alle anderen.

»Jedenfalls spielte das dann keine Rolle mehr«, sagte Thoms mit sarkastischem Lächeln. »Die Japaner retteten die Lage mit ihrem Angriff auf Pearl Harbor – und genauso Hitler mit seiner einseitigen Kriegserklärung an die USA ein paar Tage später –, eine Sache, die anscheinend immer vergessen wird. Das änderte alles – und für immer. Und es sorgte dafür, dass Salbeis Kompromittierung, hätte sie denn stattgefunden, keinerlei Auswirkungen mehr gehabt hätte. Die USA waren endlich in den Krieg eingetreten. Mission erfüllt.«

Thoms wies noch auf einige andere Punkte hin. Zum Beispiel schrieb er dem Mord an Nikitsch eine große Bedeutung zu. Informationen, die das FBI von Nikitsch erhalten hatte, schienen Morris Devereux im November 1941 zu Ohren gekommen zu sein, und sie verwiesen auf eine tiefgreifende sowjetische Infiltration der britischen Sicherheits- und Geheimdienste. (»Heute wissen wir, wie weit sie ging«, fügte Thoms hinzu, »Burgess, Maclean, Philby – und wer weiß, wer von der Bande noch da draußen herumschleicht.«)

Devereux wäre niemals darauf gekommen, dass Mr A ein »Gespenst« war, hätten nicht Salbeis Erlebnisse in Las Cruces ernstliche Zweifel und die Frage nach den Schuldigen provoziert. Devereux war ganz offensichtlich im Begriff, Mr A zu enttarnen, als er ermordet wurde. Sein Tod – sein »Selbstmord« – besaß alle Merkmale eines NKWD-Mords, was wiederum die These stützte, dass Mr A kein deutscher, sondern ein russischer Agent war.

»Ich vermute, bei Mr X handelt es sich um Alastair Denniston, den Chef der Government Code and Cypher School«, sagte Thoms, als er mich zu meinem Auto brachte. »Er hätte die Machtbefugnisse besessen, seine eigenen ›Irregulären‹ auf den Weg zu bringen. Und überlegen Sie sich mal Folgendes, Ruth: Wenn Mr A, was ja wohl hochwahrscheinlich ist, als NKWD-Agent im GCHQ tätig war, dann hat er während des Krieges mehr für die Russen getan als alle Cambridge-Spione zusammengenommen. Unglaublich.«

»Wieso?«

»Nun, das ist der eigentliche Ertrag der Informationen, die Sie mir gegeben haben. Wenn das publik gemacht würde, wäre das ein Schock. Ein Riesenskandal.«

Ich sagte nichts mehr. Er fragte mich, ob ich irgendwann mal mit ihm essen gehen würde, und ich vertröstete ihn, ich würde mich melden – mein Leben sei im Moment ein wenig hektisch. Ich bedankte mich sehr bei ihm, fuhr nach Middle Ashton und holte Jochen auf dem Weg dorthin ab.

Meine Mutter schien auf der letzten Seite angekommen zu sein. Sie las vor: »Damit soll jedoch die Geschichte der Agentin Salbei nicht abgewertet werden. Das Material, das Sie mir zugänglich machten, bietet nicht nur faszinierende Einblicke in die gewaltigen Ausmaße der BSC-Aktivitäten in den USA, sondern auch in die Kleinarbeit der BSC. All dies ist eine fesselnde Materie, wie ich wohl nicht betonen muss, denn die Aktivitäten der BSC wurden in all den Jahren fest unter Verschluss gehalten. Bis heute hat kein Außenstehender auch nur die geringste Vorstellung vom Ausmaß der britischen Geheimdienstoperationen in den USA vor Pearl Harbor. Sie können sich vorstellen, wie diese Neuigkeiten von unseren Freunden jenseits des Atlantiks aufgenommen würden. ›Besondere Beziehungen‹ herzustellen reichte nicht aus – wir brauchten die British Security Coordination, um noch den entscheidenden Schritt weiterzugehen.«

Sie warf das Manuskript ins Gras und stand auf – offensichtlich empört. Sie fuhr sich mit den Händen durchs Haar und ging ins Haus. Ich lief ihr nicht nach – sicher brauchte sie ein wenig Zeit, um die Analyse zu verarbeiten, zu sehen, ob sich alles zu einem stimmigen Bild zusammenfügte.

Ich griff nach den Seiten, klopfte sie auf den Knien zurecht und dachte absichtlich an andere Dinge – etwa an die spannenden Neuigkeiten, die am Morgen mit der Post gekommen waren: eine Einladung zur Hochzeit von Hugues Corbillard und Bérangère Wu in Neuilly bei Paris und wieder ein Brief von Hamid, abgeschickt in der Stadt Makassar auf der Insel Celebes, mit der Nachricht, dass sein Gehalt auf 65 000 Dollar gestiegen sei und er hoffe, noch vor Jahresende einen Monat Urlaub zu bekommen, um nach Oxford zu fliegen und mich und Jochen zu besuchen. Hamid schrieb mir regelmäßig jede Woche. Er hatte mir meinen Ausrutscher im Captain Bligh verziehen, ohne dass ich ihn darum bitten musste oder bevor ich es tun konnte. Ich bin eine sehr schlechte Briefschreiberin – und habe ihm nur zweimal kurz geantwortet, glaube ich –, aber ich hatte das Gefühl, dass Hamid sein hartnäckiges Werben auch ohne mein Zutun noch lange fortsetzen würde.

Meine Mutter kam zurück, ein Päckchen Zigaretten in der Hand. Sie schien wieder beruhigt, als sie sich setzte, und bot mir eine an (die ich ablehnte, denn wegen Jochens ständiger Nörgelei wollte ich aufhören).

Sie zündete ihre Zigarette an, und ich schaute ihr zu.

»Kannst du was damit anfangen?«, fragte ich behutsam.

Sie zuckte die Schultern. »Wie hat er sich ausgedrückt? ›Die Kleinarbeit der BSC …‹ Ich vermute, er hat recht. Hätte de Baca mich umgebracht, wäre es nicht anders gekommen. Pearl Harbor stand kurz bevor, auch wenn das damals keiner geahnt hat.« Sie lachte kurz auf, aber nicht, weil sie das lustig fand. »Morris sagte immer, wir sind wie Bergarbeiter, die tief im Untergrund Kohle fördern, ohne zu wissen, was die Bergwerksindustrie da oben treibt. Pick-pick-pick – hier, ein Stückchen Kohle.«

Ich dachte eine Weile nach, dann sagte ich: »Roosevelt hat diese Rede nie gehalten, in der er deine mexikanische Karte als Beweis anführen wollte, stimmt's? Das wäre toll gewesen. Hätte vielleicht alles geändert.«

»Du bist sehr nett, Liebling«, sagte meine Mutter. Ich merkte schon, dass ich sie heute nicht aufmuntern konnte, egal was ich anstellte. Sie wirkte wie von einer resignierten Müdigkeit befallen – zu viele unselige Erinnerungen schwirrten ihr durch den Kopf. »Roosevelt sollte die Rede am 10. Dezember halten«, sagte sie. »Aber dann kam Pearl Harbor dazwischen, und er brauchte die mexikanische Karte nicht mehr.«

»Thoms behauptet also, dass Romer ein russischer Spion war – wie Philby, Burgess, Maclean. Ich nehme an, dass sich Romer deshalb umgebracht hat. Zu alt, um noch zu fliehen, wie sie es taten.«

»Das ist auch viel plausibler«, sagte sie. »Ich konnte nie verstehen, wieso Morris ihn für einen Agenten der deutschen Abwehr hielt.« Sie zeigte ein leeres Lächeln. »Trotzdem ist es gut zu wissen, wie unbedeutend und kleinkariert das alles war, wenn es ums ›große Ganze‹ geht«, fügte sie mit wehmütiger Ironie hinzu. »Ich muss schon sagen.«

»Es war nicht unbedeutend und kleinkariert, was du getan

hast«, sagte ich und legte die Hand auf ihren Arm. »Alles hängt davon ab, wie man die Dinge betrachtet. Du bist mit de Baca in die Wüste gefahren – und niemand sonst.«

Sie sah plötzlich müde aus. Sie erwiderte nichts und drückte ihre halb gerauchte Zigarette aus.

»Geht's dir nicht gut, Sal?«, fragte ich.

»Ich kann nicht richtig schlafen«, sagte sie. »Hat dich jemand kontaktiert? Gibt es etwas Verdächtiges?«

»Ich steige sofort ins Auto und fahre nach Hause, wenn du wieder davon anfängst. Mach dich nicht lächerlich. Es ist vorbei.«

Sie hörte mir nicht zu. »Siehst du, das war der Fehler. Mein Fehler. Und das beschäftigt mich. Du hättest dich unter einem anderen Namen bei ihm melden müssen.«

»Das hätte nicht funktioniert. Er hätte das recherchiert. Ich musste ihm ehrlich sagen, wer ich war. Darüber haben wir hundertmal gesprochen. Bitte!«

Wir saßen da und schwiegen.

»Wo ist Jochen?«, fragte ich.

»Drinnen. Er malt.«

»Wir sollten langsam los.« Ich stand auf. »Ich sammel mal seinen Kram ein.« Ich faltete Rodrigos Manuskript zusammen und dachte nach.

»Nur eins verstehe ich daran nicht«, sagte ich. »Warum ist Romer überhaupt russischer Spion geworden?«

»Das müsste man bei allen fragen. Schau sie dir an: Sie waren alle aus dem Mittelstand, gut gebildet, privilegiert, gehörten zum Establishment.«

»Aber schau doch, wie Romer gelebt hat – wie die Made im Speck. Geld, Karriere, Macht, Einfluss, schöne Häuser. ›Baron Mansfield of Hampton Cleeve‹ – sogar einen Adelstitel hatte er. Von vorn bis hinten verwöhnt vom britischen Establishment, meinst du nicht auch?«

Meine Mutter war ebenfalls aufgestanden, lief nun über

den Rasen und sammelte Jochens Spielsachen ein. Sie richtete sich auf, ein Plastikschwert in der Hand. »Romer hat mir beigebracht, dass es nur drei Gründe gibt, warum jemand sein Land verrät: Geld, Erpressung und Rache.«

Sie überreichte mir das Schwert und las eine Wasserpistole, einen Bogen und zwei Pfeile auf.

»Geld war es nicht«, sagte ich. »Erpressung auch nicht. Also wofür wollte er sich rächen?«

Wir gingen zusammen zurück ins Cottage.

»Am Ende läuft es auf etwas sehr Englisches heraus, glaube ich«, sagte sie ernst und nachdenklich. »Bedenke, dass ich erst mit achtundzwanzig hierherkam. Manchmal sieht man in einer fremden Welt Dinge, die die Einheimischen gar nicht wahrnehmen. Bedenke auch, Romer war der erste Engländer, den ich kennenlernte ... gut kennenlernte«, fügte sie hinzu, und ich spürte, dass der Schmerz noch immer in ihr lebendig war, von der Erinnerung aufgefrischt wurde. Sie schaute mich an mit ihren hellen, klaren Augen, als würde sie schon mit meinem Widerspruch rechnen. »Und ihn so zu kennen wie ich, mit ihm zu reden, bei ihm zu sein, ihn zu beobachten, hat in mir manchmal den Gedanken geweckt, dass es genauso leicht ist – unter Umständen sogar natürlicher –, dieses Land zu hassen, wie dieses Land zu lieben.« Sie lächelte wehmütig. »Als ich ihn in jener Nacht sah: Lucas Romer, Lord Mansfield mit seinem Bentley, seinem Butler, seinem Haus in Knightsbridge, seinem Club, seinen Verbindungen, seinem Renommee ... da dachte ich mir: Das war seine Rache. Er hat alles, was Menschen für erstrebenswert halten: Geld, Ansehen, Lebensstil, Rang – sogar einen Adelstitel. Er war ein Lord, man höre und staune! Und er hat sich ins Fäustchen gelacht. Er hat sie alle ausgelacht. Den ganzen Tag – wenn er von seinem Chauffeur in den Club gefahren wurde, wenn er ins Oberhaus ging, wenn er in seinem Salon in Knightsbridge saß –, immer lachte er.«

Auf einmal wirkte sie resigniert. »Deshalb wusste ich genau – mit absoluter Sicherheit –, dass er sich noch in der Nacht umbringen würde. Es ist besser zu sterben, solange man geehrt, bewundert, respektiert wird. Gäbe es einen Himmel, würde er auf seine Trauerfeier hinunterblicken und weiterlachen – über all diese Politiker und Würdenträger, die da sein Andenken pflegen. Der gute alte Lucas, der feine Kerl, das Salz der Erde, ein waschechter Gentleman. Du sagst, ich hätte gewonnen – aber Romer hat auch gewonnen.«

»Bis Rodrigo mit seinem Buch herauskommt. Dann fliegt alles auf.«

»Darüber müssen wir auch bald mal reden«, sagte sie. »Ich bin gar nicht so glücklich darüber, um die Wahrheit zu sagen.«

Wir fanden Jochen im Zimmer, er gab ihr seine Zeichnung – von einem Hotel, erklärte er, noch schöner als das Ritz –, und wir verstauten alles im Auto.

»Ach ja«, sagte ich, »noch etwas, was mich beschäftigt. Es ist vielleicht albern, aber ... wie war er eigentlich, mein Onkel Kolja?«

Sie richtete sich auf. »Onkel Kolja«, wiederholte sie, wie um die unvertraute Bezeichnung auszuprobieren, abzuschmecken, dann sah ich, dass sie Mühe hatte, die Tränen zurückzuhalten. »Er war wundervoll«, sagte sie mit erzwungener Heiterkeit. »Du hättest ihn gemocht.«

Ich fragte mich, ob es ein Fehler war, ausgerechnet in dieser Situation nach ihm zu fragen, aber meine Neugier war echt. Ich setzte Jochen ins Auto und stieg ein.

Um ihr ein letztes Mal zuzureden, kurbelte ich die Scheibe herunter. »Es ist alles gut, Sal. Aus und vorbei. Du musst dir keine Sorgen mehr machen.«

Sie blies uns einen Kuss zu und kehrte ins Haus zurück.

Wir waren gerade losgefahren, da sagte Jochen: »Ich

glaube, ich hab meinen Pulli in der Küche vergessen.« Ich hielt an und stieg aus, ging zurück zur Haustür, stieß sie auf und rief fröhlich: »Ich bin's nur.« Jochens Pulli lag in der Küche, auf dem Fußboden unter einem Stuhl. Ich hob ihn auf und stellte fest, dass meine Mutter nicht da war. Sie musste gleich zurück in den Garten gegangen sein.

Als ich durchs Fenster schaute, sah ich sie schließlich, halb versteckt vom Goldregen neben der Pforte, die hinaus auf die Wiese führte. Sie stand an der Hecke und blickte durchs Fernglas zum Wald hinüber. Langsam ließ sie es in die eine, dann in die andere Richtung wandern. Die alten Eichen jenseits der Wiese wurden noch immer vom Wind geschüttelt, und meine Mutter suchte zwischen den Stämmen, in den Schatten des Unterholzes nach Anzeichen, ob dort jemand lauerte, nur auf den Moment wartete, dass sie ihre Vorsicht vergaß. Und da begriff ich, dass es ihr nie mehr vergönnt sein würde, sorglos und entspannt in den Tag hinein zu leben. Meine Mutter würde immer zum Witch Wood hinüberschauen, so wie jetzt, in der Erwartung, dass jemand kommen und sie wegholen würde. Ich stand in der Küche und sah sie Ausschau halten nach ihrem Schicksal, ihrer Nemesis, und da war mir plötzlich klar, dass das unser aller Leben bestimmt, dass es das ist, was uns ausmacht, unsere Sterblichkeit, unsere Menschlichkeit. Eines Tages kommt jemand und holt uns weg; man braucht keine Spionagevergangenheit, dachte ich, um genauso zu empfinden. Meine Mutter stand und schaute, schaute über die Wiese zu den Bäumen hinüber.

Und die Bäume im dunklen Wald wiegten sich im Wind, die Wolken trieben dahin und jagten die sonnigen Stellen quer über die Wiese. Ich sah das trockene, ungemähte Gras wogen, fast wie ein lebendiges Wesen, wie das Fell eines großen Tiers; windgezaust, windgestreichelt – und meine Mutter schaute, wartete.

Weitere Kampa Bücher stellen wir Ihnen auf den folgenden Seiten vor. Das Gesamtprogramm finden Sie auf:
www.kampaverlag.ch

Wenn Sie zweimal jährlich über unsere Neuerscheinungen informiert werden möchten, schreiben Sie uns bitte an: newsletter@kampaverlag.ch oder Kampa Verlag, Hegibachstrasse 2, 8032 Zürich, Schweiz

KAMPA VERLAG

William Boyd
Trio

Roman

Aus dem amerikanischen Englisch
von Patricia Klobusiczky und Ulrike Thiesmeyer

Sommer 1968: In Paris gehen die Studenten auf die Straße, in Vietnam wütet der Krieg, Martin Luther King wird ermordet. Während die Welt in Aufruhr ist, wird im sonnigen Brighton ein aparter Kinofilm gedreht. Hier kreuzen sich die Wege eines Filmproduzenten, einer Schriftstellerin und einer Schauspielerin. Alle drei führen ein Doppelleben: Elfrida, der keine Zeile mehr einfällt und deren Ehe zerrüttet ist, ertränkt ihren Frust in Wodka. Talbot, der Filmproduzent, hat ein geheimes Hobby und macht gute Miene zum bösen Spiel, denn er weiß, dass sein Geschäftspartner versucht ihn auszubooten. In Anny, die umwerfende Hauptdarstellerin, ist die ganze Welt verliebt, aber ihre Liebschaften bereiten dem Filmstar nur Scherereien. Außerdem sitzt Anny ihr Ex-Mann im Nacken – und das FBI.

Während die Dreharbeiten bei scheinbar ausgelassener Stimmung voranschreiten, rumort es hinter den Kulissen gewaltig. Die Geheimnisse des Trios drohen aufzufliegen. Wie lange kann jeder seine Rolle spielen? Und wer inszeniert das größte Drama?

»William Boyds großartige Gabe, Figuren Leben einzuhauchen, entfaltet in diesem rasanten Roman ihre ganze Kraft. Ein vollkommener Genuss!«
The Telegraph, London

KAMPA VERLAG

William Boyd
Die blaue Stunde

Roman

Aus dem Englischen
von Matthias Müller

Los Angeles, 1936. »Bitte setzen Sie sich mit mir in Verbindung. Es gibt so viel zu erzählen«, steht in dem Brief, den die ehrgeizige junge Architektin Kay eines Tages auf ihrer Türschwelle findet. Geschrieben hat ihn ein gewisser Dr. Carriscant, der behauptet, ihr Vater zu sein, und ihr eine ganz und gar unglaubliche Geschichte erzählt, die sich 1902 in Manila zugetragen haben soll. Hat er tatsächlich sechzehn Jahre in philippinischen Gefängnissen verbracht, für einen Mord, den er nicht begangen hat? Für eine Frau, die die Liebe seines Lebens war? Carriscant überredet Kay, mit ihm nach Lissabon zu reisen, wo sich der Schlüssel zu allem befinden soll. Auf der langen Schiffsreise, während der sich Vater und Tochter näherkommen, erzählt er ihr, welch betörende Leidenschaft und böses Schicksal ihn heimsuchte. Und welches Geheimnis sich hinter Kays Geburt verbirgt.

»Eine perfekte Geschichte
von Liebe und Wiedergutmachung.«
The New York Times

Wenn Ihnen dieses KAMPA POCKET gefallen hat, gefällt Ihnen vielleicht auch der Lesetipp auf der gegenüberliegenden Seite.

Schicken Sie uns bitte Ihren LIEBLINGSSATZ aus einem Kampa Pocket, bei einer Veröffentlichung auf unseren Social-Media-Kanälen bedanken wir uns mit einem Buchgeschenk: lieblingssatz@kampaverlag.ch